Lasst uns schweigen wie ein Grab

Thienemann Newsletter
Lesetipps und vieles mehr kostenlos per E-Mail
www.thienemann.de

Du findest uns auch auf:
www.facebook.com/WirSchreibenGeschichten

Berry, Julie:
Lasst uns schweigen wie ein Grab
ISBN 978 3 522 20199 5

Aus dem Amerikanischen von Eva Plorin

Einbandgestaltung: Maximilian Meinzold
Innentypografie: Kadja Gericke
Schrift: Bembo, Minion
Satz: KCS GmbH, Stelle/Hamburg
Reproduktion: HKS-Artmedia GmbH, Leinfelden-Echterdingen
Druck und Bindung: CPI Books GmbH, Leck
© 2014 by Julie Berry
Die Originalausgabe erschien unter dem Titel *The Scandalous Sisterhood of Prickwillow Place* bei Roaring Brook Press, New York.
© 2014 Thienemann in der Thienemann-Esslinger Verlag GmbH, Stuttgart.
Printed in Germany. Alle Rechte vorbehalten.
4. Auflage 2015

JULIE BERRY

Aus dem Amerikanischen
von Eva Plorin

THIENEMANN

Für meine eigenen skandalösen Schwestern Sue, Jane, Beth, Sal und Joanna sowie alle weiteren Schwestern, die ich im Laufe der Jahre dazugewonnen habe.

Die Schülerinnen des Mädchenpensionats Saint Etheldreda

Diesen jungen Damen werdet ihr in der folgenden Geschichte begegnen:

Roberta »Liebenswert« Pratley
Mary Jane »Ungeniert« Marshall
Martha »Einfältig« Boyle
Alice »Robust« Brooks
Kitty »Schlau« Heaton
Louise »Pockennarbig« Dudley
Elinor »Düster« Siever

Verwandte und Bekannte der oben genannten jungen Damen

Personen, die euch in der folgenden Geschichte nicht begegnen werden:

Mrs Maybelle Pratley, deren erste Tat nach ihrer Hochzeit mit Benson Pratley darin bestand, seine Tochter Roberta in das Mädchenpensionat Saint Etheldreda im gut sechzig Kilometer entfernten Ely, Cambridgeshire, zu geben. Mrs Pratley war der festen Überzeugung, dass ein so hochgewachsenes, schlaksiges Mädchen von schwachem Verstand, das ständig über seine großen Füße stolperte, nur mit intensiver Anleitung zu einer tüchtigen Frau geformt werden konnte. Die nachsichtige Erziehung der verstorbenen Mrs Pratley hatte Roberta zu einem sanftmütigen Wesen heranwachsen lassen und die neue Mrs Pratley beabsichtigte, das zu korrigieren. Das Mädchenpensionat Saint Etheldreda war für seine strenge Disziplin sowie strikte moralische Grundsätze bekannt und entsprach damit ganz Maybelle Pratleys Vorstellungen. Mochten auch sonst alle, die Roberta Liebenswert kannten, das Mädchen als hinreißend warmherzig und sanftmütig preisen, die Stiefmutter wusste es besser.

Mrs Llyod Marshall, deren größte Sorge es war, dass ihre Tochter Mary Jane Marshall sich viel zu jung auf die falsche Sorte Mann einlassen und mit einer Heirat für einen Skandal sorgen würde. Mary Jane Ungeniert gelang es immer wieder, sich der rigorosen Überwachung ihrer Mutter zu entziehen, und junge Herren, insbesondere solche der draufgängerischen und mittellosen Sorte, umschwärmten sie wie Fliegen einen Honigtopf. Die besorgte Mutter legte all ihre Hoffnungen in das wachsame Auge der Leiterin des Mädchenpensionats Saint Etheldreda.

Leroy, Rupert, Alexander und Chesterfield Boyle, die jüngeren Brüder von Martha Einfältig. Sie drangsalierten ihre Schwester wie sie nur konnten, weil sie es ihnen so leicht machte. In Marthas Porridge tauchten Frösche auf, Mäuse krabbelten unter ihren Laken hervor und ständig verschwand ihre Brille, nur um wenig später im Kartoffeleimer oder im Butterfass wiederaufzutauchen. Fairerweise muss gesagt werden, dass die meisten Jungen ihre Schwestern für einfältig halten. Nur hatten diese vier jungen Herren damit leider recht. Auch Marthas einstige Gouvernante hätte dem widerstrebend zustimmen müssen, obgleich sie hinzugefügt hätte, dass Martha ein liebes, reizendes Mädchen sei mit Talent für das Klavierspiel und einer Engelsstimme.

Isabelle Brooks, die Cousine von Alice Brooks. Isabelle naschte den ganzen Tag über bis zur Teestunde kandierte Nüsse, Fruchtgelee oder Petits Fours und die Zeit zwischen der Teestunde und dem Abendessen überbrückte sie mit gebuttertem Toast und Feigenkonfitüre oder Käsecroissants. Dennoch – und weil es keine Gerechtigkeit auf der Welt gibt – setzte sie nie auch nur ein überflüssiges Gramm an und ihrer schlanken, anmutigen Figur standen die neuesten Kreationen der Pariser Mode auf das Beste. Alice musste sich Cousine Isabelle tagtäglich von ihrer Großmutter als leuchtendes Beispiel vorhalten lassen. Und es zeugte von einem großen Herzen und bemerkenswerter Selbstbeherrschung, dass es Alice Robust, die zu Übergewicht neigte, gelang, die Cousine nicht zu hassen.

Mr Maximilian Heaton, ein wohlhabender Fabrikant aus Nordengland, Vizepräsident des britischen Eisenbahnausschusses und Vater von Kitty Schlau. Seine Frau war gestorben, als Kitty, ihr einziges Kind, erst vier Jahre alt war, und hatte ihn zu seinem großen Kummer ohne männlichen Erben für das gewaltige Vermögen zurückgelassen, das dank seiner unermüdlichen, regen Tätigkeit stetig weiterwuchs. Oft prahlte er damit, dass er sich noch nie mit einem Mann in einem Raum befunden habe, der ihm als Unternehmer das Wasser reichen könne. (Hätte er sich öfter mit seiner Tochter in einem Raum befunden, wäre ihm vielleicht aufgefallen, dass direkt vor seiner Nase eine junge Frau heranwuchs, die es mit seinen Fähigkeiten durchaus aufnehmen konnte.) So ungemein erfolgreich Mr Heaton auch war, nicht einmal bei den Anteilseignern seiner Fabrik, die durch ihn zu Reichtum gelangten, erfreute er sich Beliebtheit.

Dr. Matthew Dudley, ein Londoner Chirurg und Louise Dudleys Onkel väterlicherseits. Er hatte mit einem Stipendium an der Universität Cambridge Medizin studiert und seine Ausbildung an der Universität im schottischen Edinburgh fortgesetzt. Als seine kleine Nichte im Alter von acht Jahren an Pocken erkrankte, wich er Tag und Nacht nicht von ihrer Seite und sorgte für ihre Genesung. Von da an blieb er für Louise ein Idol und Mentor. Er förderte ihr Interesse an Naturwissenschaften, Chemie und Medizin, indem er sie mit Büchern versorgte und zu Vorlesungen einlud. Er prophezeite, dass seine Nichte auf dem Gebiet der Medizin Großes leisten würde. Aus Angst, dass er recht behalten könnte, konfiszierten Louises Eltern ihren Chemiekasten, als sie zwölf Jahre alt wurde, und schickten sie in das Mädchenpensionat Saint Etheldreda, damit sie statt der Heilkunde damenhaftere Wissenschaften erlernte.

Der alte Jim Clitherow, ein Totengräber aus Newark-on-Trent, Nottinghamshire. Vierzig Jahre lang begrub er die Toten seiner Kirchengemeinde und manchmal grub er sie auch wieder aus, wenn sie Eheringe oder feste Stiefel trugen oder ihre Lungen und Leber einem Chirurgen gutes Geld wert waren. Eines Nachts, als er gerade einen wieder ausgegrabenen deutschen Witwer auf seinen Karren hievte, bemerkte er, dass die junge Miss Elinor Siever hinter einem Baum stand und ihn beobachtete. Ihr blasses Gesicht wirkte gespenstisch im Mondlicht und er hielt sie für einen Racheengel, der geschickt worden war, um ihn für den Grabraub zu bestrafen. Beinahe wäre dem alten Jim vor Schreck das Herz stehen geblieben. Die junge Frau schaute ihm über die Schulter und betrachtete den Leichnam von Hans Marx, dann streckte sie die Hand aus, um das kalte, graue Gesicht des Toten zu berühren. Der alte Jim Clitherow scheuchte Elinor Siever davon, warf Hans Marx zurück in die Grube, wo er hingehörte, schaufelte Erde auf den Leichnam und rannte davon. Er erzählte dem Wirt des örtlichen Pubs *Bubble and Brisket* von dem Erlebnis. Als Mr und Mrs Siever die Gerüchte von den nächtlichen Ausflügen ihrer Tochter zu Ohren kamen, wurde Elinor Düster schneller am Mädchenpensionat Saint Etheldreda angemeldet, als sich »Nekromantie« aussprechen lässt.

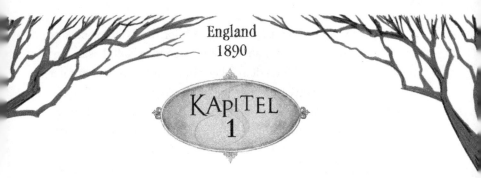

England
1890

KAPITEL 1

Jeden Sonntagnachmittag waren die sieben jungen Damen des Mädchenpensionats Saint Etheldreda in der Prickwillow Road in Ely, Cambridgeshire, an die Tafel der Schulleiterin Constance Plackett geladen, wenn diese ihren Bruder Mr Aldous Godding zu Gast hatte. Das Privileg, der Schulleiterin und ihrem regelmäßigen Sonntagsgast dabei zusehen zu dürfen, wie sie das Kalbfleisch verzehrten, das die jungen Damen selbst zubereitet hatten, war Entschädigung genug dafür, dass es nicht ausreichend Fleisch für alle an der Tafel gab. Die Mädchen hatten gelernt, sich Sonntag für Sonntag mit Butterbrot und heißen Bohnen zu begnügen. Sich so in Verzicht zu üben, sei eine gute Vorbereitung auf ihr späteres Eheleben. Davon war Mr Aldous Godding fest überzeugt und seine Schwester, die verwitwete Mrs Plackett, konnte ihm nach langjähriger ehelicher Erfahrung in diesem Punkt nur zustimmen.

Während jenes besonderen Sonntagsessens im Mai hatte Mrs Plackett gerade ein Stück Kalbfleisch in die Soße auf ihrem Teller gestippt. Sie schob sich das Fleisch in den Mund und ließ die Gabel fallen. Ihr Kopf kippte nach hinten und ihre Augen starrten mit leerem Blick an die Decke. Sie schauderte, erzitterte, dann stieß sie ein würgendes Keuchen aus und verstummte.

»Was ist los, Connie?«, fragte ihr Bruder zwischen zwei Bissen. »Sag schon. Man stiert nicht so herum. Reich mir den Pfeffer, Fräulein.« Mit dem letzten Satz wandte er sich an Mary Jane Ungeniert, die neben ihm saß. Aber er kannte weder ihren Namen noch den Grund für ihren Beinamen. Alle Schülerinnen waren für ihn »Fräulein«.

Mary Jane Ungeniert reichte ihm den Pfeffer. Mr Godding machte reichlich davon Gebrauch, nahm einen Bissen vom Kalbfleisch, legte Messer und Gabel neben den Teller, tupfte sich den Bart mit der Serviette ab und stand auf. Er ging zur anderen Seite des Tisches, wo seine Schwester saß, und hob die Hand, um ihr auf den Rücken zu klopfen. Doch dann würgte er, fasste sich an die Kehle, kippte vornüber und krachte mit einem dumpfen Schlag auf den Boden, sodass die Stuhlbeine unter den sieben jungen Damen erzitterten.

»Tot, würde ich sagen«, stellte Elinor Düster fest.

Kitty Schlau sprang auf und eilte leichtfüßig zu Mrs Plackett. Sie nahm Martha Einfältig die Brille von der Nase, putzte sie an ihrem Ärmel ab und hielt sie dann vor die schlaffen Lippen der Schulleiterin. Kitty lauschte und beobachtete aufmerksam. Die übrigen Mädchen warteten gebannt auf das Urteil, ihre Hände mit den Gabeln schienen auf halbem Weg zum Mund erstarrt zu sein.

Kitty Schlau nickte zufrieden, weil kein Atem die Gläser beschlug, und setzte Martha Einfältig die Brille wieder auf die Nase. »Tot wie ein Bückling«, verkündete sie.

»Igitt!«, stieß Martha Einfältig aus. »Du hast eine Tote auf meine Brille atmen lassen!«

Louise Pockennarbig machte schon den Mund auf, um Martha zu korrigieren, aber Kitty Schlau schüttelte leicht den Kopf. Louise Pockennarbig war die jüngste der Schülerinnen und es gewohnt, dass die älteren Mädchen sie herumkommandierten. Sie schwieg.

Roberta Liebenswert vergrub ihr Gesicht in den Händen. »Aber das ist ja furchtbar! Sollten wir nicht Dr. Snelling rufen?«

»Dafür ist es ein bisschen spät«, entgegnete Elinor Düster. »Louise, schau du nach, wie es um Mr Godding steht.«

Louise Pockennarbig, die Wissenschaftlerin des Pensionats, näherte sich vorsichtig der am Boden liegenden Gestalt von Mr Aldous Godding. Ihr wurde bewusst, dass sie den Mann anfassen musste, um ihn umzudrehen, weil er mit dem Gesicht nach unten lag, ein Gedanke, bei dem sie ihre pockennarbige Nase vor Schreck und Ekel rümpfte.

»Komm schon«, drängte Elinor Düster. »Er wird dich nicht beißen.«

»Aber er ist ein Mann«, protestierte Louise. »Und noch dazu so ein schmieriger.«

»Sei kein Dummchen. Natürlich ist er ein Mann«, schnaubte Mary Jane Ungeniert. »Aber glaub mir, es gibt jede Menge weit bessere Exemplare.«

»Stell ihn dir als ein Präparat in einem Glas vor, das man speziell für Untersuchungszwecke getötet hat«, schlug Kitty Schlau vor.

Roberta Liebenswert betupfte sich die Augen mit einem Taschentuch. »Getötet?«, quiekte sie. »Hast du gesagt *getötet?*«

Louise Pockennarbig hatte sich endlich überwunden, ihr Präparat umzudrehen, und erklärte es für tot. Das Blut, das aus Mr Goddings gebrochener Nase quoll, schmierte grausig über sein ohnehin unansehnliches Gesicht und drohte dem Perserteppich einige bleibende Flecken zuzufügen. Die Mädchen umringten die Leiche und beugten sich darüber.

»Getötet!«, wiederholte Elinor Düster. »*Ermordet!*« Sie betonte genussvoll die »R«, was in etwa so klang: »*Errrrmorrrrdet.*«

»Oh! Oh gute Güte!«, stieß Roberta Liebenswert hervor. »Ein Mord. Guter Gott. Ich glaube, ich falle in Ohnmacht.« Sie fächelte sich mit der Hand Luft zu.

»Nicht jetzt, Roberta, sei so lieb«, mischte sich Mary Jane ein. »Was hast du davon, ohnmächtig zu werden, wenn gar keine jungen Herren in der Nähe sind, die es mitbekommen könnten?«

»Mumpitz!«, schnaubte Louise Pockennarbig. »Wenn *ich* in Ohnmacht fallen wollte, was nicht der Fall ist, würde ich es tun, egal ob Männer anwesend sind oder nicht.«

»Starker Tobak, Louise«, sagte Alice Robust und zitierte Shakespeare: ›Dies über alles: Sei dir selber treu.‹ Also, wenn wir uns jetzt wieder dem auf der Hand liegenden Problem zuwenden könnten?«

»Das vor unseren Füßen liegt, meinst du«, verbesserte sie Martha Einfältig und betrachtete die Leiche auf dem Teppich.

»Irgendetwas hat Mrs Placket und Mr Godding getötet.« Alice Robust tupfte mit ihrer Serviette an dem Blutfleck auf dem Teppich herum.«Aber vielleicht haben sie sich auch nur an einem Stückchen Fleisch verschluckt. Wir dürfen uns nicht gleich vergaloppieren und von Mord sprechen.«

»Die Wahrscheinlichkeit, dass beide zufällig innerhalb von wenigen Sekunden an einem Stück Fleisch ersticken, erscheint mir verschwindend gering«, erklärte Louise Pockennarbig mit einem Naserümpfen. »Die Umstände legen Gift nahe, was wiederum klar auf Mord hindeutet. Jemand hat die beiden umgebracht.«

Ein engelsgleiches Lächeln breitete sich auf Kitty Schlaus hübschem Gesicht aus. »Ah, aber die Frage ist, wer?«, sagte sie.

Schweigen legte sich über das Esszimmer. Auf dem Kaminsims tickte die Uhr unter dem Glaszylinder. Die geblümten Chintzvorhänge bauschten sich in der sanften Maibrise. Mrs Constance Plackett saß für immer und ewig aufrecht und mit offenem Mund auf ihrem Stuhl am Esstisch und sieben junge Damen schauten sich an, als würden sie einander zum ersten Mal begegnen.

»Es kann doch unmöglich eine von uns gewesen sein«, schniefte Roberta Liebenswert.

»Warum nicht?«, widersprach Mary Jane Ungeniert. »Ich würde ›Hurra‹ rufen, *wenn* es eine von uns war. Endlich hat jemand gesunden Menschenverstand bewiesen und uns von den beiden befreit.«

Robertas Augen füllten sich mit Tränen. »Aber das wäre grauenvoll! Wie sollen wir weiter hier leben, wenn wir uns ständig fragen, wer von uns eine Giftmörderin ist?«

»Pack ihn bei den Füßen, Liebes, ja?«, bat Alice Robust Martha Einfältig, während sie selbst sich bückte, um ihre Arme unter Mr Goddings Achseln zu schieben. Der Mann schien aus Zement zu bestehen. Martha Einfältig gehorchte und die übrigen jungen Damen packten ebenfalls an. Mit vereinten Kräften bewegten sie den Körper, so gut sie konnten, wobei sie darauf bedacht waren, ihre Kleider nicht mit Blut zu beflecken, und schließlich hievten sie den toten Bruder der toten Schulleiterin hoch.

»Und was machen wir jetzt mit ihm?«, erkundigte sich Mary Jane Ungeniert. »Legen wir ihn auf das Sofa, bis die Polizei eintrifft? Ver-

mutlich sollten wir jemanden losschicken, um sie zu informieren.«
Der Gedanke schien Mary Jane zu gefallen.»Wisst ihr was, ich gehe. Da ist dieser neue Constable aus London: Er ist groß und hat diese herrlich breiten Schultern und eine reizende kleine Lücke zwischen den Schneidezähnen. Ich hole nur schnell meinen neuen Schal ...«
»Warte«, unterbrach sie Kitty Schlau.»Ich finde, wir sollten gründlich nachdenken, bevor wir loslaufen, um mit Polizisten zu flirten und Ärzte zu rufen. Roberta hat da gerade eine sehr kluge Frage gestellt.«
Roberta Liebenswert blinzelte.»Habe ich das?«
Alice Robust hielt angestrengt Mr Goddings Oberkörper umklammert.»Würde es euch etwas ausmachen, wenn wir unseren kleinen Plausch fortsetzen, nachdem wir Mr Godding irgendwo abgelegt haben?«
»Ach, lasst ihn einfach da fallen«, sagte Kitty Schlau.»Ihm ist nicht mehr zu helfen.«
Und zum zweiten Mal innerhalb weniger Minuten krachte Mr Godding auf den Boden.
»Mist, jetzt müssen wir ihn später wieder hochhieven«, sagte Alice Robust.
»Wie ich gerade sagte«, setzte Kitty erneut an, aber hielt plötzlich inne:»Ach! Sieh doch bitte nach, was er in den Taschen hat, Louise, sei so gut.«
»Warum?«
Kitty zuckte mit den Achseln.»Wenn er Geld bei sich hat, können wir jetzt mehr damit anfangen als er.«
»Wie die Achäer im Trojanischen Krieg«, murmelte Elinor Düster mit einem merkwürdigen Glanz in den Augen.»Sie nahmen den gefallenen Feinden den Harnisch ab.«
Kitty Schlau hüstelte.»Nun ja. So ähnlich.«
»Ich weiß nicht, warum immer *ich* die unangenehmen Arbeiten erledigen soll«, murrte Louise Pockennarbig.
»Weil du die Jüngste bist und wir es dir sagen«, erklärte Mary Jane Ungeniert und erntete dafür von Alice Robust einen Tritt gegen den Fuß.

»Weil du so gründlich bist, Liebes«, sagte Kitty Schlau.

Louise Pockennarbig verzog das Gesicht, während sie mit zwei Fingern Mr Goddings Hosentaschen durchsuchte. Sie beförderte dabei eine Zigarre, eine Schnupftabaksdose, eine Münze und einen Schlüssel zutage, außerdem einen zusammengefalteten Zettel mit einer Kritzelei.

»Ist das eine Notiz?«, fragte Alice und spähte auf das Papier.

»Bedeutet das etwas?«

Louise runzelte die Stirn. »Es sieht eher aus wie ein Tintenfleck«, erklärte sie. »Vielleicht ein Dreieck. Nichts von Belang.« Sie ließ die Funde auf den Tisch fallen.

»Ein Sovereign ist für dich nicht von Belang?« Kitty Schlau, die ein Faible für Zahlen und Buchhaltung hatte, schnappte sich die Goldmünze, dann erstattete sie Bericht über den Tascheninhalt der Schulleiterin. »Mrs Plackett hat einen Sovereign, ein paar Schilling und Pence, ein Taschentuch und Minzpastillen bei sich.«

»Hätte sie die Pastillen bloß öfter gelutscht«, bemerkte Mary Jane Ungeniert.

»Mary Jane!«, rief Roberta Liebenswert aus. »Du darfst doch nicht so über die Verstorbene sprechen!«

»Na, sie hatte Mundgeruch, ob tot oder lebendig«, entgegnete Mary Jane. »Und besser wird das jetzt nicht werden.«

Kitty Schlau nahm das Geld der beiden Toten an sich und steckte es in ihre Tasche. Den übrigen Krimskrams legte sie in eine kleine Steingut-Urne auf der Anrichte.

»Wie ich *eben schon* sagte«, nahm Kitty den ursprünglichen Faden wieder auf, wobei eine leichte Ungeduld in ihrer Stimme mitschwang, »hat Roberta vorhin eine sehr kluge Frage gestellt: ›Wie sollen wir weiter hier leben?‹ Damit hat sie einen entscheidenden Punkt angesprochen: Sobald wir die Polizei und alle anderen informiert haben, schicken sie uns nach Hause.«

»Selbstverständlich werden wir nach Hause geschickt«, sagte Roberta Liebenswert. »Das ist nur vernünftig.« Sie seufzte. »Ich muss dann wohl irgendwie lernen, Stiefmutter zu mögen. Hier, wo ich sie nicht sehen muss, ist das so viel einfacher. Es war sehr viel leichter, für sie zu beten, so wie der Pfarrer uns ermahnt, für unsere Feinde zu beten.«

»Aber warum, liebe Roberta«, fragte Martha Einfältig, »warum solltest du nach Hause zu deiner gemeinen Stiefmutter zurückkehren? Können wir nicht alle hierbleiben und so weitermachen wie bisher?«

»Sie lassen uns nicht!«, warf Louise Pockennarbig ein.

»Wer *sie*?«, erkundigte sich Martha Einfältig.

»Die Leichenbeschauer«, erklärte Elinor Düster. »Die Bestatter. Die Polizei. Die Schulaufsicht. All die Leute, die sich wie ein Schwarm Krähen auf uns stürzen, sobald bekannt wird, dass die beiden tot sind.«

»Du klingst beinahe so, als würdest du dich auf ihr Kommen freuen«, stellte Kitty Schlau fest.

»Nur auf das der Bestatter«, räumte Elinor ein. »Ich wollte schon immer mal eine Einbalsamierung miterleben.«

»Mist und Doppelmist.« Mary Jane Ungeniert ließ sich auf ihren Stuhl am Esstisch fallen. »Jetzt, wo wir die beiden Nervensägen los sind, hätten wir endlich ein bisschen Spaß haben können. Das Leben hier kommt mir auf einmal *sehr* viel interessanter vor und ausgerechnet jetzt sollen wir weg.«

»Und voneinander getrennt werden«, fügte Louise Pockennarbig hinzu.

Alice Robust legte einen Arm um Louise und die legte ihren Kopf auf Alice' Schulter.

»Ich will auch nicht nach Hause«, sagte Martha Einfältig. »Meine kleinen Brüder piesacken mich ständig. Sie ziehen mich an den Haaren und tauchen sie in Tinte und kleben meine Klaviernoten zusammen.«

»Mutter lässt mich keine Minute aus den Augen«, berichtete Mary Jane Ungeniert. »Sie ist felsenfest überzeugt, ich würde mit irgendeinem Mann durchbrennen, wenn sie mich nur eine halbe Stunde unbeaufsichtigt ließe. Habt ihr je so einen Unsinn gehört?« Sie grinste. »Zehn Minuten und ein williger Mann sind alles, was ich brauche.«

»An willigen Männern hat es dir nie gefehlt«, stellte Kitty Schlau fest.

»Richtig, aber unter Mutters Aufsicht fehlt es entschieden an Minuten.«

Alice Robust interessierte sich nicht für Mary Janes Chancen auf eine überstürzte Heirat. »Wenn ich nach Hause zurückkehren muss, bekomme ich von Großmama wieder nur zu hören, wie dick ich bin im Vergleich zu Cousine Isabelle«, berichtete Alice. »Und das sagt ausgerechnet sie! Zwei Dienstmädchen sind nötig, um Großmamas Korsett zu schnüren, und das hält sie trotzdem nicht davon ab, an mir herumzumäkeln.«

Elinor Düster starrte auf die schwarzen Kohlen im Kamin. »Meine Mutter wird mir wieder den lieben langen Tag vorbeten, dass von einer jungen Dame *Liebreiz* und ein *sonniges Gemüt* erwartet werden.« So wie Elinor die Worte betonte, dachte man an *Maden* und *Schwarzfäule*.

Kitty Schlau schnalzte mitleidig mit der Zunge.

»Ich vermute, sie schicken uns letztlich auf andere Schulen«, sagte Louise Pockennarbig. »Mit neuen Lehrerinnen und neuen fiesen Mädchen, die uns das Leben schwer machen.«

»Wir hatten es so schön hier miteinander.« Roberta Liebenswert seufzte. »Das ist wirklich ein Wunder. Wir sind nicht einfach nur Pensionatsfreundinnen. Wir sind wie eine Familie.«

»Besser als eine Familie«, wurde sie von Mary Jane Ungeniert korrigiert. »In Familien wimmelt es von Tanten, Brüdern und Eltern. Wir sind *Schwestern*.«

»Ich habe mir immer eine Schwester gewünscht«, gestand Martha Einfältig.

»Ich mir auch«, sagte Roberta Liebenswert.

»Ich nicht«, erklärte Elinor Düster. »Aber ich habe nichts gegen eure Gesellschaft.«

Louise Pockennarbig richtete sich auf. »Keine von uns hat eine Schwester zu Hause, oder?«, sagte sie bedächtig. »Das war mir bisher gar nicht bewusst. Keine Einzige von uns.«

»Deshalb finde ich es so furchtbar, von hier wegzumüssen.«

Roberta Liebenswert hatte angefangen zu weinen.»Wir haben unsere eigene Schwesternschaft.«

Elinor reichte Roberta ein schwarzes Seidentaschentuch.

»Wollt ihr wissen, was ich denke?«, fragte Kitty Schlau in die Runde. »Ich denke, wir sagen diesen ... Krähen und, wie hast du sie genannt ... diesen Leichenbeschauern nichts. Wir erzählen einfach überhaupt *niemandem* davon.«

Die Mädchen schauten einander an. Aus der glimmenden Kohle im Kamin sprangen kleine Funken. Einen Augenblick lang hing jede ihren Gedanken nach und verarbeitete den erstaunlichen Vorschlag. Kitty Schlau zählte ihre Herzschläge, während sie auf eine Antwort der anderen wartete.

»Aber die Leichen werden stinken«, gab Martha Einfältig schließlich zu bedenken. »Früher oder später lässt sich das nicht vermeiden.«

Mary Jane Ungeniert, deren grüne Augen bei Kittys Vorschlag aufgeleuchtet hatten, strich Martha Einfältig kurz über den Rücken. »Nein, Schätzchen, tun sie nicht«, sagte sie. »Wir begraben die Leichen. Und zwar in den Gemüsebeeten.«

»Sie geben einen wunderbaren Kompost«, fügte Louise Pockennarbig hinzu. »Vielleicht noch nicht für die diesjährige Ernte, aber im kommenden Jahr werden die Zucchini und Kürbisse in vollem Saft stehen.« Sie kratzte sich nachdenklich an der Nase. »Wir müssen nur vorsichtig sein, wenn wir im Herbst nach Kartoffeln graben.«

Kittys Blick huschte von einem Mädchen zum anderen, um abzuschätzen, wie ihr Vorschlag aufgenommen wurde. Sie wagte es noch nicht, sich zu gratulieren. Sie musste sicher wissen, wo die anderen standen.

»Vergesst die Kartoffeln«, erklärte sie. »Die Sache wird für einen Skandal sorgen. Es wird eine Untersuchung geben. Auf jeder von uns könnte für den Rest des Lebens der Schatten eines Verdachts liegen.«

»Ein schwarzer Fleck«, fuhr Elinor Düster fort. »Ein Makel auf unserer jungfräulichen Reinheit.«

»Oh, nein, sicher nicht«, widersprach Mary Jane Ungeniert. »Nicht wegen so einer Nichtigkeit – doch nicht nur weil wir versäumt haben, den Tod einer Schulleiterin und ihres widerlichen Bruders anzuzeigen. Es bedarf schon eines größeren Vergnügens, um unserer jungfräulichen Reinheit einen Makel zuzufügen.«

»Sie werden denken, dass eine von uns die beiden umgebracht hat«, warnte Louise Pockennarbig.

Kitty Schlau hakte sich bei Louise unter. »Herzchen, und was ich nur zu gern wüsste, ist, ob es tatsächlich eine von uns war.«

KAPITEL 2

Mit der Abendbrise strömte kühle Luft durch die Chintzvorhänge. Auf die weißen Rosen der Esszimmertapete warf der Sonnenuntergang einen rötlichen Schimmer, ebenso wie auf Mrs Placketts ewig bleichen Teint. Ja, die unbeugsame, aufrechte Dame (sie hatte sich nie unbeugsamer und aufrechter gehalten als in diesem Moment) wirkte regelrecht malvenfarben, als würde sie die Wärme eines Sommernachmittags widerspiegeln. Auf den Weideflächen des Bauern Butts, die sich, so weit das Auge reichte, vor dem großen Fenster gen Westen ausdehnten, verlieh das rosige Licht des Sonnenuntergangs selbst den Matschpfützen einen himmlischen Glanz und die Schafe leuchteten auf den Wiesen wie eine Schar strahlender Engel. Und in der Ferne, hoch über dem Hof der Butts, zeichneten sich die beiden mächtigen Türme der Kathedrale von Ely vor dem violetten Himmel ab.

Nur noch wenige Minuten würde das warme Licht das Esszimmer erhellen, bevor sie die Lampen entzünden mussten, und so ging Alice Robust hinunter in die Küche, um Petroleum und Streichhölzer zu holen.

»Setzen wir uns ins Gesellschaftszimmer zum Pläne schmieden«, schlug Kitty Schlau vor.

»Setzen wir uns ins Gesellschaftszimmer und trinken Mrs Placketts Wein für medizinische Notfälle und leeren ihre Keksdosen«, entgegnete Mary Jane Ungeniert.

Kitty Schlau wollte schon widersprechen, als ihr – genau wie den übrigen Mädchen – schlagartig bewusst wurde, dass ihnen wahrhaftig niemand mehr die Kekse, den Arzneiwein oder irgendwelche anderen verborgenen Schätze des Mädchenpensionats Saint Etheldreda verwehren konnte.

Sogleich stürmten die sieben jungen Damen in Mrs Placketts Schlafzimmer, wo die einstige Schulleiterin bekanntermaßen den Arzneiwein sowie einen Vorrat an Gläsern in einem Schränkchen neben dem Bett aufbewahrte.

»Die Flaschen sind alle leer!«, rief Louise Pockennarbig. »Was für ein Pech!«

»Aber nicht die Keksdosen«, jubelte Alice Robust aus den Tiefen des Wandschranks und tauchte mit zwei Dosen schottischen Shortbreads und einer mit Parkinson's Buttertoffees wieder auf.

»Wir können zumindest den teuren Tee dazu trinken. Kommt!«, sagte Kitty Schlau.

Wenig später setzte Alice Robust schon den Wasserkessel auf und Louise Pockennarbig entzündete die Lampe, denn mittlerweile war es so dunkel geworden, dass Roberta Liebenswert und Martha Einfältig über Mr Godding im Esszimmer gestolpert waren. Roberta, obgleich noch nicht ausgewachsen, die größte der sieben Schülerinnen, landete geradewegs auf dem Toten. Sein Körper fühlte sich inzwischen schon kühl an und es bedurfte Mrs Placketts Riechsalz und mehrerer Extra-Kekse, um Roberta Liebenswert vor einer weiteren Ohnmacht zu bewahren und ihre gewohnte heitere Besonnenheit wiederherzustellen.

»Löst eure Korsetts, Mädchen!«, trällerte Mary Jane. »Nie mehr Vorschriften! Elinor, du bist das grässliche Brett los. Mrs Plackett kann es dir nie wieder auf den Rücken schnallen!«

»Verbrennen wir es«, schlug Louise vor und ehe noch irgendjemand Einwände vorbringen konnte, hatte sie Elinors Rückenstütze bereits auf die glimmenden Kohlen geworfen. Mrs Plackett hatte Elinor Düster dazu gezwungen, das brettähnliche Gestell zu tragen, bei dem man die Arme durch Ringe stecken musste. So sollte ihre krumme Haltung korrigiert werden. Jetzt saß Elinor – nebenbei bemerkt kerzengerade – vor dem Kamin und beobachtete aufmerksam, wie das Brett verbrannte.

»Ein Toast!«, rief Kitty Schlau. Sie fühlte sich regelrecht euphorisch. »Auf die Selbstverwaltung! Das Mädchenpensionat Saint Etheldreda wird ab sofort von den Mädchen *selbst* verwaltet. Jawohl!« Sie erntete donnernden Applaus.

»Auf die Unabhängigkeit!«, fügte Louise Pockennarbig hinzu. »Uns erzählt keine pingelige alte Witwe mehr, wann wir *nicht* sprechen dürfen und wo die Löffel auf dem Tisch liegen müssen, wenn die Nichte eines Earl zum Abendessen kommt, und dass wir wissenschaftliche Experimente den *Männern* überlassen sollen.« Mit Teetassen stieß man auf Louises Toast an.

»Auf die Freiheit!«, ergriff Mary Jane Ungeniert das Wort. »Keine Ausgehverbote, tadelnde Blicke oder Vorträge über Anstand und Moral mehr.« Lauter, wenn auch nervöser, Jubel.

»Auf die Frauen!«, verkündete Alice Robust. »Möge jede von uns frei darüber entscheiden, wie sie sein möchte, ohne dass eine mürrische, launische Mrs Plackett versucht, aus uns etwas zu machen, was wir nicht sind.« Ein Sturm der Begeisterung.

»Auf die Schwesternschaft«, sagte Roberta Liebenswert, »und darauf, dass wir zusammenhalten, egal was kommt.«

Das wurde mit einem dreifachen Hurra gefeiert und mit noch drei weiteren Hurras, gefolgt von jeder Menge Buttertoffees und Keksen. Die Mädchenrunde war in der Tat in Hochstimmung.

Die Glocken des Westturms der Kathedrale verkündeten majestätisch die achte Stunde.

Es läutete an der Tür.

Die Mädchen erstarrten und schauten einander an.

»Wir sind erledigt!«, stieß Roberta Liebenswert leise aus.

»Besucher am Sonntagabend?«, wisperte Mary Jane. »Für das Abendbrot ist es schon reichlich spät. Wer kann das sein?«

»Schaut uns bloß an. Wir feiern, während hier Leichen herumliegen, als würden wir in einem Mausoleum wohnen«, zischte Alice Robust. »Was macht das wohl für einen Eindruck?«

»Einen interessanten«, antwortete Elinor Düster, aber niemand schenkte ihr Beachtung.

»Sie nehmen uns fest und klagen uns als Mörder an!«, schluchzte Martha Einfältig.

»Ich fühle mich schwach ...«, japste Roberta Liebenswert. »Mir ist schwindelig ...«

Kitty Schlau sprang auf. »Nein! Niemand nimmt uns fest und klagt uns an«, flüsterte sie, »wenn wir uns nicht dumm anstellen. Roberta! Reiß dich zusammen. Louise, Alice, Mary Jane: Schafft die Toten in Mrs Placketts Zimmer! Wischt Mr Godding das Blut aus dem Gesicht und versteckt ihn im Schrank! Mrs Plackett legt ihr ins Bett, als würde sie sich etwas ausruhen. Nur zur Sicherheit. Wir müssen alle zusammenhalten und an einem Strang ziehen.«

Es läutete abermals. Alice Robust dämpfte das Licht der Lampen im Gesellschaftszimmer. Die anderen eilten in das benachbarte Esszimmer, wo jede nach einem der kalten, steifen Arme und Beine griff und mithalf, die Leichen über den Korridor in das Schlafzimmer der Schulleiterin zu schleppen.

Kitty Schlau fegte die Kekskrümel von den Sofakissen und ging langsam durch den langen, schmalen Korridor zur Tür. Mrs Placketts Haus war lang gestreckt und weitläufig und viel größer, als es ihren Bedürfnissen entsprochen hätte. Das war einer der Gründe, weshalb sie ein Internat eröffnet hatte. An diesem Abend kam es Kitty so vor, als würden Hunderte von Türen zu Hunderten von Zimmern zwischen ihr und der läutenden Türglocke liegen. Sie schüttelte den Kopf und die Sinnestäuschung ging vorüber.

Durch den dünnen Vorhang des Türfensters konnte sie eine Silhouette erkennen. Es handelte sich um einen Mann oder aber um ein Fass mit einem Kopf. Kurz kam Kitty ihr Vater in den Sinn und sie hielt inne, um sich zu sammeln. Dann öffnete sie die Tür. Vor ihr stand die massige, vom Alter gebeugte, doch nach wie vor imposante Gestalt des Admiral Lockwood, der durch seine dicke Brille auf sie herabsah.

Kitty wich unwillkürlich einen Schritt zurück. Admiral Paris Lockwood, der einst für seine Heldentaten in der Marine Ihrer Majestät gerühmt wurde, verließ selten sein Haus im Städtchen, wo er umgeben von Erinnerungsstücken an seine zahlreichen Reisen und – wie manche glaubten – von Säcken voller Geld lebte. In Ely fürchtete man ihn als Tyrann und es gab Fischer, die behaupteten, sein Gebrüll sei noch auf halber Strecke nach Saint Adelaide auf dem Fluss Great Ouse zu hören.

Aber jetzt war seine Stimme lediglich ein leises, raues Wispern. »Connie?«

Connie? Kitty Schlau hatte keine Zeit, darüber nachzudenken, was das bedeuten könnte.

»Mrs Plackett ist zu Bett gegangen«, antwortete sie ernst. Der alte Mann scharrte verlegen mit den Füßen und betrachtete Kitty mit zusammengekniffenen Augen. »Geht es ihr so schlecht, ja?« Er schnalzte mit der Zunge. »Die Ärmste. Obgleich, etwas merkwürdig ist das schon. Oha, jetzt verstehe ich! Das ist alles Teil des Spiels!«

Kitty war ratlos, was selten vorkam.

Admiral Lockwood trat ein und machte sich daran, seinen Mantel auszuziehen. »Nun, wir können nichtsdestotrotz auf den Geburtstag des jungen Herrn anstoßen, auch wenn die Hausherrin unpässlich ist«, sagte er mit einem Zwinkern. »Hier, halten Sie das!« Er drückte Kitty eine schwere Flasche in die Hand, die sie gehorsam an sich nahm.

»Der ... Geburtstag ... des jungen *Herrn*?«

»Ihres Bruders«, erklärte Admiral Lockwood. »Connie hat ein paar Freunde eingeladen, um ihn zu überraschen. Ich bin wohl der Erste.«

Sie glaubte, der Boden müsste unter ihren Füßen nachgeben. Dass irgendjemand den widerlichen Aldous Godding tatsächlich respektvoll »junger Herr« nannte, war noch das Geringste, was die arme Kitty in diesem Augenblick erschütterte.

»Connie meinte, wir sollen im Gesellschaftszimmer warten«, fuhr der Admiral fort, während er durch den Korridor schritt. »Ihr schwebt eine Überraschungsparty vor. Es ist wahrscheinlich Teil ihres Täuschungsmanövers, dass sie sich ins Bett gelegt hat.« Er hängte den Mantel an die Garderobe und ließ sich von Kitty sein Geschenk zurückgeben. »Den trage ich. Das ist eine ordentliche Flasche von Taylor's Vintage Port, ein Portwein vom Feinsten. In Ely bekommt man den nicht zu kaufen, ja nicht einmal in Cambridge. Die Flasche steuere ich zum Fest bei.«

Sie betraten das Gesellschaftszimmer, wo Admiral Lockwood die Flasche auswickelte und entkorkte. Auf einem Beistelltisch standen Gläser bereit, und er wählte einen bequemen Platz zwischen dem Tisch und dem Kamin. Dann zwinkerte er Kitty Schlau empörenderweise zu und erklärte:»Gehen Sie und sagen Sie Ihrer Schulleiterin, dass sie jetzt aufstehen kann. Die Gäste treffen ein. Ah! Shortbread!«

Die Türglocke läutete erneut. Kitty Schlau fühlte sich wie in einem Albtraum, als sie das Gesellschaftszimmer verließ und abermals durch den Korridor eilte, um zu öffnen. Die anderen Mädchen lugten aus den Türen wie ängstliche Kaninchen.

»Was ist los, Kitty?«, raunte Alice Robust.

»Geburtstagsparty für Mr Godding!«, lautete die knappe Antwort. Ihre Freundinnen rissen entsetzt die Augen auf. Bei diesem Anblick gewann Kitty ihre gewohnte Stärke zurück. Ja, sie standen vor einer unerwarteten Schwierigkeit. Aber sie würde ihre frisch gewonnene Freiheit nicht einfach wieder aufgeben, aus Angst vor ein paar alten Leuten, die an einem Sonntagabend Geburtstagswein schlürften, egal wie teuer dieser war. Das Schicksal hatte die Rechnung ohne die Mädchen von Saint Etheldreda gemacht!

Kitty erreichte erneut die Haustür. Die Silhouette draußen war unverwechselbar. Es gab nur eine Person in Ely von so großer, korpulenter Statur und mit einem solch langen, kahlen, erdnussähnlichen Kopf. Kitty fühlte sich verwegen wie ein verurteilter Verbrecher, als sie die Tür öffnete.

»Guten Abend, Reverend Rumsey.« Kitty Schlau verbeugte sich leicht.»Was kann ich für Sie tun?«

Der Gemeindepfarrer der Kirche Saint Mary faltete seinen mächtigen Körper zusammen, um dem Mädchen ins Ohr zu flüstern. Seine Aussprache war feucht:»Ich habe Karamell mitgebracht! Hoffentlich bin ich nicht zu spät für die Überraschungsparty?«

»Das kommt auf den Blickwinkel an.«

»Ähm? Wie bitte?«

Kitty tupfte sich das Ohr mit ihrem Taschentuch ab und schenkte dem Pfarrer ein Lächeln.»Sie kommen keineswegs zu spät, Reverend. Ihre Predigt heute Morgen war sehr erbaulich.«

Reverend Rumsey strahlte. »Ah, ja! ›Neun gute Ratschläge für junge Menschen, um sicher die babylonischen Gewässer zu umschiffen.‹ Die Predigt zum zweiten Sonntag im Mai. Sie findet stets sehr großen Anklang.«

»Verständlicherweise. Besonders beeindruckt hat mich die Warnung vor dem Teufel Alkohol.« Kitty ging dem Pfarrer zum Gesellschaftszimmer voraus. »Sie mögen Mrs Plackett bitte heute Abend entschuldigen. Sie fühlt sich nicht wohl. Aber Sie und Ihr Karamell sind herzlich willkommen, Admiral Lockwood Gesellschaft zu leisten.«

Die beiden Herren begrüßten einander. Die Flasche auf dem Beistelltisch erregte sofort Reverend Rumseys Aufmerksamkeit, und er ließ sich in dem Sessel direkt daneben nieder.

Und ein weiteres Mal erschallte die Türglocke.

Kitty verließ das Zimmer, wo Reverend Rumsey sich schmatzend die fischähnlichen Lippen leckte und erfreut das Glas Portwein entgegennahm, das Admiral Lockwood ihm einschenkte. Auf dem Korridor traf sie die anderen Mädchen. Panik lag in ihren Blicken.

»Wie geht es mit den Leichen voran?«

»Mr Godding wehrt sich noch«, wisperte Alice Robust.

»Vielleicht weiß er, dass seine Geburtstagsparty gerade ohne ihn stattfindet«, murmelte Kitty.

Diesmal zeichnete sich hinter dem Türfenster der Umriss eines Mannes mit rundem Hut ab, der augenscheinlich gerade auf seine Uhr blickte. Kitty holte tief Luft und öffnete.

»Guten Abend«, begrüßte sie den Neuankömmling, der sich die Füße auf der Matte abtrat. »Wie schön, Sie zu sehen, Dr. Snelling.«

»Das höre ich selten«, entgegnete der Mann. »Wenn ich auftauche, denken die Menschen an Krankheit, Tod und Arztrechnungen. Der Apotheker ist mein einziger Freund.« Er drängte sich an Kitty vorbei in den Korridor und reichte ihr seinen Hut. »Bitte.«

Kitty beeilte sich, dem stämmigen, schwitzenden Mann den Weg zu versperren. »Tod! Welch unschönes Thema! Was kann ich für Sie tun, Doktor?«

Dr. Snelling wedelte ungeduldig mit der Hand. »Legen Sie meinen Hut ab und lassen Sie mich vorbei. Mrs Plackett erwartet mich. Verlieren wir also keine Zeit.«

Vor Kitty tauchte eine neue Schreckensvorstellung auf. »Sie sind doch wegen der Party gekommen, oder?«

Dr. Snelling schnippte mit den Fingern. »Die Party, richtig! Die habe ich ja völlig vergessen. Mrs Plackett erwähnte, dass wir auf das Wohl ihres Bruders anstoßen würden.« Er warf erneut einen ungeduldigen Blick auf seine Uhr. »Ihre Schulleiterin bat mich, etwas früher zu kommen, um sie wegen ihrer Leberbeschwerden zu untersuchen. Ich bin spät dran und die Chancen stehen sieben zu eins, dass Mollie Bennion noch im Laufe der Nacht ihr Kind zur Welt bringt, oder ich will kein Arzt mehr sein. Meiner Meinung nach steht es drei zu eins, dass es ein Junge wird. Es ist immer schön, mit Mr Godding zu plaudern und ich würde ihm gern alles Gute zum Geburtstag wünschen, aber heute Abend beschränke ich mich besser darauf, Mrs Plackett zu untersuchen und wieder aufzubrechen. Wo steckt eigentlich Ihre Hauswirtschafterin?«

»Miss Barnes hat am Sonntag frei. Ich wusste nicht, dass es Mrs Plackett so schlecht geht.« Das entsprach nicht ganz der Wahrheit, mahnte ihr Gewissen, aber andererseits: Mrs Plackett hatte nie einen sonderlich kranken Eindruck gemacht. Der Tod schien sie einfach schlagartig aus ihrem gereizten Normalzustand gerissen zu haben.

Dr. Snelling wartete ungeduldig. »Also, nun? Bringen Sie mich zu ihr?«

Kitty ließ sich mit der Antwort Zeit. »Sie ruht.« Dann reichte sie Dr. Snelling seinen Hut. »Mrs Plackett ruht ...«, sie wollte schon sagen »in Frieden«, aber riss sich gerade noch zusammen, »... in ihrem Schlafzimmer. Vielleicht können Sie morg–«, abermals verbesserte sie sich: »... können Sie wieder vorbeikommen, wenn sie Sie das nächste Mal ruft. Ich werde ihr mitteilen, dass Sie den Termin gewissenhaft eingehalten haben, das versichere ich Ihnen.«

Dr. Snelling blickte durch seine goldgerahmte Brille auf Kitty herab, seufzte und versuchte sich an einem väterlichen Lächeln, was ihm kläglich misslang. Er tätschelte Kitty den Kopf, womit er ihre Locken platt drückte.

»Nun, liebes Kind, ich weiß, Sie meinen es nur gut, wenn Sie Mrs Plackett nicht stören wollen, aber sie ist meine Patientin und hat mich ausdrücklich darum gebeten, heute Abend nach ihr zu sehen, und deshalb muss ich sie jetzt untersuchen. Sie müssen mich nicht begleiten, ich kenne den Weg.« Und mit diesen Worten schob er Kitty energisch beiseite und verschwand im dunklen Korridor.

Kitty hastete ihm hinterher und suchte fieberhaft nach einem neuen Plan. Sie war stolz auf ihr Talent zum Pläneschmieden, doch jetzt galt es zu improvisieren. Und Improvisieren war ihr zuwider. Sie eilte am Gesellschaftszimmer vorbei, dann an der Tür, hinter der eine Treppe hinunter zur Küche und der Vorratskammer führte, und sah gerade noch, wie Dr. Snelling im hinteren Teil des Korridors einen Raum betrat, den Mrs Plackett zu einem Schlafzimmer im Erdgeschoss umfunktioniert hatte.

Alice Robust trat mit einer Tasse an sie heran. Der Tee darin dampfte noch, aber Kitty kam es vor, als läge ihre fröhliche Teeparty Stunden zurück und nicht erst wenige Augenblicke.

»Vielleicht hilft dir das.« Alice reichte Kitty die Tasse.

Kittys Augen leuchteten auf. »Du bist genial, Alice!« Sie nahm die Tasse mit dem Tee. »Komm!«

Die beiden Mädchen betraten das Schlafzimmer. Beim Anblick des toten Körpers ihrer Internatsleiterin, der ausgestreckt auf dem Bett lag, die Decke bis zur Brust hochgezogen, als würde sie schlafen, zuckte Kitty zusammen. Eine einzelne Kerze erhellte den Raum und es wirkte tatsächlich so, als würde Mrs Plackett lediglich ruhen, denn im flackernden Zucken der Flamme meinte man, die ruhigen Atemzüge einer Schlafenden zu sehen. An der Wand über dem Bett wachte das Ölporträt des verstorbenen Captain Martin Plackett, mit dem Mrs Plackett stets gesprochen hatte, als könnte er ihr antworten. Sein kritischer Blick schien zu sagen, dass ihn allein die Scharade nicht überzeugte.

Der Doktor stellte seine schwarze Ledertasche auf dem Tisch neben dem Bett ab und holte sein Stethoskop heraus.

»Möchten Sie vielleicht einen Tee, Doktor?«, fragte Kitty Schlau liebenswürdig und hielt ihm die Tasse hin.

Doktor Snelling räusperte sich missbilligend. »Das ist freundlich von Ihnen, aber dafür habe ich keine Zeit.« Er platzierte den flachen Kopf des Stethoskops auf Mrs Placketts Brustbein.

Kitty wollte ihm die Tasse mit Nachdruck in die freie Hand drücken. »Zucker?« Etwas heißer Tee spritzte auf seine Haut.

»Au!«

»Oh, das tut mir furchtbar leid«, säuselte Kitty.

»Sie haben mich verbrannt!«

Kitty tat so, als wäre sie völlig aus der Fassung, was sie große Überwindung kostete, weil es ihrem bekanntermaßen sachlichen Charakter gänzlich widersprach. »Wie ungeschickt von mir! Verzeihung. Mrs Plackett ermahnt uns stets, einem Gast den Tee ein zweites Mal anzubieten, falls er anfangs aus reiner Höflichkeit ablehnt.«

Dr. Snelling knurrte entrüstet und Kitty Schlau hätte beinahe den restlichen Inhalt der Tasse über seine Weste geschüttet. In diesem Augenblick schlüpfte Louise Pockennarbig ins Zimmer und stellte sich neben den Arzt.

»Darf ich Ihnen zusehen, Doktor Snelling?«, fragte sie leise und mit ernstem Tonfall. »Ich würde der Untersuchung zu gern beiwohnen.«

Dr. Snelling fuhr bei ihrem Anblick zusammen. »Was willst du?«

Louise Pockennarbig schaute ihn unverwandt an. »Zusehen, wenn Sie den kranken Körper untersuchen.«

»Dabei kann ich aber keine neugierigen Schulmädchen als Zuschauer gebrauchen. Wie alt bist du? Neun?«

»Ich bin zwölf«, entgegnete Louise würdevoll.

»Hmpf«, war die einzige Reaktion des Doktors. Er steckte sich die Bügel seines Stethoskops in die Ohren. Kitty hielt den Atem an. Das war es, gleich würde er die Wahrheit entdecken. Da schoss ihr ein Gedanke durch den Kopf. Sie bemühte sich, Alice Robust mit zuckenden Augenbrauen ein Zeichen zu geben. Die schaute sie erst ratlos an, dann begriff sie und schob sich laut atmend hinter den Rücken des Arztes.

Dr. Snelling runzelte die Stirn und nahm das Stethoskop aus den Ohren. Alice trat hastig einen Schritt zurück, während er die Ohr-

stöpsel gegen seine Handfläche klopfte.»Merkwürdig«, sagte er.»Ich höre Atemgeräusche, aber es ist nicht ganz … irgendetwas … vielleicht muss ich das Gerät reinigen oder reparieren lassen.«
Plötzlich drehte er sich um und sein Blick fiel auf Alice, die sich hinter ihm herumdrückte. Er starrte sie an. Da sie nicht wusste, was sie sonst tun sollte, faltete sie die Hände und blickte zu Boden. Kitty spürte ihren eigenen Herzschlag in der Kehle pochen. Das Spiel war vorbei. Ihr fiel nichts mehr ein. Diese ganze Scharade war so unbeschreiblich absurd. Jeden Moment würde Dr. Snelling die Wahrheit aufdecken und man würde sie alle nach Hause schicken. Es würde eine Untersuchung und unangenehme Fragen geben. Admiral Lockwood und Reverend Rumsey waren bereits als Zeugen zur Stelle. Kitty betrachtete den Schweißfilm, der im Kerzenlicht auf dem Kopf des Doktors glänzte, und wartete darauf, dass er die gefürchteten Worte aussprach.

Die Türglocke läutete.

Ihr Schicksal war besiegelt, sie standen am Rande des Abgrunds, aber Kitty konnte nichts anderes tun, als die Scharade weiterzuspielen und zur Tür zu eilen. Sie wusste nicht, ob einer ihrer Vorfahren an der Schlacht von Hastings teilgenommen hatte, aber die Heatons waren aus hartem Holz geschnitzt, so viel stand fest, und Kitty würde sich nicht von einer Türglocke ins Bockshorn jagen lassen.

Martha Einfältig, Roberta Liebenswert und Mary Jane Ungeniert tauchten im Türrahmen von Mrs Placketts Schlafzimmer auf.»Wir sehen nach, wer an der Tür ist«, verkündete Roberta.

»Sicher weitere Geburtstagsgäste«, sagte Kitty.»Angesichts von Mrs Placketts Erkrankung sollten wir die Party allerdings besser absagen, denke ich. Es wäre doch furchtbar, wenn einer der Gäste sich infiziert, falls ihr Leiden ansteckend ist. Würdet ihr den Neuankömmlingen bitte ausrichten, dass sie ein anderes Mal vorbeikommen sollen?« Die Freundinnen nickten wissend und verschwanden.

»Ich bitte Sie, ein Leberleiden ist doch nicht ansteckend«, meldete sich Dr. Snelling gereizt zu Wort.»Und dürfte ich um *etwas* weniger Tohuwabohu bitten?«

»Sind Sie sicher, dass Leberleiden nicht infektiös sind?«, erkundigte sich Louise Pockennarbig. »Ich habe eine hochinteressante Veröffentlichung der Royal Society über Keime gelesen. Demnach sind wir überall von ihnen umgeben: Sie sind zu klein, um sie mit bloßem Auge zu erkennen, ernähren sich von unseren Körpern und verbreiten Infektionen wie ... nun, also wie Infektionen.«

»Leberleiden werden nicht von Keimen verursacht, sondern von einer schwachen Leber.« Dr. Snelling drohte Louise mit erhobenem Zeigefinger. »Es kümmert mich nicht, was du für Schriften gelesen hast. Die Herren von der Royal Society tun nichts, außer im Labor herumzuspielen und Champagner zu trinken. Wenn du echte Wissenschaft willst, dann halte dich an die Fakten, an die gute, vertrauenswürdige Medizin.«

Louise Pockennarbig zog ein Notizbuch und einen Bleistift aus der Tasche. »Ich bin ganz Ihrer Meinung, Doktor«, sagte sie. »Es ist eine Wohltat, mit einem wahren Mann der Wissenschaft zu sprechen. Meinen Onkel werden Sie vermutlich nicht kennen, oder? Doktor Matthew Dudley, den großen Londoner Chirurgen?«

»Nein, ich kenne deinen verdammten Onkel nicht. Würdest du jetzt bitte das Zimmer verlassen und mich meine Arbeit –«

»Nun, reden wir nicht weiter über meine Verwandten.« Louise tat so, als würde sie Dr. Snellings Schimpfen gar nicht hören. »Was meinen Sie? Wo kann ich verlässliche Informationen zum Thema Leberleiden finden?«

Während dieses Fachgesprächs stieß Kitty Schlau Alice mit dem Ellbogen an. »Wo steckt Elinor?«, flüsterte sie.

Alice deutete auf den Schlafzimmerschrank. »Da drinnen.«

Kitty blieb der Mund offen stehen. »Du meinst doch nicht –«

Alice nickte. »Doch. Im Schrank. Mit Mr Godding. Er kippt sonst um.«

KAPITEL 3

Am anderen Ende des Korridors öffnete Martha Einfältig die Haustür. Draußen stand, auf ihren Stock aus poliertem Eichenholz gestützt, Miss Letitia Fringle, die unverheiratete alte Chorleiterin.

»Miss Fringle!«, rief Roberta Liebenswert aufrichtig erfreut. »Wie schön, dass Sie vorbeischauen. Möchten Sie nicht hereinkommen? Oh!«

Mary Jane Ungeniert war Roberta herzhaft auf den Zeh getreten. Robertas liebenswürdige, großmütige Regungen waren bisweilen eine wahre Plage, insbesondere wenn sie dem Mädchen völlig den Verstand vernebelten. Keine Macht der Welt konnte die neugierige Miss Fringle aus einem Haus komplimentieren, wenn sie entschlossen war zu bleiben und bereits die Türschwelle überschritten hatte. In dieser Hinsicht ähnelte die alte Dame einem Vampir.

»Guten Abend, Mädchen.« Miss Fringle betrachtete sie mit zusammengekniffenen Augen, während sie mit unsicheren Schritten über den Fliesenboden taperte. »Ich komme zur Geburtstagsparty und habe Holunderlikör und einen Rhabarberkuchen mitgebracht. Außerdem bringe ich die Noten für die Gesangsübungen, die ich eurer Schulleiterin versprochen habe. Patricia Rumsey sagt, Mrs Plackett wolle bei dem Fest am Mittwoch singen, und *ich* sage, sie muss an ihrer Stimme arbeiten.«

»Es tut mir sehr leid, Miss Fringle«, ergriff Mary Jane das Wort. »Mrs Plackett ist unpässlich und bereits zu Bett gegangen.«

»Humbug«, widersprach Miss Fringle. »Sie hat mich zu einer Party eingeladen und ich erwarte eine Party. Meine Nichte hat den ganzen Nachmittag in der Küche gestanden, um den Kuchen zu backen. Und wo steckt eigentlich Mrs Placketts Bruder? Warum sie ihm unbedingt eine Überraschungsparty geben muss, weiß der Himmel. Von Überraschungen kann man einen Herzanfall bekommen. Nun, wie dem auch sei. Gehen wir hinein. Wenn es ihr nicht gut geht, will ich ihr gute Besserung wünschen.«

»Ich denke, das sollten Sie nicht tun«, widersprach Mary Jane mit Nachdruck. »Nicht, dass Sie Fieber bekommen.«

»Welche bist du doch gleich? Bei Dämmerlicht sehe ich nicht besonders gut.« Die Chorleiterin musterte die Mädchen nacheinander, dann wandte sie sich an Mary Jane. »Du bist eine von den Hübschen. Zu hübsch, wie ich meine, das führt zu Eitelkeit. Dagegen lobe ich mir ein unscheinbares, anständiges Mädchen wie dieses hier.« Sie deutete auf Martha Einfältig, der es angesichts der überraschenden Kränkung die Sprache verschlug.

»Eine Fringle bekommt kein Fieber«, fuhr die Chorleiterin fort. »Lasst mich durch, Mädchen!« Ihr Stock pochte auf die Fliesen, während sie ausschritt. »Wie kommt ihr mit der Tischdecke für das Gemeindefest voran? Die Mädchen aus Mrs Ushers Internat sind mit ihrer bereits fertig. Was für eine entzückende Arbeit!«

Mary Jane rümpfte verächtlich die Nase. Diese Usher-Mädchen mochten ja schön sticken können, aber sie hatten kein Stilempfinden.

»Was sollen wir tun?«, wisperte Roberta Liebenswert Martha Einfältig zu. »Sie darf nicht ins Schlafzimmer.«

»Dann halten wir sie auf.« Und ohne zu zögern, eilte Martha Einfältig Miss Fringle nach und stieß sie in die Seite, sodass ihr der Gehstock wegrutschte.

Mary Jane japste. »Martha!«

Der dürren alten Frau entfuhr ein spitzer Schrei und sie flatterte wie ein Segel im Sturm. Martha fing sie auf, bevor sie tatsächlich zu Boden ging.

»Mein Knöchel!«, kreischte die Chorleiterin. »Sabotage! Ein Angriff! Oh, mein armer Knöchel!«

Doktor Snellings Kopf tauchte in der Schlafzimmertür auf. »Was ist das für ein Lärm? Miss Fringle, was machen Sie denn hier?«

»Ich wurde von diesem Riesentölpel attackiert!«, erwiderte Miss Fringle. »Du! Wie heißt du?«

»Martha, Miss Fringle«, antwortete die junge Dame gehorsam. »Ich habe bei Ihrem Liederabend im vergangenen Herbst das Pianoforte gespielt.«

»Dann darf ich doch annehmen, du bist zivilisiert genug, nicht wie eine Wilde durch den Korridor zu galoppieren. Doktor, es ist ein Segen, dass Sie da sind. Helfen Sie mir auf das Sofa im Gesellschaftszimmer und sehen Sie sich meinen Knöchel an, ja? Constance wird es nichts ausmachen, sich mir zuliebe etwas zu gedulden.«

Miss Fringle befreite sich aus Marthas Griff, schimpfte sie abermals dumm und tölpelhaft, zog sie kräftig am Ohr und begab sich dann gleich einer verängstigten Demoiselle in Dr. Snellings ritterliche Obhut. Er führte sie in den Salon und bat die Mädchen, seine Tasche zu bringen. Admiral Lockwood und Reverend Rumsey sprangen auf und erteilten Dr. Snelling Ratschläge. Admiral Lockwood forderte, man müsse das Bein schienen, während Reverend Rumsey überzeugt war, dass der Holunderlikör in Miss Fringles Korb genau die richtige Medizin sei.

Im Schlafzimmer griff Kitty Schlau nach Dr. Snellings Tasche. »Erlöse Elinor, wenn du kannst«, raunte sie Alice Robust noch zu, dann floh sie aus dem Raum mit den Toten und begab sich ins Gesellschaftszimmer.

Mary Jane Ungeniert, Roberta Liebenswert und Martha Einfältig standen noch im Korridor. »Martha, was hast du dir bloß dabei gedacht, Miss Fringle über den Haufen zu rennen!«, fauchte Mary Jane. »Nur weil sie dich unscheinbar genannt hat! Frauen in ihrem Alter sind empfindlich wie Eierschalen und Spinnweben. Du hättest sie umbringen können! Dann müssten wir uns jetzt um noch eine Leiche kümmern.«

Marthas Augen füllten sich mit Tränen. »Das habe ich nicht getan, weil sie mich unscheinbar genannt hat«, schniefte sie. »Kitty hat gesagt, sie darf nicht ins Haus kommen. Ich wollte nur helfen. Es ist nicht meine Schuld, dass Roberta sie hereingebeten hat.«

Robertas Augen röteten sich jetzt ebenfalls. »Es ist spät am Abend! Ich konnte doch die liebe alte Dame nicht draußen stehen lassen.«

»Neugierige alte Schachtel trifft es besser.« Mary Jane seufzte und schaute die beiden reumütigen Mädchen an. Dann legte sie ihnen die Arme um die Schultern. »Schon gut, meine Herzchen. Es tut mir leid, dass ich so aufbrausend war. Das ist eine aufreibende Situation und wir versuchen alle nur, unser Bestes zu geben, ich weiß.« Sie führte die beiden ins Schlafzimmer, wo sich auch die übrigen Mädchen versammelten. Und Elinor Düster, die ein Gesicht machte, als hätte sie eine Quadrille mit dem Sensenmann getanzt, war es endlich gelungen, den Schrank zu verlassen und Mr Goddings Leichnam darin einzuschließen.

Alice Robust bürstete den Staub von Elinors Kleid. »Geht es dir gut?«

»Mir ging es nie besser«, antwortete Elinor knapp. »Für einen Toten ist Mr Godding erstaunlich gut in Form.«

Roberta Liebenswert wurde leicht grün im Gesicht. »Willst du damit sagen, du hast schon *andere* Tote gesehen?«

»Ach, das ist doch jetzt egal!«, rief Alice Robust aus. »Was ist der Plan? Wir brauchen einen Plan, und zwar schnell!«

»Wir müssen sie loswerden«, erwiderte Kitty Schlau. »Egal, wie. Doktor Snelling, Miss Fringle, Reverend Rumsey und Admiral Lockwood müssen weg.«

»Ich weiß, wo ein Seil liegt«, sagte Elinor Düster.

»Himmel! Doch nicht so!«, rief Kitty aus. »Reißen wir uns zusammen und nutzen wir unseren Verstand.«

»Ich würde sagen, wir lassen sie einfach nicht ins Schlafzimmer«, überlegte Louise Pockennarbig laut. »Sie dürfen hier nicht rein und damit hat es sich.«

»Kein wirklich überzeugender Plan«, stellte Mary Jane Ungeniert fest.

»*Guh-Guuh!*«

»Was war das?«, japste Roberta Liebenswert.

Die Mädchen erstarrten. Das rätselhafte Geräusch schien von draußen zu kommen.

»*Guh-Guuh!*«

»Eine Taube?«, rätselte Martha Einfältig.

»Leider nicht«, sagte Alice Robust. »Eine Taube gurrt, sie *ruft* nicht ›Guh-Guuh‹. Da ist jemand. Draußen im Garten.«

»Wahrscheinlich Henry Butts.« Mary Jane Ungeniert warf ihr Haar zurück. »Er unternimmt ständig so idiotische Dinge, um meine Aufmerksamkeit zu erregen. Als würde ich auf so etwas reagieren. Das ist so typisch für einen Knecht.«

»Henry ist kein Knecht, er ist der Sohn des Bauern«, stellte Martha Einfältig richtig.

»Das macht wenig Unterschied«, entgegnete Mary Jane Ungeniert. »So oder so stinken die Stiefel nach Mist und in den Haaren klebt Stroh.«

»Henry Butts kümmert uns jetzt nicht.« Kitty Schlau stellte fest, dass sie vom eigentlichen Thema abschweiften, und ihr gingen Planung und Zielstrebigkeit über alles. »Wir müssen die Geburtstagsfeier beenden. Die Herrschaften fragen sich bestimmt, wo die Gastgeberin und der Ehrengast stecken. Ich lasse mir eine Geschichte einfallen, die wir erzählen können.«

»Gut. Aber vergiss nicht: Wenn alle gegangen sind und wir Mrs Plackett und Mr Godding draußen vergraben, müssen wir sichergehen, dass kein Henry Butts im Garten herumlungert«, gab Alice zu bedenken.

Die Mädchen kehrten ins Gesellschaftszimmer zurück, wo Dr. Snelling gerade letzte Hand an den Verband um Miss Fringles verstauchten Knöchel legte. Der Arzt hätte das sehr viel schneller erledigen können, wenn sie nicht bei der kleinsten Berührung ihres bestrumpften Fußes gezuckt, gejammert und gezittert hätte. Sie bot eine ergreifende Darbietung, doch Dr. Snelling, der erfahrene alte Arzt, schien sich davon nicht sonderlich beeindrucken zu lassen.

»Nur eine kleine Verstauchung, nichts weiter«, sagte er. »Die Bandage soll den Knöchel für ein, zwei Tage stützen. Heute Abend dürfen Sie allerdings nicht mehr auftreten. Sie müssen hierbleiben, bis morgen früh eine Kutsche organisiert werden kann, um Sie nach Hause zu bringen.«

»Ich kann Sie in meinem Wagen mitnehmen«, bot Admiral Lockwood an, der den Blick abgewandt hatte, um nicht auf Miss Fringles verführerischen Knöchel zu starren.

»Zu dieser späten Stunde? Nein, danke.« Miss Fringle streckte die Zehen und begutachtete ihr verletztes Gelenk. Elinor Düster hätte schwören können, dass ein recht zufriedener Ausdruck in ihren Augen lag. »Ich verbringe die Nacht hier und kehre morgen früh nach Hause zurück.«

Abermals kam es Kitty so vor, als würde die Erde unter ihr schwanken. *Ruhe bewahren!*, ermahnte sie sich. Es war an der Zeit, etwas zu sagen, und sie benötigte einen Plan. Rasch legte sie sich eine Geschichte zurecht, überdachte sie nochmals und befand sie für gut. Die gewieftesten Parlamentsabgeordneten hätten Kitty nicht das Wasser reichen können, wenn es um geistige Wendigkeit ging.

»Wenn ich kurz etwas sagen darf«, ergriff sie mit fester Stimme das Wort. Die anwesenden Erwachsenen hielten inne und schauten sie etwas überrascht an. Reverend Rumseys Lippen hatte der Portwein burgunderrot verfärbt und Admiral Lockwoods Brust zierten Kekskrümel. Der Anblick festigte Kittys Selbstvertrauen. Sie stellte sich ihren Vater vor, wie er das Wort an den versammelten Vorstand seiner Firma richtete, und nahm ihren Mut zusammen.

»Danke, dass Sie alle Mrs Placketts Einladung gefolgt sind, um Mr Goddings Geburtstag zu feiern«, erklärte sie. »Heute Nachmittag erhielten Mrs Plackett und Mr Godding eine beunruhigende Nachricht von Verwandten in Indien. Mr Godding ist unverzüglich nach London aufgebrochen, um eine Überfahrt nach Indien zu buchen. Mrs Plackett fühlt sich aus Sorge um ihren Bruder recht schwach und hat sich deshalb zu Bett begeben.« Aus dem Augenwinkel sah Kitty, wie Dr. Snelling die Stirn runzelte. Beinahe konnte sie seinen Einwand hören: *Leberleiden.*

»Der Schock über die schlechte Nachricht hat ihrer ohnehin schwachen Gesundheit zugesetzt. Morgen ... oder in einer Woche geht es ihr sicher wieder besser.«

»Aber um was für eine beunruhigende Nachricht handelt es

sich?«, erkundigte sich Reverend Rumsey.»Wurde jemand in Gottes ewiges Reich abberufen?«

Gleich zwei, dachte Kitty, *aber jemand anderes als Sie vermuten.* Ihr Verstand arbeitete fieberhaft. In den Gesprächen der Internatsleiterin mit ihrem Bruder war manchmal der Name eines Verwandten in Indien gefallen. Aber wie lautete der bloß?

»Es ... geht um ...«

»Bitte sag nicht, dass etwas mit Julius ist!«, flehte Miss Fringle.

»Das arme Kind!«

»... Julius«, wiederholte Kitty gewandt.»Ja, der arme Kleine. Die Ärzte sind in ernster Sorge um ihn.«

»Was hat er?«, fragte Dr. Snelling.

Kitty schaute Louise an. Hilf mir, sagte ihr flehender Blick.»Er ... leidet an ... Pneu–«

»Malaria«, sagte Louise Pockennarbig rasch.

»Pneumaria?«, fragte Admiral Lockwood.

»Malaria«, wiederholte Kitty mit Nachdruck.

Admiral Lockwood verkorkte die Portwein-Flasche.»Das ist eine üble Sache«, erklärte er.»Ich habe Matrosen wie die Fliegen an Malaria sterben sehen.«

»Wir müssen beten und hoffen, dass sich Mr Godding auf dieser Reise nicht selbst mit der Krankheit infiziert«, verkündete Reverend Rumsey mit ernster Stimme.»Er hat die Neigung, dem Alkohol bisweilen allzu sehr zuzusprechen, das schwächt den Körper.«

»Dem Wohlergehen ihres Bruders gelten Mrs Placketts inständige Gebete«, erklärte Kitty.

Dr. Snelling schüttelte den Kopf.»Ich hätte nicht gedacht, dass Mr Godding zu der Sorte Mensch zählt, die ans andere Ende der Welt reist, um am Krankenbett eines Neffen zu sitzen.«

»Wahrscheinlich ist er froh, einen Vorwand zu haben, um sich seinen Gläubigern zu entziehen«, mutmaßte Miss Fringle.

»Geldeintreiber haben Mittel und Wege, um einen Schuldner und sein Geld aufzuspüren«, knurrte Dr. Snelling.

Kitty überging geflissentlich diese Spekulationen im Hinblick auf Aldous Godding. Sie hatte ihre Geschichte gesponnen und würde dabei bleiben.«Welche Gründe auch immer ihn bewegt haben, jedenfalls ist Mr Godding nicht mehr da und seine Schwester ... hat das sehr mitgenommen. Bitte entschuldigen Sie deshalb, dass Mrs Plackett Sie nicht persönlich begrüßt. Sie dankt Ihnen sehr für Ihr Kommen.«

Reverend Rumsey und Admiral Lockwood stärkten sich noch mit Buttertoffees und Rhabarberkuchen, dann verabschiedeten sie sich von Miss Fringle mit einem äußerst galanten Handkuss und brachen gemeinsam auf. Die Chorleiterin genoss die Aufmerksamkeit in vollen Zügen.

»He! Junge Dame?« Admiral Lockwood steckte nochmals den Kopf durch die Haustür und bedeutete Kitty Schlau mit einer Kinnbewegung, zu ihm zu kommen.

Sie gehorchte und er kam ihr mehrere Schritte im Korridor entgegen, damit niemand ihn hören oder sehen konnte. Dann holte er ein kleines Paket aus einer Innentasche seines Mantels.

Er reichte es Kitty. Das Päckchen war nur ungefähr fünfzehn mal zehn Zentimeter groß und dafür erstaunlich schwer. Das braune Packpapier war etwas ungelenk verschnürt, so als hätten alte, zittrige Hände das Paket eingewickelt. »Für Ihre Schulleiterin«, sagte er. »Sie sorgen dafür, dass sie es bekommt, ja?«

Kitty nahm das Päckchen an sich und nickte. »Sobald sie wieder erwacht«, versprach sie, was sie im Kern für eine ehrliche Aussage hielt.

Er tätschelte ihr den Kopf – es war das zweite Mal an diesem Abend, dass ihr ein älterer Herr die Locken platt drückte – und mit den Worten »gutes Mädchen« ging er.

Kitty widerstand der Neugier, das Päckchen zu öffnen, verstaute es vorerst in einer Schublade der Kommode im Korridor und kehrte zu den anderen ins Gesellschaftzimmer zurück, wo Miss Fringle energisch mit dem Stock auf den Boden pochte.

»Na schön, Mädchen. Jetzt bringt mich zum Schlafzimmer eurer Internatsleiterin.«

Roberta Liebenswert musste laut husten, worauf Dr. Snelling ihr kräftig auf den Rücken klopfte.

»Mrs Plackett hat sich bereits zu Bett begeben«, setzte Kitty Schlau an.

»Und sie schläft tief und fest«, fuhr Alice Robust fort.

»Weil es ihr sehr schlecht geht«, erklärte Elinor Düster.

»Aber es ist nichts, was eine ordentliche Mütze Schlaf nicht kurieren würde«, fügte Kitty Schlau rasch hinzu und warf dem Arzt einen nervösen Blick zu.

»Wir bereiten Ihnen gern ein Zimmer im ersten Stock vor«, bot Mary Jane Ungeniert an.

»Ihr habt mich bereits in diese missliche Lage gebracht«, entgegnete Miss Fringle. »Nein. Es kommt nicht infrage, dass ich auf der Treppe herumstolpere. Constances Zimmer wird genügen müssen. Ich benötige nicht viel Platz. Captain Plackett hat ihr zur Hochzeit ein unnötig großes Bett gekauft, aber ich habe ja immer schon gesagt, dass er ein verschwenderischer Mann war. In dem Bett ist Platz genug für uns beide.« Sie hielt inne und senkte die Stimme, als wollte sie den Mädchen etwas anvertrauen. »Wenn man es recht bedenkt, hat Captain Plackett ihr auch ein Haus gekauft, das viel zu groß für sie ist. Und dann stirbt er plötzlich und sie muss zusehen, wie sie das Anwesen mit Pensionsschülerinnen unterhält. Aber Männer waren ja noch nie für ihr vorausschauendes Denken bekannt.«

Dr. Snelling hüstelte vielsagend. »Und falls Sie nicht vorausschauend denken, Miss Fringle, und Ihrem Knöchel nicht etwas Ruhe gönnen, sorge ich dafür, dass Ihre charmante Nichte Ihre Schuhe konfisziert, damit Sie das Bett hüten. Und was den verschwenderischen Lebensstil angeht: Mir kam erst kürzlich zu Ohren, dass Captain Placketts Vermögen in Übersee mehr als ausreichend ist, um Mrs Plackett ein angenehmes Leben zu ermöglichen.«

»Pah! Welches Vermögen?«, schnaubte Miss Fringle. »Wenn es da ein Vermögen gäbe, wüsste ich davon.« Die Mädchen wechselten stumme Blicke: Bei den täglichen Mahlzeiten hatten sie Mrs Placketts Geiz zu spüren bekommen und erlebt, wie sie knauserte. Ein nennenswertes Vermögen konnte sie nicht besitzen, davon waren auch ihre Schülerinnen überzeugt.

Dr. Snelling zuckte mit den Schultern. »Vielleicht nur leeres

Geschwätz.« Er packte seine Sachen wieder in die Tasche und warf einen Blick auf seine goldene Uhr. »Mehr kann ich nicht für Sie tun, Miss Fringle«, sagte er. »Und wenn ich mich nicht gleich auf den Weg mache, hat Mollie Bennion ihr Baby zur Welt gebracht *und* schon wieder abgestillt, bevor ich eintreffe. Wie soll ich dann mein Honorar verlangen? Sie sagten es ja bereits: Mrs Plackett schläft tief und fest. Ich lasse ein Schlafpulver hier, für den Fall, dass sie aufwacht und Schwierigkeiten hat, wieder zur Ruhe zu finden. Sie sorgen dafür, dass sie es bekommt, meine Damen?«

Alle sieben jungen Damen nickten feierlich.

»Sie wird schlafen wie im Grab«, bekräftigte Elinor Düster.

Mary Jane Ungeniert zwickte Elinor heimlich.

Miss Fringles Augen verengten sich bei Elinors Bemerkung und Kitty wurde schon ein bisschen mulmig, aber das ältliche Fräulein sagte nur: »Halte dich gerade, Mädchen. Haltung ist alles und du hast einen Rücken wie ein Kamel.«

»Gute Nacht, die Damen«, verabschiedete sich der Doktor. »Ich schaue morgen früh wieder vorbei.« Und er machte sich allein auf den Weg zur Haustür.

Die Tür fiel hinter ihm ins Schloss und die Mädchen fanden sich allein mit Miss Fringle wieder.

»Nun?« Sie pochte ein weiteres Mal energisch mit ihrem Gehstock auf den Boden. »Hätte eine von euch die Güte, mir aufzuhelfen? Aber nicht du.« Miss Fringle warf Martha Einfältig einen finsteren Blick zu.

Kitty Schlau hielt das Tütchen mit dem Schlafpulver fest umklammert. Eine Idee nahm vor ihrem inneren Auge Gestalt an.

»Bitte gedulden Sie sich noch einen Augenblick, Miss Fringle«, bat sie. »Lassen Sie uns zuerst den Kamin in Mrs Placketts Zimmer anschüren. Wir möchten ja nicht, dass Ihre Nachtruhe von der Kälte gestört wird. Ich meine natürlich, äh, von der kalten Nachtluft oder den kalten Laken.« *Oder einer kalten Leiche*, verkniff sie sich, hinzuzufügen.

Louise Pockennarbig warf Kitty einen alarmierten Blick zu. »Soll ich eben, ähm, das Zimmer ein bisschen aufräumen? Ich habe …

vorhin sowieso mein Buch dort liegen lassen. Als ich ... Mrs Plackett vorgelesen habe.«

Und Alice Robust und Mary Jane Ungeniert deuteten mit ruckartigen Kopfbewegungen zum Zimmer der Pensionatsvorsteherin.

»Nicht nötig.« Kitty Schlau lächelte die anderen treuherzig an und amüsierte sich über ihre entgeisterten Mienen. »Miss Fringle weiß ja, dass sie das Bett mit Mrs Plackett teilen muss.« Sie hoffte, die Freundinnen begriffen, was sie damit sagen wollte: Sie konnten Mrs Placketts Leiche jetzt nicht wegschaffen. Sonst müssten sie Miss Fringle eine Erklärung liefern. »Die beiden werden es sehr behaglich haben, wenn erst das Feuer im Kamin brennt. Miss Fringle, Sie stehen gewiss noch furchtbar unter Schock nach dem Sturz und der Verletzung. Lassen Sie mich Ihnen eine Tasse Kamillentee zur Beruhigung bringen.«

»Ich brauche keine Beruhigung«, blaffte die Chorleiterin. »Ich erfreue mich stets eines gesegneten Schlafs. Ich brauche nur etwa eine halbe Stunde, um einzuschlafen.«

»Wie schön!«, erwiderte Kitty. »Wussten Sie, dass Mrs Placketts Kamillentee im vergangenen Jahr beim Ladies' Council für Heim und Garten in Northampton einen Preis gewonnen hat?«

Miss Fringles Augen verengten sich. »Sie ist den weiten Weg nach Northampton gereist? Was wollte sie denn da? Ist ihr Cambridge nicht mehr gut genug?«

»Dort herrscht einfach eine so große Nachfrage nach ihrem preisgekrönten Kamillentee.« Kitty lächelte. »Warten Sie kurz. Ich bin gleich wieder da.«

Die übrigen Mädchen folgten ihr hinunter in die Küche. Dort schlossen sie die Tür hinter sich, und Kitty legte Kohlen im Herd nach, um Wasser für Miss Fringles Kamillentee zu erhitzen.

»Hat sie nicht gesagt, sie wolle keinen Tee?«, warf Martha Einfältig ein.

»Sie brennt jetzt darauf, den Tee zu probieren, nachdem du diesen unsinnigen Preis erfunden hast. Das war raffiniert, Kitty«, sagte Mary Jane Ungeniert.

»Aber warum?«, erkundigte sich Roberta Liebenswert. »Warum macht ihr so ein Aufheben um den Tee?«

»Ich denke, wegen des Schlafpulvers«, entgegnete Louise Pockennarbig. Sie zog das Tütchen aus Kittys Tasche und las die Dosierungsanweisung, die Dr. Snelling darauf notiert hatte. »Wir müssen sichergehen, dass wir der alten Dame keine Überdosis verabreichen, sonst müssen wir uns um eine Leiche mehr kümmern.«

»Ach, und die Kirche Saint Mary wäre nicht mehr dieselbe ohne ihren Chor«, klagte Roberta Liebenswert.

»Sie ist noch nicht tot«, merkte Elinor Düster an.

Alice Robust ließ sich auf einen Stuhl fallen. »Geburtstagsparty! Der liebe kleine Julius! Was kommt als Nächstes?«

»Papperlapapp. Alles halb so wild.« Kitty Schlau tätschelte Alice den Kopf. Um die Wahrheit zu sagen, fühlte sie sich gerade ziemlich zufrieden mit sich selbst. Es war ein geradezu genialer Einfall gewesen, Mr Godding auf eine Reise nach Indien zu schicken. So waren sie ihn fürs Erste los und mit Pneumaria, Diphtussis, Malonia oder was auch immer da an Krankheiten herumschwirrte – Kitty nahm sich fest vor, von nun an besser im Naturkunde-Unterricht aufzupassen. (Moment mal, es würde ja nie mehr Naturkunde-Unterricht geben!) –, könnten sie ihn problemlos aus der Ferne für immer von der Bildfläche verschwinden lassen. Wenn sie bloß diese schreckliche Nacht überstünden, würde den jungen Damen des Mädchenpensionats Saint Etheldreda alles gelingen, davon war Kitty überzeugt.

»Elinor, schürst du bitte den Kamin im Schlafzimmer an?«, bat sie. »Wir wollen doch, dass es schön kuschelig ist, damit Miss Fringle nicht bei einer erkalteten Leiche nach Wärme sucht.«

»Aber im Schein des Feuers kann sie Mrs Plackett besser erkennen«, gab Mary Jane zu bedenken.

»Nicht, wenn wir ihr im Bett die Brille abnehmen«, entgegnete Kitty. »Wir *wollen* ja, dass sie Mrs Plackett sieht. Sie soll felsenfest davon überzeugt sein, dass sie die Nacht neben einer lebendigen Mrs Plackett verbracht hat. Später, wenn das Feuer heruntergebrannt ist und das Schlafmittel Miss Fringle ordentlich betäubt hat, nehmen wir den Austausch vor und bringen die Leiche aus dem Zimmer.«

»Den Austausch?«, hakte Alice Robust nach. »Durch wen sollen wir Mrs Plackett ersetzen? Durch eine Vogelscheuche?«

Kitty Schlau musterte Alice Robust, die daraufhin einen Schritt zurückwich.

»Oh nein, Kitty. Das ist nicht dein Ernst.«

Kitty umfasste Alice' Wangen mit den Händen und küsste sie flüchtig auf die Stirn. »Keine Vogelscheuche, Liebes«, sagte sie. »Bitte verzeih mir das, was ich jetzt sage: Aber du bist einfach die Beste für die Aufgabe. Wir tauschen dich gegen die liebe Verstorbene aus.«

KAPITEL 4

Alice Robust strich sich mit den Händen über die füllige Leibesmitte und seufzte. »Das habe ich mir wohl selbst zuzuschreiben.«

»Du bist einfach die ideale Besetzung«, sagte Kitty Schlau tröstend. »Du bist die geborene Schauspielerin. Wie du letztes Weihnachten bei unserer Theateraufführung ...«

»Schlafend im Bett zu liegen ist nicht dasselbe wie Lady Macbeth zu spielen«, unterbrach Alice. »Du musst dich nicht bemühen, es netter klingen zu lassen. Ich *passe* am besten für die Rolle, weil ich am besten in Mrs Placketts Kleider *passe*. Sogar ihr grässliches Doppelkinn habe ich.« Alice Robust riss sich tapfer zusammen. »Schon gut. Ich mache mich dann lieber mal auf die Suche nach einem ihrer Nachthemden und einer Nachthaube und versuche einfach, nicht darüber nachzudenken, dass ich die Figur einer Sechzigjährigen habe.«

»Deine Haut ist viel schöner«, rief Louise Pockennarbig ihr noch nach, aber Alice reagierte nicht darauf.

Elinor Düster schlüpfte aus der Küche, um sich um das Kaminfeuer im Schlafzimmer zu kümmern.

Louise Pockennarbig reichte Kitty Schlau eine Tasse Kamillentee. »Bitte sehr. Perfekt aufgebrüht und mit Schlafpulver verfeinert. Miss Fringle wird im Nu schnarchen wie ein Murmeltier. Ich gehe den Esstisch abräumen. Dort steht noch unser ganzes Geschirr.«

Martha Einfältig streckte die Arme in die Höhe und gähnte. »Ich bin todmüde. Oh! Was für eine unglückliche Formulierung an einem Tag wie heute!« Sie goss heißes Wasser aus dem Kessel in eine Spülschüssel. »Ich kümmere mich besser um den Abwasch, damit wir alle schlafen gehen können.«

»Lass es gut sein, Martha«, entgegnete Mary Jane Ungeniert. »Du hast schon gekocht. Also übernehme ich den Abwasch. Ab ins Bett mit dir!«

Ein dankbares Leuchten trat in Marthas Augen, als sie das ältere Mädchen ansah. »Oh, das würdest du tun? Danke, das ist ungeheuer nett von dir. Ich schulde dir etwas.«

»Gar nichts, kleine Maus. Und jetzt troll dich. Und du auch, Roberta. Gute Nacht!«

Nachdem Martha und Roberta die Treppe hochgestapft waren, blickte Kitty Schlau Mary Jane Ungeniert lange an. »Das war nett von dir.«

Mary Jane schüttelte den Kopf und rieb Seife auf die Spülbürste. »Ich tue Buße. Vorhin war ich biestig zu den beiden, als Roberta Miss Fringle hereinbat und Martha sie umrannte.«

Kitty lachte und schob die Kohlen im Herd für die Nacht auseinander. »Zum Glück haben die beiden das gemacht. Das hat uns die Haut gerettet. Dr. Snelling war im Begriff, zu merken, dass Mrs Plackett nicht mehr unter uns weilt.«

»Die gute Martha«, sagte Mary Jane. »Sie scheint wirklich sämtliche Pfannen und Töpfe verwendet zu haben, um das Abendessen zu kochen. Hier: Ein Topf für die Bohnen, dann einer für die Kartoffeln. Einer für die gekochten Zwiebeln und dann *drei* Pfannen für das Kalbfleisch! Ein Bräter und diese beiden winzigen Pfännchen, die aussehen wie für die Puppenküche.«

»Martha hat auch etwas von einer Puppe. Hübsch und ...«

»Den Kopf voller Watte.«

»Pst!«

»Du hast angefangen.« Mary Jane Ungeniert grinste. »Miss Fringle nannte sie vorhin unscheinbar.«

»Was für eine Frechheit!«, rief Kitty aus. »Moment: Bevor oder nachdem Martha sie zum Stolpern gebracht hat? Egal, vergiss meine Frage.« Sie griff nach der Teetasse und machte sich auf den Weg zum Gesellschaftszimmer, wo eine ungeduldige Miss Fringle sie erwartete.

»Was dauert das denn so lange?«, fragte sie. »Constance Plackett würde einen verletzten Gast nie so lange warten lassen.«

Kitty schenkte ihr ein breites Lächeln. *Du nennst unsere Martha unscheinbar, ja?* »Verzeihung, Miss Fringle. Wir haben Ihnen den Tee zubereitet und das Schlafzimmer beheizt. Genießen Sie doch jetzt den Tee und dann bringe ich Sie in Mrs Placketts Zimmer.«

»Du musst mir den Weg nicht zeigen. Ich brauche nur jemanden, auf dessen Arm ich mich stützen kann, nachdem mich dieses dumme Mädchen umgerannt hat.« Miss Fringle nahm einen großen Schluck Kamillentee und schmatzte nachdenklich. »Der erste Preis in Northampton, sagtest du? Sie müssen dort einen seltsamen Geschmack haben. Der Tee hat merklich einen bitteren Beigeschmack.«

»Vielleicht ist das Leben in Northampton bitter«, überlegte Kitty laut, »und deshalb mögen die Leute dort bitteren Tee.«

»Das würde mich nicht wundern.«

Kitty Schlau half Miss Fringle beim Aufstehen und führte sie langsam zum Schlafzimmer. Auf dem Weg zum Bett entdeckte sie eine Porzellanschale mit Wattebauschen auf Mrs Placketts Frisiertisch und hatte einen jener Geistesblitze, auf die sie so stolz war.

»Hier, Miss Fringle«, sagte sie und reichte der Chorleiterin zwei Watteböllchen. »Die sollten Sie sich in die Ohren stecken. Mrs Plackett hat einen recht geräuschvollen Schlaf, um die Wahrheit zu sagen.«

Miss Fringle setzte sich auf die Bettkante. »Hilf mir mit meinen Stiefeln, sei so gut.« Sie reckte den Hals, um einen Blick auf Mrs Plackett zu werfen. »Ich würde sagen, sie ist ziemlich ruhig.«

»Ihre Schnarchphase beginnt immer erst nach Mitternacht«, erklärte Kitty.

»Schnarchen! Oh, ich hasse Schnarcher. Mein Vater, Gott hab ihn selig, brachte die Wände zum Wackeln.« Sie stopfte sich die Watte in die Ohren. »Das ist einer der Gründe, weshalb ich Gott dankbar bin, dass ich nie geheiratet habe.« Sie gähnte herzhaft und ihre Augenlider wurden schwer. »Gute Güte, ich bin wirklich müde. Das muss der Schock sein, der mich nach dieser barbarischen Attacke einholt.«

Kitty lächelte, weil sie sah, dass das Schlafmittel seine Wirkung entfaltete. Und sogar falls diese nachließe, würde die alte Schachtel mit der Watte in den Ohren kaum aufwachen, wenn sie später die Leiche aus dem Zimmer trugen.

»Darf ich Ihre Brille beiseitelegen?«, fragte Kitty.

Miss Fringle klappte sie zusammen. »Sorg dafür, dass sie in Reichweite liegt. Ohne meine Brille sehe ich gar nichts.«

»Selbstverständlich«, säuselte Kitty Schlau und steckte die Brille in die Tasche ihres Kleids. »Sie liegt gleich hier auf dem Nachttisch.«

Das Mädchen wartete, bis die alte Dame ihr Kleid aufgeknöpft hatte, um es sich bequem zu machen. Als sie unter die Decke schlüpfte, war sie praktisch schon im Halbschlaf. Kitty löschte das Licht und wünschte ihr eine gute Nacht.

Im Gesellschaftszimmer traf sie auf die übrigen Mädchen, mit Ausnahme von Roberta Liebenswert und Martha Einfältig, die bereits in ihrem gemeinsamen Zimmer zu Bett gegangen waren. Mary Jane Ungeniert, Louise Pockennarbig und Elinor Düster hatten sich schon für die Nacht umgezogen, und die arme Alice trug eines von Mrs Placketts Nachthemden. Sie saß mit hängenden Schultern und herabgezogenen Mundwinkeln da, ganz wie ihre ehemalige Schulleiterin.

»Das ist Mrs Plackett, wie sie leibt und lebt«, kicherte Louise Pockennarbig. »Du hast wirklich Talent, Alice!«

»Marsch, ins Bett mit Ihnen, Miss Dudley!«, befahl Alice und imitierte täuschend echt Mrs Placketts verärgerten Tonfall. »Denken Sie daran: Schönheit, diese Zier, nach der jede junge Dame streben sollte, und Sie ganz besonders, Miss Dudley, verlangt eine angemessene Nachtruhe.«

Louise lachte. »Ich hatte es so satt, dass sie ständig an meiner hässlichen Haut herummäkelt. Was kümmert es eine Wissenschaftlerin schon, ob sie Pockennarben hat?« Ihre Miene nahm einen besorgten Ausdruck an. »Sag, das meinst du doch nicht ernst, oder? Was die Schlafenszeit angeht? Denn ich darf jetzt so lange aufbleiben wie ihr, wenn ich das will!«

Alice Robust ging nicht darauf ein und kratzte sich nur missmutig seitlich am Bauch.

Mary Jane Ungeniert schüttelte sich. »Pfui, ihr widerliches Kratzen! Es ist ein Wunder, dass sie tatsächlich einen Mann gefunden hat, der sie heiraten wollte.«

»Vielleicht war Kapitän Plackett auch ein Kratzer«, sagte Elinor Düster. »Seefahrer haben Flöhe wegen der Ratten an Bord. Vielleicht haben sie sich gegenseitig gekratzt.«

»*Guh-Guuh!*«

Die Mädchen starrten durch das Fenster in den dunklen Garten, von wo der Laut kam.

»Henry Butts bekommt morgen was von mir zu hören«, sagte Mary Jane Ungeniert.

»Als erste Maßnahme in unserem Leben ohne Erwachsene sollten wir uns eine Bulldogge zulegen, die Bauernjungen und Einbrecher fernhält und Polizisten beißt«, erklärte Alice Robust.

»Aber nicht, wenn die Polizisten gut aussehen«, widersprach Mary Jane.

»Und wenn das da draußen gar nicht Henry Butts ist?«, gab Elinor Düster zu bedenken. »Was, wenn das jemand mit bösen Absichten ist?«

Mary Jane Ungeniert begann, ihre Zöpfe zu lösen. »Falls dem so wäre, würde derjenige kaum wie ein Narr herumgurren.«

Alice Robust schüttelte den Kopf. »Ich kann es noch immer nicht glauben. Mord. Genau vor unserer Nase sind gleich zwei Menschen ermordet worden.«

»Ich weiß.« Elinor Düster erschauderte. »Ist das nicht aufregend?«

Alice Robust rümpfte angewidert die Nase. Dann schnüffelte sie nochmals und hielt sich eine Stofffalte des Nachthemds an die Nase. »Igitt! Das riecht wie Mrs Plackett nach einem langen Nachmittag im Gemüsegarten.«

»Nur Mut!«, tröstete sie Kitty Schlau. »Morgen ruhen Mrs Plackett und ihre Gerüche bereits auf ewig im Gemüsegarten. Und ihre Kleider werden alle gewaschen.«

»Sollten Louise und ich nicht zunächst eine Autopsie durchführen?«, fragte Elinor Düster. »Ich kann mich um die Leichen kümmern und Louise die Präparate testen.«

Mary Jane Ungeniert presste die Hände auf den Magen. »Also wirklich, Elinor«, blaffte sie. »Manchmal gehst du zu weit. Dich um die Leichen kümmern? Selbst Constance Unfreundlich Plackett und ihr grässlicher Bruder Aldous Widerwärtig haben zumindest so viel Respekt verdient, dass sie nicht von ein paar Schulmädchen verstümmelt werden, bevor sie die ewige Ruhe finden. Wir sollen sie aufschneiden? Um was zu finden? Dolche im Bauch?«

In Elinors dunklen Augen unter den schweren Lidern blitzte ein wildes Flackern auf: »Gift«, sagte sie. »Wenn wir sie erst einmal im Garten begraben haben, sind wesentliche Beweise für immer verloren.«

Louise Pockennarbig richtete sich unvermittelt auf. »Oh! Was ist bloß mit mir los?«

Alle starrten sie an.

»Ich weiß nicht, Liebes. Was ist mit dir los?«, fragte Kitty Schlau.

»Gift. Beweise. Natürlich! Wie konnte ich nur so gedankenlos sein!« Louise krallte ihre Finger fieberhaft in die Armlehnen des Sessels. »Das Essen! Nachdem der Tisch abgeräumt war, was haben wir mit dem Essen gemacht?«

»Wir haben es in den Reste-Eimer gekippt, wie immer«, antwortete Mary Jane Ungeniert. »Beruhige dich, Kleine. Ich habe den Eimer auf dem Komposthaufen ausgeleert, während Kitty Miss Fringle ihren Tee brachte.«

Louise Pockennarbig sprang auf. »Schnell, kommt! Wir haben keine Zeit zu verlieren!«

Sie schnappte sich eine Kerze, zündete sie an der Glut des Kaminfeuers an, hastete die Treppe hinunter in die Küche und dann barfuß nach draußen. Die älteren Mädchen griffen sich ebenfalls Kerzen und folgten ihr verwirrt.

Nach der einschläfernden Wärme des Salons fühlte sich die kühle Nachtluft wie ein Schlag ins Gesicht an. Das taufeuchte Gras kitzelte ihre nackten Fußsohlen. Als das Zehn-Uhr-Läuten der Kirchenglocken einsetzte, fuhren die Mädchen erschrocken zusammen. Mit einem Mal schienen auf dem kurzen Weg zum Komposthaufen überall Gefahren zu lauern.

»Haltet Ausschau nach Henry Butts«, warnte Mary Jane Ungeniert. »Wenn er versucht, mich zu küssen, ersteche ich ihn mit der Mistgabel.« Sie hielt kurz inne. »Es sei denn, er ist ein guter Küsser, dann warte ich eine oder zwei Minuten, bevor ich ihn niedersteche.«

»Erspar uns deine albernen Kuss-Geschichten«, stieß Alice hervor. »Louise, wir haben alle das Gleiche gegessen. Wenn das Essen vergiftet war, müssten wir dann nicht alle ... Oh! Aber natürlich! Das Kalbfleisch!«

Die Mädchen blieben abrupt stehen. In dem flackernden Kerzenlicht, das auf ihren blassen Gesichtern und den Nachthemden spielte, erinnerten sie an eine Versammlung von Gespenstern in der dunklen Nacht.

»Martha hat das Fleisch zubereitet«, wisperte Kitty Schlau.

Alice Robust schüttelte den Kopf. »So etwas würde sie *nie* tun.«

»Das könnte sie nicht!«, rief Mary Jane Ungeniert.

»Aus Versehen schon«, widersprach Elinor Düster unheilvoll.

»Sie war es nicht«, bekräftigte Alice mit Nachdruck.

»Kommt schon«, drängte Louise Pockennarbig. »Wir müssen das Fleisch finden.«

»Das muss jetzt eklig aussehen: eine Pampe, vermischt mit Kompost, kalter Soße und schleimigen Bohnen.« Mary Jane Ungeniert verzog das Gesicht bei der Vorstellung.

Sie erreichten den Komposthaufen, der hinter einem Holzschuppen verborgen lag, damit man nicht von seinem Gestank belästigt wurde, wenn man auf den Stühlen neben den Blumenbeeten in der Sonne saß. Hierher drang kein Lichtstrahl aus den Fenstern des Gesellschaftszimmers und mit den Kerzen konnten die Mädchen in der tiefen Dunkelheit kaum etwas erkennen. Der Komposthaufen zeichnete sich schemenhaft als ein Berg aus einer undefinierbaren fauligen Masse vor ihnen ab und bei dem Geruch zog es ihnen den Magen zusammen.

»Das führt zu nichts«, rief Kitty Schlau aus. »Ich kann überhaupt nichts erkennen in der Pampe. Mary Jane, erinnerst du dich, wo du den Eimer heute Abend ausgeleert hast?«

»Das hat sich erledigt.« Louise kniete sich ein Stück von dem Komposthaufen entfernt nieder. Elinor Düster ging neben ihr in die Hocke. »Wir haben, was wir brauchen.«

Eine kalte Böe fegte über sie hinweg und blies einige Kerzen aus.

»Was denn?«, rief Kitty Schlau und sogleich schämte sie sich für die Furcht in ihrer Stimme.

»Ein Wiesel mit einem Stück Kalbfleisch im Maul«, verkündete Louise Pockennarbig mit dem sachlichen Ton einer Wissenschaftlerin. »Ich bin auf sein Fell getreten.«

Elinor Düster lieferte die entscheidende Information nach. »Das Wiesel ist tot.«

KAPITEL 5

»Das arme Ding«, sagte Alice Robust. Sie tupfte sich die Augen mit dem Ärmel von Mrs Placketts Nachthemd ab.

»Wohl kaum«, widersprach Mary Jane Ungeniert. »Das ist wahrscheinlich dasselbe Wiesel, das unsere Küken auf dem Gewissen hat.«

»Am Ende siegt die Gerechtigkeit«, verkündete Elinor Düster.

»So wie bei Mrs Plackett und Mr Godding?«, fragte Louise Pockennarbig.

»Ach, gehen wir zurück ins Haus«, rief Mary Jane aus. »Ich habe diese ganze Angelegenheit gründlich satt. Himmel, das ist bloß ein elendes Nagetier!«

»Streng genommen, kein Nagetier.« Louise öffnete gewaltsam den Kiefer des Tiers und mühte sich, das Fleischstück zwischen den spitzen Zähnen herauszuzerren. »Das Wiesel gehört zur Familie der Marder.« Mit den Augen suchte sie angestrengt den übrigen Komposthaufen ab, entdeckte tatsächlich das zweite schmierige Stück gebratenen Kalbfleischs und wickelte es in ein Taschentuch. Dann stapften die Mädchen zurück zum Haus. Mittlerweile brannte nur noch Kittys Kerze.

»Pssst!« Kitty hinderte die Übrigen mit dem Arm am Weitergehen und blies hastig ihre Kerze aus. »*Rührt euch nicht.*«

Lautlos und wachsam verharrten die Mädchen.

Alice Robust verspürte ein merkwürdiges angstvolles Prickeln entlang der Wirbelsäule und fragte sich, ob sie die Nerven verlieren und zu schreien anfangen würde. *Seltsam*, dachte sie. *Ich gehöre doch eigentlich nicht zur versponnenen Sorte. Könnten das Geister sein? Unsinn. Aber was, falls es doch welche sind? Wie würde wohl Mrs Placketts Geist reagieren, wenn er entdeckte, dass ich mich für die Tote ausgebe und ihre Kleider trage? Wenn du weiter so herumspinnst, landest du in der Nervenheilanstalt*, schimpfte Alice mit sich selbst.

Sie warteten. Eine schmale Mondsichel spitzte durch eine Lücke in der dicken Wolkendecke.

Louise Pockennarbig lauschte in die Stille, bis ihre Ohren juckten. Was hatte Kitty gesehen oder gehört?

Da hörten es die anderen auch. Ein Knacken, deutlich wie ein Trommelschlag. Ein brechender Zweig.

Jemand bewegte sich in der Dunkelheit. Sie ahnten es eher, als dass sie es sahen. Dann wurde jeder Zweifel ausgeräumt. Hastige Schritte entfernten sich, jemand brach Hals über Kopf durch Brombeerhecken und Gestrüpp und rannte zum Hof der Butts.

Die Anspannung der Mädchen wich wie Sand aus einem zerbrochenen Stundenglas. »Das war nur der dumme Henry«, sagte Mary Jane Ungeniert. »Keine Gefahr.«

»Aber hat er uns gehört?«, wisperte Elinor Düster. »Wir haben ganz offen über den Tod gesprochen!«

Kitty Schlau trat mit ihren nackten Zehen gegen einen Grasbüschel. Sie hätte es besser wissen müssen. Sie hätte das vorhersehen müssen. Dafür, dass sie sich so viel auf ihr Führungstalent, auf ihre unternehmerischen Fähigkeiten und ihren Sinn fürs Detail einbildete, geriet die Ausführung dieses ganzen Unterfangens bislang furchtbar schlampig.

»Die Schritte klangen schon ziemlich weit weg«, sagte Alice Robust. »Ich glaube, wir dürfen unbesorgt davon ausgehen, dass Henry uns nicht gehört hat. Und falls ja, hat er wahrscheinlich nur die Hälfte verstanden.«

»Siehst du? Ich sage ja, er ist dumm«, warf Mary Jane ein.

»Das wollte ich damit nicht sagen«, widersprach Alice. »Ich meinte, dass unsere Unterhaltung, aus dem Zusammenhang gerissen, für ihn wenig Sinn ergeben dürfte ... ach, vergiss es.«

Sie erreichten die Tür und gingen ins Haus. Der Tau auf dem hohen Gras hatte ihre Nachthemden bis zu den Knien durchnässt.

Sie setzten sich ein paar Minuten vor den Kamin im Gesellschaftszimmer, um zu trocknen. Niemand sagte ein Wort.

»Na schön, dann gehe ich mal«, seufzte Alice Robust schließlich. »Es ist Zeit für mich, neben Miss Fringle unter die Decke zu kriechen, genau dorthin, wo die letzten Stunden eine Tote gelegen hat. Wenigstens bleibt es mir erspart, sie gemeinsam mit euch aus dem Zimmer zu schleppen und irgendwo zu verstecken. Wo wollt ihr das alte Mädchen hinpacken?«

Kitty Schlau war froh, von ihrer Sorge abgelenkt zu werden, ob Henry Butts die ganze Unterhaltung gehört hatte oder nicht. »Ach, das habe ich mir schon überlegt. Wir bringen sie nach oben in dein Bett.«

Louise Pockennarbig und Elinor Düster zogen sich in ihr Zimmer im Obergeschoss zurück, das sie sich mit Alice Robust teilten. Ihre ältere Zimmergenossin blieb indes unten im Salon und wartete darauf, mit Mrs Placketts Leichnam das Bett zu tauschen. Louise kroch zwischen die kalten Laken und schlang die Arme um die Knie. »Bist du kein bisschen beunruhigt, Elinor?«, fragte sie.

Elinor Düster kämmte mit bedächtigen Bewegungen ihr langes schwarzes Haar. »Weswegen?«

Louise zuckte mit den Schultern. »Ach, ich weiß nicht. Vielleicht wegen der Morde.«

Elinors Kamm verfing sich in einem Knoten im Haar. »Eher nicht«, sagte sie. »Der Tod gibt nicht viel darauf, wer sich vor ihm ängstigt oder nicht. Letztlich holt sich der Sensenmann immer seine Beute.«

Louise Pockennarbig verdrehte die Augen. Manchmal konnten die Versuche, sich mit Elinor zu unterhalten, wirklich mühsam sein. »Was, wenn es eine von uns war?«, fragte sie. »Hältst du das für möglich?«

Elinor stand auf und dehnte sich. »Natürlich.« Ihr Nachthemd raschelte, als sie die Kerze ausblies und auf das obere Bett kletterte. »Alles ist möglich.«

»Und wer?«

»Ich weiß nicht. Wen hast du im Verdacht?«

Louise erschauderte. »Im Verdacht! Das ist ein schwerwiegender Begriff. Ich würde es nicht wagen, irgendeine zu verdächtigen. Nicht ohne Beweis.«

Elinor ließ den Kopf über die Kante des Stockbetts hängen. Ihr Haar fiel beinahe bis zu Louises Bett hinunter und bildete einen schwingenden Vorhang, der im unbeständigen Mondlicht schimmerte. »Ich erzähle keiner Seele, was du sagst«, versprach sie. »Es sind keine Verdächtigungen, wir stellen uns nur die Frage. Eine Wissenschaftlerin stellt Fragen, um die Wahrheit zu finden, oder nicht?«

Louise glitt tiefer unter ihre Decke. »Ja ... natürlich.«

»Und welche Fragen kommen dir in den Sinn?«

Dies, davon war Louise überzeugt, war einer jener Momente, in denen es das Klügste wäre, den Mund zu halten. Aber Elinor hatte versprochen, Stillschweigen zu bewahren. Und so oft kam es nicht vor, dass sich eines der älteren Mädchen für Louises Ansichten interessierte. Hier ging es schließlich um Mord. Was, wenn sie schwieg, und dann wurde die arme Elinor das nächste Opfer? Das könnte Louise sich nie verzeihen.

»Ich habe keine Ahnung«, flüsterte Louise. »Gar keine. Keinen Schimmer.« Sie holte tief Luft. »Aber findest du es nicht ziemlich merkwürdig, wie schnell Kitty alles in die Hand genommen hat?« Sie hörte Elinor leise einatmen und preschte vor. »Ich meine ... diese Idee, dass wir das Internat allein weiterführen sollten. Das wirkte so ... beinahe durchdacht. Fast so, als hätte Kitty schon lange Zeit darüber nachgedacht und alles geplant.«

Elinor nickte mit herabhängendem Kopf, was ihr Haar in eine wellenförmige Bewegung versetzte.

»Das ist natürlich kein Verdacht«, erklärte Louise, »sondern lediglich eine Frage, die ich mir stelle.«

»Ich weiß.« Elinor zog den Kopf zurück und streckte sich auf ihrem Bett aus.

Der Klang von Schritten auf dem Korridor ließ die Mädchen verstummen. Jemand schlich dort im Dunkeln herum, ausgerechnet in dieser Nacht ... Louises Puls raste. Sie glitt aus dem Bett und lauschte an der Tür. Dann stieß sie einen erleichterten Seufzer aus. »Das sind nur Kitty und Mary Jane«, berichtete sie und bei dem Gedanken an die Überlegungen, die sie gerade geäußert hatte, wurde sie rot. »Sie bringen uns die Leiche.«

Kitty Schlau erwachte um vier Uhr morgens, als erst ein schmaler Streif am östlichen Horizont den kommenden Tag ankündigte. Nachdem sie bis tief in die Nacht in Grübeleien und Pläne versunken gewesen war, hatte sie nur drei Stunden Schlaf bekommen. Aber Kitty besaß die nützliche Gabe, auf die Minute genau zu der Uhrzeit aufzuwachen, die sie sich vorgenommen hatte. Ein Weniger an Kontrolle über sich selbst wäre für ihren strukturierten Geist inakzeptabel gewesen.

Sie rüttelte Mary Jane Ungeniert wach. Dem älteren Mädchen fiel das Aufwachen schwer. Ihre kastanienbraunen Locken ergossen sich wie ein Wasserfall über das Kopfkissen. *Es ist ein Jammer, dass sie einen so schamlosen Charakter hat*, dachte Kitty. *Sie ist wirklich ganz entzückend. Andererseits können sich womöglich Tugendhaftigkeit und blendende Schönheit nicht in ein und derselben Person wiederfinden*, überlegte Kitty. *Jedenfalls nicht in einem Menschen wie Mary Jane.*

»Mary Jane«, flüsterte Kitty. »Es ist Zeit, das Grab auszuheben.«

»Was immer du meinst, Reginald«, murmelte Mary Jane. »Mama wird es nie erfahren.«

»Nicht Reginald. Ich bin es: *Kitty*«, widersprach sie mit Nachdruck. »Wach auf!«

»Hmpf?« Mary Jane öffnete widerwillig die Augen und blinzelte in das aufdringliche Licht von Kittys Kerze. Mit finsterer Miene schwang sie sich aus dem Bett. »Hast du tatsächlich ›Grab ausheben‹ gesagt oder hatte ich nur einen Albtraum?«

Kitty zog sich ihren Gartenkittel über das Unterkleid und griff nach den Strümpfen vom Vortag. Warum ein frisches Paar Strümpfe schmutzig machen, bevor die Sonne überhaupt aufgegangen war? »Dieses Vorhaben mag ein Albtraum sein«, sagte sie, »aber wir müssen unseren Blick auf die Belohnung richten: Unabhängigkeit! Die

Befreiung aus der Tyrannei zu Hause und in der Schule! Wir errichten hier, im Mädchenpensionat Saint Etheldreda, das vollendete Utopia für junge Frauen. Das passt doch, findest du nicht? Sankt Etheldreda, die jungfräuliche Heilige?«

»Für manche mag das passen«, grummelte Mary Jane. »Warum allerdings eine Frau, die zweimal verheiratet war, dafür heilig gesprochen wird, dass sie Jungfrau blieb, übersteigt meinen Verstand. Ich glaube ja, der wahre Grund für ihre Tugendhaftigkeit ist, dass sie grässlichen Mundgeruch hatte.« Sie knöpfte ihr Gartenkleid zu. »Heuert man nicht normalerweise Fachmänner als Totengräber an, mit gebeugten Schultern und muskulösen Rücken? Und nicht junge Damen, die Unterricht in französischer Literatur und Gesellschaftstanz erhalten?«

Es folgte ein hartes Stück Arbeit, Martha Einfältig und Roberta Liebenswert aus dem Schlaf zu reißen. Martha musste ein ums andere Mal erklärt werden, was am Vorabend geschehen war, denn sie hatte sich während ihres unruhigen Schlafs eingeredet, dass sie nur einen schrecklichen Traum gehabt hatte. Als ihr die Wahrheit klar wurde, flossen bei Martha erneut Tränen, und Roberta Liebenswert erlitt den Anflug eines hysterischen Anfalls. Insgesamt dauerte es eine weitere Dreiviertelstunde bis alle Mädchen bereit waren, das Begräbnis in Angriff zu nehmen.

Elinor Düster und Louise Pockennarbig hatten bemerkenswerte Tapferkeit bewiesen, klaglos ihr Zimmer mit der toten Mrs Plackett zu teilen. Louise war ein zu wissenschaftlicher und rationaler Geist, um sich von einer Leiche im Zimmer stören zu lassen, während Elinor das Erlebnis, offen gestanden, sogar genoss. Es hatte für sie einen ästhetischen Reiz, etwa so wie ein Feinschmecker einen exquisiten Käse würdigt. »Der Tod ist immer gegenwärtig«, pflegte sie oft zu sagen und folglich bereitete es ihr große Befriedigung, Mrs Placketts sterbliche Hülle als Beweis neben sich zu haben.

Alle Mädchen bis auf Alice Robust, die nach wie vor heldenhaft die verstorbene Schulleiterin spielte, um Miss Fringle zu täuschen, schlossen sich der Totengräber-Expedition an. Auf Zehenspitzen schlichen sie in Strümpfen die Treppe hinunter und durch die

Küchentür nach draußen, wo sie in ihre Gummistiefel schlüpften. Roberta Liebenswert rieb sich fröstelnd die nackten Arme. Es war ein grauer, feuchter Morgen und über den Feldern hing Nebel, der sich in Wassertropfen an den Gräsern absetzte. Die Höfe und Gebäude der Nachbarschaft waren nicht zu sehen, lediglich die mächtigen Türme der Kathedrale erhoben sich aus den Nebelschwaden wie aus einem erhabenen Wolkenhimmel.

Im Gemüsegarten überraschten die Mädchen ein Kaninchen, das friedlich am Löwenzahn knabberte. Es starrte sie an, als würde es träumen, und verschwand mit einem Satz im Schutz der nahen Büsche. Mr Shambles, der Hahn des Internats, stolzierte durch das feuchte Gras auf sie zu und blieb dann stehen, um ungnädig zu krähen.

»Sei still, Mr Shambles«, wisperte Louise Pockennarbig. »Die Sonne ist noch nicht einmal aufgegangen und die Nachbarn schlafen, also gib Ruhe!«

Der Hahn zeigte sich nicht im Mindesten beeindruckt und verschlang eine fette Nacktschnecke.

Die Mädchen holten ihre Schaufeln aus dem Schuppen. Für jede Schülerin war eine vorhanden, denn Mrs Plackett hatte viel von den gesunden Vorzügen der Gartenarbeit für junge Damen gehalten. Sie wählten eine abgelegene Ecke hinter der Küche, neben einer Reihe von Sträuchern. Dort umstellten sie ein großzügiges Rechteck, das Kitty Schlau für ausreichend erachtete, um zwei Leichen nebeneinander zu begraben.

Für Roberta Liebenswert hatte dieser Augenblick etwas Feierliches. Perlgrau und bedeutungsschwer dämmerte der Tag. »Sollte nicht jemand ein paar Worte sagen?«, schlug sie vor.

»Allerdings«, erwiderte Mary Jane Ungeniert. »Wie wäre es mit: Bringen wir die Sache schnell hinter uns.« Sie stieß ihre Schaufel in den Boden und hob die erste Ladung schwerer roter Lehmerde aus.

Die anderen folgten Mary Janes Beispiel. Nach anfänglichen Meinungsverschiedenheiten darüber, wohin sie den Aushub werfen sollten, machten sie bald schöne Fortschritte. Nur Kitty Schlau sorgte sich, dass das Kratzen der Schaufeln zu viel Lärm machte und jemand sie hören könnte. Roberta Liebenswert teilte versehentlich mit dem Schaufelblatt einen dicken Wurm und vergoss einige Tränen wegen des bedauernswerten Tierchens, bis Elinor Düster anmerkte, dass die Grube für zwei tote Menschen bestimmt sei und ob sie nicht eher um diese beiden statt um einen Wurm trauern solle. Daraufhin wurde Roberta bewusst, dass die tote Schulleiterin und Mr Godding in unmittelbarer Nähe von sehr vielen Würmern zur letzten Ruhe gebettet würden, denen die vermodernden Körper – nicht einmal geschützt durch das Seidenfutter eines Sargs – in den kommenden Wochen als Frühstück, Mittag- und Abendessen dienen würden, und sie verkündete, dass sie ihren Appetit für immer verloren habe.

»Vergiss deinen Appetit«, forderte Mary Jane Ungeniert. »Himmel noch mal, grab weiter, schnell und tief.«

Im Frühling ist das Erdreich störrisch, insbesondere, wenn es sich um Lehmboden handelt. Nachdem die Mädchen die erste Lage weggeschaufelt hatten, stießen sie in der Tiefe auf Schichten, denen nur mühsam beizukommen war: Die knorrigen Wurzeln eines Birnbaums blockierten ihnen hartnäckig den Weg und schon die schiere Schwere und Beschaffenheit der Erde machten das Schaufeln zur Qual. Trotz des kühlen Nebelmorgens rann Kitty Schlau der Schweiß die Schläfen und den Rücken hinunter, doch sie ging stoisch darüber hinweg und verlangte dasselbe von den Freundinnen. Für ein Bad war noch früh genug Zeit.

»Was würde Mrs Plackett wohl sagen, wenn sie uns so sehen würde?«, fragte Kitty Schlau.

»Keine Müdigkeit vorschützen, ihr faulen Mädchen!«, ahmte Mary Jane Ungeniert die Schulleiterin nach.

»Aber gebt auf eure Kleider acht!«, sagte Kitty.

»Und haltet euch gerade!«, fügte Elinor Düster noch hinzu.

»Sie hat uns gern bei der Gartenarbeit gesehen«, stellte Roberta Liebenswert fest.

»Das stimmt.« Mary Jane schippte eine Schaufelladung zähen Lehms beiseite. »Sie hat uns gern Unkraut jäten und ihre Blumenbeete bepflanzen lassen. So musste sie keinen Gärtner einstellen.«

»Aber zumindest kann sie nach der Gartenarbeit nicht mehr sagen: ›Für jedes Mädchen nur eine halbe Scheibe Toast.‹«, triumphierte Kitty. »Meine Damen, Mrs Plackett lässt uns nie mehr hungern!«

Das Ausheben des Grabs ging entmutigend langsam voran. Sie bekamen Blasen an den Händen und noch immer schien die Grube viel zu flach.

Die Mädchen waren so vertieft in ihre Arbeit, dass sie kaum wahrnahmen, dass Mr Shambles aufgeschreckt davonflatterte. Ein langbeiniger Blitz mit braunem krausem Fell schoss auf die Stelle zu, wo der Hahn gerade noch herumgepickt hatte.

»Guten Morgen, Brutus!«, sagte Martha Einfältig und unterbrach die Arbeit, um den hechelnden Airedale Terrier unter dem bärtigen Kinn zu kraulen. »Hast du heute schon ein paar Ratten gefangen?«

»Oh, nein!«, stöhnte Louise Pockennarbig. »Wo Brutus ist, da ist Henry Butts nicht weit.«

Und tatsächlich kam einen Augenblick später ein junger Mann in festen Lederstiefeln in den Garten geschlendert. Beim Anblick der versammelten jungen Damen blieb er stehen, wich stolpernd einen Schritt zurück und seine Wangen verfärbten sich violett. Louise Pockennarbig und Roberta Liebenswert verbargen die Schaufeln hinter dem Rücken, während Elinor Düster nur die Augen verdrehte und weiterschippte. Brutus stürzte sich ins Vergnügen und scharrte mit den Pfoten in der Grube, dass die Erde nur so spritzte. Martha rutschte seltsamerweise die Brille von der Nase und verschwand in der Tasche ihres Kleids.

»Ich erledige das«, raunte Mary Jane den anderen zu und machte einen anmutigen Knicks. Mit einer Handbewegung bedeutete sie Elinor, mit dem Schaufeln aufzuhören. »Guten Morgen, Mr Butts! Wohin sind Sie denn so früh an diesem herrlichen Maimorgen unterwegs?«

»Ich ... äh ... Morgen ... ich ... Nachricht ...« Der arme Henry starrte die jungen Damen an wie eine Maus, die von einer Schar Katzen in die Enge getrieben worden war.

Mary Jane Ungeniert legte ihm ihre schmale weiße Hand auf die

Schulter. »Ach, aber natürlich! Sie arbeiten schließlich hart. Sicher haben Sie schon vor Tagesanbruch den Kühen Stroh gebracht.«

»Heu.« Bei diesem Thema fühlte sich Henry auf vertrautem Terrain. »Zuerst wird gemolken.«

»Wie rustikal. Reizend.« Mary Jane schenkte Henry ein entzückendes Lächeln, bei dem sich kleine Grübchen in ihren Wangen bildeten – eine Waffe, die schon stärkere Männer in die Knie gezwungen hatte. »Was führt Sie heute Morgen den weiten Weg zu uns?«

Martha Einfältig beobachtete Mary Janes Vorstellung und sie wirkte beinahe neidvoll. Mary Jane verstand es, das »zu uns« so zu betonen, dass es wie ein »zu mir« klang. Dank Gaben wie dieser würde Mary Jane eines Tages als Herzogin sterben, davon war Martha überzeugt.

Henry Butts musste mehrmals schlucken, bevor er in der Lage war, zu antworten. »Ich muss Sie warnen. Letzte Nacht. Da war jemand. Im Garten.«

Kitty, Mary Jane, Louise und Elinor lächelten sich verstohlen zu. »Allerdings«, sagte Kitty Schlau. »Was hatten Sie letzte Nacht in unserem Garten zu suchen?«

Henry schüttelte heftig den Kopf. »Nicht ich«, wehrte er ab. »Ich rede nicht von mir. Jemand anderes.«

Mary Jane Ungeniert tippte neckisch auf Henrys Hemdknöpfe. »Aber um das zu wissen, müssen Sie auch in unserem Garten gewesen sein.«

Seine violetten Wangen verfärbten sich augenblicklich purpurrot. »Wegen Bru-Brutus«, stammelte er. »Hat Kaninchen gejagt. Ich wollte die jungen Damen nicht stören.« Henry schaute sich Hilfe suchend um und sein Blick blieb an weniger einschüchternden Gesichtern hängen. »Guten Morgen, Miss Roberta, Miss Martha«, grüßte er und zog mit einem Nicken seinen Hut. Schlagartig wurde ihm bewusst, dass er vergessen hatte, ihn gleich beim Anblick der jungen Damen abzunehmen, und so versteckte er den Hut beschämt hinter dem Rücken.

Und da standen sie nun: Sechs junge Damen verbargen Schaufeln hinter dem Rücken und ein junger Mann einen Hut.

Sie blickten einander an.

Dann schaute Henry zu Brutus hinüber, der noch immer wie besessen in der Grube buddelte. Louise Pockennarbig dankte dem Hund dafür im Stillen und überlegte, ob sie ihn wohl mit ein paar Leckerbissen und Essensresten dazu bewegen könnte, das gesamte Loch zu graben.

»Was tun Sie denn da?«, erkundigte sich Henry.

»Tun?«, erhielt er als mehrstimmige Antwort.

»Tun«, wiederholte Henry beharrlich. »Mit den Schaufeln.«

»Ach damit«, sagte Mary Jane.

Geistesgegenwärtig lieferte Kitty die Antwort: »Graben.«

»Ja, aber wozu?«

Abermals antworteten alle durcheinander.

»Körperliche Ertüchtigung«, rief Mary Jane.

»Nach Würmern«, kam es von Elinor Düster.

»Bodenproben«, erklärte Louise Pockennarbig.

»Gartenarbeit«, sagte Roberta Liebenswert.

»Weil Kitty es gesagt hat«, erwiderte Martha Einfältig.

Die Mädchen wechselten nervöse Blicke. Henrys Stirn legte sich in Falten, so angestrengt versuchte er, ihnen zu folgen.

»Genau.« Kitty Schlau nickte.

Henry Butts blinzelte. »Genau, was?«

»Wie ich schon sagte«, entgegnete sie. »Wir pflanzen einen Baum.«

Henry kratzte sich am Kopf. »Haben Sie das gesagt?«

»Aber gewiss doch.« Kitty Schlau stellte fest, dass sie mit Henry Butts leichtes Spiel hatte. Er ließ sich auch ohne Mary Janes Charme mühelos manipulieren.

»Der Herbst ist die bessere Jahreszeit zum Bäumepflanzen«, gab Henry Butts zu bedenken.

»Ich wusste gleich, wir hätten Sie um Rat fragen sollen, Henry.« Mary Jane Ungeniert strahlte ihn an.

»Wir pflanzen den Baum trotzdem«, besiegelte Kitty Schlau die Angelegenheit. »Einen Kirschbaum.«

Bei dieser Neuigkeit kam Leben in Henry Butts. »Dann benötigen Sie unbedingt Mist«, rief er aufgeregt.

»Ich bin gleich zurück und bringe Ihnen eine Ladung voll.« Er pfiff nach Brutus, machte auf dem Absatz kehrt und stürmte über den mit Brombeerranken gesäumten Abschnitt der Prickwillow Road davon, der das Pensionat Saint Etheldreda mit dem Hof der Butts verband.

»Ist das nicht aufmerksam von ihm, uns Mist zu holen?«, sagte Martha Einfältig mit schwärmerischem Tonfall. »Er ist ein großzügiger Mensch.«

»Oh ja«, spottete Mary Jane Ungeniert. »So großzügig, dass er uns Wagenladungen mit stinkendem Mist für uns ganz allein bringt.«

»Mist, in dem wir Mrs Plackett und Mr Godding begraben werden«, erinnerte Louise Pockennarbig.

Die Mädchen erstarrten.

Mary Jane war die Erste, die losprustete.

Roberta Liebenswert bemühte sich nach Kräften, ernst zu bleiben, aber nicht einmal ihr gelang es.

»Leben Sie wohl, altes Scheusal«, verkündete Kitty Schlau. »Wenn Sie nicht so schäbig mit uns umgesprungen wären, hätten wir den Mist für Ihr letztes Ruhebett abgelehnt. Los, Mädchen! Wir müssen uns beeilen.«

Sie stürzten sich erneut mit verbissener Entschlossenheit in die Arbeit.

»Meint ihr, Henry hat letzte Nacht tatsächlich jemanden hier gesehen?«, fragte Roberta Liebenswert.

Mary Jane Ungeniert stieß ein kleines Lachen aus. »Ganz bestimmt. Und zwar seinen eigenen Schatten.«

Martha Einfältig strich sich eine Haarsträhne aus den Augen, wobei sie einen schmutzigen Schmierer auf der Stirn hinterließ. »Wenn er nur sich selbst gesehen hat, warum sollte er sich dann die Mühe machen, herzukommen, um uns davon zu erzählen?«

»Vielleicht hat er *uns* letzte Nacht gesehen und für Eindringlinge gehalten«, überlegte Louise Pockennarbig laut.

»Das klingt logisch.« Kitty Schlau nickte.

»Aber wir haben das erste Gurren schon lange vorher gehört«, gab Elinor Düster zu bedenken.

Mary Jane, die mehr Kraft besaß, als man ihr zugetraut hätte, stemmte einen schweren Stein aus dem Boden. Er löste sich mit einem lauten *Schlock* aus dem lehmigen Erdreich. »Ich bin mir sicher, das war er«, erklärte sie. »Henry spioniert uns viel häufiger nach, als euch bewusst ist. Ich habe sogar schon mitbekommen, wie er uns mit dem Opernglas seiner Mutter ausgespäht hat.« Mühsam hievte sie den Stein von der Größe einer Wassermelone aus der Grube, die endlich anfing, wie ein Grab auszusehen. »Wer sonst sollte es gewesen sein?«

Elinor Düster durchtrennte mit ihrem Spaten eine dicke Birnbaumwurzel. »Der Mörder.«

KAPITEL 6

Das Grab war beinahe vollständig ausgehoben, als Henry Butts mit einer Schubkarre zurückkehrte, auf der sich ein Berg stinkenden Mists türmte.

»Wir stehen wirklich tief in Ihrer Schuld, Henry«, dankte Kitty Schlau und machte einen Knicks. »Ich frage mich, ob wir Sie wohl noch um einen weiteren Gefallen bitten dürfen?«

Henry nahm etwas unbeholfen den Hut ab und sein verstrubbeltes strohblondes Haar kam zum Vorschein. »Was kann ich für Sie tun, Miss Katherine?«

Kitty hakte sich bei ihm unter und schlug den Weg zu seinem elterlichen Hof ein. Die Feldarbeit war nicht das Schlechteste für die Muskeln, stellte sie insgeheim fest. »Sie kennen doch die liebe Miss Fringle? Die Chorleiterin?«

Henry nickte.

»Sie hat uns gestern Abend einen Besuch abgestattet und sich den Knöchel verstaucht. Weil sie nicht zu Fuß nach Hause gehen konnte, musste sie die Nacht bei uns verbringen. Ob Sie die alte Dame wohl in Ihrer hübschen kleinen Kutsche nach Hause fahren würden?«

»Selbstverständlich.« Henry schien abermals erleichtert, eine Aufgabe zu erhalten, die es nicht verlangte, sich mit den jungen Damen zu unterhalten. »Ich gehe mich rasch waschen und spanne dann Ihr Pony an. Ich bin gleich zurück.«

Henry und Brutus rannten den zugewachsenen Weg entlang zum Hof zurück und die jungen Damen setzten für einen Moment die Schaufeln ab.

»Es wird Zeit, Alice zu wecken, bevor Miss Fringle aufwacht und anfängt, ihr Fragen zu stellen«, sagte Kitty Schlau.

Sie zogen die schmutzigen Stiefel vor der Tür aus und schlüpften leise ins Haus, wo sie sich in der Küche die Hände wuschen. Dann stieg Kitty die Treppe hinauf und schlich sich in Mrs Placketts Schlafzimmer, um Alice Robust flüsternd zu wecken. Doch zu ihrer Überraschung waren Alice und Miss Fringle in ein angeregtes Gespräch vertieft.

»Oh! Verzeihung, ich störe hoffentlich nicht«, stammelte Kitty.

»Aber ganz und gar nicht, junge Dame«, entgegnete Miss Fringle wohlwollend. »Ihre Schulleiterin und ich haben nur ein wenig über den armen kleinen Julius und seinen Onkel, Mr Godding, geplaudert.«

»Ich verstehe«, sagte Kitty gedehnt und betrachtete das Bild, das sich ihr bot. Alice Robust hatte Miss Fringle leicht den Rücken zugekehrt und ihr Gesicht in Richtung Tür gewandt, wo Kitty stand. Sie schien ein Lachen nur schwer unterdrücken zu können. Miss Fringle wirkte mit ihrem zerzausten grauen Haar und ohne Brille wie ein fremdartiges Wesen.

»Reich mir meine Brille, junge Dame!«, befahl Miss Fringle. Kitty Schlau holte die Brille unauffällig aus ihrer Tasche, bevor die Chorleiterin mitbekam, dass sie gar nicht auf dem Nachttisch lag.

Dann ging Kitty um das Bett herum auf Alice' Seite. »Meine liebe Mrs Plackett, lassen Sie mich Ihnen aufhelfen«, sagte sie. »Es gibt da in der Küche eine Angelegenheit, die ich gern mit Ihnen besprechen würde, bevor Mrs Barnes zur Arbeit kommt.« Kitty gab vor, Alice Robust auf- und aus dem Bett zu helfen, wobei sie darauf achtgab, dass Miss Fringle, deren Sehvermögen wiederhergestellt war, keinen Blick auf Alice' Gesicht erhaschen konnte.

Die beiden Mädchen verließen das Zimmer und Kitty schloss die Tür. Alice Robust wurde von einem unterdrückten Lachen geschüttelt.

»Ich bin Lady Macbeth, oder?«, sagte sie, sobald sie außer Hörweite waren. »Es ist mir egal, was Großmutter denkt: Ich *werde* eine Bühnenlaufbahn einschlagen!«

In der Küche umringten die übrigen Mädchen Alice, um zu erfahren, wie es ihr ergangen war. Sie berichtete, dass sie nahezu eine Stunde mit Miss Fringle geplaudert hatte, wobei sich die Unterhaltung um Mrs Placketts verstorbenen Mann, den Kapitän Plackett, ihre beiden Brüder Geoffrey und Aldous sowie Geoffreys reizenden Sohn Julius gedreht hatte. Miss Fringle sparte nicht an Kritik an Aldous – man munkelte, er sei ein Spieler! Es bereitete den Mädchen großes Vergnügen, Alice zuzuhören, wie sie die Tiraden der Chorleiterin über Aldous' Laster parodierte.

»Sie sagte immer wieder: ›Ich weiß, er ist Ihr Bruder, aber es ist meine Pflicht, Sie wegen seines lasterhaften Lebenswandels zu warnen. Und ich scheue mich nicht, es Ihnen ins Gesicht zu sagen!‹ Dabei hat sie die ganze Zeit über kein einziges Mal mein Gesicht gesehen. Die neunmalkluge alte Schachtel!« Alice schüttelte sich vor Lachen.

»Gut gemacht, Alice, ganz großartig!«, rief Mary Jane Ungeniert. »Eine heldenhafte Leistung!«

Alice verbeugte sich.

»Ein Spieler war er, ja?«, sinnierte Kitty Schlau. »Wie interessant. Meint ihr ...«

»Meinen wir was?«, hakte Mary Jane nach.

»Nun, schließlich wurde er ermordet«, führte Louise Pockennarbig aus.

»Pssst!«, zischte Kitty. »Sie könnte uns hören!«

Louise ging darüber hinweg. »Er wurde ermordet. Könnte es da eine Verbindung geben? Ging es vielleicht um Spielschulden?«

»Nur, falls Mrs Plackett ebenfalls dem Glücksspiel verfallen war«, prustete Mary Jane. »Ich sehe sie vor mir: im Seidenkleid und mit Federn herausgeputzt in den Casinos der Riviera ...«

Louise Pockennarbig malte sich dieses seltsame Bild aus. Mrs Plackett und Glücksspiel? Mary Jane hingegen konnte man sich hervorragend in der Glitzerwelt der Roulette-Tische vorstellen.

»Jedenfalls wissen wir jetzt, wer Julius ist«, stellte Alice Robust fest. »Das kann sich noch als nützlich erweisen.«

»Aber nun beeilt euch, Mädchen. Uns läuft die Zeit davon!«, rief

Kitty mit einem Blick auf die Küchenuhr. »Ehe wir's uns versehen, ist Amanda Barnes hier. Wir brauchen einen Plan. Liebe Roberta: Könntest du zunächst einmal für Miss Fringle ein Tablett mit Brot, Butter und Marmelade vorbereiten? Und Martha, würdest du bitte Wasser für den Tee aufsetzen, falls dafür Zeit bleibt, bevor Henry eintrifft? Alice: Du gehst schnell nach oben, damit Miss Fringle dich nicht sieht, und ziehst dir deine eigene Kleidung an. Elinor und Louise, ihr sucht ein paar alte Laken heraus, in die wir die Leichen wickeln können. Wir müssen sie aus dem Haus schaffen, sobald Henry Miss Fringle abgeholt hat.«

Alle Mädchen beeilten sich, Kittys Anweisungen auszuführen. Martha Einfältig und Roberta Liebenswert bereiteten das Frühstück für Miss Fringle vor und Mary Jane Ungeniert, die zweifelte, ob die beiden das gut hinbekommen würden, brachte der Chorleiterin persönlich das Tablett. Alice zog sich rasch um. Sie war erleichtert, das Nachthemd der Schulleiterin ausziehen zu dürfen, und erschien wieder als sie selbst im Erdgeschoss, gerade als Henry Butts eintraf, um Miss Fringle abzuholen. Er führte die alte Dame an seinem starken Arm zum Wagen und sorgte dafür, dass sie bequem saß. Louise Pockennarbig trat hinzu und bat darum, bis in den Ort mitfahren zu dürfen, weil sie in der Drogerie einige Besorgungen machen wollte.

»Sehr schön.« Kitty nahm Louise beiseite und flüsterte ihr ins Ohr: »Versuch einen kleinen Kirschbaum aufzutreiben.«

»Wo?«, fragte Louise. »Was, wenn um diese Jahreszeit gar keine verkauft werden?«

»Probier es in der Baumschule und falls es da nicht klappt, lass dir etwas einfallen!«, lautete Kittys wenig hilfreiche Antwort. »Wir haben keine Wahl, wir müssen heute Vormittag einen Baum pflanzen.«

Louise kletterte hinter Miss Fringle in den Wagen und die drei brachen in Richtung Ely auf. Mary Jane Ungeniert hatte Mr Godding schon aus dem Schrank gezerrt, ehe noch der Schweif des Ponys außer Sicht war.

»Er ist ganz steif«, japste sie.

»Natürlich ist er das. Er ist tot«, erwiderte Elinor Düster. Mary Jane gab sich mit dieser Erklärung nicht zufrieden. »Er ist völlig verkrümmt!«

Allerdings, das stimmte. Bei seiner Zwischenlagerung im Schrank hatte er nicht wie eine respektable Leiche ausgestreckt liegen können, und die Totenstarre hatte sein Schicksal besiegelt: Arme und Beine verharrten absurd gekrümmt und abgeknickt.

»Wir müssen ihn einfach sitzend begraben«, sagte Kitty Schlau. »Mit ... mal sehen ... mit einer Hand vor der Stirn. Was macht es schon für einen Unterschied? Wickeln wir ihn ein.« Die Mädchen hüllten den Körper in alte Baumwolllaken. Alice Robust war froh, als Mr Goddings gruseliges Gesicht unter dem behelfsmäßigen Leichentuch verschwand. Mary Jane und Kitty wickelten ihn so schnell ein wie Spinnen ihre Beute. Elinor Düster schien das zu verärgern: Offensichtlich hatte sie gehofft, das makabre Erlebnis länger genießen zu können.

»Bei den Ägyptern waren Sklaven wochenlang damit beschäftigt, einen Pharao zu mumifizieren«, erklärte sie säuerlich. »Wir sollten ihm wenigstens die Nase durchbohren und das Gehirn lösen und verflüssigen, damit es abläuft.«

»Und was genau soll das bringen?«, fragte Mary Jane Ungeniert.

»Behalte deine widerwärtigen unchristlichen Vorschläge bitte für dich. Siehst du nicht, dass wir uns beeilen müssen?«

Martha Einfältig und Roberta Liebenswert scheuten sich, die Leichen anzufassen, und deshalb gingen Kitty, Mary Jane und Elinor die Treppe hinauf, um auch Mrs Plackett einzuwickeln. Wenig später lagen die beiden Toten wie Wäschepakete auf dem Küchenboden vor der Tür, die in den Garten führte.

»Jetzt kommt der gefährlichste Teil des ganzen Unternehmens«, erklärte Kitty Schlau den Freundinnen. »Wir müssen die beiden unter die Erde bringen, bevor jemand uns dabei ertappt. Alice: Du machst den Wachposten, und falls jemand auftaucht, startest du irgendein Ablenkungsmanöver. Lass niemanden in den Garten oder in die Nähe der Fenster, von denen man dorthin hinausschauen kann. Halt vor allem Miss Barnes fern. Sie muss jeden Augenblick eintreffen. Genau genommen, ist sie fast schon überfällig. Also, Mr Godding zuerst. Beeilt euch, Mädchen, schnell!«

Alice Robust gab vor, im Vorgarten blühende Zweige vom Fliederbusch zu pflücken, während Kitty, Mary Jane und Elinor Mr Godding an den verkrümmten Gliedmaßen packten und ihn zum Kirschbaumgrab im Garten schleppten. Sie senkten ihn in die Grube ab und mussten feststellen, dass diese wegen Mr Goddings ungewöhnlicher Haltung ein gutes Stück tiefer ausgehoben werden musste. Kitty und Martha blieben draußen und fingen an zu graben. Die anderen eilten zurück, um Mrs Plackett zu holen. Alice beobachtete das Geschehen aus sicherer Entfernung und war so vertieft, dass sie die Schritte auf dem Weg zum Haus zunächst überhörte.

Das Herz sank ihr in die Kniekehlen. Im entscheidenden Moment hatte sie auf ihrem Posten versagt! Sie musste den unerwünschten Besucher irgendwie vertreiben. Doch als sie erkannte, um wen es sich handelte, machte ihr Herz einen Sprung und die Luft blieb ihr weg. Es war Leland Murphy, der jüngste Mitarbeiter, den der örtliche Rechtsanwalt, Mr Wilkins, je in seiner Kanzlei in der High Street eingestellt hatte. Jener Leland Murphy, klein, blass, mit spärlichem Bartwuchs, Pickeln und einem Kinn, das ohne nennenswerten Kiefer direkt in den Adamsapfel überging, war für Alice alias Guinevere ihr Ritter Lancelot. Leland Murphy erschien ihr vollkommen. Die entscheidende Frage, die ihr Herz unablässig beschäftigte, war, ob auch er sie vollkommen fand. Bislang hatte sie sich in Mr Murphys Gegenwart vor Angst stets schüchtern, ja geradezu stumm, im Hintergrund gehalten, doch in der jetzigen kritischen Situation durfte sie sie sich diesen Luxus nicht erlauben.

Alice eilte dem jungen Mann auf dem Kiesweg entgegen. »Mr Murphy! Welch eine Freude! Was führt Sie zu uns an diesem herrlichen Morgen?«

Der arme Leland Murphy erschrak dermaßen, dass er in dem speckigen schwarzen Mantel zu einem Häuflein Knochen zusammenzuschrumpfen schien. Mit einer Hand presste er unter dem Mantelaufschlag eine Ledermappe mit Papieren fest an sich.

»Miss ... Alice Brooks, richtig?«, brachte er noch hervor.

Die junge Dame antwortete mit einem Knicks. »Wie aufmerksam, dass Sie sich meinen Namen gemerkt haben.«

Er nickte steif und machte einen recht elenden Eindruck. »Darf ich eintreten?«

Die arme Alice Robust litt Qualen, weil die Situation von ihr eine ungeheuerliche Verwegenheit verlangte. Sie hakte sich bei dem jungen Mann unter und schlenderte so mit ihm in die entgegengesetzte Richtung zurück durch den Vorgarten. »Warum sollten wir an einem so strahlenden Morgen nach drinnen gehen? Welche Angelegenheit auch immer Sie herführt, wir können das doch gewiss auch unter freiem Himmel besprechen?«

Leland Murphy schaute Alice merkwürdig an. Vielleicht war es Entsetzen, was in diesem Blick lag, vielleicht Abscheu – oder beides. Sie konnte es nicht sagen. Jedenfalls starrte er sie viel zu lange mit diesem seltsamen Blick an. Alice bemerkte, dass sein Ellbogen bebte – ganz sicher vor Widerwillen.

So standen sie da. Leland betrachtete eingehend die Dachziegel und Alice Robust musterte die Hecke. »Ich habe Dokumente für Mrs Plackett«, brachte der junge Mann schließlich hervor.

Alice' Herz zersprang vor Demütigung! Jegliche Hoffnung, die sie je gehegt hatte, Mr Leland Murphy näher kennenzulernen, löste sich in Luft auf. Die Schweißperlen auf seinen Wangen waren ein deutlicher Beweis für seine Abneigung gegen sie. Überraschte sie das etwa? Hatte sie nicht eben noch die Rolle einer Zweiundsechzigjährigen verkörpert? Welchen Reiz sollte sie schon auf einen schneidigen, begehrenswerten jungen Herrn wie Mr Murphy ausüben, an dessen Arm sie sich gerade so schamlos klammerte?

»Entschuldigen Sie.« Mr Murphy räusperte sich laut. »Sie haben mich vielleicht nicht verstanden. Ich bringe Dokumente für Mrs Plackett.«

»Selbstverständlich«, murmelte Alice. »Verzeihung. Warum geben Sie sie nicht mir, und ich händige sie Mrs Plackett aus?«

Wenn sich auch all ihre Hoffnungen zerschlagen hatten, ihre Mission würde Alice jedenfalls nicht aufgeben, denn ihre Entschlossenheit war ebenso robust wie ihre Statur.

Mr Murphys Adamsapfel zuckte vor Anspannung. »Ich habe die Anweisung, Mrs Plackett die Dokumente höchstpersönlich zu überbringen«, erklärte er. »Mr Wilkins hat mir das deutlich zu verstehen gegeben. Es handelt sich um wichtige Unterlagen.«

»Ich verstehe«, entgegnete Alice Robust. »Leider ist Mrs Plackett seit gestern Abend unpässlich. Sie hütet das Bett und darf unter keinen Umständen gestört werden.«

»Dann muss ich ein anderes Mal wiederkommen.« Auf der Stirn des jungen Anwaltsgehilfen erschienen Sorgenfalten. »Mr Wilkins wird ungehalten über mich sein.«

Alice, ganz Schauspielerin, schob ihre zerschlagenen Hoffnungen beiseite und schaute Mr Leland Murphy direkt in die Augen. »Sie können mir vertrauen, Mr Murphy«, versprach sie. »Ich erspare Ihnen Mr Wilkins' Unmut und einen weiteren Botengang. Ich sorge dafür, dass diese Unterlagen direkt auf Mrs Placketts persönlichem Sekretär landen und werde sie darüber in Kenntnis setzen, sobald sie erwacht.« *Am Jüngsten Tag,* fügte sie in Gedanken hinzu, *und keinen Augenblick früher.*

Sie streckte die Hand nach der Mappe aus. Mr Murphys Hand zitterte vor Unentschlossenheit.

Genau in diesem Moment waren von der Straße her Schritte zu hören. Alice schaute auf und sah Amanda Barnes, die Zugehfrau, langsam auf das Haus zustapfen, und sie würde sich nicht von Alice vor der Tür abspeisen lassen – schlimmer noch: Von ihr ging die eigentliche Gefahr aus, dass das Begräbnis der Leichen vereitelt würde. Falls Amanda Barnes ins Haus gelangte, würden keine zwei Minuten vergehen, bis sie aus einem Küchenfenster blickte und die Mädchen bei ihrer Totengräber-Tätigkeit entdeckte.

Ach, Alice musste sich von dem bittersüßen Herzschmerz und Mr Murphy losreißen. Sie musste ihre erste und letzte Unterhaltung beenden, ihn überreden, ihr die Dokumente auszuhändigen, sein Bild von ihr als einer wohlerzogenen jungen Dame beflecken und ihn dann rasch zum Gehen bewegen. Und dafür blieben ihr allenfalls noch zwanzig Sekunden, dann musste sie die drohende Gefahr durch die Haushälterin abwenden.

»Vertrauen Sie mir, Mr Murphy«, wiederholte sie und ihre Stimme bebte beschwörend.

Wie unter einem geheimnisvollen magischen Bann streckte Leland Murphy seine Hand aus und reichte ihr langsam die Mappe.

»Danke.« Alice machte einen Knicks. »Ich werde die Papiere umgehend an Mrs Plackett weitergeben. Jetzt muss ich aber unsere Haushälterin begrüßen.« Sie machte kehrt, um zu fliehen, nachdem sich Mr Murphy in ihrer Gegenwart derart unbehaglich zu fühlen schien.

»Miss Alice?« Leland Murphys Stimme klang wie erstickt, als er ihren Namen aussprach.

»Ja?« Sie hielt inne. Ihr war deutlich bewusst, dass Amanda Barnes Schritte, das drohende Unheil, unaufhörlich näher kamen.

»Am Mittwochabend findet das Erdbeerfest der Kirchengemeinde statt«, krächzte der junge Anwaltsgehilfe. »Werden Sie zugegen sein?«

Im Kopf der armen Alice herrschte plötzlich heillose Verwirrung. Was konnte das bedeuten? Er wollte ... ja, er wollte sicher bei dieser Gelegenheit lediglich nachfragen, ob sie die Unterlagen pflichtgemäß übergeben hatte ...

Mr Murphys Gesicht war weißer als Kreide, doch seine Wangen und Pickel leuchteten zinnoberrot. »Kann ich ... darf ich ... dürfte ich mich darauf freuen, bei diesem Anlass unsere Unterhaltung fortzusetzen?«

Mit einem Mal hing der Himmel für Alice voller Geigen. »Sie dürfen«, hauchte sie. Dann rannte sie zum Haus.

KAPITEL 7

Im Gemüsegarten kämpften Kitty Schlau, Mary Jane Ungeniert, Elinor Düster, Roberta Liebenswert und Martha Einfältig indes mit größeren Schwierigkeiten als erwartet. Sie hatten wegen Mr Goddings verkrümmter Haltung die Grube nicht nur tiefer ausheben müssen, nein, wegen seiner merkwürdig abgewinkelten Gliedmaßen war auch eine Verbreiterung nötig gewesen. Es war wie mit einem kleinen Jungen, der sich mit seinem Bruder das Bett teilen sollte und sich einfach weigerte, auf seiner Seite zu bleiben. So schnell sie konnten, schaufelten die Mädchen und schoben die beiden Kokons mit dem gruseligen Inhalt hin und her, aber die widerspenstigen Körper wollten sich einfach nicht fügen.

»Herrje! Warum ist es so eine elende Plackerei, die beiden unter die Erde zu bringen?«, schäumte Mary Jane. »Es wäre ja einfacher, einen Lebenden zu begraben!«

»Pst«, wisperte Kitty Schlau. »Schritte! Und Stimmen. Da geht jemand zum Haus.«

»Wir können nichts tun, als auf Alice zu vertrauen und uns zu beeilen«, flüsterte Mary Jane. »So ist es recht, liebe Roberta! Roll den Stein auf Mr Godding, ja, und dann können wir den Mist darüber verteilen.«

»Sie sehen aus wie verpuppte Insekten«, stellte Elinor Düster fest. »Das würde Louise sicher sagen, wenn sie hier wäre. Wollen wir hoffen, dass daraus keine riesenhaften Insekten schlüpfen.«

»Also wirklich, Elinor!« Mary Jane verdrehte die Augen. »Was du immer so redest!«

Sie hatten die verhüllten Leichen endlich in eine Position bugsiert, in der sie voraussichtlich unter der Erde bleiben würden, und kippten jetzt eine Ladung Mist darüber. Roberta Liebenswert kämpfte mit dem Taschentuch vor der Nase gegen die Übelkeit, während Martha Einfältig sich an dem Geruch nicht zu stören schien: »Es riecht nach Natur«, sagte sie. »Wie Ponys.«

»Ruhen Sie in Frieden, Mrs Plackett.« Roberta Liebenswert senkte einen Augenblick den Kopf.

»Sehr ergreifend und dem Anlass entsprechend.« Mary Jane Ungeniert tätschelte Roberta den Rücken. »Und ruhe in Frieden, hässlicher, ungehobelter Mr Godding.«

»Oh, oh, oh ...«, stöhnte Roberta Liebenswert und ihre Atmung wurde beängstigend hektisch.

»Was hast du?«, rief Kitty Schlau aus. Sie erkannte die drohende Ohnmacht.

Mary Jane verdrehte die Augen. »Nicht schon wieder. Und nicht jetzt, um Himmels willen!«

»Mir wird gerade bewusst«, stieß Roberta zwischen zwei keuchenden Atemzügen hervor, »dass es nicht sehr christlich ist, wie wir die beiden begraben.«

Niemand sagte etwas. Die anderen wechselten Blicke und schließlich ruhten alle Augen erwartungsvoll auf Kitty. Sie spürte, hier wurden ihre Führungseigenschaften auf die Probe gestellt.

»Das stimmt, Roberta«, sagte sie. »Es ist nicht sehr christlich.«

»Ooooh!«, heulte das Mädchen, von Gewissensbissen geplagt. »Ich wusste es.«

»Aber«, fuhr Kitty mit entschlossenem Ton fort, »ihre Aufnahme in den Himmel ist in keiner Weise mit der Art des Begräbnisses verbunden. Denk nur an all die armen Seeleute, die draußen auf dem Meer sterben.«

Mary Jane Ungeniert nickte ermunternd. *Weiter so, Kitty.*

»Mrs Plackett und Mr Godding haben ... die Mauern ihres weltlichen Gefängnisses durchbrochen«, fuhr Kitty fort. Sie war stolz, weil es ihr gelang, einen Nutzen aus Referend Rumseys langatmigen Predigten zu ziehen. »Und wir sind unverschuldet in diese unglückliche Situation geraten. *Wir* haben die beiden nicht umgebracht.«

Kitty blickte in die Runde, um zu erahnen, welche geheimen Gedanken bei dieser Feststellung den anderen womöglich durch den Kopf gingen. »Wir werden für sie beten und an uns arbeiten und ein neues Kapitel aufschlagen. Ich bin zuversichtlich, dass das Schicksal nie mehr eine solch morbide Zwangslage für uns bereithält. Wir werden nie mehr Leichen in diesem Garten vergraben.«

»Das will ich hoffen«, murmelte Mary Jane Ungeniert.

Kitty hüstelte missbilligend.

»Alles in Ordnung, Roberta?«

Robertas kummervolle Miene hellte sich ein wenig auf. Sie holte schniefend tief Luft und nickte schließlich.

Als Kitty den Eindruck hatte, dass der schlimmste Teil der Plackerei hinter ihnen lag, ließ sie die Freundinnen die Grabstelle glatt rechen und wagte einen Blick um die Hausecke. Sie selbst hatte sich wohlweislich von dem Mist ferngehalten. Sogleich rannte sie zu den anderen Mädchen zurück. »Der junge Anwaltsgehilfe – wie heißt er doch gleich? Murphy? – war gerade hier und hat mit Alice gesprochen«, flüsterte sie. »Und jetzt kommt Amanda Barnes die Straße entlang.«

»Bäh, meinst du diesen schmierigen Molch?« Mary Jane Ungeniert schüttelte sich demonstrativ. »Die arme Alice. Sie muss viel für uns alle erdulden.«

»Warum kann man uns nicht einfach in Ruhe lassen?«, murmelte Elinor Düster. »Plötzlich sind wir eine Touristenattraktion.«

»Beten wir, dass Louise bald mit einem Bäumchen zurückkommt, das wir einpflanzen können«, sagte Kitty. »Jetzt geht euch schnell waschen. Ihr riecht nach Stall. Ich helfe Alice dabei, Amanda Barnes abzuwimmeln.«

»Viel Glück!«, wünschte Mary Jane Ungeniert. »Ich habe die Befürchtung, dass sie schwieriger loszuwerden ist als Mr Godding.«

»Guten Morgen, Miss Alice.« Amanda Barnes' Stimme schallte über den Kiesweg vor dem Haus, wo Alice Robust stand und innerlich noch immer zitterte bei der Erinnerung an Leland Murphys Worte. Der Anwaltsgehilfe hatte anschließend sofort die Flucht ergriffen, sodass Alice es wagte, sich umzudrehen und die Haushälterin zu begrüßen. Die Mappe des Anwalts verbarg sie hinter dem Rücken.

»Oh, guten Morgen, Miss Barnes!«, rief sie. »Es geht Ihnen gut, will ich hoffen?«

»Nicht schlecht, danke. Ein bisschen Kopfschmerzen, aber in meinem Alter ist der Schlaf auch nicht mehr das, was er einmal war«, antwortete Amanda Barnes, dabei war ihr dichtes Haar bis auf wenige graue Strähnen noch immer goldblond. Alice hatte sich mehr als einmal gefragt, warum eine so schöne Frau, die stets im Dienst angesehener Familien stand, und deren Kochkünste mit allen Haushälterinnen in Ely mithalten konnten, nie geheiratet hatte.

»Das tut mir leid«, antwortete Alice Robust mechanisch. Da fiel ihr auf, dass sie daran ansetzen konnte. »Möchten Sie vielleicht nach Hause gehen und sich ausruhen?«

»Oh, nein, nein, nicht im Geringsten. Ich hätte das nicht erwähnen sollen.«

»Ich bin *überzeugt*, Mrs Plackett hätte keine Einwände«, drängte Alice.

»Ich wäre mir nicht so sicher.« Mrs Barnes legte den Kopf schief. »War das nicht der junge Anwaltsgehilfe, der da gerade weggelaufen ist?« Sie wartete auf eine Antwort und wertete Alice' betretenes Schweigen richtigerweise als Zustimmung. »Ich frage mich, was ihn wohl schon so früh aus dem Bett gescheucht hat. Anwälte zechen die ganze Nacht und kommen morgens erst spät aus den Federn, das behauptet jedenfalls meine Schwester und die steht im Dienst einer Kanzlei in London. Was da geraucht wird!« Ein anderer Gedanke schien ihr durch den Kopf zu schießen. »Oder hat der junge Herr etwa *Sie* besucht? Es ist allerdings noch sehr früh am Morgen, um einer jungen Dame den Hof zu machen.«

»Den Hof machen!« Alice fragte sich, ob ihre Stimme zu schrill klang oder ihre Wangen zu rot wurden. »Also bitte, Miss Barnes!«

Der Blick der Zugehfrau wanderte zur Haustür. »Hören Sie nicht auf mein Geschwätz, Miss Alice«, sagte sie. »Nichts, was ich sage, ist es wert, dass man sich deshalb Gedanken macht. Der junge Herr hat gewiss nur ein paar belanglose Dokumente für Mrs Plackett abgeliefert.«

Alice spürte die Mappe, die sie hinter ihrem Rücken umklammerte. Es erschien ihr auf einmal albern, sie zu verbergen – *das ist die Sorte Unsinn, zu der einen das schlechte Gewissen verleitet*, dachte sie. Aber zu spät, jetzt scheute sie sich, die Unterlagen hervorzuholen. »Nein, keine Dokumente.«

Miss Barnes zog die Augenbrauen hoch. »Dann bleibe ich bei meiner anderen Theorie, dass *Sie* der Grund für den Besuch des jungen Herrn waren. Ach, ich bitte Sie, Miss Alice! Ich will Sie doch nur necken. Wenn Sie mich nun entschuldigen wollen. Es wird Zeit, mich um die Küche zu kümmern.«

Alice besann sich wieder auf ihre Aufgabe, nämlich Amanda Barnes vom Haus fernzuhalten, und zwar so lange wie möglich. Falls sie sich zuvor irgendeinen Plan zurechtgelegt hatte, um dieses Kunststück zu vollbringen, hatte die Unterhaltung mit Leland Murphy ihn unwiederbringlich gelöscht.

Sie fasste die Haushälterin am Arm. »Die Küche kann warten«, stieß Alice atemlos hervor. »Miss Barnes, sagen Sie: Wie geht es Ihrer Mutter?«

Die Haushälterin hätte kaum fassungsloser geschaut, wenn Alice in diesem Moment der Kopf von den Schultern geflogen wäre. »Meiner Mutter, Miss Alice?«

Alice schluckte und wünschte, ihr Mund wäre nicht so schmerzhaft trocken gewesen. »Ja, Ihrer Mutter.«

»Nun«, begann Miss Barnes und schaute Alice weiterhin befremdet an. Die Wahrheit war, dass die Schülerinnen des Internats sich *nie* nach ihrer Mutter erkundigten. Es war in Gesprächen nicht einmal von allgemeinem Interesse, ob die Haushälterin überhaupt eine Mutter hatte. »Nun, Miss Alice, meiner Mutter geht es recht gut. Weitgehend so wie immer.«

So leicht ließ Alice Robust nicht locker. Jede Minute, die sie das Gespräch in die Länge zog, würde den Freundinnen helfen, die Arbeit am Grab zu beenden. Nachdem ihr einmal die Mutter in den Sinn gekommen war, klammerte sich Alice an das Thema wie ein Ertrinkender an einen Rettungsring. »Sagten Sie nicht erst vor ein paar Tagen zu Mrs Plackett, dass Ihnen die schlechte Gesundheit Ihrer Mutter Sorgen bereite?«

Amanda Barnes blinzelte. »Habe ich das gesagt?«

»Ja!«, rief Alice, die sich allmählich mit dem Thema anfreundete. »Ja, ich erinnere mich genau. Mrs Plackett fragte: ›Was ist denn los mit Ihnen, Miss Barnes? Sie laufen hier mit einer Leichenbittermiene herum. Den Toast haben Sie anbrennen lassen und die Hausarbeit heute auch nur halbherzig erledigt.‹ Und Sie antworteten: ›Verzeihung, Mrs Plackett. Es tut mir leid, ich bringe das wieder in Ordnung. Es ist nur so, dass meine arme Mutter an einem Schub von Rheumatismus leidet, und auch ihr Appetit lässt zu wünschen übrig. Sie hat Mühe, sich im Haus zu bewegen, und ich mache mir solche Sorgen.‹«

Miss Barnes starrte Alice Robust aus zusammengekniffenen Augen an. »Sie haben ein sehr gutes Gedächtnis, Miss Alice.«

Alice errötete. »Na ja, natürlich war ich daraufhin besorgt.«

»Und ein Talent für Stimmen haben Sie auch. Gerade klangen Sie haargenau wie Mrs Plackett. Nun, wahrscheinlich war ich an dem Tag in Sorge, aber Mutter wird langsam alt, das Rheuma macht ihr schon eine Weile zu schaffen. Mrs Plackett, na ja, wir wissen beide, dass sie von Zeit zu Zeit etwas ... wie soll man sagen ...«

»Reden Sie nicht weiter, Miss Barnes«, sagte Alice von oben herab. »Ich verstehe Sie, aber wir sollten nicht von ihr in einer Art und Weise sprechen, die wir später womöglich bereuen.«

Amanda Barnes sah Alice verwundert an, dann zuckte sie mit den Schultern. »Vermutlich. Angesichts ihrer Launen lasse ich Mrs Plackett jedenfalls besser nicht länger warten. Wenn Sie mich bitte entschuldigen ...«

Alice, die nicht nur im Hinblick auf den Körperbau, sondern auch wegen ihrer Willensstärke zu Recht robust genannt wurde, erkannte, dass sie in der Haushälterin eine ernst zu nehmende Gegnerin hatte. Ihr selbst mochten zwar die Waffen ausgegangen sein, nicht aber der Kampfeswille. »Begleiten Sie mich zum Hühnerhaus,

Miss Barnes!«, rief sie verzweifelt. »Sehen wir nach, ob die jüngsten Küken geschlüpft sind.«

Miss Barnes starrte sie völlig ungläubig an. »Küken, Miss?«

Also wirklich, Alice: Küken? Alice schluckte und fuhr stur fort, was ihr allmählich schmerzhaft bekannt vorkam.

»Ja, Küken! Sie mögen doch sicher auch Küken. Die meisten sind bereits geschlüpft, aber eine Henne saß vor zwei Tagen noch im Nest und hat gebrütet. Ich sage immer: Nichts auf der Welt ist so göttlich wie ein süßes, flaumiges, flauschiges, winziges, hinreißendes, entzückendes kleines Küken. Sie sehen aus wie winzige Wölkchen ... goldfarbene Wölkchen. Wie die Sonne. Goldfarbener Sonnenschein. Finden Sie nicht auch, Miss Barnes?«

Dummkopf!, schimpfte Alice mit sich selbst. *Du faselst albernes Zeug. Miss Barnes wird die Scharade durchschauen. Niemand geht mit seinen Dienstboten ins Hühnerhaus, um sich frisch geschlüpfte Küken anzusehen.*

»Küken sind ja ganz reizend, Miss Alice, aber die Arbeit erledigt sich schließlich nicht von allein, nicht wahr?« Die Zugehfrau klang, als würde sie mit einem Kind oder einer geistig beschränkten Person reden. »Mein Arbeitstag endet erst, wenn sämtliche Pflichten im Haushalt erledigt sind, und ich muss zu meiner Mutter nach Hause. Also, wenn Sie mich jetzt einfach anfangen lassen würden, damit ich *vor Mitternacht* mit allem fertig werde, was ich für Sie zu tun habe, dann wäre ich Ihnen sehr dankbar.«

Zu Alice' großer Erleichterung kam Kitty Schlau um die Hausecke gebogen und steuerte zielstrebig auf sie zu.

»Guten Morgen, Miss Barnes!«, grüßte auch Kitty die Haushälterin mit ungewohnter Fröhlichkeit und stellte sich so, dass sie ihr den Weg zur Tür versperrte. »Wie war Ihr Sonntag?«

»Guten Morgen, Miss Katherine. Es war ein Sonntag wie jeder andere auch. Und für Sie? Hatten Sie wie jede Woche Mrs Placketts Bruder als Gast zum Essen?«

»Ja, es gab ein gemeinsames Essen und anschließend eine Überraschungsparty anlässlich des Geburtstags von Mr Godding«, berichtete Kitty. »Es war für uns alle ein wirklich aufregender Abend.«

»Mr Godding hatte Geburtstag? Dann wüsste ich gern, warum mich Mrs Plackett nicht gebeten hat, einen Kuchen zu backen?« Miss Barnes wirkte aufrichtig verstimmt, als bedeutete die unterbliebene Bitte um einen Geburtstagskuchen eine persönliche Geringschätzung ihrer Backkünste. »Und eine Überraschungsparty, sagen Sie? Das muss allerdings eine Überraschung für Mr Godding gewesen sein. Ich weiß nicht, ob mir das gefallen würde. Ich habe einmal von einem Mann gehört, der vor Schreck gestorben ist, als die Gäste hervorsprangen. Wahrscheinlich war er nicht mehr der Jüngste, aber trotzdem. Nun, wenn Sie mich bitte entschuldigen, ich mache mich jetzt wirklich besser an die Arbeit. Eine Party bedeutet viel schmutziges Geschirr und ich möchte nicht, dass Mrs Plackett mir vorwirft, ich würde mich vor der Arbeit drücken, indem ich mit den jungen Damen vor dem Haus plaudere. Und auf Sie wartet doch sicher der Unterricht, oder?«

Alice Robust spürte einen drückenden Kopfschmerz, der sich allmählich hinter ihren Schläfen breitmachte.

Kitty Schlau stemmte die Hände auf beiden Seiten gegen die Türlaibung und versperrte der Haushälterin freundlich, aber bestimmt den Weg.

»Der Unterricht entfällt heute«, sagte sie. »Mrs Plackett hütet das Bett. Sie fühlt sich nicht gut.«

Augenblicklich veränderte sich Miss Barnes' Miene. »Herzprobleme? War die Milch sauer? Hat sie etwas Falsches gegessen? Hat sie Ohnmachtsanfälle? Oder eine Entzündung am Zeh?«

»Ein Unglücksfall in der Familie«, erwiderte Kitty. Alice Robust bewunderte die überzeugende Darbietung. Vielleicht gab es in Wahrheit sogar zwei Lady Macbeth am Pensionat Saint Etheldreda. »Der arme kleine Julius leidet an ... Pneu–«

»Malaria«, warf Alice Robust rasch ein.

»Malaria.« Kitty Schlau nahm sofort den Faden wieder auf. »Mr Godding ist nach London abgereist, um von dort aus mit dem nächsten Schiff nach Indien aufzubrechen. Mrs Plackett ist ... völlig entkräftet vor Sorge um ihren Bruder und ihren ...«

»Ihren Neffen.« Die Einzelheiten zu den Verwandtschaftsverhältnissen waren Alice Robust nach ihrem morgendlichen Plausch im Bett mit Miss Fringle noch in frischer Erinnerung.

»Ja, um ihren Neffen. Unter diesen Umständen ist Mrs Plackett selbstverständlich nicht in der Lage, den Unterricht zu halten, und sie wünscht auch nicht, von Ihrem Geklapper bei der Hausarbeit gestört zu werden. Sie bat mich deshalb, Ihnen den Lohn für den Tag auszuzahlen und Sie für heute von Ihren Pflichten zu entbinden.« Kitty holte Geld aus ihrer Tasche und zählte einen Schilling und drei Pence ab. Die beiden anderen schauten ihr gebannt zu, denn selbst in kritischen Situationen verliert der metallische Klang von Münzen nie seine hypnotische Wirkung. Alice glaubte zu sehen, wie Kitty die Stirn runzelte beim Anblick des Geldes, das in ihrer anderen Hand verblieb, bevor sie schnell die Faust darum schloss. Dann streckte sie Miss Barnes ihren Lohn entgegen, doch die Zugehfrau ging nicht darauf ein.

»Um Gottes willen!«, rief Miss Barnes aus. »Was für ein Schicksalsschlag! Ihr Neffe liegt in den Kolonien auf dem Krankenbett. Kein Wunder, dass Mrs Plackett unter Schock steht. Und wenn Mr Godding so überstürzt aufgebrochen ist, blieb ihm ja nicht einmal Zeit zu packen!« Die Stirn der Haushälterin legte sich in tiefe Sorgenfalten. »Ich kann mir nur gar nicht vorstellen, dass er so Hals über Kopf abreist. Er wirkt schwerlich wie ein Abenteurer.«

»Ich verstehe, was Sie meinen«, stimmte Kitty gewieft zu. »Es war ein ergreifender Moment, nachdem Mr Godding das Telegramm gelesen hatte. ›Constance‹, sagte er, ›ich muss unverzüglich aufbrechen. Die Angelegenheit duldet keinen Aufschub. Ich will so schnell wie möglich an der Seite des kleinen Julius sein. Er ist der Letzte, der den Namen Godding weiterführen wird, und ich muss ihm jede Unterstützung zukommen lassen, die in meiner Macht steht.‹«

In Alice Robust keimte die Angst auf, Kitty würde es mit ihrer Darbietung vielleicht etwas übertreiben, aber Miss Barnes schien an ihren Lippen zu kleben.

»Der Letzte, der den Namen Godding weiterführen wird. Das hat er gesagt, ja?« Miss Barnes kramte nach einem Taschentuch und betupfte sich die Augen. »Das war edel von ihm, nicht wahr? Wenn

Mr Godding natürlich eines Tages heiraten sollte, wäre der kleine Julius nicht der Letzte, aber das ist nicht meine Angelegenheit.«

»Mrs Plackett sorgte sich um die Sicherheit ihres Bruders«, fuhr Kitty fort, »doch Mr Godding verkündete, dass er weder Feigheit noch den Ängsten einer Frau nachgeben werde. Er würde sich nicht vor seiner familiären Verantwortung gegenüber dem einzigen Sohn seines verstorbenen Bruders drücken.«

Amanda Barnes schnäuzte sich ergriffen. »Also, das ist sehr ehrenhaft von ihm«, stellte sie fest, »selbst wenn das alles sehr überraschend kommt.« Sie steckte ihr Taschentuch wieder ein und schob Kittys Hand mit dem angebotenen Geld weg. »Ich nehme keinen Lohn von Mrs Plackett, ohne ihn verdient zu haben«, erklärte sie. »Sie wissen, wie genau sie in Geldangelegenheiten ist. Wenn sie mich jetzt bezahlt, ohne dass ich dafür gearbeitet habe, bereue ich es später, darauf wette ich. Ich schleiche mich nur eben ganz leise ins Haus und bereite Mrs Plackett eine Suppe und einen Tee zu. Früher oder später muss sie etwas essen. Und sauber machen kann ich lautlos wie ein Geist.«

Miss Barnes machte einen Schritt auf Kitty Schlau zu, als wäre sie entschlossen, durch sie hindurchzugehen. Aber Kitty stoppte sie, indem sie ihr abermals das Geld entgegenstreckte.

»Liebe Miss Barnes! Sie sind wirklich zu gut für diese Welt und so großherzig. Aber ich muss darauf bestehen, ich habe keine Wahl. Mrs Plackett selbst war sehr bestimmt. Sie meinte auch, Sie würden etwas Erholung verdienen.«

»Das hat sie gesagt?«

Kitty schluckte. Angesichts der Art und Weise, wie Mrs Plackett üblicherweise mit ihrer Haushälterin umgesprungen war, hatte sie mit dieser Behauptung womöglich die Grenzen der Glaubwürdigkeit überschritten.

»Wir Mädchen können uns um alles kümmern, was heute anfällt. Wir halten leise Krankenwache, lesen in unseren Schulbüchern und gedenken Mrs Plackett, ihres Bruders und ihres … Neffen in unseren Gebeten.«

Kitty Schlau senkte den Kopf – sie lieferte ein anrührendes Bild frommer Sorge. Alice Robust tat es ihr nach und zählte ihre Herzschläge, während sie darauf wartete, dass Miss Barnes um Himmels willen endlich ging! Aber die Haushälterin zögerte noch immer. Nie hatte sich ein starkes Arbeitsethos als so irritierend erwiesen.

Zu guter Letzt gab sich Miss Barnes mit einem Knicks geschlagen. »Na schön, Miss Katherine«, sagte sie. »Wenn Mrs Plackett darauf besteht, nehme ich den Tag frei. Aber lassen Sie mich rasch eine Pfanne aus der Küche holen, die ich letzte Woche hiergelassen habe. Ich benötige sie, um etwas für meine alte Mutter zu kochen.«

»Sagen Sie mir, wie die Pfanne aussieht, und ich bringe sie Ihnen«, rief Alice, ein wenig zu eifrig, aus.

Miss Barnes legte den Kopf schief. »Wenn ich es nicht besser wüsste, würde ich meinen, Sie wollen mich vom Haus fernhalten«, sagte sie. »Vergessen Sie nicht, auch ich war einmal jung. Sie führen doch keinen Unfug im Schilde, während Ihre Schulleiterin das Bett hüten muss?«

»Nicht im Geringsten!«, beteuerte Alice Robust.

»Also wirklich, Miss Barnes.« Kitty Schlau war ein Bild stiller Kränkung. »Was ist das für eine Unterstellung – unter diesen Umständen.«

Amanda Barnes senkte den Kopf. »Verzeihung. Ich habe wieder einmal den Mund aufgemacht, ohne nachzudenken. Oh! Und da ist noch etwas: Fast hätte ich es vergessen.« Sie griff in ihre Tasche und holte ein großes gefaltetes Tuch hervor. »Mrs Rumsey bat mich, Ihnen das mitzubringen. Das sind knapp drei Meter Leinen für Ihre Tischdecke zum Erdbeerfest.«

Kitty Schlau griff nach dem Stoff. Er fühlte sich seidig unter ihren Fingern an. »Danke, Miss Barnes. Wir werden schnell arbeiten müssen, aber wir geben unser Bestes. Ihnen noch einen schönen Tag.«

Amanda Barnes wandte sich zum Gehen und hielt noch einmal inne: »Gibt es Hoffnung, dass Mr Goddings kleiner Neffe wieder gesund wird?«

»Ach, der liebe kleine Julius. Er soll ein kränkliches Kind sein«, erwiderte Kitty, »von schwacher körperlicher Verfassung.« Sie seufzte voller Tragik. »Wir rechnen mit dem Schlimmsten. Die arme Mrs Plackett!«

Es folgte eine unbehagliche Pause. Die Mädchen warteten. Mrs Barnes' Schuhe schienen auf dem Kiesweg vor dem Internat festgeleimt zu sein. Alice Robust sah keinen Ausweg aus dieser furchtbaren Sackgasse. Allmählich begriff sie, warum ihre Großmutter so oft über den Umgang mit Dienstpersonal klagte.

»Ju-huuuu!«

Eine gellende Stimme schallte von der Straße herüber und jemand näherte sich in schnellem Tempo dem Haus.

»Ju-huuuu! Alice! Kitty! Schaut, was ich gefunden habe!«

Der Schreck schoss Kitty wie ein elektrischer Schock ins Rückgrat. Es war Louise Pockennarbig. Sie zog etwas an einer Schnur neben sich her – oder wurde davon gezogen – und winkte mit einem Ding, das aussah wie ein Stock, während sie wie ein kleiner Junge die Straße entlanggaloppierte.

»Kitty! Alice! Schaut!«, schrie Louise atemlos. »Oh! Hallo, Miss Barnes! Schaut, Mädchen: Was werden wir für einen vergnügten Tag haben! Ich habe ein Bäumchen zum Einpflanzen gekauft, wie ihr es mir aufgetragen habt, aber jetzt kommt das Allerbeste: Ich habe uns einen Hundewelpen mitgebracht!«

Kapitel 8

Ein weiß-schwarz gefleckter Blitz zog Louise um die Hausecke und außer Sichtweite.

Alice Robust und Kitty Schlau wichen Amanda Barnes' Blick aus. Kitty wollte sich gar nicht ausmalen, was die Haushälterin jetzt wohl denken mochte. Doch das unbehagliche Schweigen wurde abrupt von Hufgetrappel unterbrochen. Am unteren Ende der Straße tauchte ein leichter Einspänner auf.

»Doktor Snelling macht seine Krankenbesuche«, stellte Miss Barnes fest.

»Er kommt, um nach Mrs Plackett zu sehen«, sagte Kitty Schlau. »Alice, vielleicht gehst du besser ins Haus und ziehst dich um?«

Alice wurde bleich, dann ging sie nach drinnen. Was für ein Albtraum! Es war eine Sache, die zweiundsechzigjährige Constance Plackett in einem dunklen Zimmer zu spielen vor einer blinden alten Chorleiterin mit Watte in den Ohren, die unter dem Einfluss eines Schlafmittels stand. Aber im hellen Morgenlicht unter den prüfenden Augen eines Arztes war das etwas ganz anderes.

»Ich verstehe nicht recht, warum Miss Alice sich umziehen soll«, sagte Miss Barnes. »Nichts für ungut, Miss Katherine, aber der Saum Ihres Kleid hingegen ist ziemlich verdreckt. Ich nehme mir die Flecken am nächsten Waschtag vor.«

Dr. Snellings glänzender Wagen näherte sich gemächlich. Er wurde von einer gestriegelten, rotbraunen Stute gezogen. Mit wachsender Angst beobachtete Kitty, wie die Kutsche auf das Pensionat zuhielt. Ach, und diese lästige Miss Barnes!

Der Doktor machte halt und kletterte mit steifen Gliedern aus dem Wagen. Dann band er die Zügel an einen Pfosten unweit der Haustür.

»Guten Morgen!«, grüßte er. »Machen Sie sich keine Umstände. Ich finde den Weg allein.«

»Warten Sie!«, rief Kitty. *Zeit schinden! Zeit schinden!* »Ach, seien Sie doch so freundlich, Dr. Snelling, und erzählen Sie mir eben, wie es Mrs Benson? – nein, Mrs Bennion – gestern Abend ergangen ist? Bei der Geburt ihres Kindes?«

Dr. Snelling machte ein finsteres Gesicht. »Ein Mädchen«, grummelte er. »Ich habe meine Wette verloren. Wenn Sie mich jetzt bitte entschuldigen ...«

Und bevor Kitty ihn aufhalten konnte, hatte er schon die Tür aufgestoßen und verschwand im dunklen Hausflur.

In diesem Augenblick drohender Gefahr erging es Kitty wie allen großen Frauen: Die Ausnahmesituation verlieh ihr eine ungeahnte Stärke. Sie beschwor den Geist ihrer geliebten, verstorbenen Tante Katherine herauf, jene Achtung gebietende Urkraft, nach der man sie benannt hatte. Sie richtete sich zu ihrer vollen Größe auf, welche zwar nicht wirklich imposant war, es ihr aber ermöglichte, auf die Zugehfrau herabzublicken.

»Noch einen schönen *Tag*, Miss Barnes«, wünschte sie höflich, aber bestimmt. Sie drückte ihr mit Nachdruck den Lohn in die Hand. »Genießen Sie den freien Tag. Ich muss jetzt ins Haus und mich um unsere entschlafene Schulleiterin kümmern.«

Miss Barnes' Augen weiteten sich. »Ihre *entschlafene* Schulleiterin?«

»Schlafende!«, korrigierte sich Kitty mit eisiger Würde. »Sie hat den Arztbesuch verschlafen.« Dann machte sie auf dem Absatz kehrt, ging ins Haus und schloss die Tür hinter sich.

Kitty blieb keine Zeit, ihren Triumph auszukosten. *Entschlafene Schulleiterin!* Das wäre beinahe schiefgegangen. Sie legte das Tischtuch auf einen Stuhl und rannte zum Schlafzimmer der Schulleiterin. Leise Stimmen drangen durch die Tür. Es schien sich um eine Männer- und eine Frauenstimme zu handeln und beide klangen kein bisschen aufgeregt.

Kitty öffnete die Schlafzimmertür und trat ein. Die Vorhänge waren zugezogen. Dr. Snelling schaute von seiner Untersuchung auf und drehte sich um. »Verzeihung, junge Dame, ich untersuche gerade meine Patientin.«

»Ja«, fügte Mrs Plackett frostig hinzu. »Wären Sie so freundlich, meine Privatsphäre zu respektieren, Katherine. Setzen Sie bitte im Klassenzimmer Ihre Studien fort.«

Kitty Schlau war so verblüfft, dass sie beinahe rückwärts gestolpert wäre, aber sie fing sich gerade noch. Das war Mrs Plackett! Leibhaftig! Sie trug ihre übliche Witwenkleidung und den schwarzen Spitzenschleier vor dem Gesicht. Und die Stimme, mit der sie zu Dr. Snelling sprach, war unverwechselbar.

Kitty verließ das Zimmer. Sie fühlte sich einer Ohnmacht nahe.

Elinor Düster und Mary Jane Ungeniert tauchten im Korridor auf. Mary Jane fasste Kitty am Ellbogen und zog sie mit sich ins Gesellschaftszimmer, wo schon Martha Einfältig und Roberta Liebenswert saßen. Alle kämpften damit, einen Heiterkeitsausbruch zu unterdrücken.

»Ist sie nicht absolut genial?«, flüsterte Mary Jane Ungeniert.

Kitty war völlig verwirrt. »Wer? Mrs Plackett?«

»Nein, Dummchen.« Mary Jane ließ sich in einen Sessel fallen und machte es sich bequem. »Elinor!«

Kitty Schlau warf Elinor einen verdutzten Blick zu, in der Hoffnung, eine Erklärung zu finden. Doch das Mädchen wirkte wie immer: schroff, bleich und missmutig.

Mary Jane richtete sich auf. »Du hast es immer noch nicht begriffen, oder?« Sie lachte. »Glaubst du Gans etwa, das war Mrs Plackett im Schlafzimmer?«

Kitty wäre eher gestorben, als das gegenüber Mary Jane zuzugeben.

»Elinor hat Alice geschminkt«, erklärte Mary Jane. »Sie hat Alice mit ihren Künstlerkreiden Mrs Placketts Züge direkt auf das Gesicht gezeichnet. Im Handumdrehen hat sie Falten, Beulen und alles aufgemalt. Das hättest du sehen müssen – wobei: Du hast es ja gesehen, oder? Das war ein ganz schöner Schock, nicht wahr?«

Kitty umklammerte die Armlehnen ihres Sessels. »Aber ... das Kleid! Und die Frisur und ... alles! Sie ist doch nur kurz vor mir ins Haus gegangen! Wie ist das möglich?«

Mary Jane Ungeniert betrachtete sich in einem kleinen Taschenspiegel. »Wir haben uns natürlich ins Zeug gelegt.«

»Wir haben alle mitgeholfen«, fügte Roberta Liebenswert hinzu. »Alice kam ins Haus gestürzt und hat gerufen, dass sie Hilfe brauche, und da haben wir alle mit angepackt. Martha ist losgerannt, um ein Kleid von Mrs Plackett zu holen ...«

»In der Zwischenzeit habe ich Alice Talkumpuder über das Haar gestäubt und sie wie Mrs Plackett frisiert«, fuhr Mary Jane fort.

»Und wie Elinor mit ihren Stiften und Pastellkreiden das Gesicht hinbekommen hat, ist sagenhaft!«, sagte Martha.

»Und ich habe Mrs Placketts Korsett angepasst, damit Alice ... Plackett-förmig ist.« Roberta Liebenswert strahlte vor Stolz.

»Schließlich konnte ich Dr. Snelling an der Tür noch ein oder zwei Minuten aufhalten«, berichtete Mary Jane. »Das ist mir besser gelungen als dir, Kitty.«

Kitty Schlau ließ sich in ihren Sessel zurücksinken. »Also, von nun an kann mich gar nichts mehr überraschen. Ihr ward großartig, Mädchen! Jetzt können wir nur beten, dass Dr. Snelling den Unterschied zwischen einer kranken, alten Leber und einer jungen, gesunden nicht erkennt.«

»Glaubst du, er schneidet sie auf, um sich die Leber genauer anzusehen?«, erkundigte sich Elinor Düster mit echtem Interesse.

Kitty überging Elinors Frage. Ein Lächeln breitete sich auf ihrem Gesicht aus. »Ist euch klar, was das bedeutet?«, wisperte sie. »Wenn es Alice gelingt, dass Doktor Snelling sie für Mrs Plackett hält, dann können wir jeden täuschen!«

»Wahrscheinlich«, sagte Elinor Düster.

Die Schlafzimmertür wurde geöffnet und schwere Schritte ertönten.

»Ich freue mich, dass es Ihnen so viel besser geht«, hörten die Mädchen.

»Danke, Doktor.« Die Stimmen drangen durch den Korridor wie

aus der Tiefe eines Grabs. Kitty Schlau war nicht die Einzige, die erschauderte. »Ich stehe tief in Ihrer Schuld.«

Dr. Snelling machte sich auf den Weg zur Haustür und blieb noch einmal stehen. Die Mädchen konnten ihn vom Gesellschaftszimmer aus sehen. »Diesbezüglich wäre da noch die Kleinigkeit der offenen Rechnungen. Darf ich Sie daran erinnern, die ausstehende Summe bald zu begleichen?«

Es folgte eine unbehagliche Pause. Kitty Schlau und Mary Jane Ungeniert wechselten einen Blick.

»Selbstverständlich«, erwiderte Alice alias Mrs Plackett. »Bitte entschuldigen Sie, Dr. Snelling. Mir ging es in letzter Zeit so miserabel, dass ich meine Geldangelegenheiten habe schleifen lassen. Ich werde mich umgehend darum kümmern.«

»Ich bin Ihnen auch für diesen kleinen Betrag verbunden. Weiß Gott, ein Landarzt wird nie ein reicher Mann werden ...« Er warf einen Blick auf seine goldene Uhr. »Aber essen muss der Mensch.« Der Arzt verschwand aus dem Sichtfeld der Mädchen, und man hörte, wie die Haustür geöffnet und wieder geschlossen wurde, kurz darauf Hufgetrappel und knirschende Kutschenräder auf dem Kies der Auffahrt.

Die verkleidete Alice Robust steckte den Kopf durch die Tür und lächelte. Die Freundinnen stürmten auf sie zu und umarmten sie begeistert.

»Du hast es geschafft!«, rief Kitty. »Du hast tatsächlich einen Arzt, der dich untersucht, glauben gemacht, du seist eine sechzigjährige Frau!«

»Zweiundsechzig«, rief Alice lachend.

Es läutete wieder an der Tür. Alice Robust seufzte. »Ich muss mich umziehen. Wir fordern unser Glück besser nicht heraus, indem ich gleich noch einmal als Mrs Plackett auftrete.«

»Nein, warte«, sagte Kitty. »Ich will sehen, ob es funktioniert. Mary Jane, bitte mach auf, ja?«

Kurz darauf geleitete Mary Jane Henry Butts in den Salon. Kitty beobachtete scharf, ob ihn die falsche Mrs Plackett stutzig machte.

»Nachricht für Sie, gnädige Frau«, sagte er und reichte Alice Robust einen Umschlag.

»Danke, junger Mann«, erwiderte die falsche Mrs Plackett. »Katherine, seien Sie so gut, Master Butts für seine Dienstfertigkeit zu entlohnen. Ich scheine mein Portemonnaie mit dem Kleingeld verlegt zu haben.«

Kitty suchte in ihrer Tasche nach einer passenden Münze für Henry, doch der junge Mann lehnte ab. »Nein danke, gnädige Frau«, sagte er. »Es war mir eine Freude.« Er wandte sich schon zum Gehen, dann drehte er sich noch einmal um. »Wenn ich fragen darf ...« Henry biss sich auf die Unterlippe.

»Ja, Master Butts? Worum geht es?«, fragte Alice Robust.

Henry errötete. Sein Blick wanderte suchend durch den Raum, bis er an Mary Jane Ungeniert hängen blieb. Er holte tief Luft und wandte sich dann erneut an die vermeintliche Pensionatsleiterin. »Am Mittwochabend findet im Gemeindesaal der Pfarrei das Erdbeerfest statt. Werden Sie hingehen?«

»Nein«, antwortete Kitty Schlau.

»Ja«, sagte im gleichen Augenblick Alice Robust und Mary Jane Ungeniert rief: »Unbedingt!«

Kitty und Mary Jane starrten einander wütend an.

»Wir kommen«, erklärte Alice mit Mrs Placketts gebieterischster Stimme. »Eine solche Gelegenheit zu geselligem Zusammensein mit unseren Nachbarn lässt man nicht verstreichen.«

Kitty blieb nichts anderes übrig, als respektvoll vor ihrer Schulleiterin zu knicksen.

Henry konnte seine Begeisterung nicht verbergen. Mary Jane Ungeniert zwinkerte ihm zu allem Überfluss auch noch zu. Er drehte sich um und prallte mit Wucht gegen den Türrahmen, als er aus dem Zimmer stürmen wollte. Dann endlich fiel die Tür hinter ihm ins Schloss.

»Nun, Mrs Plackett«, sagte Kitty Schlau mit einem Anflug von Schärfe, »ich freue mich, dass Sie den Schreck und den Kummer wegen Julius' Krankheit so gut überwunden haben und sich in Gesellschaft wagen wollen.«

Alice Robust nahm ihre Witwenhaube ab. »Ich gehe nicht als Mrs Plackett«, rief sie aus. »Völlig unmöglich!« Ihre Gedanken flogen zu Leland Murphy, der sie persönlich gefragt hatte, ob sie zu dem Fest kommen würde. Sie hoffte inständig, dass Kitty Schlau, von der Alice manchmal befürchtete, dass sie Gedanken lesen könne, nichts davon ahnte.

»Du hast keine Wahl«, entgegnete Kitty. »Du hast für uns alle zugesagt und es ist undenkbar, dass Mrs Plackett es ihren Schützlingen gestattet, ohne Begleitung ein abendliches Fest zu besuchen. Alice muss mit Kopfschmerzen zu Hause bleiben, während uns Mrs Plackett als Anstandsdame beaufsichtigt.«

Bittere Enttäuschung wallte in Alice auf. Sie wollte Kitty widersprechen – sie *musste* ihr widersprechen –, aber dann durchzuckte sie die schmerzliche Erkenntnis, dass Kitty recht hatte. Nur als Mrs Plackett konnte sie zu dem Fest gehen. »Ich glaube, ich *habe* bereits Kopfschmerzen«, sagte sie. »Das waren grässliche zwölf Stunden. Ich lege mich jetzt hin.«

Bevor Alice das Zimmer verlassen konnte, ertönte ein Winseln und Kratzen an der Hintertür, die vom Gesellschaftszimmer direkt in den Garten führte. Die Tür ging auf und ein schwarz-weißer Hund schoss ins Zimmer, dicht gefolgt von Louise Pockennarbig.

»Ist die Luft rein?«, fragte sie und nahm ihre Haube ab. »Ich habe unseren Kirschbaum gepflanzt und mit dem Eimer Wasser von der Pumpe geholt, um ihn anzugießen. Aldous wollte die Leichen gleich wieder ausgraben, nicht wahr, du unartiger Junge?«

Sie sank auf die Knie und küsste den Welpen, worauf der ihr aufgeregt und liebevoll das Gesicht ableckte.

»*Aldous?*«, schrie Mary Jane Ungeniert. »Du hast ihn nach dem widerwärtigen Mr Godding benannt?«

»Ich dachte, wir wollten eine Bulldogge zum Schutz, nicht so einen dämlichen Spaniel«, sagte Alice Robust.

»Aldous ist nicht dämlich ...« Louise Pockennarbig drehte sich um und bemerkte erst jetzt Alice' Verkleidung. Kurz wich die Farbe aus ihrem Gesicht, dann lächelte sie. »Also wirklich! Genau getroffen, Alice! Einen Augenblick lang hätte ich fast an die Existenz von

Geistern geglaubt.« Aldous' Liebesbekundungen wurden noch eifriger und Louise gab die Unterhaltung mit den anderen zugunsten des Hundes auf. »So ein lieber Junge, ja, bist du nicht ein lieber Junge? Wir brauchen keine Angst einflößende Bulldogge, was, Aldy? Ja, so ein kluger Junge bist du, so klug.«

Elinor Düster blinzelte matt. »Was haben Haustiere nur an sich, dass selbst vernünftige Menschen mit einem Mal brabbeln wie Kleinkinder?«

Roberta Liebenswert und Martha Einfältig setzten sich neben Louise auf den Boden, um Aldous' Bekanntschaft zu machen. Selbst Alice Robust gesellte sich zu ihnen und räumte ein, dass Aldous ein kluger Junge sei und ein schönes Kerlchen und keineswegs ein dämlicher Spaniel. Der Kleine hatte große Schlappohren mit lockigem Fell, die bei jeder schnellen Bewegung wie Windmühlenflügel um seinen Kopf flogen.

»Hoffentlich können wir uns die Kosten für einen Hund leisten«, gab Kitty Schlau zu bedenken. »Und da wir gerade von Kosten sprechen: Unser Utopia der unabhängigen Frauen benötigt bald Geldmittel, sonst hätten wir uns das Vergraben der Leichen sparen können. Oh!«

Martha Einfältig schaute auf. »Was ist los, Kitty?«

Kitty griff in ihre Tasche und holte die Münzen heraus. »Nichts ... bei dem Gedanken an Geld ist mir nur eingefallen, dass ...«

»Ja, was? Sag schon?«, drängte Alice. »Mir ist deine verwunderte Miene aufgefallen, als du vorhin den Lohn für Miss Barnes abgezählt hast.«

»Hm, war das so offensichtlich?« Kitty hielt zwei Goldmünzen hoch, um sie im Licht, das durch das Fenster fiel, besser betrachten zu können. »Ich dachte, das seien zwei Sovereigns, aber das hier ist nicht Queen Victoria.« Sie studierte mit zusammengekniffenen Augen, die Prägung. »CAROL III, D. G. HISP. ET. IND. R.« Dann drehte sie die Münze um. »›Auspice Deo In Utroq Felix.‹ Elinor? Louise? Ihr seid unsere Latein-Gelehrten. Was heißt das?«

Die beiden Mädchen schauten Kitty über die Schulter.

»Dank der Auspizien oder vielleicht Gottes Gunst oder man

könnte auch sagen: Mit Gott als Beschützer ... glücklich in beiden?«, wagte Elinor Düster eine Übersetzung.

»Und auf der anderen Seite heißt es: Karl der Dritte«, führte Louise Pockennarbig fort. »Das ›R‹ steht für Rex, also König. ›Hisp.‹ bedeutet Hispania oder Spanien auf Latein und ›Ind‹ steht für Indien.«

Die drei Mädchen schauten einander an.

»Also sind das spanische Münzen?«, erkundigte sich Mary Jane Ungeniert.

»Ja, aber alte«, erwiderte Kitty und studierte abermals die Prägung.

»Dublonen, würde ich sagen«, erklärte Elinor Düster.

»Oh, wie romantisch!«, seufzte Mary Jane Ungeniert. »Das klingt wie aus einem Piratenroman.«

Louise Pockennarbig überging die Zwischenbemerkung. »Sie sind wahrscheinlich mehr wert, als die Angabe auf der Münze«, sagte sie. »Sammler zahlen vermutlich einen stattlichen Preis dafür.«

Auch Roberta Liebenswert musterte die Münzen jetzt genauer. »Aber wo hast du sie gefunden, Kitty?«

Kitty war so in Gedanken vertieft, dass sie die Frage beinahe überhörte. »Hm? Oh!« Sie wog die Münzen in der hohlen Hand und grübelte. »Das waren die Münzen, die ich für Sovereigns gehalten habe, als wir die Taschen von Mrs Plackett und Mr Godding durchsuchten. Beide trugen so eine Münze bei sich.«

Louise Pockennarbig runzelte die Stirn. »Das ist merkwürdig.«

»Vielleicht Familienerbstücke?«, schlug Roberta Liebenswert vor.

Mary Jane Ungeniert schlug die Hände über dem Kopf zusammen. »Vielleicht haben sie die Dublonen auf dem Boden einer Schublade gefunden oder in einer alten Seemannskiste. Ehrlich, Louise, manchmal machst du dir entschieden zu viele Gedanken. Vergessen wir diesen Münzen-Unsinn und kümmern wir uns um etwas zu essen. Ich sterbe vor Hunger.«

Kapitel 9

Die Mädchen frühstückten Brot, Butter und Milch, zum Mittagessen gab es frische Eier, die sie aus dem Hühnerstall holten, und nachmittags aßen sie Toast zum Tee. Für einen Außenstehenden schien dieser Tag am Mädchenpensionat Saint Etheldreda völlig ereignislos zu verlaufen. Doch wie so oft, wenn eine Gruppe junger Damen beisammen ist, fanden die eigentlichen Machenschaften unter der Oberfläche statt, in Gesprächen, in Geflüster und in Gedanken.

Nehmen wir beispielsweise Louises Nachmittagsspaziergang mit Aldous. Während sie an den Hecken entlangschlenderte, die die Prickwillow Road säumten, brodelte es noch immer in ihr, weil Mary Jane Ungeniert ihr vorgeworfen hatte, sie würde sich zu viele Gedanken machen. Ein wenig Nachdenken würde Mary Jane von Zeit zu Zeit ganz gut tun. Louise Pockennarbig presste grimmig die Lippen aufeinander. Es war ihr egal, was die anderen sagten: Nie – niemals! – würde sie sich dazu herablassen, zu einer dümmlichen jungen Dame heranzuwachsen und ihren Verstand auf dem Altar der Männer-Verehrung zu opfern. Louise hatte zwar bislang kaum Bekanntschaft mit dem männlichen Geschlecht gemacht, doch sie wusste nur allzu gut, was für schlimme Finger ihre Cousins waren. Und deshalb würde sie nie in die Versuchung kommen, für einen Mann ihre intellektuellen Bestrebungen aufzugeben, mochte er auch noch so geschniegelt sein. Niemals!

Die Hecke beschrieb einen Bogen. Unvermittelt machte der angeleinte Aldous mit einem lauten Kläffen einen Satz, sodass sie unsanft mit jemandem zusammenstieß.

»Oha! Pardon!«, rief dieser Jemand und kämpfte sich von der Leine und Louise frei. »Ich bitte vielmals um Verzeihung.«

Louise musterte den Fremden. Ihr gegenüber stand ein junger Mann, sie schätzte, er war ein paar Jahre älter als die ältesten Mädchen des Internats. Außerdem erkannte sie, dass ihn seine gut gekleidete Erscheinung, die höflichen Manieren und der recht maßlose Einsatz seines Lächelns zu der Sorte junger Mann machten, in die sich Mary Jane Ungeniert und sogar Kitty Schlau Hals über Kopf verlieben würden. Louise hegte gerade einen solchen Groll gegen die überheblichen älteren Mädchen und gegen Männer im Allgemeinen, dass sie beschloss ihr Gegenüber schon aus Prinzip zu hassen.

»Hätten Sie die Freundlichkeit, mir zu sagen«, fuhr Louises neue Bekanntschaft fort, ohne sich ihrer Missbilligung bewusst zu sein, »ob dieses Haus ein Internat für junge Damen ist? Saint Etheldreda?«

Ihre Augen verengten sich. Was wollte *der* denn an einem Mädchenpensionat? Bestimmt nichts Ehrenwertes. Vielleicht war er ein alter Verehrer von Mary Jane und sie hatte ihm hinter dem Rücken der Freundinnen einen Brief geschrieben? Wenn Mary Jane Ungeniert glaubte, sie alle würden tatenlos zusehen, wie sie junge Herren einlud und mit ihnen flirtete, dann würde sie sich noch wundern.

»In Ely gibt es mehrere Pensionate für junge Damen«, erwiderte Louise steif. »Aber dieses Haus ist keines.«

»Oh!« Der junge Herr zog die Augenbrauen zusammen. »Ich war überzeugt, dass dies die richtige Adresse ist. Und als ich Sie sah, dachte ich natürlich, Sie seien eine der Schülerinnen.«

»Ich wohne hier mit meinen Großeltern«, antwortete Louise und war insgeheim überrascht, zu welchen Lügen sie auf einmal imstande war. Aber das Letzte, was sie und ihre Kameradinnen jetzt gebrauchen konnten, waren weitere Besucher. Es war nicht ihre Schuld, wenn dieser Mensch so neugierig fragte.

Er tippte sich an die Hutkrempe. »Dann verzeihen Sie bitte«, sagte er. »Ich wünsche Ihnen noch einen schönen Tag.« Und er spazierte in Richtung des Städtchens davon.

Louise schaute ihm nach. Sie wusste, Mary Jane und Kitty wür-

den Zustände bekommen, w
ter junger Herr dem Intern
mehr Befriedigung würde
de, ihn überhaupt je getr
kleinen Lächeln.

Währenddessen hatte
sich angeboten, das A
darauf, sich selbst d
gekocht hatte, war
etwas Essbares zustande

»Sie benimmt sich so, als vertrau.
tha Einfältig Roberta zu.

»Meinst du?«, flüsterte Roberta Liebenswert betroffen

»Die ganze Zeit über ... seit dem Unglück beim Sonntagsessen mache ich mir Gedanken«, sagte Martha. »Ich habe schließlich gekocht, weißt du.«

»Ich bitte dich!«, widersprach Roberta, die sich nicht vorstellen konnte, dass jemand ihre liebe Zimmergenossin Martha verdächtigte.

Martha zog Roberta die Treppe hinauf in ihr gemeinsames Zimmer. »Willst du hören, was ich denke?«

»Natürlich!«

Martha senkte die Stimme zu einem Wispern. »Bei diesem ganzen Gerede über Mord finde ich es merkwürdig, dass Mary Jane ...«, ihre Stimme versiegte.

»Was? Sprich weiter!«

Martha Einfältig nahm die Brille ab und putzte sie an ihrem Rock. »Ach, ich weiß nicht. Ich fühle mich schon schlecht, wenn ich es nur denke.«

Roberta Liebenswert platzte beinahe. »Wenn du *was* denkst?«

»Na ja«, fing Martha wieder an. »Ich weiß nicht, aber sie ist so kokett in ihrem ganzen Benehmen, findest du nicht? Sie macht jedem schöne Augen! Und ich kann mir nicht helfen, aber ich frage mich, ob sie nicht ... jetzt, da ich es laut ausspreche, erscheint es schockie-

ob es nicht ihr Plan war, Mrs Plackett zu [...]eit zu erlangen.«

[...]rt blieb der Mund offen stehen. »Du meinst, [...]sdame mehr zu haben?«

[...]ltig schaute sich um, als fürchtete sie, die Wän[...]en. »Das ist wahrscheinlich nur wieder einer meiner [...]edanken, oder? Ich sollte es besser wissen und mich [...]Mutmaßungen ergehen. Mary Jane würde doch wohl kaum [...]lackett töten, nur um jungen Männern nachzustellen, oder?«

[...]oberta dachte an die vielen entsetzlichen Verbrechen, von denen [...]ie Londoner Zeitungen berichteten, und schüttelte den Kopf. »Es sind schon merkwürdigere Dinge passiert«, erwiderte sie. »Aber du kannst natürlich ebenso gut falschliegen. Die Bibel sagt, es ist eine Sünde, über andere zu richten.«

Martha Einfältig ließ schuldbewusst den Kopf hängen.

»Allerdings«, fuhr Roberta fort, »können wir die Augen nicht davor verschließen, dass Mary Jane einen erschütternden Mangel an Achtung und Ehrerbietung für die Toten gezeigt hat. Sie war völlig respektlos.«

Martha Einfältig setzte sich auf die Tagesdecke ihres Bettes und zwirbelte das Ende ihres Zopfs nervös zwischen den Fingern. »Oje, jetzt fühle ich mich schrecklich«, jammerte sie. »Ich komme mir vor wie eine Verräterin, weil ich solche Dinge denke. Und sie dann auch noch ausspreche.«

»Lass es gut sein, Martha.« Roberta legte der Freundin den Arm um die Schultern. »Ich erzähle es niemandem. Wir vergessen einfach, dass dieses Gespräch stattgefunden hat. Aber trotzdem ist es klug, wenn wir beide die Augen offen halten. Nur zur Sicherheit. Wir dürfen nicht vergessen, dass wir Zeugen eines Mords waren.«

Im Laufe des Nachmittags bekam Mary Jane Ungeniert Langeweile und machte sich auf die Suche nach Kitty Schlau. Sie fand sie an Mrs Placketts Sekretär, wo sie über Papieren brütete und stirnrunzelnd mit kratzender Feder Zahlen auf ein Löschblatt notierte.

Mary Jane streckte sich auf Mrs Placketts Bett aus. »Was ist los,

Kitty?«, fragte sie. »Warum machst du so ein langes Gesicht? Sind dir die Morde auf den Magen geschlagen?«

»Morde? Pah!«, entgegnete Kitty. »Ich werde einfach nicht schlau aus diesen Büchern. Mrs Placketts Finanzen sind ein einziges Chaos. Mein Vater würde einen Herzinfarkt bekommen, wenn er diese Buchhaltung sehen würde.«

Mary Jane Ungeniert ließ sich von etwas so Banalem wie Buchhaltung nicht von ihrem Thema abbringen. »Sag mal, Süße, wer von uns, glaubst du, hat die beiden alten Trottel auf dem Gewissen?«

Kitty zog eine Augenbraue hoch. »Wer von *uns*? Warum denkst du, dass es eine von uns war?«

»Ach, weil ich das inständig hoffe!«, antwortete Mary Jane. »Eine hübsche persönliche Rache. Dann können wir alle glücklich weiterleben. Falls es jemand anderes war, irgendjemand von außerhalb, wird die Sache ein beängstigendes Ärgernis. Wenn es aber eine von uns war, bleibt alles schön kuschlig.«

Kitty Schlau lachte. »Du hast wirklich keine Moral!«

»Nicht die Bohne.« Mary Jane rekelte sich auf dem Bett und schob dann Kissen und Polster zusammen, um sich bequem daran anzulehnen. »Willst du meinen Tipp hören, wer unsere kleine Mörderin ist?«

Kitty, deren Geist mehr auf das Addieren von Zahlenkolonnen gerichtet war, nickte. »Warum nicht.«

»Elinor, ganz klar.«

Kitty hielt inne, um sich das vorzustellen. »Ach?«

»Natürlich. Siehst du es denn nicht? Das Mädchen wurde in einem Mausoleum geboren oder hätte es sich zumindest gewünscht. Sie hat nichts als den Tod im Kopf. In ihrer verdrehten Welt findet sie wahrscheinlich nicht einmal etwas Schlimmes daran, jemanden zu töten. Vielleicht dachte sie sogar, sie würde den beiden einen Gefallen tun. Du weißt doch, Mrs Plackett mit ihren Leberbeschwerden – bereiten wir dem Leiden ein Ende, eine barmherzige Tat.«

Kitty fand die Theorie amüsant. »Und was ist mit Mr Godding?«

Mary Jane rümpfte die Nase. »Was spielt das schon für eine Rolle? Vielleicht glaubte sie, ihm so die Trauer zu ersparen.«

Kitty versuchte, sich auszumalen, wie Elinor auf Zehenspitzen in die Küche schlich und Gift über die Kalbskoteletts träufelte. Es gelang ihr nicht. »Wenn ich mir Elinor in der Rolle der Mörderin vorstellen soll«, wandte sie nachdenklich ein, »dann sehe ich sie nicht mit Gift. Vielleicht mit einer Streitaxt oder einer Sense.«

Mary Jane lachte. »Ich verstehe, was du meinst.«

Kitty wandte sich wieder ihren Berechnungen zu. »Siebzehn ... dreiundzwanzig ... Ich will nicht glauben, dass es eine von uns war, also lass ich es auch«, erklärte sie mit Nachdruck. »Zwei gemerkt, macht vierzehn. Aber falls ich es tun würde, hätte ich nicht Elinor vor Augen, sondern ...«

»Mich?«

»Bilde dir nichts ein.«

Mary Jane gab vor zu schmollen.

»Von den Jüngeren kann es keine gewesen sein«, fuhr Kitty fort und vergaß jetzt völlig ihre Zahlenkolonnen. »Das steht außer Frage. Ich habe überlegt, ob ... weißt du ... ich würde mir jemanden wie Alice vorstellen.«

Mary Jane richtete sich abrupt auf. »Nicht unsere Alice! Sie ist grundanständig. Und viel zu empfindsam. Sie lässt sich nicht einmal aus Wut zu irgendetwas hinreißen. Sie ist die letzte Person *überhaupt*, der ein Mord in den Sinn käme.«

Kitty nickte. »Ich weiß. Und genau deshalb kommt sie mir in den Sinn.«

»Aber ...!«

»Heißt es nicht: Stille Wasser sind tief?«

Mary Jane Ungeniert schüttelte den Kopf. »Alice! Nie wäre ich auf sie gekommen. Weißt du, manchmal überraschst du mich, Kitty Heaton.«

Kitty grinste. »Das habe ich von dir gelernt. Das ist eines deiner Talente.«

»Eines von vielen«, brüstete sich Mary Jane.

Louise Pockennarbig hatte von ihrem morgendlichen Abstecher in die Drogerie alle nötigen Chemikalien mitgebracht, um das Kalbfleisch zu testen. Nachdem sie und ihr kleiner Hund – denn insgeheim sah sie in Aldous *ihren* kleinen Hund – erfrischt von dem Spaziergang zurückgekehrt waren, beschloss sie, dass endlich jemand dieses Verbrechen wirklich ernst nehmen musste. Sie machte sich daran, das Klassenzimmer zu einem Labor umzufunktionieren. Als Bechergläser mussten gewöhnliche Trinkgläser herhalten, was ihrem wissenschaftlichen Geist missfiel, aber das Streben nach der Wahrheit ließ sie über die mangelhafte Ausstattung hinwegsehen.

Sie weichte die beiden Fleischreste getrennt in zwei Gefäßen ein, wobei in jedem gerade so viel Wasser war, dass es das Fleisch bedeckte. Nach einer Weile nahm sie das Fleisch heraus und rührte Pottasche in das Wasser der beiden Gläser.

Elinor Düster sah ihr dabei zu.

»Wo hast du das gelernt?«, fragte sie Louise.

»Mein Onkel ist doch Arzt in London«, erklärte Louise und betrachtete prüfend die Flüssigkeit in einem der Gläser. »Er weiß, dass ich später auch einmal Medizin studieren will, und *ihn* schockiert das nicht. Er überlässt mir Bücher und Fachzeitschriften, die er nicht mehr benötigt. Ich bewahre sie oben in meiner Truhe auf. Ein Buch behandelt medizinische Untersuchungsverfahren in Kriminalfällen. Es ist faszinierend. Darin sind die Symptome der unterschiedlichen Gifte aufgeführt und die Methoden, um sie nachzuweisen. Hm, ich hoffe, das war nicht zu viel Pottasche. Da stand nicht ... aber die Menge scheint sich ausreichend aufgelöst zu haben, denke ich.« Sie warf Elinor einen Blick zu. »Zeit für das Eisensulfat.« Sie ließ ein Glasröhrchen kreiseln, in dem sie grüne Kristalle mit Wasser vermischt hatte. Behutsam tröpfelte sie mit einem Löffel ein wenig der grünen Flüssigkeit in die beiden Gläser, worauf sich auf deren Boden schmutzig gefärbte Körnchen absetzten. »Aha! Genau, wie ich es erwartet habe ... siehst du die braunen Ablagerungen? Jetzt ist es Zeit für das Vitriolöl.« Louise mischte ein paar Tropfen aus einem dunklen Fläschchen in einem weiteren Glas mit Wasser und kippte dann jeweils eine kleine Menge davon in die beiden Bechergläser.

»*Miss* Dudley!« Alice Robust betrat das Zimmer und herrschte Louise mit Mrs Placketts Stimme an. »Ich möchte nichts mehr von solch unschicklichen Torheiten hören! Wissenschaft? Junge Damen, die den menschlichen Körper studieren? Wohin soll das führen? Wenn Sie sich schon unbedingt den Studien widmen wollen, dann beschränken Sie sich darauf, eine respektable Gouvernante zu werden.«

»Tot haben Sie mir besser gefallen«, entgegnete Louise fröhlich. »Was für eine Ironie des Schicksals, oder? Mrs Plackett, die die Vorstellung auf den Tod nicht ausstehen konnte, dass ich Naturwissenschaften studieren will ...«

Alice Robust kicherte. »Auf den Tod nicht ausstehen ...«

Louise grinste. »Sehr komisch. Ausgerechnet sie, die so vehement gegen mein wissenschaftliches Interesse war, ist jetzt Gegenstand meines Experiments.« Sie schüttelte die beiden Bechergläser leicht und hielt sie vor Elinor Düster und Alice Robust in die Höhe.

»Und, Mädchen, was seht ihr?«

Die übrigen Schülerinnen hatten Alice mit Mrs Placketts Stimme schimpfen hören, und waren ihr ins Klassenzimmer gefolgt.

Elinor Düster musterte den Inhalt der Glasgefäße. »Blau«, stellte sie überrascht fest. »Knallblau.«

»Preußisch Blau«, sagte Louise. »Das heißt kristalline Blausäure.«

Ihre Freundinnen schauten einander an. Louises feierlicher Tonfall legte nahe, dass es sich hierbei um eine bedeutsame Mitteilung handelte.

»Und das bedeutet?«, erkundigte sich Mary Jane Ungeniert. »Was ist Blausäure?«

Louise Pockennarbig verschränkte die Arme vor der Brust. »Zyanid«, antwortete sie. »Zyanid wird unter anderem als blauer Farbstoff verwendet. Zyanidsalze zählen zu den gefährlichsten und tödlichsten bekannten Giften. Sie führen sekundenschnell zum Tod. Und man erhält sie relativ mühelos in jeder Drogerie. Sie sind ein gebräuchliches Rattengift.«

»Aber was bedeutet das alles?«, fragte Martha Einfältig. »Was hat Zyanid mit uns zu tun?«

Louise Pockennarbig forderte Elinor Düster mit einem Blick auf, es zu erklären.

»Gift«, sagte die mit leisem, gespenstischem Tonfall an Martha Einfältig gewandt. »Im Kalbfleisch. Louise hat gerade das Fleisch getestet und darin Zyanid gefunden.«

Die Farbe wich aus Marthas Wangen. »Das Kalbfleisch war vergiftet?«

Elinor nickte. »Das war das Einzige, was nur Mrs Plackett und Mr Godding gegessen haben und wir nicht. Gestern Nacht, als ihr schon im Bett wart, haben wir ein totes Wiesel auf dem Komposthaufen gefunden, das noch ein Stück des übrig gebliebenen Kalbfleischs im Maul hatte.«

Martha riss sich die Brille herunter und verbarg ihr Gesicht in den Händen. Lautes Schluchzen ertönte. »Das Kalbfleisch!«, schrie sie. »Das Kalbfleisch hat sie umgebracht und ich habe gekocht!«

Kitty Schlau eilte an Marthas Seite und legte ihr den Arm um die Schultern. »Wir glauben nicht, dass du sie umgebracht hast, Liebes«, tröstete sie.

Doch Martha Einfältig war nicht zu beruhigen. »Habe ich die falsche Pfanne verwendet?«, schluchzte sie. »Ist Kalbfleisch auch so ein Nahrungsmittel ... das mit Eisen reagiert ... so wie Tomaten?« Sie schniefte laut. »Habe ich das falsche Rezept im Buch herausgesucht? Miss Barnes hat gesagt, Mrs Plackett wünsche gebratene Koteletts. Sie hat ein Lesezeichen ins Kochbuch gelegt. Ich habe sie mit Salz und gemahlenem Pfeffer in Schmalz gebraten. »War der Pfeffer ... vielleicht ... Rattengift?« Sie ließ die Hände sinken. Ihre Augen waren furchtbar gerötet und auf ihren Wangen zeichneten sich die Tränenspuren ab. »I-ich stelle mich immer so-so dumm an! Deshalb halten mich alle für einfältig. Meine Brüder nennen mich Hohlkopf. Vater und Mutter meinen immer, es sei ein Jammer, dass ich so unintelligent sei.« Marthas ganzer Körper wurde von den Schluchzern geschüttelt. »A-aber ... ich bin mir sicher ... sie ha-haben mich immer für ha-harmlos gehalten ... und jetzt *habe ich zwei Menschen ermordet!*« Sie gab es auf, gegen die Tränen anzukämpfen.

Aldous rannte zu ihr, leckte ihr eifrig das Gesicht ab und wedelte heftig mit dem Schwanz.

»Beruhige dich, Kleines«, sagte Mary Jane beschwichtigend. Sie umarmte Martha und nahm ihren Kopf auf den Schoß, sodass sie ihr das zerzauste Haar aus dem Gesicht streichen konnte. »Es lag nicht an der Pfanne oder dem Rezept. Louise hat gerade bewiesen, dass es Gift war. Ruhig! Niemand glaubt, dass du die beiden alten Teufel getötet hast. Jemand anderes muss das Kalbfleisch vergiftet haben, bevor du es zubereitet hast.«

»Das stimmt«, pflichtete Alice Robust bei. »Du wärst ebenso wenig fähig, jemanden umzubringen, wie ...«

»... ein lateinisches Verb zu konjugieren«, schlug Elinor Düster vor.

»*Tsss*, Elinor!«, zischte Kitty Schlau.

»... du zum Mond fliegen kannst.« Alice funkelte Elinor wütend an.

»Aber wer sonst könnte das Fleisch vergiftet haben?«, fragte Roberta Liebenswert. »Das ist nicht böse gemeint, Martha. Aber das Fleisch wurde am Samstagabend vom Botenjungen des Lebensmittelhändlers persönlich gebracht. Ich erinnere mich an die in Papier gewickelten, verschnürten Päckchen, die er zusammen mit den Kartoffeln, Bohnen und den anderen Bestellungen von Mrs Plackett abgeliefert hat.«

»Wir waren den ganzen Sonntagvormittag über in der Kirche«, sagte Louise Pockennarbig. »Und die halbe Stadt weiß, dass die Tür zur Vorratskammer nie abgeschlossen ist. Jeder hätte während des Gottesdienstes hineinschleichen und das Fleisch vergiften können.«

Martha Einfältig riss die Augen auf. »Du meinst, jeder hätte es tun können?«

»Es sieht ganz so aus.«

Martha holte tief und abgehackt Luft. »Wenn es jeder gewesen sein kann, dann gibt es kaum einen Grund, mich zu verdächtigen, oder?«

»Nicht den geringsten!«, erwiderte Mary Jane Ungeniert. »Schlag dir das gleich aus deinem hübschen Kopf.«

Bei diesen Worten richtete sich Martha auf. »Oh, ich bin nicht hübsch«, widersprach sie, und ein neutraler Betrachter hätte in diesem Augenblick angesichts ihrer zerzausten Haare und der roten, verquollenen Augen zustimmen müssen. »Nicht so wie du. Du bist eine wahre Schönheit.«

»Mag sein«, räumte Mary Jane ein, »aber das bedeutet nicht, dass du nicht selbst reizend wie ein Engel bist. Ohne deine Brille – und wenn deine Nase nicht läuft – bist du einfach entzückend.«

KAPITEL 10

Louise entsorgte die giftigen Zyanid-Fleischproben unter den Rhododendron-Büschen und öffnete das Fenster, um eventuelle Dämpfe entweichen zu lassen. Die anderen Mädchen waren vom Klassenzimmer in das Gesellschaftszimmer umgezogen und Louise folgte ihnen. Martha Einfältig lag zusammengerollt auf dem Sofa und erging sich in Schuldgefühlen, weil sie Mary Jane Ungeniert verdächtigt hatte, die eben so nett zu ihr gewesen war. Sie hoffte inständig, dass Roberta Liebenswert ihre Vermutungen nie irgendjemandem verraten würde. Alice Robust saß gedankenverloren im Schaukelstuhl, während Kitty Schlau in einem Stapel Unterlagen auf ihrem Schoß blätterte. Roberta Liebenswert ließ einen Bindfaden für den kleinen Aldous baumeln, der begeistert herumtollte, um danach zu schnappen.

»Louise«, ergriff Roberta das Wort, »warum war die Flüssigkeit in dem einen Gefäß von einem kräftigeren Blau als in dem anderen?«

Louise Pockennarbig runzelte die Stirn und dachte über die Frage nach. »Das ist vermutlich ganz normal«, sagte sie nach einer Weile. »Es liegt an der unterschiedlichen Größe der Fleischstücke und der ungenauen Bemessung der Chemikalien.«

Kitty Schlau ließ die Papiere sinken. »Mädchen, ich denke, wir müssen uns beraten. Wenn wir hier als unabhängige junge Frauen wohnen bleiben wollen, benötigen wir Geld, um unseren Lebensunterhalt zu bestreiten. Ich habe den Nachmittag damit verbracht, Mrs Placketts Unterlagen durchzusehen und …«

»*Mrs Placketts Unterlagen!*«

Alle drehten sich bei diesem Ausbruch verdutzt nach Louise um. »*Geld!*«, schimpfte das Mädchen hitzig weiter. Dann schaute sie die Freundinnen der Reihe nach ungläubig an.

»Ja, Louise?« Kitty war augenscheinlich verschnupft. »Gibt es etwas dazu zu sagen?«

Louise Pockennarbig schlug die Hände über dem Kopf zusammen. »Wir sitzen hier und beraten uns und reden über Geld und Unterlagen, während ich gerade stichhaltig bewiesen habe, dass ein Giftmörder frei herumläuft, der hier, in eben diesem Haus, zwei Menschen getötet hat! Wer sagt, dass er nicht erneut zuschlägt und uns alle ermordet? Wir haben keine Zeit herumzutrödeln. Wir können hier nicht wie die kleinen Kinder Erwachsene spielen. Wir müssen das Verbrechen aufklären!«

Alice Robust lächelte in sich hinein. Louise hatte Courage. Nicht viele Zwölfjährige würden einer Gruppe älterer Mädchen so die Stirn bieten. Und sie hatte ganz offensichtlich Kitty aus der Fassung gebracht.

Aber Kitty Schlau war niemand, der sich lange aus dem Konzept bringen ließ, schon gar nicht von einem jüngeren Mädchen. »Niemand sagt, dass wir das Verbrechen nicht aufklären wollen, Louise«, entgegnete sie frostig. »Aber wenn wir uns nicht mit Geldangelegenheiten und Papieren befassen, zerschlägt sich unser Plan, hierzubleiben, und wir haben bald nichts mehr zu essen.«

»Wenn wir uns nicht mit dem Giftmörder befassen, ersticken wir vielleicht an unserem Essen und teilen Mrs Placketts Schicksal«, konterte Louise.

Martha Einfältig und Roberta Liebenswert fassten einander fest an der Hand.

Mary Jane Ungeniert streckte sich und erhob sich langsam. »Na, na, lasst uns nicht zanken«, sagte sie. »Ihr habt beide recht. Ich schlage vor, dass Kitty sich um die Geldangelegenheiten und die Papiere kümmert und wir Louise zu unserem persönlichen Sherlock Holmes ernennen. Wer dafür ist ...«

»Unseren persönlichen was?«, hakte Martha Einfältig nach.

»Sherlock Holmes«, wiederholte Mary Jane. »Das ist der Detektiv aus *Eine Studie in Scharlachrot* von Arthur Conan Doyle. Elinor, du hast den Roman doch auch gelesen, oder? Ich dachte, du liest alles, was dir in die Finger kommt.«

Elinor Düster machte eine abschätzige Handbewegung.»Der Roman war vor ein paar Jahren sehr populär. Aber da steckte ich gerade mitten in meiner Phase russischer Autoren und habe das nur am Rande mitbekommen.«

Alice Robust verspürte kein Bedürfnis nach einem der typischen literarischen Streitgespräche, die die beiden Mädchen so oft führten. Beide waren wahre Bücherwürmer, aber Elinor tat Mary Janes Liebesromane stets als seichten Schund ab. Alice unterbrach sie mit einem vernehmlichen Hüsteln.»Wer für Mary Janes Vorschlag ist, Kitty als unsere Geldverwalterin und Louise als Detektivin einzusetzen, der antworte mit Aye.«

Sofort erschallte ein vielstimmiges»Aye« im Salon. Als Kitty und Louise erkannten, dass die anderen sich einig waren, schlossen sich an. Insgeheim war Louise begeistert von diesem Vertrauensbeweis ihrer Freundinnen, und wenn ihr die neue bedeutsame Rolle ein wenig zu Kopfe stieg, durfte man es ihr nicht übel nehmen. Sie fühlte sich sehr großmütig, so großmütig, dass sie sogar Mary Jane die Bemerkung vergab, sie würde sich zu viele Gedanken machen.

»Ich arbeite einen Schlachtplan für meine Ermittlungen aus«, verkündete sie.»Kitty, bitte fahre einstweilen mit deinem Bericht zu den finanziellen Angelegenheiten fort, über die du uns gerade informieren wolltest.«

Kitty musste sich ein Lächeln verkneifen.

Roberta Liebenswert dachte, eine kleine Ablenkung könne helfen, die Gemüter zu beruhigen, und holte das Leinentuch hervor, das Miss Barnes vorbeigebracht hatte. Sie breitete den Stoff aus, damit sie gemeinsam mit der Verzierung der Tischdecke für das Erdbeerfest beginnen konnten. Dafür stattete sie jedes Mädchen mit einem Strang roter, grüner oder goldener Stickseide und einem Briefchen Nadeln aus und alle machten sich daran, wie versprochen, die Kante des Tuchs ringsherum mit Erdbeeren zu besticken. Das heißt: Alle bis auf Elinor Düster, die völlig vertieft zeichnete, und

Kitty Schlau, die von dem Stapel Unterlagen auf ihrem Schoß in Beschlag genommen war.

»Ich habe eine Aufstellung der Einnahmen und Ausgaben gefunden und auch Ausfertigungen der Rechnungen, die sie jeden Monat unseren Eltern schickt. Also, ich habe eine recht ordentliche Schrift und Elinor ist ein Ass, wenn es um das Imitieren anderer Handschriften geht. Gemeinsam schaffen wir es sicher, weiterhin die monatlichen Aufstellungen zu verfassen, sie unseren Eltern zu schicken und auf diese Weise das Pensionsgeld zu kassieren, sodass wir alle davon leben können. Das löst vorerst unser Geldproblem.«

Mary Jane, Alice, Louise und Elinor nickten. Aber Roberta Liebenswert machte eine bestürzte Miene. »Du meinst, wir sollen unsere Eltern täuschen und sie bestehlen, um davon zu leben?«

Mit einem solchen Einwand hatte Kitty Schlau nicht gerechnet und ihr blieb in völlig unkittyhafter Manier der Mund offen stehen.

»Unsinn, Roberta«, widersprach Mary Jane. »Unsere Eltern unterstützen uns finanziell so oder so. Das ist ihre moralische Pflicht. Kitty schlägt lediglich vor, dass wir die Geldmittel selbst verwalten.«

Robertas Gewissen ließ sich nicht so leicht beschwichtigen. »Aber sie glauben doch, dass sie für unsere Ausbildung zahlen«, sagte sie. »Wir erschleichen uns ihr Geld unter falschen Behauptungen.«

»Keineswegs!«, mischte sich Kitty Schlau ein. »Wir führen unsere Studien selbstständig fort und helfen uns gegenseitig, entsprechend unseren persönlichen Stärken. Du kannst Musik unterrichten, Martha. Mary Jane war schon immer eine bessere Tänzerin als Mrs Plackett. Und Elinor, du gibst den Französisch-Unterricht, nachdem du als Kind Jahre in Paris gelebt hast ...«

»Wir lesen Victor Hugo!«, verkündete Elinor, worauf Mary Jane seufzte.

»So habe ich mir das vorgestellt.« Kitty nickte anerkennend. »Louise ist selbstverständlich für Naturwissenschaften zuständig, ich kann Mathematik übernehmen und Roberta Handarbeiten. Seht ihr? Wir setzen den Unterricht fort. Bist du zufrieden, liebe Roberta?«

Roberta wirkte alles andere als zufrieden, doch sie nickte.

»Sehr schön. Jetzt noch einmal zum Thema Geld: Wie ich bereits sagte, bin ich Mrs Placketts Unterlagen durchgegangen und ihr Haushaltsbuch gibt einige Rätsel auf. Dort stehen Posten für den Lebensmittelhändler, für Kohle, für Dr. Snelling, für die Kurzwarenhandlung, die Drogerie, dann das Geld, das Bauer Butts für die Milch bekommt, und dafür, dass er unser Pony weiden lässt, Amanda Barnes' Lohn und so weiter. Alle grundlegenden Ausgaben des Internats. Das Pensionsgeld, das Mrs Plackett von unseren Eltern erhält, müsste alle Kosten decken, das tut es aber nicht. Ihre Konten wurden mit mehreren Schecks über beträchtliche Summen belastet, die lediglich mit »bar« bezeichnet sind. Es findet sich nirgends eine Erklärung für diese Abbuchungen. Ich kann sie nicht zuordnen. Aber insgesamt übersteigen sie die Einkünfte.«

Louise Pockennarbig lockte den kleinen Aldous mit einem Keks von Martha Einfältig zurück. »Warum ist Mrs Plackett dann nicht pleite?«

»Weil sie eine Truhe voll spanischer Golddublonen im Keller vergraben hat«, verkündete Mary Jane Ungeniert.

»Wirklich?« Martha Einfältig machte große Augen.

Mary Jane lachte. »Nein, Dummchen. Ich scherze nur. Du erinnerst dich doch an die Münzen, die Kitty in den Taschen der beiden gefunden hat? Wahrscheinlich sind sie sowieso nicht mal echt.«

»Ja, aber sagte Doktor Snelling nicht, dass Captain Plackett seiner Frau ein Vermögen hinterlassen haben soll?«, warf Roberta Liebenswert ein.

Kitty Schlau nickte bedächtig. »Ja, das stimmt, Roberta. Aber vergiss nicht, was Miss Fringle darauf antwortete. Falls Mrs Plackett ein Vermögen besäße, wüssten andere davon. Und Mrs Plackett hätte wohl weder ein Pensionat eröffnet noch so sparsam gelebt, wenn sie reich gewesen wäre.«

Louise Pockennarbig kraulte Aldous den Bauch und fragte: »Wie hat sie es dann trotz all der Fehlbeträge geschafft?«

»Ich bin mir nicht sicher«, antwortete Kitty Schlau, »aber es gibt da einen Hinweis.« Sie hielt ein gefaltetes Stück Papier hoch. Darin waren mehrere Fünf-Pfund-Noten eingeschlagen. »Das ist die Nachricht, die Henry Butts heute Morgen vorbeigebracht hat. Sie stammt von Admiral Lockwood.«

Die Mädchen schauten einander verblüfft an.

Kitty las vor:

»*Liebe C.,*

ich hoffe, Sie sind auf dem Wege der Genesung, wenn Sie diese Zeilen lesen. Wie bedauerlich, dass ich gestern Abend um Ihre Gesellschaft gebracht wurde! Beiliegend das Ergebnis aus dem Tauschgeschäft (lediglich für eine). In London erzielt man vermutlich bessere Kurse.«

Kitty unterbrach die Lektüre: »Das ist, gelinde gesagt, kryptisch!«, stellte sie fest und fuhr fort:

»*Hoffentlich gefällt Ihnen das kleine Schmuckstück, das ich Sonntagabend für Sie zurückließ. Sein Zweck wird sich schon bald erschließen. Da Sie mir in diesen Angelegenheiten vertraut haben, hege ich die Hoffnung, dass Sie mir, wenn die Zeit reif dafür ist, auch in weiterem Sinne Ihr Vertrauen schenken werden. Ich erwarte mit freudiger Ungeduld unsere nächste Zusammenkunft. Bitte seien Sie gewiss, dass ich Ihnen in jeder erdenklichen Weise zu Diensten bin.*
Ihr ergebener Admiral Paris Lockwood«

Kitty schaute in die Runde. »Was, glaubt ihr, hat das zu bedeuten?«

»Das bedeutet, es handelt sich nicht um eine gewöhnliche Freundschaft«, erklärte Mary Jane Ungeniert.

»›Ein Tauschgeschäft‹ ... was hat er geschrieben? ... ›lediglich für eine‹ ... ›bessere Kurse‹?«, wiederholte Louise Pockennarbig. »Was er damit wohl meint?«

»Erledigt er irgendwelche Einkäufe für sie?«, rätselte Martha Einfältig. »Tauschgeschäfte?«

»Falls dem so wäre, warum schickt er dann Geld?«, warf Elinor Düster ein.

»Für mich klingt es eher so, als habe er etwas für sie verkauft«, erklärte Alice Robust. »Vielleicht hat er alten Schmuck oder Mobiliar zum Pfandleiher gebracht, was meint ihr?«

»Möglich wäre das.« Kitty Schlau runzelte die Stirn. Da standen sie vor einem vertrackten Rätsel.

»Wie war das mit dem Schmuckstück, das er gestern hiergelassen hat?«, fragte Roberta Liebenswert. »Den Wein kann er doch nicht meinen?«

»Das habe ich mich auch schon gefragt ... oh!« Schlagartig erinnerte sich Kitty. »Wartet mal!«

Sie hastete durch den Korridor und zog die Kommodenschublade auf, in die sie Admiral Lockwoods Päckchen gelegt hatte. Dann trug sie es in den Salon und löste die Schnur. »Er sagte, es sei ein Geschenk für Mrs Plackett«, erklärte sie. »Er gab es mir gestern an der Tür, ich habe es in die Kommode gelegt und dann völlig vergessen.«

»Wie kann man nur ein Geschenk vergessen!«, tadelte Mary Jane Ungeniert vorwurfsvoll.

Kitty antwortete mit einer Grimasse. »Falls du dich erinnerst, waren wir gerade vollauf mit zwei erkaltenden Leichen beschäftigt.« Inzwischen hatte sie das Päckchen ausgewickelt und die Freundinnen umringten sie, um besser sehen zu können.

Es handelte sich um eine hölzerne Schatulle aus poliertem, gebeiztem Kirschholz. Sie schimmerte kostbar, war aber schlicht, ohne zusätzliche Schnitzereien oder Verzierungen. Kitty ertastete den Verschluss und klappte den Deckel auf. Darin lag ein schwarzer Gegenstand auf schwarzem Samt. Sie hielt ihn ans Licht.

»Ein Elefant?«, wunderte sich Martha Einfältig.

»Und was für ein kurioser Elefant!«, rief Roberta Liebenswert.

»Warum ein Elefant?«, rätselte Kitty Schlau.

»Der Mann hat merkwürdige Einfälle, um einer Frau den Hof zu machen«, sagte Mary Jane Ungeniert.

»Ach, ich weiß nicht«, widersprach Elinor Düster. »Ich bin keine Expertin, aber das ist Ebenholz, sehr selten und schön.« Sie nahm die Skulptur in die Hand und betrachtete sie genauer. »Die Zehennägel – oder wie man das bei einem Elefanten nennt – sind aus Gold, die Stoßzähne und die Kette um den Hals auch. In die Kette ist ein Saphir eingearbeitet. Und die Augen sind Rubine, wenn ich mich nicht täusche.«

»Das sind ziemlich viele Edelsteine für einen Elefanten«, stellte Louise Pockennarbig fest.

»Vielleicht ist es ein königlicher Elefant«, schlug Elinor Düster vor.

Mary Jane nahm ihr die Figur aus der Hand. »Lass ihn mich einmal näher ansehen.« Sie studierte das Geschenk des Admirals. »Ist der Rüssel auch aus Gold?«

Louise Pockennarbig schüttelte den Kopf. »Nein, ich denke aus Messing. Das ist sehr viel härter als Gold. Und hier auf den Seiten hat er Rillen. Vermutlich sieht so auch ein echter Elefantenrüssel aus. Und selbst die Nasenlöcher sind ausgearbeitet.«

»Wie merkwürdig.« Kitty Schlau las nochmals den Brief des Admirals. »So ein ungewöhnliches kleines Schmuckstück. ›Sein Zweck wird sich schon bald erschließen …‹ Welchen *Zweck* kann ein Elefant aus Ebenholz bloß haben?«

»Das ist in etwa so, als würde man fragen: Wozu braucht man Ohrringe und Armreife?«, spottete Mary Jane. »›Ein Werk der Schönheit ist ein Glück für immer …‹ – Keats.«

»Das sind ja ganz neue Töne«, bemerkte Alice Robust. »Sagtest du nicht: ›merkwürdige Einfälle, um einer Frau den Hof zu machen‹?«

»Bei Gold und Edelsteinen ändert mancher seine Meinung, so sieht es aus«, murmelte Elinor Düster.

»Aber was hat das alles zu bedeuten?« Kitty Schlau war frustrierter, als sie zeigen wollte. »Wir haben schon das Rätsel zu lösen, wer Mrs Plackett und ihren Bruder getötet hat. Und jetzt noch eins: Was hat es mit dem Elefanten, dem Geld und Admiral Lockwoods Brief auf sich?«

»Mrs Placketts Finanzen sind, für sich genommen, schon ein Rätsel«, warf Louise Pockennarbig ein.

»Kitty, würdest du bitte noch mal den Abschnitt über das Geld aus dem Brief des Admirals vorlesen?«, bat Roberta. »Das hat mich an etwas erinnert.«

Kitty gehorchte. »›Beiliegend das Ergebnis aus dem Tauschgeschäft (lediglich für eine). In London erzielt man vermutlich bessere Kurse.‹ Irgendwelche Theorien?«

Roberta nickte, ohne von der Erdbeere aufzuschauen, an der sie gerade stickte. »Kurse klingt für mich im Zusammenhang mit Tauschgeschäft nach einem Fachwort aus der Finanzwelt«, sagte sie. »Ich habe mitbekommen, wie mein Onkel die Begriffe in Gesprächen mit Papa verwendete. Es geht um den Umtausch fremder Währungen und dergleichen. Das ist offenbar eine sehr komplizierte Angelegenheit.«

Kitty studierte stumm ein weiteres Mal die Nachricht des Admirals. »Kolossal! Du bist großartig, Roberta!«, rief sie aus. »Wie machst du das?«

»Was? Geld wechseln?« Roberta machte eine entgeisterte Miene. »Ich habe keine Ahnung. Frag meinen Onkel.«

Kitty lachte. »Nein. Ich meine, dass du immer wieder Rätsel für uns löst.«

Roberta Liebenswert zog die Augenbrauen hoch. »Tu ich das?«

»Allerdings«, bekräftigte Kitty. »Denkt an die Münzen, die wir gefunden haben. Was, wenn es noch mehr davon gibt? Womöglich hat der Admiral eine der Dublonen für Mrs Plackett verkauft, und daher stammt das Geld.«

»Eine einzige Münze kann doch nicht so viele Pfund wert sein«, widersprach Martha Einfältig.

»Doch, wenn sie alt und selten ist, schon«, sagte Louise Pockennarbig.

»Ich glaube, das ist alles nur Fassade«, verkündete Mary Jane Ungeniert. »In Wahrheit schickt er ihr Geld und Geschenke, weil er sie verehrt, und sie lässt ihn aus der Not heraus gewähren. Wahrscheinlich hilft er ihr schon eine ganze Weile aus. ›Liebe C. ... dass

ich um Ihre Gesellschaft gebracht wurde‹, ›mit freudiger Ungeduld!‹ ... Unsere kratzbürstige Internatsleiterin hatte eine Affäre mit dem betagten Admiral – das unartige alte Mädchen.«
Martha Einfältig war fassungslos. »Ganz sicher nicht!«
»Aber er hat ihr zwanzig Pfund geschickt«, sagte Kitty Schlau. »*Zwanzig* Pfund! Der Admiral ist reich. Er muss an die achtzig sein, und Mrs Plackett war zweiundsechzig. In seinen Augen war sie sicher taufrisch.«
»Wie widerlich!« Louise Pockennarbig schüttelte sich. »Männer an sich sind schlimm genug, aber er ist so abstoßend und alt.«
Mary Jane brach in Gelächter aus. Die anderen starrten sie an. Da musste sie nur noch heftiger lachen, bis sie sich den Bauch hielt. »Stellt euch bloß vor, wie hingerissen der alte Herr erst sein wird, wenn er einen Kuss von unserer Alice bekommt!«
Alice Robust warf ein Kissen nach Mary Jane. »Igitt! So etwas will ich nicht einmal im Scherz hören!«
Mary Jane wischte sich die Tränen von den Wangen. »Wir sind vielleicht darauf angewiesen, nicht wahr, Kitty? Alice muss sich für die Sache opfern, oder?« Sie ahmte eine Kussszene nach. »Oh, Admiral, wie schneidig Sie mit Ihrem Gehstock aussehen. Und der Anblick Ihrer Messingknöpfe lässt mein Herz höher schlagen.«
Alice Robust sprang auf. »Ich opfere schon eine Menge für diese Sache«, stieß sie hervor und biss sich dann auf die Lippe. Das Bild von Leland Murphy blitzte vor ihrem inneren Auge auf. »Mehr als ihr ahnt. Und das kann nicht ewig so weitergehen. Wir brauchen einen Plan, wie wir dem ein Ende bereiten, sonst muss ich den Rest meines Lebens als Mrs Plackett verbringen, und Alice gibt es nicht mehr. Ich, Alice, werde verschwinden. Bislang läuft es darauf hinaus, dass ihr mich umbringt, um Mrs Placketts Tod zu vertuschen, aber ich erkläre mich nicht freiwillig bereit, jetzt schon zu sterben.«
»Ach, komm schon, Alice«, protestierte Kitty Schlau. »Werde nicht melodramatisch. Wir bitten unsere Alice doch nur, von Zeit zu Zeit mit Kopfschmerzen zu Hause zu bleiben. Niemand verlangt von dir zu *sterben*.«
»Unter Umständen doch«, widersprach Elinor Düster leise.

Es wurde schlagartig still im Zimmer. Alle Augen waren auf Elinor gerichtet, die weiterzeichnete, als wäre nichts gewesen. Alice' Stimme klang brüchig, als sie schließlich das Wort ergriff. »Was willst du damit sagen, Elinor?«

Elinor Düster hielt ihr Stillleben mit ausgestrecktem Arm von sich weg, um es zu betrachten. Es zeigte einen Grabstein in Gestalt eines Engels, der im Schein der Mondsichel seine Flügel über einem stillen Friedhof ausbreitete. »Ihr scheint zu vergessen, dass jemand versucht hat, Mrs Plackett zu vergiften. Und dieser Jemand muss glauben, dass sein Plan missglückt ist. Was hindert ihn daran, es ein zweites Mal zu versuchen?«

KAPITEL 11

Roberta Liebenswert begann, leise zu weinen.

Alice Robust wippte in Mrs Placketts Schaukelstuhl. Bei genauerer Betrachtung hätte man bemerkt, dass ihr Gesicht unter den Schminkeresten blass geworden war.

Martha Einfältig schlang ihre Arme um Aldous und drückte sein weiches lockiges Ohr an ihre Wange, worauf Aldous liebevoll an ihrer Nase knabberte.

Mary Jane Ungeniert wechselte einen Blick mit Kitty Schlau. Es war das erste Mal, dass Mary Jane bei ihrer Zimmerkameradin Angst wahrnahm. Sie setzte sich neben Kitty auf das Sofa und sprach leise mit ihr, sodass die anderen nicht mithören konnten.

»Haben wir uns zu weit hinausgewagt?«, raunte sie Kitty Schlau ins Ohr. »Noch können wir umkehren, Süße, es ist nicht zu spät.«

Kitty Schlau erstarrte. Ihre Hand verkrampfte sich zur Faust um Admiral Lockwoods Brief. Wie konnte Mary Jane es wagen, ihre ureigenen Gedanken auszusprechen?

»Es ist in Ordnung, Liebes«, flüsterte Mary Jane weiter. »Wir müssen nichts beweisen. Unabhängigkeit war ein herrlicher Traum.«

Mary Jane wollte sie beruhigen, Kitty wusste das. Aber ihre Worte fühlten sich wie Eiszapfen an. Kitty fröstelte. Nein! Nein, sie würde sich *nicht* der Angst ergeben und sich entmutigen lassen! Sie malte sich die Rückkehr ins Haus ihres Vaters aus und spürte wie Widerstand in ihr aufwallte. Sie würde das Leben auf einer einsamen Insel den Abenden in Gesellschaft von Mr Maximilian Heaton vorziehen, dem übermächtigen Herrscher über Reich und Untertanen.

Nein, Kitty würde nicht nach Hause zurückkehren. Sie hatte zu hart für ihre Freiheit gekämpft und zu viel riskiert, um jetzt aufzugeben. Aber um den Preis, Alice in Gefahr zu bringen? Kitty wurde übel. Unmöglich. Wenn *sie* doch nur selbst die Rolle von Mrs Plackett einnehmen könnte!

»Wir finden den Mörder, bevor er Gelegenheit hat, Alice etwas anzutun«, erklärte Louise Pockennarbig. »Das müssen wir einfach.«

»Und was tun wir dann?«, fragte Elinor Düster. »Sollen wir der Polizei sagen, dass er Mrs Plackett getötet hat und wir Skandalschwestern hier allein leben? Damit wäre das Spiel vorbei.«

»Wir sitzen in der Falle«, stöhnte Roberta Liebenswert. »Das ist der Preis für unsere Lügengeschichte. Der Lohn für unsere Unehrlichkeit! Wir hätten Mrs Plackett nie im Gemüsegarten vergraben dürfen!«

»Wir finden eine Lösung«, erklärte Louise mit Entschlossenheit. »Falls es auf einen geistigen Kampf hinausläuft, gewinnen wir.«

»Währenddessen verhalte ich mich vorsichtig.« Alice Robust meldete sich erstmals wieder zu Wort. »Aber trotzdem brauchen wir irgendeinen Plan, um Mrs Plackett ein zweites Mal sterben zu lassen – einen Plan, der es uns ermöglicht, hierzubleiben –, damit ich nicht mein Leben lang ihre Rolle spielen muss. Es ist ein grausames Schicksal, zur Witwe zu werden, bevor man überhaupt verheiratet war.«

»Alice hat recht«, stimmte Louise zu. »Das ist mies, sie hat den Schwarzen Peter gezogen, wenn sie sich ein Leben lang jedes Mal verkleiden muss, sobald wir aus dem Haus gehen.«

»Wir könnten eine Reise machen«, schlug Mary Jane vor. »Vielleicht nach Ägypten. Oder in die Türkei. Und dann könnten wir erzählen, Mrs Plackett sei dort erkrankt und gestorben. Niemand würde uns auf die Schliche kommen.«

»Das könnte funktionieren.« Alice Robust nickte anerkennend.

Doch Kitty Schlau sorgte umgehend für Ernüchterung. »Wenn wir es uns leisten könnten. Was nicht der Fall ist.«

Sie ging im Zimmer auf und ab und dachte angestrengt nach. Es musste einen Weg geben, ihnen allen die Freiheit zu verschaffen *und* sie von Mrs Plackett zu erlösen, möge sie in Frieden im Gemüsegarten ruhen.

»Ein Pensionat ohne Vorsteherin gibt es nicht, also benötigen wir eine Mrs Plackett«, überlegte Louise Pockennarbig laut. »Gleichzeitig müssen wir sie loswerden, damit Alice nicht weiter ihre Rolle spielen muss.«

»Und wir nicht länger von einem Mörder verfolgt werden«, fügte Alice Robust hinzu.

»Ob sich der Mörder damit zufriedengeben würde, wenn wir behaupteten, sie sei in Ägypten gestorben?«, fragte Mary Jane Ungeniert. »Oder würde er nach Ägypten reisen, um Nachforschungen anzustellen? Das ist nicht ausgeschlossen, wenn er ihren Tod unbedingt will.«

»Das hängt von seinen Beweggründen ab«, gab Alice zu bedenken.

»Und das ist wieder ein anderes Rätsel«, sagte Mary Jane. »Warum wünscht irgendjemand Mrs Plackett den Tod? Sie war eine aufgeblasene, mürrische, alte Krähe, aber das ist wohl kaum ein Grund, zu derart radikalen Mitteln zu greifen.«

»Du vergisst da etwas«, warf Elinor Düster ein. »Wir haben zwei Leichen, nicht nur eine. Jemand wollte auch Mr Godding tot sehen.«

»Also, das ist überhaupt nicht rätselhaft«, entgegnete Mary Jane Ungeniert und schüttelte sich. »Er war abstoßend und unhöflich. Er rauchte widerliche Zigarren und hatte diesen entsetzlichen Schnurrbart. Er hat die Männerwelt insgesamt in Verruf gebracht.«

»Wen kümmert sein Schnurrbart«, sagte Louise. »Männer haben auch ohne Aldous Godding einen schlechten Ruf. Die Frage ist: Wer profitiert davon, wenn Mrs Plackett und ihr Bruder tot sind? Wer hat ein mögliches Interesse an ihrem Verschwinden?«

»Abgesehen von uns, meinst du«, sagte Martha Einfältig. Sie zog die Nadel mit dem Stickgarn hoch über ihren Kopf.

Roberta Liebenswert hielt inne, um die reife rote Erdbeere zu bewundern, die sie gerade fertig gestickt hatte. »Meint ihr, Mrs Plackett hat ein Testament hinterlassen? Das würde uns verraten, wer nach ihrem Tod ihr Vermögen erbt.«

Mary Jane riss die Hände in die Höhe. »Welches Vermögen?«

»Allein dieses Haus hat einen beträchtlichen Wert«, stellte Louise Pockennarbig fest.

Kitty Schlau schüttelte den Kopf. »Ich bin alle Unterlagen durchgegangen. Ich habe kein Testament gefunden.«

»Ihr Anwalt müsste es aufbewahren, falls es eines gibt«, sagte Louise Pockennarbig. »Das meinte mein Vater, als mein Großvater starb.«

»Der Anwalt lässt es uns niemals lesen«, erklärte Kitty Schlau.

»Es sei denn, Alice gaukelt ihm vor, sie sei Mrs Plackett.«

Alice Robust klatschte in die Hände. »Ach! Ihr Anwalt!«

»Mr Wilkins, oder?«, fragte Mary Jane. »Für den arbeitet dieses jämmerliche Milchgesicht Leland Murphy. Warum bist du so aufgeregt?«

»Er ist kein Milchgesicht«, entgegnete Alice gereizt. »Und ich bin nicht aufgeregt. Aber er – Mr Murphy – hat heute Morgen eine Mappe vorbeigebracht. Ich gehe sie holen.«

Wenig später kehrte Alice mit den Dokumenten zurück, die der Anwaltsgehilfe abgeliefert hatte. Sie hatte sie im Küchenregal hinter der Kaffeedose versteckt, als Dr. Snelling aufgetaucht war, und da hätten sie vermutlich noch lange gelegen. Alice reichte Kitty die Unterlagen, die sie rasch durchblätterte.

Dann lächelte Kitty in die Runde. »Das ist das Testament! Was für ein Glückstreffer! Wir sind schon richtige Detektive, was, Mädchen?« Sie überflog die Zeilen und versuchte, schlau daraus zu werden. Wegen der formellen Sprache mit den lateinischen Begriffen war das gar nicht so einfach. Schließlich blickte sie auf.

»Mrs Placketts Alleinerbe ist ihr geliebter Neffe Julius. Ihr Vermögen soll seiner weiteren Ausbildung zugutekommen«, verkündete sie.

»Julius kann nicht unser Mörder sein.« Elinor Düster wirkte aufrichtig enttäuscht. »Wie sollte ein Kind in Indien Tante und Onkel in England vergiften können?«

Roberta Liebenswert nahm den Ebenholz-Elefanten in die Hand und betrachtete ihn prüfend. »Voodoo?«

Kitty Schlau überging diese Bemerkung. »Er ist zu jung und zu weit weg, als dass er es getan haben könnte.«

»Und zu krank«, fügte Martha Einfältig hinzu.

Mary Jane und Alice schauten einander an.

»Er ist nicht krank, Schätzchen«, sagte Mary Jane. »Das haben wir doch nur erfunden.«

Marthas Wangen röteten sich. Sie hielt den Blick fest auf ihre Stickarbeit gerichtet. »Ach richtig. Das habe ich vergessen.«

»Vielleicht hatte er Hilfe«, überlegte Mary Jane weiter, »einen Komplizen hier in England.«

»Was Sinn ergeben würde, wenn das Verbrechen darin bestünde, ein Marmeladenglas zu stibitzen«, warf Kitty Schlau ein. »Nein, Mädchen, im Ernst. Der liebe kleine Julius ist nicht unser Mörder. Wir verrennen uns. Und wir haben noch niemand anderen ausgemacht, der von dem Verbrechen profitiert.«

»Ich stelle Ermittlungen an«, versprach Louise Pockennarbig.

Alice Robust ergriff das Wort. »Ich bin nach wie vor wegen der Geldprobleme beunruhigt. Was sollen wir tun, falls wir ebenfalls zusätzliche Mittel benötigen, weil uns genau wie Mrs Plackett das Geld ausgeht?«

Kitty Schlau dankte Alice insgeheim dafür, dass sie das Gespräch wieder auf ein Thema brachte, das im Einflussbereich der Mädchen lag. Sie stand auf und entzündete mit einem Streichholz mehrere Kerzen, denn die Abenddämmerung senkte sich schon als violetter Vorhang vor den westlichen Fenstern des Gesellschaftszimmers. Nachdem man wieder ausreichend sehen konnte, zog sie einen Zettel hervor, auf dem sie einen Haushaltsplan niedergeschrieben hatte. »Wir müssen sparen«, verkündete sie, »und wir fangen bei dem nächstliegenden Posten an, den wir streichen können.«

»Buttertoffees und Shortbread?«, fragte Alice Robust.

»Amanda Barnes«, lautete Kittys Antwort.

Sie erntete bestürztes Schweigen.

»Nicht Miss Barnes«, protestierte Roberta Liebenswert. »Sie hat es nicht verdient, dass man sie entlässt.«

»Wer wird uns den Haushalt führen, wenn sie nicht mehr da ist?«, fragte Martha Einfältig. »Heißt das, wir müssen eine neue Hilfe suchen?«

»Wir kümmern uns selbst um die Hausarbeit«, sagte Kitty. »Wir können Miss Barnes unmöglich den ganzen Tag im Haus haben.

So gelingt es uns nie, die Täuschung aufrechtzuerhalten und Alice für Mrs Plackett auszugeben.«

Aus der Bestürzung wurde Entsetzen.

»Du willst sie feuern!«, schrie Martha Einfältig. »Sie von heute auf morgen feuern, ohne ihr einen Monat Zeit zu geben, damit sie eine neue Stelle suchen kann?«

Mary Jane Ungeniert machte ein fassungsloses Gesicht. »Ich weiß nicht einmal, wie man Messing und Silber poliert.«

»Ach, Kitty, du willst doch nicht so etwas Abscheuliches tun«, setzte Roberta Liebenswert an, »sie mittellos im Stich lassen, ihren Ruf ruinieren und ihr das Herz brechen – alles mit einem Schlag! Das ist einfach zu grausam.«

Kitty hatte diese Einwände vorhergesehen, doch nicht mit einer solchen Heftigkeit gerechnet.

»Wir können ihr ein Monatsgehalt auszahlen«, schlug sie vor. »Das Geld wird uns schmerzlich fehlen, aber das ist egal. Und wir ... ich erkläre ihr, dass Mr Goddings Reise nach Indien und die Pflege des kleinen Julius Mrs Placketts Finanzen übermäßig belasten. Natürlich werde ich mich entschuldigen und anbringen, dass alles so überraschend passiert ist.«

»Wenn sie den Lohn für diesen Monat erhält, wird sie auch dafür arbeiten wollen«, gab Alice zu bedenken. »Du hast ja gesehen, wie schwierig es war, sie zu überreden, heute einen freien Tag zu nehmen.«

»Wir müssen einfach darauf beharren. Ich übernehme das. Gleich morgen früh gehe ich zu ihr nach Hause und überbringe ihr die Nachricht.« Kitty Schlau verkündete das tapfer, aber sie spürte, wie ihr Mund trocken wurde. Miss Barnes' Entlassung war ihr leicht vorgekommen, als sie die Gefahren abgewogen und die Kostenaufstellungen durchgesehen hatte, aber jetzt flößte ihr die konkrete Vorstellung, der Zugehfrau in die Augen zu sehen und sie zu entlassen, mit einem Mal mehr Angst ein, als sich in einen Nahkampf mit dem unbekannten Mörder zu stürzen. Die arme, tapfere Amanda Barnes, die so hart arbeitete, um für ihre alte Mutter zu sorgen. Wieder meldeten sich nagende Zweifel bei Kitty. Tat sie das Richtige? Sie verscheuchte diese Gedanken. Natürlich. Es gab keine andere Lösung.

»Was hast du uns zum Abendessen gemacht, Mary Jane?«, erkundigte sich Alice Robust. »Ich habe jetzt schon Hunger.«

Mary Jane Ungeniert warf mit einer kleinen selbstzufriedenen Bewegung den Kopf zurück. »Mansfield Pudding und Milchreis«, verkündete sie. »Ich werde mal nachsehen, wie weit der Pudding im Ofen ist.« Sie verließ den Salon und machte sich auf den Weg durch den Korridor in Richtung Küchentreppe, doch schon nach wenigen Schritten läutete die Türglocke. »Ich gehe schon!«, rief sie.

Alice Robust erhob sich schwerfällig aus dem Schaukelstuhl. »Nicht schon wieder«, stöhnte sie. »Kommst du bitte mit, Elinor? Nur für den Fall, dass ich mir für diesen ungebetenen Gast noch mal das Gesicht bemalen muss.«

Die übrigen Mädchen spitzten die Ohren, als Mary Jane Ungeniert die Tür öffnete und den Besucher begrüßte. Die Stimme war unverwechselbar.

»Ach du liebe Güte, Kitty!«, sagte Louise Pockennarbig. »Wenn man vom Teufel spricht. Du kannst dir den Gang morgen früh sparen: Das ist Amanda Barnes.«

Kapitel 12

»Guten Abend, die Damen«, grüßte Amanda Barnes die Mädchen im Salon. Sie trug eine Schale, über deren gewölbten Inhalt eine Serviette gebreitet war. »Mein Gott, wie eifrig Sie alle an der Tischdecke für das Fest arbeiten! Sie wird prächtig! Das ist eine entzückende Beere, die Sie da gerade gestickt haben, Miss Roberta. Werden Sie wohl bis Mittwochabend fertig, was meinen Sie?«

Kitty Schlau zog eine Ecke des Tischtuchs über den kuriosen, mit Edelsteinen verzierten Elefanten. Ihr wurde übel. Wenn sie diese grausame Aufgabe schon übernehmen musste, dann brachte sie es am besten schnell hinter sich. Sie erhob sich.

»Sie müssen nicht aufstehen, Miss Katherine«, wehrte Miss Barnes ab. »Ich bin nur gekommen, um die Pfanne zu holen. Vor lauter Plaudern habe ich sie heute Morgen vergessen. Und ich hatte so viel freie Zeit, dass ich Mrs Plackett eine Aalpastete gebacken habe, weil es ihr doch nicht gut geht.« Sie zog die Serviette von der Schale und darunter kam eine hoch aufgegangene, knusprige Pastete zum Vorschein, die einen köstlichen Duft verströmte.

Kitty Schlau seufzte im Stillen. Ausgerechnet jetzt, da sie Amanda Barnes entlassen musste, hatte die gute Seele ihren freien Tag damit verbracht, ihnen eine Pastete zu backen. Das war zu grausam.

Kitty fasste Miss Barnes am Ellbogen und griff mit der anderen Hand nach einem Kerzenleuchter. »Mary Jane ist gerade beim Kochen. Würden Sie mich kurz ins Klassenzimmer begleiten?«

»Selbstverständlich«, erwiderte Miss Barnes und stellte die Pastete am Rand des Tisches ab. »Ist etwas passiert, Miss Katherine? Geht es um Ihre Schulleiterin? Hat sich ihr Zustand verschlechtert?«

Martha Einfältig stieß vor dem Klassenzimmer zu ihnen. »Ist das die Pfanne, die Sie suchen?«, fragte sie und hielt Miss Barnes ein zierliches Pfännchen hin. »Ganz genau«, antwortete die Zugehfrau. »Sehr freundlich von Ihnen.«

Kitty schloss die Klassenzimmertür hinter sich und Mrs Barnes stellte den Kerzenleuchter auf den Tisch und bat die Haushälterin mit einer Handbewegung, Platz zu nehmen. Auch sie setzte sich.

»Miss Katherine?«

Kitty zwang sich, Miss Barnes' erwartungsvollem Blick standzuhalten.

»Gibt es etwas, was Sie mir sagen wollen?«

»Allerdings.« Kitty kam ihre eigene Stimme mit einem Mal schwach und jung vor. »Miss Barnes, es gibt für mich keinen angenehmen Weg, Ihnen diese Mitteilung zu machen. Und ich bedaure zutiefst, was ich Ihnen zu sagen habe.«

Miss Barnes' Miene blieb ungerührt. Sie verhielt sich vollkommen gefasst und doch war da ein Ausdruck in ihren Augen, der Kitty das Gefühl gab, völlig schutzlos zu sein. Sie wünschte, sie könnte sich irgendwohin flüchten, jeder Ort wäre besser, als hier der Haushälterin gegenüberzusitzen, die sie durchdringend ansah.

»Ich fürchte, ich muss ... Mrs Plackett hat mich mit der traurigen Aufgabe betraut ... Sie aus den Diensten des Mädchenpensionats Saint Etheldreda zu entlassen.«

Es folgte ein Moment furchtbarer Stille. Kitty schaute Miss Barnes an und wandte dann den Kopf ab. Innerlich schalt sie sich wegen dieser Feigheit. Ihr Blick blieb an der Wandtafel hängen, auf der noch immer mit weißer Kreide die Imperfekt-Konjugation des französischen Verbs *vouloir* – wollen – in Mrs Placketts makelloser Schrift stand: *je voulais, tu voulais, il/elle voulait ...*

Als Amanda Barnes schließlich antwortete, bebte ihre sonst so kräftige Stimme. »Sie kündigen mir, Miss Katherine?«

Kitty nickte.

»In einem Monat muss ich gehen?«

Kitty schüttelte den Kopf. »Früher«, sagte sie. »Jetzt.«

Ein knappes Luftholen war zu hören.

Nous voulions, vous vouliez, ils/elles voulaient – wir wollten, ihr wolltet, sie wollten. Was, fragte sich Kitty, hatte Mrs Plackett gewollt?

»Darf ich mir die Frage erlauben, warum?«

Miss Barnes' Worte holten Kitty in die Gegenwart zurück. Sie überlegte krampfhaft, was sie antworten sollte.

»Haben meine Dienste Anlass zu Tadel gegeben?«

Kitty fürchtete, sie würde gleich in Tränen ausbrechen. Diese Situation war schlimmer, als Leichen zu vergraben, tausend Mal schlimmer. Amanda Barnes umklammerte den Griff des Pfännchens auf ihrem Schoß, und einen Augenblick lang glaubte Kitty, die Haushälterin würde gleich damit auf sie einschlagen.

»Wenn ich nicht zur Zufriedenheit von Mrs Plackett gearbeitet habe, frage ich mich, warum sie mir das nie gesagt hat.« Miss Barnes nahm jetzt eine aufrechtere Haltung ein. »Ich bin seit vierundzwanzig Jahren in Stellung; seit ich jünger war als Sie, Miss Katherine. Und seit sieben Jahren arbeite ich für Mrs Plackett. In all der Zeit gab es nie ein ernsthaftes Wort der Klage von einem meiner Dienstherren.«

Vierundzwanzig Jahre ... ein Arbeitsleben, länger als Kittys ganzes Leben. Wer war sie denn, dass sie sich anmaßte, als Erste den tadellosen Ruf der Haushälterin zu beflecken? *Ich habe Mrs Plackett nicht umgebracht,* sagte sie sich streng. *Ob wir den Mord vertuscht haben oder nicht, Miss Barnes hätte so oder so heute ihre Stelle verloren.*

»Miss Barnes«, sagte Kitty, »Sie haben sehr gute Arbeit geleistet. Die Wahrheit ist schlicht und ergreifend, dass die Kosten für Julius' Pflege und Mr Goddings Reise drohen Mrs Placketts Mittel zu übersteigen. Und zwar in einem Maße, das die Beschäftigung einer Haushaltshilfe fortan unmöglich macht. Sie kann Ihnen gerade noch einen Monatslohn auszahlen.«

Für gewöhnlich strahlte Amanda Barnes eine warmherzige Gutmütigkeit aus, aber jetzt zeigte sie eisernes Rückgrat. Kitty wünschte, sie könnte sich in die Bücherregale verkriechen und hinter den französischen Grammatikbänden verstecken. Ein absurder Groll gegen Miss Barnes' Stärke loderte in ihr auf. Irritierenderweise hätte

Kitty es beinahe lieber gesehen, wenn die Haushälterin irgendeine menschliche Schwäche gezeigt hätte.

»Miss Katherine.«

Kitty zwang sich, die ehemalige Zugehfrau anzusehen.

»Sie waren heute zweimal die Überbringerin befremdender Nachrichten«, sagte Miss Barnes. »Denn dass man mich auf diese Weise entlässt – mir die Kündigung durch eine Schülerin übermittelt! –, das ist in der Tat befremdlich. Ich möchte nicht lästig erscheinen, doch aufgrund meiner langjährigen Dienste darf ich doch ein wenig Respekt verlangen. Ich finde, ich sollte wenigstens Gelegenheit bekommen, die Gründe für die Entlassung von meiner Dienstherrin persönlich zu hören.« Sie schloss diese Feststellung mit einem knappen Nicken, als wäre sie mit der Wahl ihrer Worte zufrieden.

Kitty zögerte. Das war eine berechtigte Forderung und eine Ablehnung könnte Misstrauen wecken. Ob Alice für diese bittere Aufgabe gewappnet war? Es würde ihr nichts anderes übrig bleiben.

»Nun, Ihr Wunsch ist nur verständlich. Warten Sie bitte kurz hier? Ich sehe nach, ob Mrs Plackett in der Lage ist, Sie zu empfangen.«

Miss Barnes überlegte kurz und nickte dann ruckartig. *Aha!*, dachte Kitty. Da war sie, die erste Scharte in ihrer Rüstung: Kitty hätte darauf wetten können, dass die Vorstellung, Mrs Plackett gegenüberzutreten, die Haushälterin nervös machte.

»Einen kleinen Moment bitte.« Kitty schloss die Tür hinter sich und eilte durch den Korridor. Wenigstens war die Sonne inzwischen untergegangen, dachte sie mit grimmiger Befriedigung, während sie vom Korridor aus einen Blick durch die Fenster des Esszimmers warf. Die Dunkelheit konnte nur hilfreich sein.

Alice Robust lugte aus Mrs Placketts Schlafzimmertür. »Ist es vollbracht? Hast du sie entlassen? Ist sie weg?«

Kitty Schlau seufzte. »Liebe Alice, du wirst mich jetzt hassen.«

»Das tue ich bereits. Was soll ich machen?«

Kitty berichtete von ihrem Gespräch mit der Haushälterin. Alice zog sich Mrs Placketts mit Rüschen besetzte Nachthaube tief in die Stirn, stieg in das Bett der Schulleiterin und zog die Decken hoch bis zu den Schultern.

Ein Anfall von nervöser Heiterkeit überkam Kitty Schlau, was verzeihlich war in Anbetracht des anstrengenden Tags, den sie hinter sich hatte. »Großmutter, Großmutter«, kicherte sie, »warum hast du so große Ohren?«

»Damit ich gefeuerte Haushälterinnen besser hören kann, Rotkäppchen!« Alice verdrehte die Augen.

»Vergiss nicht: Du bist kränklich. Und untröstlich, dass die Dinge diesen unerfreulichen Lauf genommen haben.«

Alice Robust deutete gebieterisch auf die Tür, genau wie Mrs Plackett es getan hätte. »Husch! Holen Sie Amanda Barnes und bringen wir es hinter uns.«

Kitty Schlau geleitete die Haushälterin ins Schlafzimmer. Nur eine Kerze brannte auf dem entfernten Kaminsims, sodass Alice im Dämmerlicht lag. Sie schien matt in die Kissen zurückgesunken zu sein, als hätte sie ein großes persönliches Opfer gebracht und sich tapfer aufgerichtet, obwohl es ihr dazu an Kraft fehlte.

Amanda Barnes schrumpfte beim Anblick ihrer Dienstherrin merklich in sich zusammen. Sie lehnte den Stuhl ab, den Kitty ihr anbot, schaute Mrs Plackett an und wandte den Blick gleich wieder ab.

»Es ... es tut mir leid, Sie so leidend zu sehen, Mrs Plackett.« Die Stimme der Haushälterin stockte. »Es war falsch von mir, Sie zu behelligen.«

»Nein.« Eine düstere Stimme drang unter der Rüschenhaube hervor. »Ich bin es, die sich für die bedauernswerten Umstände entschuldigen muss. Der Gedanke, was das für Sie bedeutet, tut mir in der Seele weh.«

Miss Barnes wirkte in Verlegenheit. »Ihr Bruder ist also tatsächlich abgereist? Nach Indien, so plötzlich?«

Alice Robust nickte bedächtig. »Ja. Hoffen wir, dass er bald mit guten Nachrichten zurückkehrt. Aber, ach, Miss Barnes!« Alice führte mit zitternder Hand ein Taschentuch an die Augen. »Ich bin in Sorge um ihn. Mein banges Herz sagt mir, dass ich meinen Bruder in dieser Welt nicht wiedersehen werde.«

Amanda Barnes schluckte. »Bitte, Sie dürfen so etwas nicht

sagen«, entgegnete sie. »Das schwächt Ihre Gesundheit und das können wir nicht gebrauchen.«

Alice Robust tupfte sich die Nase mit dem Taschentuch ab. »Sobald ich das Bett verlassen kann, verfasse ich Ihnen ein Empfehlungsschreiben, in dem ich ausführlich darlege, weshalb ich Sie Ihrer Dienste entbinden musste. Ich werde Ihnen ein gutes Zeugnis ausstellen, damit Ihnen die Suche nach einer neuen Stellung leichter fällt.«

»Ich bin Ihnen zu Dank verpflichtet, gnädige Frau.« Miss Barnes hielt den Kopf gesenkt. »Und ich hoffe, dass Sie und die jungen Damen allein zurechtkommen werden.«

Ein unangenehmer Geruch zog ins Zimmer und stieg Kitty in die Nase; er musste von unten aus der Küche kommen. Schnelle Schritte waren zu hören und Stimmen, die das Schicksal des Mansfield Puddings beklagten.

»Ich verabschiede mich jetzt«, sagte Amanda Barnes ruhig.

»Ich schicke Ihnen das Empfehlungsschreiben und den Lohn für den kommenden Monat«, versprach Alice Robust.

Miss Barnes nickte und öffnete die Tür. Der Gestank von verbranntem Mehl schlug ihr entgegen, aber die Zugehfrau besaß zu viel Stolz, um zu husten. Sie machte sich ohne Begleitung auf den Weg durch den Korridor und verließ das Haus. Kitty Schlau spürte, wie ihr ganzer Körper erschlaffte, als die Eingangstür ins Schloss fiel.

Mary Jane Ungeniert steckte den Kopf durch die Tür. »Wie ist es gelaufen?«

»Es war ziemlich schlimm«, sagte Alice Robust. Sie nahm die Nachthaube ab. »Wie geht es in der Küche voran?«

Mary Jane zuckte mit den Achseln. »Der Pudding ist nicht ganz gelungen, aber der Milchreis sieht annehmbar aus, vielleicht ein bisschen klumpig. Aber komm und iss ein Stück von Miss Barnes' Aalpastete. Sie hat sie extra für dich gebacken.«

»Habt ihr sie auf Gift getestet?«, erkundigte sich Alice.

Bei dieser Frage wurde Kitty von den Tränen übermannt. »Wir müssen Miss Barnes' Pastete nicht testen. Sie ist völlig in Ordnung. Die arme Frau ...« Kitty vergrub ihr Gesicht in einem Kissen.

KApiTEl 13

Am nächsten Morgen brachen die Schülerinnen des Mädchenpensionats Saint Etheldreda, mit Körben und Sonnenschirmen ausgerüstet, zu einem Spaziergang nach Ely auf. Sie mussten mehrere dringende Besorgungen erledigen. Es war ein schöner, klarer Tag. In der warmen Sonne und mit der frischen Brise, die über das Marschland herüberwehte, herrschte eine angenehme Temperatur. Die Glocken von Saint Mary läuteten zehn Uhr, als die Mädchen aus dem Haus traten und von Mr Shambles mit einem Krähen beim Schließen des Gartentors verabschiedet wurden.

»Das ist endlich einmal eine schöne Abwechslung«, verkündete Mary Jane Ungeniert, als sie die Prickwillow Road entlang in Richtung Ely marschierten. »Im Haus habe ich allmählich Beklemmungen bekommen.«

Das Pfeifen einer Dampflok drang als Gruß von dem noch weit entfernten Bahnhof herüber.

»Irgendwann steigen wir auch in die Eisenbahn und fahren an irgendeinen spannenden Ort«, schlug Alice Robust vor.

»Einverstanden«, stimmte Mary Jane Ungeniert zu. »In ein exotisches, fernes Land.«

»Aber in der Zwischenzeit – bis wir in die Eisenbahn steigen können – haben wir alle Hände voll zu tun«, mischte sich Kitty Schlau mit strengem Ton ein. »Heute erledigen wir die Einkäufe und morgen kümmern wir uns um die Wäsche. Auf uns warten einige furchtbar schmutzige Gartenkleider und Alice haben wir versprochen, Mrs Placketts Sachen zu waschen.«

»*Sachen*«, wiederholte Alice Robust. »Da wir gerade von Mrs

Placketts Sachen sprechen, liebe Kitty, wo hast du Admiral Lockwoods Elefanten versteckt?«

»Ich habe ihn in die Kuriositäten-Vitrine im Salon gestellt«, antwortete Kitty. »Warum fragst du?«

Alice runzelte die Stirn. »Ich weiß nicht recht. Er ist doch sicher sehr wertvoll, meinst du nicht?«

»Ich habe die Vitrine abgeschlossen.« Kitty fühlte sich in der Defensive und das machte sie missmutig. »Dort ist er sicher. Ich bin überzeugt, Mrs Plackett hätte dasselbe getan.«

»Ich denke nur an unseren Mörder«, überlegte Alice bedächtig. »Er hat sich Zugang zum Haus verschafft, um das Fleisch zu vergiften. Das hat mich nachdenklich gemacht, das ist alles.«

»Vielleicht sollten wir den Elefanten irgendwo verstecken, wo niemand ihn je suchen würde«, äußerte sich Martha Einfältig vorsichtig.

»Ich denke darüber nach«, entgegnete Kitty mit leicht überheblichem Tonfall. Insgeheim fürchtete sie, dass Alice' Sorge berechtigt war. Aber es zählte zu *ihren* Aufgaben, in ihrer kleinen Gemeinschaft die Vorkehrungen zu treffen. Alles, was sie nicht als Erste bedacht hatte, konnte sie schon aus Prinzip nicht gelten lassen.

Nach einem kurzen Spaziergang tauchten sie auch schon in die rege Geschäftigkeit des Städtchens ein. Wegen der Kathedrale wurde Ely als Stadt angesehen, nach sämtlichen anderen Kriterien konnte der Ort lediglich als kleiner, betriebsamer Marktflecken gelten. Doch selbst das kleinste Dorf musste aufgeweckten jungen Damen, die viel zu lange in der Zurückgezogenheit ihres Internats verbracht hatten, wie eine Metropole erscheinen. Der Anblick von beschürzten Schustern und Händlern mit schweren Stiefeln, von Hausfrauen mit Hauben auf dem Kopf und Babys auf dem Arm war erfrischend. Das bewies, dass die Welt nicht nur aus sieben jungen Frauen, zwei Leichen und einem Welpen bestand. Sogar Elinor Düster nahm das Leben um sie herum mit neugierigem Interesse wahr.

Zunächst suchten sie das Postamt in der Market Street auf, wo sie einen Stapel Rechnungen verschickten, an jede ihrer Familien eine. Außerdem gaben sie ein Briefchen in Mrs Placketts nachgeahmter Handschrift auf, in dem sie sich nach Miss Fringles Befin-

den erkundigte, ein weiteres an Mrs Rumsey, um sich für das Tischtuch zu bedanken, sowie ein drittes an Admiral Lockwood, worin sie ihm für seine Anteilnahme und die großzügigen Geschenke dankte. »Den Brief zu verfassen, war am schlimmsten«, murmelte Elinor Düster, als sie ihn einwarf. »Kitty hat mich zweimal neu anfangen lassen. Sie fand, mein Ton sei nicht *verführerisch* genug.«
»Ekelhaft«, sagte Louise Pockennarbig.
»Aber unvermeidlich«, stellte Kitty Schlau klar.
»Und herrlich skandalös«, freute sich Mary Jane Ungeniert.
Elinor ließ sich nicht versöhnlich stimmen. »Wie soll man ›Danke für den Elefanten‹ verführerisch klingen lassen, möchte ich mal wissen?«

Die Empfänger der Briefe wurden außerdem informiert, dass Mrs Plackett auf dem Wege der Genesung sei und sich schon viel kräftiger fühle. Kitty hielt das für geboten, damit Mrs Placketts Erscheinen auf dem Erdbeerfest am nächsten Tag mit möglichst wenig unliebsamen Bemerkungen kommentiert würde.

Beim Verlassen des Postamts kam ihnen ein Briefträger entgegen. Er tippte sich an den Hut. »Guten Morgen, die Damen. Tut mir leid zu hören, dass Mrs Placketts Neffe erkrankt ist.«

Die Mädchen waren vor Verblüffung sprachlos und knicksten. Auf der Straße drängten sich mittlerweile zu viele Leute, als dass sie die Begebenheit hätten besprechen können. Sie machten sich auf den Weg zur High Street. Hoch über den Dächern der Market Street mit ihren Wohnhäusern und Geschäften erhob sich majestätisch die Kathedrale von Ely. Aus der Ferne betrachtet bot sie eine recht freundliche Silhouette, doch aus der Nähe wirkte der mächtige, trutzige Bau beinahe Furcht einflößend. Die Schutzheilige und Gründerin der Kathedrale war die Heilige Etheldreda, der das Mädchenpensionat und so viele andere Einrichtungen in Ely ihren Namen verdankten.

»Die Kathedrale der jungfräulichen Heiligen«, murmelte Louise Pockennarbig.

Roberta Liebenswert senkte den Kopf. »Möge sie uns jungfräuliche Mädchen von unseren gegenwärtigen Nöten erlösen.«

Alice Robust tätschelte Robertas Rücken. »Wir benötigen jede Hilfe, die wir bekommen können.«

»Verzeihung«, ertönte eine Stimme hinter ihnen. Die Mädchen drehten sich um und eine Dame in einem vornehmen malvenfarbenen Rock mit passender Jacke und pfauengrüner Bluse stand vor ihnen und bedachte sie mit einem huldvollen Nicken. »Seien Sie bitte so freundlich und überbringen Sie Ihrer Schulleiterin die besten Wünsche von Mrs Groutley-Ball und meine Anteilnahme bezüglich ihres Bruders und Neffen.«

Sie nickten stumm. Mrs Groutley-Ball tat das auch und setzte ihren Weg fort.

»Was um alles in der Welt geht hier vor?«, wisperte Mary Jane Ungeniert.

»Ich tippe auf Miss Fringle«, erwiderte Alice Robust. »Sie versäumt keine Gelegenheit, jedem von den Schicksalsschlägen zu erzählen, die das Haus von Constance Plackett getroffen haben.«

Kittys Mund war nur noch ein grimmiger Strich. »Das gefällt mir nicht«, sagte sie. »Das erweist unserer Sache keinen guten Dienst. Je weniger die Leute sich für unsere Angelegenheiten interessieren, desto besser.«

»Dann sollten wir nach London ziehen«, schlug Louise Pockennarbig vor. »In Ely weiß jeder über jeden Bescheid – da gibt es kein Entrinnen.«

Als Nächstes stand ein besonders unangenehmer Punkt auf ihrer Liste. Sie gingen die High Street entlang in Richtung Saint Mary's Street, wo sie ihre Gemeindekirche passierten. Reverend Rumsey wünschte vom Fenster des Pfarrhauses aus einen guten Morgen, indem er sein Glas hochhielt. Dann bogen sie in die Cromwell Avenue ab, in der Lord Protector Oliver Cromwell höchstpersönlich einst gewohnt hatte. In einer kleinen Häuserzeile fanden sie schließlich die richtige Hausnummer. Dort lebte Amanda Barnes mit ihrer Mutter.

Kitty Schlau läutete. Nichts rührte sich.

Ein kleiner Junge spielte mit einem Reifen und beobachtete sie aus einiger Entfernung. Der Knirps machte ein Gesicht, als hätte er eine Wut auf die ganze Welt.

Die Mädchen warteten und wollten schon wieder gehen, als Kitty glaubte, hinter der Tür etwas zu hören, ein schlurfendes, kratzendes Geräusch.

Mit einem Knarren ging die Tür auf und vor ihnen stand eine sehr alte Frau. Ihr weißes Haar war aus dem Gesicht gekämmt und zu einem dünnen Knoten im Nacken zusammengesteckt. Ihr Gesicht hing in unzähligen Falten runzliger Haut herab und die müden, verhärmten Augen betrachteten die jungen Damen ohne irgendein Anzeichen der Begrüßung.

»Mrs Barnes?«, setzte Kitty Schlau an. »Wohnt Amanda Barnes hier?«

Die alte Mrs Barnes nickte einmal.

Kitty Schlau hielt ihr einen Umschlag hin. »Dürfen wir Ihnen das für Ihre Tochter geben?« Die alte Frau machte keine Anstalten, nach dem Umschlag zu greifen. »Darin sind ein Empfehlungsschreiben und der Lohn für den kommenden Monat.«

Noch immer stierte die alte Frau sie aus trüben Augen an, ohne den Umschlag mit irgendeiner Geste anzunehmen.

»Es ist Geld darin«, fügte Mary Jane Ungeniert laut hinzu.

Alice versetzte Mary Jane einen Stoß mit dem Ellbogen. Langsam griff die Frau nach dem Umschlag.

Kitty machte einen Knicks und die Freundinnen folgten ihrem Beispiel. Dann eilten sie wieder die Cromwell Street zurück in Richtung Saint Mary's Road. Der mürrische Junge trieb jetzt seinen Reifen schnell hinter ihnen her. Louise Pockennarbig hörte das Klappern, fuhr herum und bekam den Reifen zu fassen, bevor er Elinor Düster streifte.

»Na, hör mal!«, schrie sie und funkelte den kleinen Übeltäter wütend an. »Was soll das denn?«

Der Junge kam herbeigeschlendert und nahm Louise den Reifen ab. »Ihr hochnäsigen Puten habt meine Tante rausgeworfen«, sagte er finster. »Mein Bruder Jimmy hat mir alles erzählt. Das is' der, wo euch die Lebensmittel liefert. Jede Woche macht sie ein Theater wegen der Bestellung. Jimmy muss ihr das Zeug vorher bringen, damit sie schauen kann, ob das Essen auch gut genug is' für euch.

Nichts gibt's, was sie nich' für die Schule gemacht hat. Mam sagt das. Und das is' jetzt der Dank.« Er rümpfte seine sommersprossige Nase – in seiner Miene lag alle Feindseligkeit, zu der das Gesicht eines Achtjährigen fähig war – und er streckte ihnen die Zunge heraus.

»Vorsicht! Sonst schneidet dir noch jemand die Zunge ab, wenn du sie rausstreckst!«, blaffte ihn Mary Jane Ungeniert an.

»Lass es gut sein«, murmelte Alice Robust und, an den Kleinen gewandt, sagte sie: »Noch einen schönen Tag, Junge!« Dann drehte sie sich um und setzte den Weg fort.

Sobald die Mädchen die Cromwell Street hinter sich gelassen hatten, atmeten alle auf. Sie kehrten in die Market Street zurück, um dort ihre Lebensmitteleinkäufe zu erledigen.

»Gehen wir heute einmal nicht zu unserem üblichen Händler«, bat Louise Pockennarbig. »Ich glaube nicht, dass ich heute noch den Zorn eines weiteren Barnes-Neffen verkrafte.«

»Du denkst doch nicht, dass es der Lebensmittelhändler war oder sein Metzger, der das Kalbfleisch vergiftet hat, oder?«, fragte Martha Einfältig. Die aufgewühlten Gedanken des armen Mädchens kreisten nach wie vor ständig um das Gift und das Kalbfleisch.

»Das habe ich schon in Betracht gezogen«, antwortete Louise. »Aber wenn das Gift vom Metzger des Lebensmittelhändlers stammt, hätte es doch überall in der Stadt Opfer geben müssen; wir haben aber keine Totenglocken gehört.«

Die Freundinnen suchten einen Lebensmittelladen auf, in dem niemand der Familie Barnes arbeitete. Der Eigentümer, ein heiterer Mann mit einer glänzenden Glatze, empfahl sich mit den besten Grüßen an Mrs Plackett und wünschte eine rasche Genesung.

»Gute Güte!«, stieß Kitty hervor, als sie das Geschäft, beladen mit Dosen, Kisten, Papiertüten und Fleisch für den Hund, verließen. »Hat irgendjemand unsere Geschichte in der Zeitung veröffentlicht?«

»Ich sag dir, da steckt Miss Fringle dahinter«, bekräftigte Alice Robust erneut. »Verstauchtes Fußgelenk hin oder her, sie versorgt die Stadt mit Klatsch und Tratsch.«

»Und jetzt zu meinem Freund, dem Drogisten«, verkündete Louise. »Elinor benötigt bessere Schminke für ihr-wisst-schon was.«

»Ist er tatsächlich dein Freund?«, fragte Martha Einfältig.

Louise Pockennarbig lächelte. »Nein. Er betreibt nur mein Lieblingsgeschäft in der Stadt.«

Sie betraten die Drogerie und stellten ihre Körbe ab. Kittys Blick wanderte ziellos über die vielen Reihen akkurat angeordneter glänzender Flaschen, die allesamt fein säuberlich mit Etiketten versehen waren. Die penetranten Gerüche von Chemikalien und ein Duftgemisch von Parfüms und Karamellbonbons stiegen ihr in die Nase.

Elinor kümmerte sich mit Louise und Alice um die Auswahl der Schminksachen, wobei die endgültige Entscheidung bei Elinor lag.

»Diese Fettfarben sind genau das Richtige«, sagte sie. »Außerdem benötigen wir Coldcream und Maskenkitt.«

»Planen die jungen Damen ein Bühnenspiel?«, erkundigte sich Mr Buckley, der Drogist.

Elinor überging das. »Haben Sie Vaseline?«

Mr Buckley schien sich zu freuen, dass man ihn fragte. »In der Tat«, sagte er und griff nach einer kleinen grauen Flasche. »In den Zeitschriften werden ihr allerhand Wunderwirkungen zugesprochen. Sie soll eine Vielzahl von Hautproblemen heilen.«

Mary Jane Ungeniert, Roberta Liebenswert und Martha Einfältig schlenderten inzwischen durch den Laden und betrachteten eine Auswahl an Parfüms und Gesichtscremes, während Kitty an der Theke stehen blieb. Sie war so in Gedanken versunken, dass sie gar nicht mitbekam, wie ein weiterer Kunde das Geschäft betrat und sich neben sie stellte.

Mr Buckley wandte sich dem Neuankömmling zu, um ihn zu begrüßen. »Kann ich Ihnen helfen, Sir?«

»Natron, bitte«, sagte der Fremde.

»In der Dose oder in Tütchen?«

Kitty musterte den Kunden mit einem Seitenblick. Es handelte sich um einen jungen Mann in einem hellbraunen Leinenmantel, der einen grauen John-Bull-Zylinder und eine leuchtend violette Seidenfliege trug. Sein Gesicht und seine Hände waren auffallend sonnengebräunt und er sprach mit einem Akzent, den Kitty nicht einordnen konnte.

»Ich denke, in Tütchen«, antwortete der junge Mann. Als er bemerkte, dass Kitty ihn beobachtete, grüßte er, indem er sich an die Hutkrempe tippte. Rasch wandte Kitty sich ab.

Mr Buckley reichte dem Kunden die Tütchen mit dem Pulver und nahm das Geld entgegen. »Sie sind recht jung, um an Sodbrennen zu leiden«, bemerkte der Drogist mit einem Lächeln.

Der junge Herr erwiderte das Lächeln. »Das ist für meine Mutter.« Er ließ das Wechselgeld in der Hand klimpern und legte dann zwei halbe Penny auf die Theke. »Mit Verlaub, geben Sie mir noch zwei Karamell.«

Mr Buckley fischte die Bonbons aus einem hohen Glasgefäß und reichte sie ihm. Der junge Mann wickelte einen Karamellbonbon aus dem Wachspapier und steckte ihn in den Mund. Dann ließ er den zweiten, mit einem Zwinkern und einem weiteren Tippen an den Zylinder, in Kittys Einkaufskorb fallen und verließ die Drogerie.

Kitty starrte ihm noch nach, als die Ladenglocke längst verstummt war.

»Wollen Sie den Bonbon nicht essen?« Mr Buckley polierte die Glasplatte seines Verkaufstresens und zwinkerte Kitty verschmitzt zu. »Mrs Buckley hat die Karamellen erst heute Morgen frisch gemacht.«

Kitty angelte den Bonbon aus ihrem Korb und beäugte ihn argwöhnisch. Es erschien ihr aus irgendeinem Grund falsch, ihn zu essen. Als würde sie so das dreiste Benehmen des Fremden gutheißen.

Aber der junge Herr war weg, und der Karamellbonbon fühlte sich weich zwischen ihren Fingern an. Und außerdem hatte der Fremde viel zu gute Manieren und war zu gut gekleidet, um ein Gauner zu sein. Es war lediglich eine spontane großzügige Anwandlung gewesen, entschied Kitty, und kein Flirt.

Sie schob sich den Karamellbonbon in den Mund und köstliche butterige Süße breitete sich auf ihrer Zunge aus.

»Das nächste Mal, wenn Mama mir mein Taschengeld schickt, kaufe ich mir dieses Parfüm«, sagte Mary Jane Ungeniert. Sie tauchte so plötzlich neben Kitty auf, dass diese sich beinahe an dem Bonbon verschluckt hätte.»Wer war übrigens der junge Mann, mit dem du dich unterhalten hast? Was wollte er von dir?«

Kitty bemühte sich, nicht zu zeigen, dass sie kaute, und machte eine ausdruckslose Miene.»Nichts.«

Elinor, Alice und Louise kehrten mit den letzten Utensilien zum Tresen zurück.

»Ist das alles?«, fragte der Drogist. Er rechnete die Preise für die Einkäufe zusammen und Kitty Schlau, die das Portemonnaie hatte, trat vor, um zu zahlen. Mr Buckley zählte ihr das Wechselgeld auf die Theke.»Sie sind doch die jungen Damen aus dem Internat in der Prickwillow Road, oder?«

Kitty schluckte den Rest des Bonbons hinunter.»Das ist richtig.« Gleich würden wieder die üblichen guten Wünsche für Mrs Plackett folgen.

»Ist das Problem mit den Teppichkäfern beseitigt?«

Kitty blinzelte ratlos.»Pardon?«

»Ihr Problem mit den Teppichkäfern.«

Kitty wandte sich Hilfe suchend an Louise Pockennarbig, die bedächtig nickte.»Jetzt, da Sie fragen, fällt mir wieder ein, dass Miss Barnes erwähnte, dass sie mit Teppichkäfern zu kämpfen habe. Mir ist nichts aufgefallen.«

»Dann hat das Präparat, das ich für sie hergestellt habe, wohl gewirkt. Ich wünsche den Damen noch einen schönen Tag. Müssten Sie jetzt nicht eigentlich bei Ihren Studien sein?«

Die Mädchen blickten Kitty an, damit sie diese verfängliche Frage beantwortete.

»Mrs Plackett hält es für zweckmäßig, uns von Zeit zu Zeit auf Exkursionen zu schicken, damit wir unsere, ähm, Rechenkenntnisse beim Einkaufen anwenden.«

Mr Buckley nickte.»Eine vernünftige Überlegung. Ich wünsche noch einen schönen Tag.«

Während die Freundinnen die Nutholt Lane entlanggingen, pulte Kitty mit der Zunge die letzten Karamellspuren von den Zähnen und grübelte über den sonderbaren jungen Mann nach. Warum sie? Warum hatte er ausgerechnet ihr seine Aufmerksamkeit geschenkt?

Aber höchstwahrscheinlich war es gar kein Kompliment speziell an sie. Sicher kaufte er jeden Tag jungen Damen Bonbons.

Louise Pockennarbig machte sich ebenfalls Gedanken über den Fremden. Was für ein merkwürdiger Zufall, dass dieselbe Person, die sich am Vortag nach dem Pensionat erkundigt hatte, heute in der Drogerie auftauchte. Verfolgte der junge Mann sie etwa? Sollte sie den anderen von ihrer Begegnung erzählen? Louise biss sich auf die Lippe. Dann müsste sie gestehen, dass sie ihnen das gestrige Zusammentreffen bislang verschwiegen hatte. *Das ist nicht nötig*, entschied sie. Aber sie misstraute dem jungen Mann. Er besaß dieses gewisse gute Aussehen, wie es für einen gefährlichen Gauner einfach typisch war! Vielleicht sogar für einen Giftmörder. Schließlich hatten sie ihn in einer Drogerie getroffen ... Louise fügte »seltsamer junger Mann« der Liste an Verdächtigen in ihrem Notizbuch hinzu, das sie mittlerweile stets bei sich trug.

Kurz vor der Kreuzung Nutholt Lane, Prickwillow Road erregte plötzlich ein lautes, hartnäckiges Klopfen ihre Aufmerksamkeit. Sie schauten sich nach allen Seiten um und entdeckten an einem Fenster die gebeugte Gestalt von Admiral Lockwood, der ein wärmendes Tuch um die Schultern gelegt hatte. Er klopfte an die Scheibe und winkte sie mit eindringlichen Handzeichen herbei.

»Was um alles in der Welt will er von uns?«, fragte Elinor Düster. »Glaubt er, wir tun etwas Verbotenes?«

Sie warteten unentschlossen auf der Straße vor Admiral Lockwoods hohem, dunklem, im gotischen Stil erbauten Haus. Die Läden der übrigen Fenster waren geschlossen und nichts rührte sich. Auch der Admiral hatte sich von seinem Fenster entfernt, und die Mädchen kamen sich allmählich albern vor, sinnlos vor dem Haus herumzustehen.

Endlich öffnete sich knarrend die Tür und ein alter Dienstbote in einem würdevollen schwarzen Anzug, der an seinem hageren Körper schlackerte, erschien im Türrahmen.

»Meine Damen«, sagte er mit kratziger Stimme, »Admiral Lockwood bittet Sie, ihm die Ehre zu erweisen, auf ein Glas Limonade hereinzukommen.«

Die Mädchen schauten einander an.

»Müssten wir nicht ablehnen?«, flüsterte Roberta Liebenswert. »Junge Damen, die ohne Begleitung das Haus eines Mannes betreten – das gehört sich nicht.« Sie erschauderte. »Noch dazu so ein Furcht einflößendes Haus!«

»Unsinn«, wisperte Mary Jane Ungeniert zurück. »Er ist so alt wie Methusalem. Er kann uns nichts zuleide tun. Außerdem ist er reich wie Krösus. *Ich* trinke eine Limonade. Gehen wir.«

»Im Übrigen erfahren wir vielleicht etwas Wichtiges«, merkte Louise Pockennarbig an. »Admiral Lockwood steht auf meiner Liste der Verdächtigen.«

»Ist das nicht ein Grund mehr, nicht hineinzugehen?«, quiekte Roberta. »Was, wenn er unsere Limonade vergiftet?«

Mary Jane Ungeniert schnaubte. »Und was genau soll er mit sieben Mädchenleichen anstellen? Zu mehreren sind wir sicher. Also kommt!«

Mary Jane stieg den anderen voraus die Stufen hinauf und trat in das finstere Haus. Die Freundinnen folgten. Sie pressten die Einkaufskörbe an sich, als könnten sie ihnen Schutz bieten.

Im Haus war es kühl und dunkel. Sämtliche Wände hatte man mit Schwarznussholz vertäfelt. Der Diener bat sie, ihre Körbe im Eingangsbereich abzustellen, und führte sie dann ins Studierzimmer, wo Admiral Lockwood sie erwartete. Er stand aufrecht im Raum und stützte sich mit einer gichtigen Hand auf den geschnitzten Knauf seines Gehstocks. Das Studierzimmer war vollgestopft mit bizarren Statuen aus fremden Ländern, darunter auch einige aus Ebenholz, wie Elinor bemerkte. Unter Glasglocken waren Kuriositäten und Münzen zu bewundern, auf dem Kaminsims standen Flaschenschiffe aufgereiht, und an der Wand hing ein riesiger Anker. Der Globus neben Admiral Lockwood sowie die Sextanten, Karten und Kompasse, die auf den Tischen lagen, vermittelten den Eindruck, als plante der Admiral in Kürze zu einer Reise aufzubrechen. Von der hohen Balkendecke hing sogar ein Rettungsboot mit Rudern herab, genau über Martha Einfältig, was ihr ein sehr unbehagliches Gefühl bereitete. Louise Pockennarbig betrachtete die Bücher über

Navigation sowie die wissenschaftlichen Instrumente mit großem Interesse. Doch trotz der nautischen Atmosphäre strahlte der Raum die schwermütige Bitterkeit eines Mausoleums aus.

»Was für ein reizendes Zimmer«, sagte Elinor Düster. Zumindest sie fühlte sich hier ganz zu Hause.

Mary Jane Ungeniert knickste vor dem Admiral und die Freundinnen taten es ihr nach.

»Setzen Sie sich doch«, bat der alte Herr. »Junge Damen mögen doch sicher Süßigkeiten, oder?« Er griff mit zittriger Hand nach einer silbernen Schachtel auf einem Tisch. »Das sind Pralinen aus der Schweiz, hergestellt von der Firma eines gewissen Herrn Nestlé.« Er hielt Alice Robust die Schachtel hin.

Das Mädchen zögerte kurz und schob dann ihre Befürchtungen beiseite. Es wählte eine Praline und biss hinein. Sie war weich und cremig wie Wachs und schmolz auf der Zunge. Ambrosia! Süßigkeiten der Götter!

»Ich habe schon einmal Schokoladenpralinen gegessen«, erzählte Mary Jane Ungeniert. »Anlässlich des Debütantinnenfests meiner Cousine. Sie schmecken einfach göttlich.« Sie nahm eine Praline. »Mmmh, danke, Admiral!«

Der alte Herr nickte, sichtlich erfreut. »Greifen Sie nur zu. Meine Jungs von der Schifffahrtsbehörde versorgen mich mit so viel Schokolade, wie das Herz begehrt.« Er beugte sich vor und flüsterte verschwörerisch: »Ihre Schulleiterin hegt ebenfalls große Vorliebe für Schokolade.«

Roberta Liebenswert spürte, wie ihr heiß im Gesicht wurde. Dann stimmte es also! Der Admiral war Mrs Plackett in irgendeiner Weise eng verbunden. Sie erschauderte. Nie würde sie alte Leute verstehen.

Kitty Schlau verputzte ihren Schokoladenwürfel. »Das schmeckt köstlich! Einfach göttlich!«

Der Admiral wandte sich ihr zu. »Ganz recht, junge Dame. Sagen Sie, wie heißen Sie?«

»Katherine Heaton«, erwiderte Kitty.

»Nun, Miss Katherine«, fuhr er fort. »Die Welt ist voll von köstlichen Speisen, Früchten und Weinen; von Blumen, Parfüms und

Weihrauch, Gewürzen, Balsam und Arzneien. Es gibt Juwelen, Erze und Wunder, die unsere Vorstellungskraft übersteigen. Ich habe alles gesehen. Die Sonnenuntergänge in der Karibik, den Mondaufgang über dem Kongo und das Polarlicht im Eismeer. Ich habe Volksstämme erlebt, die mit winzigen Pfeilen schossen, nicht größer als eine Libelle, deren Gift einen Elefanten töten konnte.«

Bei dem Wort *Gift* ging ein Ruck durch Louise, bei Kitty löste dagegen das Wort *Elefant* diese Reaktion aus.

»Ich habe Reisfelder in China gesehen, auf denen kniehoch das Wasser steht, schöner als der Frühling; Seidenspinnereien, Tempel und Paläste wie Schatzkammern, geschmückt mit Rubinen und Smaragden; größere Schätze, als Englands Banken aufnehmen könnten. Aber das soll nicht heißen, dass ich keine mit nach Hause gebracht habe!«

Alice stellte fest, dass sie Admiral Lockwood sehr mochte. Ihre Großmutter war Witwe, und wenn sie sich einen Großvater hätte aussuchen dürfen, dann hätte sie den Admiral gewählt.

Der alte Herr pochte mit seinem Stock auf den Boden. »Und warum sollte ein Mann seine Reichtümer nicht mit einer Gefährtin teilen, mit einer reifen Frau, die gern seinen Geschichten lauscht, die die langen Stunden mit ihm teilt und seine Pralinen isst? Ja, warum nicht?«

»Dürfte *ich* noch eine Praline essen?«, fragte Martha Einfältig.

Der Admiral wirkte hocherfreut. »Bedienen Sie sich!«

Er setzte sich und musterte die Mädchen nacheinander, was sie etwas verlegen machte, sich aber nicht unbehaglich anfühlte. Der Diener erschien in der Tür. Er schwankte ein bisschen unter dem Gewicht eines Tabletts, auf dem acht Gläser Limonade standen. Eisstücke schwammen darin. Eis im Mai! Admiral Lockwood musste in der Tat sehr reich sein.

»Komm herein, Jeffers«, rief der Admiral und der Diener kam mit kleinen unsicheren Schritten ins Zimmer und reichte ihnen die Limonadengläser. Nach den Pralinen schmeckte die Limonade sauer, aber sie war so herrlich kalt, dass sich keine der Schülerinnen daran störte. Kurz darauf tauchte der Diener erneut auf und brachte

Kekse und Käsecracker. Der Admiral, dessen Bauchumfang vermuten ließ, dass er sich oft derartige vormittägliche Zwischenmahlzeiten schmecken ließ, drängte die Mädchen, kräftig zuzugreifen, und strahlte, als sie seiner Aufforderung nachkamen.

»Nun, Miss Katherine«, fragte er Kitty, während sie noch den Mund voll Schokolade und Butterkeks hatte – eine köstliche Kombination, wie sie gerade entdeckte – »wie geht es Ihrer Schulleiterin heute? Erholt Sie sich allmählich von dem Schock, den sie am Sonntag erleiden musste?«

Kitty beeilte sich zu kauen und herunterzuschlucken, um manierlich antworten zu können. Admiral Lockwoods erwartungsvoller Blick machte ihr bewusst, was sie gleich Furchtbares tun musste. Ihr gegenüber saß ein Herr, der von Mrs Plackett aufrichtig angetan war – ja, sogar romantische Gefühle für sie hegte, der Himmel wusste, warum. Was hatte er in ihr gesehen, das Kitty und den anderen entgangen war? Keine Sekunde hatte Kitty um Mrs Plackett getrauert, aber hier gab es jemanden, der um sie trauern würde. Und jetzt musste sie diesen unerwartet liebenswürdigen alten Herrn belügen und ihm falsche Hoffnungen machen.

»Ich halte es für ehrenwert, dass ihr Bruder nach Indien aufgebrochen ist, um seinen Verwandten hilfreich zur Seite zu stehen«, erklärte der Admiral. »Es wurde auch Zeit, dass er sich der Familie gegenüber nützlich macht. In der Navy, meine Lieben, schätzen wir fleißige, zielstrebige Männer! Nicht solche Tunichtgute und Verschwender wie Aldous Godding.« Er umklammerte seinen Stock, als malte er sich aus, wie er Mr Godding damit eine Lektion erteilt hätte, wäre der unwürdige Kerl an Bord eines seiner Schiffe gewesen und er selbst, der Admiral, noch ein junger Mann.

»Admiral Lockwood«, ergriff Kitty Schlau das Wort. »Erzählen Sie uns von dem Elefanten.«

Der alte Mann machte große Augen. »Sie hat Ihnen die Figur gezeigt?«

Die Mädchen wechselten Blicke. Allein schon seine Reaktion war aufschlussreich.

»Das hatte sie eigentlich nicht vor«, antwortete Kitty wahrheitsgemäß.«Wir ... sind zufällig darauf gestoßen. Die Schuld liegt bei uns.«

»Ich verstehe.« Der Admiral nickte. »Das musste ja passieren in einem Haus voller neugieriger junger Damen.«

Louise Pockennarbig meldete sich zu Wort: »Es ist doch gut, wenn junge Damen neugierig sind, meinen Sie nicht?«

Der alte Herr spitzte die Lippen, als hätte er sich über diese Frage noch nie Gedanken gemacht. »Nun, Liebes ... wie alt sind Sie?«

»Zwölf«, antwortete Louise und ein leicht herausfordernder Ton lag in ihrer Stimme.

Der Admiral nickte. »Zwölf. Ein großartiges Alter. Junge Damen und neugierig? Warum nicht? Warum sollten sie nicht wissbegierig sein? Ich habe immer gesagt, ein Seemann muss neugierig sein, sonst würde er sein Herz nicht an die See verlieren. Vermutlich schadet ein neugieriger Geist einer jungen Dame nicht, vorausgesetzt, er macht sie nicht unzufrieden mit dem Los, das das Leben für sie bereithält.« Er musterte die Mädchen und schien zu einer zufriedenstellenden Lösung dieses heiklen Dilemmas zu gelangen. »Wir leben in einem Zeitalter der Entdeckungen, meine Damen. Jedes Jahr werden Hunderte neuer Bücher veröffentlicht. Sie alle können Ihren Geist wachhalten, indem Sie über die Welt lesen.«

»Wir wollen nicht nur über die Welt *lesen*«, widersprach Louise Pockennarbig. »Wir wollen Abenteuer erleben so wie Sie.«

Der Admiral lächelte nachsichtig. »Und wer könnte Ihnen das vorwerfen. Hier, nehmen Sie noch eine Praline.« Er selbst griff ebenfalls zu und biss versonnen in die Schokolade. »Den Elefanten habe ich vor Jahren aus Ostafrika mitgebracht. Nur eine kleine Kuriosität, die mir ins Auge gefallen war. Ich dachte, die Figur könnte Ihrer Schulleiterin gefallen.«

»Oh, sie gefällt ihr sehr«, erwiderte Kitty. »Aber welchen Zweck hat sie?«

Der Admiral rutschte unruhig auf dem Stuhl hin und her. »Welchen Zweck?«

Kitty befürchtete, dass sie zu weit gegangen war. »Nun ja ... die

Figur sieht so aus, als hätte sie womöglich eine Funktion ... und dient nicht nur der Zierde.«

Der Admiral schüttelte den Kopf.»Es ist nur eine hübsche Nippesfigur.« Er pochte zur Bekräftigung mit seinem Stock auf den Boden.»Aber Sie wollten mir gerade berichten, wie es Ihrer Schulleiterin geht.«

Er benimmt sich wie ein verliebter junger Bursche, dachte Kitty.»Mrs Plackett ist auf dem Wege der Besserung«, sagte sie.»Die Bettruhe hat ihr gutgetan. Sie hat vor, uns morgen Abend zum Erdbeerfest zu begleiten.«

»Jetzt also doch?« Er beugte sich in seinem Sessel vor.»Tatsächlich!«

In Alice Robust keimte die Frage auf, welche weiteren ungeahnten Schreckensszenarien der kommende Abend wohl für sie bereithalte.

»Sie hat nicht zufällig ...« Der Admiral hüstelte.»Ich vermute, sie hat nicht irgendwann einmal Ihnen gegenüber von mir gesprochen, meine Damen?«

Eine unangenehme Stille machte sich breit. Die Mädchen wagten nicht, einander anzusehen, und der Admiral schien mit einem Mal völlig gebannt von einem Leberfleck auf seinem Handrücken.

»Tatsächlich hat Mrs Plackett sehr oft von Ihnen gesprochen.« Mary Jane Ungeniert ergriff das Wort, um das Schweigen zu brechen.»Sie sagt häufig: ›Mädchen, wenn alle Männer so vollkommene Gentlemen wären wie Admiral Lockwood, müsste ich mir um Ihre Zukunftsaussichten keine Sorgen machen.‹«

Mary Janes Darbietung war so ungezwungen und überzeugend, dass Kitty Schlau es beinahe selbst für wahr gehalten hätte. Martha Einfältig und Roberta Liebenswert starrten sie an. Der alte Herr wiederum war glücklicherweise zu entzückt, um ihre verdutzten Mienen zu bemerken.

»Ich weiß nicht, ob ich so weit gehen würde, das von mir zu behaupten«, protestierte er strahlend.»Viele meiner Leute an Bord waren nicht sonderlich von meinen Manieren angetan – nicht wenn ich sie erwischt habe, wie sie sich über den Rum hermachten, hoho!

Dann konnte ich für Angst und Schrecken sorgen!« Er strich sich über das Kinn. »Aber das Kompliment freut mich.«

Mary Jane Ungeniert trank den letzten Schluck Limonade und stellte ihr Glas auf den Tisch. »Das war köstlich, Admiral«, sagte sie. »Vielen Dank für die Einladung.«

»Gern geschehen, es war mir ein Vergnügen«, erwiderte er und winkte ab. »Bitte, kommen Sie jederzeit gern vorbei, wenn Sie im Ort sind. Es ist eine Freude, eine Gruppe so reizender junger Damen zu Gast zu haben. Ich sehe, Ihre Schulleiterin leistet hervorragende Arbeit, was Ihre Erziehung angeht.«

Jeffers begleitete sie zur Haustür und bat sie ebenfalls wiederzukommen. »Der Admiral hält stets einen Vorrat an Schokolade für seine Besucher bereit«, raunte er ihnen mit heiserer Stimme zu, als sie sich verabschiedeten.

Die Freundinnen gingen die Straße weiter bis zur Abzweigung der Prickwillow Road.

»Admiral Lockwood scheint ein sehr netter Herr zu sein«, stellte Martha Einfältig fest.

»Ein liebestrunkener alter Narr«, sagte Mary Jane Ungeniert. »Aber ein reizender.«

»Was für eine Ausdrucksweise, Mary Jane!«, schalt Alice Robust.

»Findet ihr es nicht seltsam, dass er so viel für Mrs Plackett übrig hat?«, fragte Mary Jane, ohne auf den Tadel einzugehen. »Ach, kommt schon. Ihr stellt euch doch alle dieselbe Frage.«

»Manchmal ergänzen sich unterschiedliche Persönlichkeiten sehr gut«, wagte Roberta Liebenswert eine Begründung.

»Ich frage mich allmählich, ob wir Mrs Plackett so gut kannten, wie wir dachten«, sinnierte Kitty Schlau.

»Wenn sie tatsächlich der Mensch war, den der Admiral in ihr gesehen hat«, setzte Alice bedächtig den Gedanken fort, »dann haben wir sie vollkommen falsch eingeschätzt.«

Elinor Düster nickte.

Robertas Stimme wurde zu einem Quieken. »Ich wusste, wir hätten sie nicht im Gemüsegarten begraben dürfen! Das war eine Sünde.«

»Pst, Roberta!« Kitty Schlau schaute sich um, ob auch niemand mitgehört hatte. Dann seufzte sie. »Was geschehen ist, ist geschehen. Wir werden mehr beten. Und liebe Roberta, vielleicht fallen dir einige passende gute Taten ein, mit denen wir im Stillen Buße tun können.«

Roberta Liebenswert nickte schniefend. Die Freundinnen trotteten jetzt die Prickwillow Road entlang. Jede war in ihre eigenen Gedanken versunken.

»Jedenfalls finde ich, der Admiral ist ein sehr netter Mensch«, erklärte Alice Robust schließlich, um das Schweigen zu brechen.

Mary Jane Ungeniert lachte auf. »Dein Glück, dass du das denkst. Denn morgen Abend ist er dein Galan.«

»Ja, nett mag er sein, aber was den Elefanten betrifft, hat er uns nicht die ganze Wahrheit gesagt«, merkte Kitty Schlau an.

»Warum sollte er auch? Ein persönliches Geschenk für seine Herzensdame, das ist doch seine Privatangelegenheit«, entgegnete Mary Jane Ungeniert. »Vielleicht heirate ich den alten Seemann sogar selbst. Ich lausche seinen Geschichten, esse seine Pralinen und gebe sein Geld aus. Und es dauert nicht lange und ich bin eine reiche Witwe, der die Welt zu Füßen liegt.«

Martha Einfältig blieb wie angewurzelt stehen. »Sag nicht, dass du so weit gehen würdest, ihn auch zu vergiften!«

Mary Jane Ungeniert hatte zu gute Laune, um beleidigt zu sein. »Nein, du Gänschen. Die Zeit würde die Angelegenheit früh genug für mich erledigen. Er ist ein sehr alter Mann. Ein wahres Wunder, dass er überhaupt noch lebt.« Sie zwinkerte Kitty zu. »Aber keine Sorge. Ich bin noch nicht bereit, unseren kleinen Saint-Etheldreda-Mädchen-Club zu verlassen. Doch ich warne dich, Alice: Morgen Abend werde ich schamlos mit deinem Tischherrn flirten.«

Alice Robust zuckte mit den Schultern. »Kannst du überhaupt etwas anderes als flirten?«

KAPITEL 14

Am Nachmittag versammelten sich die jungen Damen im Salon, um die Stickarbeiten an dem Tischtuch fortzusetzen, während Martha Einfältig Alice half, ein Lied einzustudieren und sie dazu auf dem Pianoforte begleitete. Alice sollte es in ihrer Rolle als Mrs Plackett beim Erdbeerfest vortragen.

»Das ist doch absurd«, protestierte Alice Robust. »Ich sollte diesen Auftritt absagen; er ist unpassend angesichts meiner Sorgen um den guten Aldous und den lieben kleinen Julius.«

»Damit würden wir nur noch mehr Aufmerksamkeit erregen«, widersprach Kitty Schlau. »Je schneller die Leute in Ely die Geschichte mit Aldous und Julius vergessen, desto besser. Du musst den Eindruck erwecken, als ginge dein Leben ganz normal weiter.«

»Denk doch mal nach, Kitty!«, rief Alice. »Bis jetzt konnte ich alle täuschen, weil ich vorwiegend in einem schummrigen Zimmer saß und wie Mrs Plackett gesprochen habe. Aber wie soll das funktionieren, wenn ich im Rampenlicht vor einem Saal voller Menschen stehe? Was dann?«

»Menschen sehen genau das, was sie zu sehen erwarten«, erklärte Louise Pockennarbig. »Zauberer und Bühnenkünstler bauen auf dieses Phänomen. Deshalb funktionieren ihre Tricks.«

»Was meinst du mit ›ihre Tricks‹?«, fragte Martha Einfältig. »Ich habe einmal eine Zauberaufführung gesehen und die war wirklich zum Staunen!«

Louise beugte sich vor, um das Erdbeerblatt genauer zu betrachten, das sie gerade mit Adern aus dunkelgrünem Seidengarn versah.

Alice Robust war nicht im Mindesten überzeugt. »Vielleicht *sehen* sie dank Elinors Schminkkünsten, was sie zu sehen erwarten, aber sie werden nicht *hören*, was sie erwarten«, grummelte sie. »Es gelingt mir ziemlich gut, Mrs Placketts Sprechstimme zu imitieren, aber ich kann nicht singen. Die ganze Scharade wird bei diesem Auftritt in sich zusammenfallen.«

Kitty Schlau war nicht in der Stimmung, Alice aufzumuntern. »Vergiss nicht, dass du es warst, die darauf bestanden hat, zu dem Fest zu gehen.« Sie verknotete einen Faden und schnitt ihn ab. »Wie man sich bettet, so liegt man.«

»Ich will nichts mehr von Betten hören!« Alice riss abwehrend die Hände hoch. »Ich habe während der letzten zwei Tage viel zu viel Zeit in den falschen Betten verbracht.«

»Komm schon, Alice, versuchen wir es noch mal«, bemühte sich Martha, ihre widerwillige Schülerin zu ermutigen. Sie spielte die munteren eröffnenden Takte und sang den Beginn der ersten Strophe selbst.

Das Lied handelte von der tadelnswerten Eitelkeit des Pfaus und lobte die bescheidenen, unscheinbaren Vögelchen mit den herrlichen Singstimmen:

»*A peacock came, with his plumage gay,*
Strutting in regal pride one day,
Where a small bird hung in a gilded cage,
Whose song might a seraph's ear engage ...«

Der letzte Ton verklang und Martha schaute Alice hoffnungsvoll an. »Jetzt versuchst du es. *A peacock came* ...«

Aber Alice Robust schimpfte nur: »Du solltest singen, Martha! Aus deinem Mund klingt alles entzückend. Dieses Lied ist grauenhaft! *Tis Not Fine Feathers Make Fine Birds* – ich bitte euch! Was für ein Unsinn!«

Mary Jane Ungeniert schnappte sich das Notenblatt. »Das hier ist meine Lieblingspassage: Die Warnung an uns junge Damen, dass Schönheit und Reichtum uns nicht weiterbringen:

Then prithee take warning, maidens fair,
And still of the peacock's fate beware;
Beauty and wealth won't win your way ...
Ach, wirklich? Gebt mir Reichtum und wir werden ja sehen, ob er mich weiterbringt!«
»Die Schönheit besitzt du selbstredend bereits«, bemerkte Alice Robust mit einem Augenzwinkern.
Mary Jane lächelte. »Wie lieb, dass du das sagst.«
Martha Einfältig wiederholte die ersten Takte auf dem Pianoforte. »Setz ein, Alice. Du kannst singen«, bat sie die Freundin eindringlich.
»*A peacock came with his plumage gay* ...«
»Ich bin ganz Alice' Meinung«, sagte Elinor Düster, die spitze Dornen auf ihre Erdbeerranken stickte, vielleicht verwechselte sie sie mit Rosen. »Dieses Geträller ist nicht das Papier wert, auf das der Text gedruckt ist.«
»Warum muss ich das Lied dann singen?«
»Du bist Mrs Plackett und Mrs Plackett lässt keine Gelegenheit aus, sich ins Rampenlicht zu stellen«, antwortete Kitty.
Alice holte tief Luft und starrte finster auf ihr Notenblatt. Martha nahm das als ein vielversprechendes Zeichen und spielte ein weiteres Mal die einleitenden Takte. »Warum singst du nicht die zweite Strophe«, schlug sie vor.
»Allerdings«, antwortete Alice. »Die Zeilen der zweiten Strophe sind prophetisch: Der Pfau, der versucht zu singen, und mit seinem Kreischen alle in die Flucht schlägt. Hört.« Und Alice stimmte, so gut es ihr begrenztes Talent zuließ, in die Melodie ein:

Alas! The bird of the rainbow wing,
He wasn't contented – he tried to sing!
And they who gazed on his beauty bright,
Scared by his screaming, soon took flight;
While the small bird sung in his own sweet words:
›Tis not fine feathers make fine birds!‹

Martha Einfältig unterbrach ihr Klavierspiel, um Alice Robust zu applaudieren. Die übrigen Mädchen schauten einander an, unentschlossen, wie sie reagieren sollten.

»Ich würde dein Singen nicht direkt ein *Kreischen* nennen«, sagte Louise Pockennarbig schließlich vorsichtig. »Ich bin mir sicher, niemand wird tatsächlich die Flucht ergreifen.«

Alice Robust warf die Notenblätter auf das Sofa und ließ sich danebenfallen. »Es ist zwecklos. Wir müssen uns einen anderen Plan ausdenken.«

Aldous sprang auf das Sofa und begann, auf den Notenblättern herumzukauen.

»Oh nein! Lass das!«, schrie Kitty Schlau. Sie war bereits schlecht auf den Welpen zu sprechen, weil er während ihres morgendlichen Ausflugs zur Stadt ein Sofakissen zerfetzt hatte. Ihrer Meinung nach sollte man ihn zur Strafe draußen im Garten anbinden, ein Vorschlag, für den sie wiederum Louises Zorn auf sich gezogen hatte. Jedenfalls war am Vormittag im Mädchenpensionat Saint Etheldreda ein kleiner Übeltäter laut ausgeschimpft und mit deutlichen Drohungen verwarnt worden, was den Frechdachs allerdings nicht im Mindesten beeindruckt hatte.

Aldous hielt inne, schnupperte, dann schoss er, aufgeregt kläffend, aus dem Salon.

Nur Sekunden später ertönte die Türglocke. Kitty legte ihre Stickarbeit beiseite, aber Elinor Düster war ausnahmsweise schneller. »Ich gehe schon«, sagte sie.

Kitty dankte ihr mit einem Nicken. »Wir hatten in den vergangenen zwei Tagen mehr Besucher als in all den Monaten seit den Weihnachtsferien zusammen.«

»Soll ich mich umziehen?«, fragte Alice.

»Nein, lass gut sein«, sagte Kitty Schlau. »Du hast eine Pause verdient. Wir denken uns etwas aus.«

Kittys Blick huschte zu der Kuriositäten-Vitrine, in der mit hoch erhobenem Messingrüssel der Elefant aus Ebenholz stand. Es hatte sie all ihre Selbstbeherrschung gekostet, Alice gegenüber nicht hämisch festzustellen, dass die Figur heil und unversehrt an ihrem

Platz war. Sie sah, dass Alice den Elefanten genau in diesem Moment ebenfalls wahrnahm, und das verschaffte ihr ausreichend Genugtuung. Die Figur war hier völlig sicher. Genau so, wie sie es prophezeit hatte.

Als Elinor Düster den Besucher in den Salon geleitete, fiel Mary Jane Ungeniert die Nadel aus der Hand. Neben Elinor, die sich recht krumm hielt, stand aufrecht, als hätte er einen Stock verschluckt, der neue Constable der Polizeiwache von Ely. Seine breiten Schultern waren schön anzusehen und in der marineblauen Uniform mit den glänzenden Messingknöpfen und dem konischen Helm wirkte er einfach umwerfend. Er lächelte die jungen Damen an, sodass die Lücke zwischen seinen Schneidezähnen aufblitzte, und sein Blick blieb an Mary Jane Ungeniert hängen, wozu die meisten jungen Männer neigten.

»Guten Tag, die Damen!«, grüßte er mit einer überaus wohlklingenden Baritonstimme. »Verzeihen Sie, dass ich Sie hier bei Ihrem behaglichen Zeitvertreib stören muss.«

»Aber durchaus nicht!«, rief Mary Jane Ungeniert, die für den Constable in einen tiefen, langen Knicks sank. »Das Sticken langweilt und wir freuen uns über eine Ablenkung.«

Der Constable schmunzelte. »Die meisten Menschen würden den Besuch der Polizei kaum als willkommene Ablenkung ansehen.«

Kitty Schlau und die anderen Mädchen, offen gestanden, auch nicht, ausgenommen Mary Jane. Der Anblick des Polizisten versetzte Kitty in Panik. Ihr fielen kein guter Grund – dafür aber mindestens zwei schlechte Gründe – für sein Auftauchen ein. Doch Mary Jane Ungeniert schien so verblendet vor schwärmerischem Entzücken, dass ihr solche Gedanken augenscheinlich nicht in den Sinn kamen.

»Ich bin Constable Quill«, stellte sich der Mann vor. »Und ich bin gekommen, um der Dame des Hauses«, er warf einen Blick auf eine Karte in seiner Hand, »Mrs Constance Plackett, einige Fragen zu stellen. Ist sie zu sprechen?«

»Bitte setzen Sie sich doch«, gurrte Mary Jane. »Darf ich Ihnen den Helm abnehmen?«

Ein verhaltenes Lächeln zeigte sich auf Constable Quills Gesicht.

»Ähm, nein. Wir müssen ihn aufbehalten. Das ist schon in Ordnung.«

Kitty Schlau gewann den Eindruck, dass sie Mary Jane Ungeniert das Gespräch nicht länger allein überlassen durften. Es könnte sonst verheerend enden. Man wusste nie, was ihr vor euphorischer Begeisterung über breite Schultern und schneidige Uniformen herausrutschen würde.

»Mrs Plackett ist gerade nicht hier.« Kitty erhob sich und reichte dem Constable die Hand. »Mein Name ist Katherine. Ich bin die Schulsprecherin.« Sie spürte, wie sechs Augenpaare sie mit Blicken erdolchten. Es gab keine Hierarchie unter den Schülerinnen und Kitty wusste, dass sie zu einem späteren Zeitpunkt für diese öffentliche Anmaßung bezahlen musste. Aber sie tat es für die Sache, bestärkte sie sich selbst. »Gibt es etwas, womit ich Ihnen zwischenzeitlich behilflich sein kann?«

»Oder ich?«, fügte Mary Jane Ungeniert hinzu.

Kitty Schlau hätte ihre Zimmerkameradin in diesem Augenblick am liebsten an den Haaren gezogen, aber sie beherrschte sich.

»Vielleicht können Sie mir tatsächlich weiterhelfen«, sagte Constable Quill. »Wissen Sie zufällig, ob Mrs Placketts Bruder, ein gewisser Mr Aldous Godding, vergangenen Sonntag hier war?«

Diesmal hatte es nicht einmal Mary Jane eilig zu antworten.

»Ja, er war hier«, erwiderte Kitty ruhig. »Es hat sich so eingebürgert, dass er sonntags zum Essen kommt.«

Constable Quill zog ein kleines Notizbuch aus der Tasche und schrieb etwas auf.

»Und ist er zur gewohnten Zeit wieder aufgebrochen und war alles wie sonst auch?«

Kitty wünschte, sie könnte diese »Schulsprecherin«-Behauptung zurücknehmen. Sie fühlte sich wie im Sturzflug. Doch da kam Kitty ihre Namenspatronin in den Sinn, Tante Katherine. *Sie* würde sich nicht von einem jungen Bobby, der gerade mal seinen ersten spärlichen Backenbart zur Schau stellte, einschüchtern lassen – nicht einmal, wenn sie ein Dutzend Leichen im Gemüsegarten vergraben hätte.

»Darf ich fragen, worauf diese Fragen abzielen, Constable?«
Constable Quill schenkte ihr ein entwaffnendes Lächeln und ließ das Notizbuch sinken. »Selbstverständlich. Eine gewisse Mrs Lally aus Witchford vermietet Zimmer in ihrem Haus, und Mr Aldous Godding ist ihr Pensionsgast. Als sie heute in Ely einige Besorgungen zu machen hatte, nutzte sie die Gelegenheit, um auf der Polizeiwache vorbeizukommen und Erkundigungen über den Verbleib von Mr Godding einzuholen. Sie sagte, er sei in den vergangenen zwei Nächten nicht wie üblich nach Hause gekommen, was ihr Anlass zur Sorge gebe. Mit keiner Bemerkung habe er angedeutet, dass er eine längere Abwesenheit plane.«

Alice Robust beobachtete, wie sich die Szene gleich einem Bühnendrama entwickelte. *Du machst deine Sache gut, Kitty*, dachte sie und hoffte, dass Kitty ihre Zuversicht irgendwie spüren konnte.

Mary Jane Ungeniert war heilfroh, dass sie die Fragen nicht beantworten musste, und trotzdem empfand sie ein absurdes Aufflackern von Eifersucht, weil Kitty jetzt Kontrolle über Constable Quill erlangen konnte und nicht sie.

»Dafür gibt es eine einfache Erklärung, Constable«, sagte Kitty. Sie zwang sich dazu, langsam zu sprechen. Die ganze Sache war nicht annähernd so schlimm, wie sie befürchtet hatte. Aber warum hatte sie bloß nie daran gedacht, dass man Mr Godding in seiner Unterkunft oder in seinem übrigen Umfeld vermissen würde? Wie dumm von ihr. »Während seines sonntäglichen Besuchs trafen beunruhigende Nachrichten für unsere Schulleiterin und Mr Godding ein. Ein junger Verwandter in Indien ist schwer erkrankt. Deshalb brach Mr Godding unverzüglich nach London auf, wo er sich nach Indien einschiffen wollte, um seinem Neffen beizustehen.«

Der Constable machte sich wieder lächelnd Notizen. »Aha, na also, es gibt immer eine vernünftige Erklärung, nicht wahr? Ich habe Mrs Lally gesagt, ihre Sorgen würden sich als unbegründet herausstellen.« Er kritzelte noch etwas in sein Notizbuch und hielt dann inne. »Hat Mr Godding erwähnt, dass er noch Kleidung und persönliche Dinge einpacken wolle, bevor er zu seiner Reise aufbrechen würde?«

Kitty Schlau fing an, die Zahnlücke, die Mary Jane so bezaubernd fand, zu verabscheuen. »Ich wurde nicht in alle Einzelheiten seiner Pläne eingeweiht«, erklärte sie. »Ich weiß nur, dass er umgehend aufbrach.«

»Natürlich. Das versteht sich.« Der Constable klappte sein Notizbuch zu. »Es war mir eine Freude, die jungen Damen kennenzulernen. Ich hoffe, bald wieder das Vergnügen zu haben.« Er nickte dabei in erster Linie Mary Jane zu, die ihm dafür ein betörendes Lächeln schenkte.

Constable Quill wandte sich zum Gehen und blieb dann noch einmal an der Tür stehen. »Eine Sache noch. Mrs Lally möchte wissen, ob sie mit einer baldigen Rückkehr rechnen kann oder ob sie Mr Goddings Sachen packen soll. Soweit ich sie verstanden habe, ist er mit seiner Miete bereits gewaltig im Rückstand. Sie scheint deshalb nicht geneigt, ihm noch weiter Kredit zu gewähren, wenn er längere Zeit verreist ist.« Ein Ausdruck leichter Besorgnis huschte über das Gesicht des Constable. »Das ist eine Angelegenheit, die ich besser mit Ihrer Schulleiterin besprechen sollte, sobald sie zurück ist. Wann wird sie erwartet?«

Kitty verscheuchte seine Bedenken. »Es ist gewiss in Mrs Placketts Sinn, wenn ich sage, dass wir hier im Haus über ausreichend Platz verfügen, um Mr Goddings persönliche Dinge auf unbestimmte Zeit aufzubewahren. Mrs Lally kann gern jederzeit seine Sachen schicken.«

»Ausgezeichnet. Darf ich Sie um einen Gefallen bitten?«

Nein, dachte Kitty. *Sie können uns einen Gefallen tun und verschwinden.* »Selbstverständlich, Constable. Was können wir für Sie tun?«

Der hochgewachsene Polizist brachte es fertig, ein Gesicht zu machen wie ein kleiner Junge, der um Süßigkeiten bettelt. »Darf ich mir eine Fotografie von Mr Godding ausleihen? Sie haben doch sicher eine im Haus?«

Diese Frage ließ bei Kitty sämtliche Alarmglocken schrillen. »Nun, ich weiß nicht, ob ich ohne Erlaubnis Mrs Placketts Fotografien verleihen darf.«

Der Constable nickte. »Selbstverständlich. Ich komme wieder, sobald sie zurück ist.«

Alice Robust, die Kittys panischen Blick sah, griff resolut nach einem kleinen gerahmten Foto, das auf einem Beistelltisch stand. »Hier, nehmen Sie das, Constable«, sagte sie. »Unsere Schulleiterin wird es nicht einmal bemerken, wenn das Bild einige Tage fehlt. Sie bringen es doch umgehend zurück, sobald Sie es nicht mehr benötigen?«

»Natürlich.« Constable Quill grinste und tippte sich an den Helm. Dann verließ er den Raum.

Mary Jane Ungeniert folgte ihm aus dem Salon.

»Sollte eine von uns die beiden nicht begleiten?«, fragte Roberta Liebenswert.

»Lass sie«, sagte Kitty Schlau und sank in einen Sessel. »Sie soll ihren Spaß haben. Wir könnten sie sowieso nicht aufhalten.«

Louise Pockennarbig wedelte Kittys Gesicht und Hals mit Marthas Klaviernoten Luft zu. All ihr Groll gegen Kitty, weil sie Aldous ausgeschimpft hatte, war verflogen. »Gut gemacht, sehr gut«, flüsterte sie. »Du warst großartig.«

Kitty Schlau hob die Hand und betrachtete ihre Finger. »Sieht man, wie flattrig ich bin?«, fragte sie. »Ich zittere am ganzen Körper.«

»Ich sehe nichts«, antwortete Martha Einfältig treu ergeben.

»Warum musste er nur so neugierig sein!«, schäumte Kitty. »Kann ein Mann nicht einmal zwei Tage von zu Hause wegbleiben, ohne dass die Polizei sich dafür interessiert?«

»Der Constable ist noch ein Grünschnabel und will sich unbedingt bei seinen Kollegen beweisen«, entgegnete Alice Robust. »Einer von der übereifrigen Sorte. Du bist genau richtig mit ihm umgegangen.«

Kitty lachte matt auf. »Das ist wohl eher das, was Mary Jane jetzt gerade von sich behaupten würde.«

Kapitel 15

Der Mittwoch kündigte sich mit einem freundlichen Morgen an und beim Frühstück verkündete Kitty, dass für den Vormittag Wäschewaschen und Saubermachen auf der Tagesordnung stehe.

»Was würde Mama wohl sagen, wenn sie mich an der Wäschepresse sehen würde?«, murmelte Mary Jane Ungeniert. »Dieser Plan vom unabhängigen Leben hat eindeutig auch Schattenseiten.«

»Ich habe schon einmal Wäsche gepresst«, erzählte Martha Einfältig. »Es macht Spaß. Ich habe immer unserer Waschfrau geholfen, wenn Mama es nicht mitbekam. Du kurbelst das Rad, so schnell du kannst, und schaust zu, wie das ganze Wasser heraustropft.«

Mary Jane Ungeniert seufzte, dann tätschelte sie Marthas Kopf. »Weil du das so gern tust, ernenne ich dich zur Bevollmächtigten der Wäschepresse. Ich bügle währenddessen unsere Kleider für das Erdbeerfest heute Abend.«

Die Tischdecke für das Fest hatten die Mädchen feierlich auf dem Esstisch drapiert, weshalb sie ihr Frühstück an der Anrichte einnahmen, um Krümel von dem bestickten Tuch fernzuhalten.

»Unsere einzelnen Stickereien haben sich so wunderbar zusammengefügt«, sagte Alice Robust. »Ich hätte nie gedacht, dass wir rechtzeitig fertig werden.«

»Das verdanken wir nur unserer lieben Roberta«, erwiderte Kitty Schlau. »Sie hat zwei Drittel der Decke verziert. Was für eine herrliche Handarbeit, Liebes.«

Roberta errötete. »Oh, das war wirklich nicht der Rede wert. Ihr alle habt so hübsche Erdbeeren und Blätter gestickt. Ich musste sie nur noch miteinander verbinden.«

»Und die Hälfte davon hast du selbst gestickt.« Louise Pockennarbig ließ die Tuchkante durch ihre Finger gleiten. »Elinors Ranken erinnern eher an Dornröschens Dornenhecken.«

»Erdbeeren sind zu heiter. Pur ertrage ich sie nicht«, sagte Elinor Düster.

»Die Dornen verleihen der Stickerei das gewisse Etwas«, räumte Roberta großmütig ein. »Wir sollten ringsherum noch mehr davon einfügen.«

Kitty Schlau küsste Roberta auf die Wange. »Du bist so eine gute Seele, Roberta. Du machst uns alle zu besseren Menschen.«

Die Türglocke erklang.

»Was ist *jetzt* wieder«, knurrte Louise Pockennarbig. »Wer will uns den heutigen Morgen verderben?«

»Komm, Elinor«, seufzte Alice Robust. »Bereiten wir alles vor, falls ich schnell meine Verkleidung anlegen muss.«

»Vielleicht ist es Constable Quill«, hoffte Mary Jane Ungeniert. »Wie sehe ich aus?«

»Ich gehe und wimmle den Besucher zügig ab«, sagte Kitty. »Ihr könnt euch schon einmal alte Kleider für die Hausarbeit anziehen. Wir treffen uns dann in der Küche.«

Kitty öffnete die Tür und vor ihr stand ein riesenhafter, breitschultriger Mann in einer violetten Weste und mit einer Melone auf dem Kopf. Aus seiner Jackentasche spitzte ein kanariengelbes Seidentuch und seine Beinkleider hatten ein verstörendes Karomuster. Mit Pomade hatte der Mann seinen dichten blonden Schnurrbart an den Enden zu feinen Spitzen gezwirbelt, und unter seinem Hut kräuselte sich ein blassblonder Backenbart.

»Guten Morgen, *Mademoiselle*!« Das war ein französisches Wort, doch der Akzent des Besuchers war so englisch wie ein Plumpudding. Er trat über die Schwelle. »Mein Name ist Gideon Rigby«, ein weiterer großer Schritt folgte, »und ich vertrete den Orden des Hilarion, des Schutzheiligen der Korbflechter. Mein Metier ist der Handel mit antikem Mobiliar.«

»Ach?« Kitty Schlau verschlug das grelle Erscheinungsbild die Sprache.

Der Mann machte noch einen Schritt, was ihm einen Blick ins Esszimmer ermöglichte. Er schaute sich anerkennend um. »Ich und die anderen Mitglieder des Ordens führen eine Sammlung durch zugunsten ehemaliger Korbflechter aus der hiesigen Region der Fens.« Er legte seine Hände in einer Geste tiefer Betroffenheit aneinander und schlenderte weiter durch den Korridor. »Das Korbflechten hat eine stolze Tradition in Ely, aber wenn alte Flechter zu Krüppeln werden und ihr Handwerk nicht mehr ausüben können, muss die Gemeinschaft sie unterstützen.«

Der Mann verfügte über eine melodiöse Stimme und Kitty fühlte sich nicht in der Lage, ihn zu unterbrechen.

»Sie engagieren sich für eine gute Sache, zweifellos ...«, sagte sie, »aber wir ...«

»Ist Ihre Schulleiterin zu Hause?«, erkundigte sich Mr Rigby. »Wenn ich richtig informiert bin, ist dies hier ein Internat für junge Damen. Gehe ich recht in der Annahme, dass Sie eine dieser reizenden jungen Damen sind?«

Kitty geriet wieder ins Stocken. »Ja ... also, ich meine, nicht reizend, obwohl ... vielleicht ... ich bin eine der ...«

»Selbstverständlich sind Sie das!« Der Spendensammler schenkte ihr ein warmes Lächeln. »Ich werde Mrs Plackett nur einen kurzen Augenblick ihrer Zeit stehlen. Ah! Das muss Ihr Unterrichtszimmer sein.« Er stieß die Tür auf. Kitty bemerkte den goldenen Ring, der an seinem Finger aufblitzte.

»Mrs Plackett ist nicht zu Hause«, erklärte sie mit fester Stimme.

Mr Rigby reagierte mit einem »*Dz, dz*«. Dann fuhr er fort: »Ich hörte, dass ihr Gesundheitszustand zu wünschen übrig lässt, doch wenn sie bereits wieder ausgeht, muss sie sich besser fühlen. Ich werde ein anderes Mal wiederkommen. Ah, und was für ein hübsches Gesellschaftszimmer! Eine kleine Zuwendung ist alles, was wir uns erhoffen. Schon der geringste Betrag ist uns eine Hilfe, wissen Sie.«

Bis zum Gesellschaftszimmer war er schon vorgedrungen! Kitty musste ihn aus dem Haus bekommen.

»Ich glaube gern, dass jeder Betrag hilft«, entgegnete Kitty, »doch wir können leider nichts erübrigen. Ich muss Sie bitten, Ihr Spendengesuch anderswo vorzutragen. Es ist mir nicht gestattet, Besucher ins Haus zu lassen.«

Er klatschte in die Hände. »Was für ein erlesenes Pianoforte hier im Salon steht! Mahagonie! Exquisit! Ihre Schulleiterin ist eine vornehme Dame von edlem Geschmack, das ist offensichtlich. Ich bin überzeugt, sie hat etwas zur Seite gelegt, aus reiner Herzensgüte ...«

»Mister Rigby!«

Sie waren beide von der Schärfe in ihrer Stimme überrascht. Kitty holte tief Luft. »Ich muss Sie jetzt auffordern zu gehen«, erklärte sie mit dem strengsten Ton, zu dem sie fähig war. »Bedenken Sie bitte, in welche Situation Sie uns bringen! Sie glauben doch wohl kaum, dass es uns Schülerinnen von Saint Etheldreda gestattet ist, einen Mann hereinzubitten, während unsere Schulleiterin ... außer Haus ist.«

Er nickte und in seinen aufgerissenen Augen lag Zerknirschtheit. »Meine liebe junge Dame, verzeihen Sie tausendmal, Sie in Bedrängnis gebracht zu haben. So ist das immer mit mir: Ich meine es nicht böse, aber schönes Mobiliar zieht mich an wie Honig die Fliegen. Ich kann einfach nicht widerstehen, einen kurzen Blick in die Zimmer zu werfen. Aber was soll's? Ich werde mich umgehend empfehlen ...«

»Ich bitte darum«, sagte Kitty mit zusammengepressten Zähnen. Der Mann machte Anstalten, zur Tür zu gehen.

»Diese Anrichte, ein Schmuckstück! Und so gut erhalten ... Sind Sie sicher, dass Ihre Schulleiterin nichts für die armen verkrüppelten Korbflechter erübrigen kann? Schon gut, schon gut. Einen schönen Tag wünsche ich Ihnen, Mademoiselle. Gideon Rigby, Seltene Antiquitäten, stets zu Ihren Diensten!« Und mit einer Verbeugung entschwand er über den Kiesweg und eilte mit großen, energischen Schritten in Richtung Ely.

Endlich war er weg! Aber Kittys Erleichterung währte nicht lange. Denn just in diesem Moment passierte ein Reiter auf einem gescheckten Pferd gemächlich das Anwesen. Als Kitty den hellbraunen Mantel und den Zylinder erkannte, blieb sie wie angewurzelt stehen. Der Reiter betrachtete das Haus aufmerksam. Dann bemerkte er Kitty und den davoneilenden Gideon Rigby. Es war der junge Herr aus der Drogerie.

Kittys sämtliche Sinne gerieten in Alarmbereitschaft. Sie empfand gleichermaßen Scham, weil sie von dem jungen Mann in ihrem verblichenen alten Hauskleid gesehen wurde, wie Wut über diese unnütze Eitelkeit. Und was ihm wohl durch den Kopf ging, falls er die geschmacklose Erscheinung dieses Mr Rigby noch gesehen hatte?

Der junge Mann brachte sein Pferd zum Stehen. Erkannte er sie? Sollte sie an den Zaun treten und ihn grüßen? Das entsprach nicht den Regeln des Anstands, doch Kitty verspürte den Drang, sich mit ihm zu unterhalten, und sei es nur, um sein rätselhaftes Verhalten besser zu verstehen.

Er zog den Hut vor Kitty, sodass seine dichten dunklen Locken zum Vorschein kamen. Sie zögerte, dann erwiderte sie den Gruß mit einem knappen Knicks. Schließlich konnte man eine Höflichkeit nicht unbeantwortet lassen. Und außerdem hatte er ihr immerhin ein Karamellbonbon geschenkt. Obwohl das eine ungeheure Dreistigkeit gewesen war! Und jetzt verhielt sie sich keinen Deut besser als Mary Jane, wenn sie hier wie eine Dirne am Straßenrand fremde Männer grüßte!

Kitty machte auf dem Absatz kehrt und rannte ins Haus. Dann hastete sie ins Klassenzimmer, von wo aus sie unbemerkt durch die Jalousien nach draußen spähen konnte.

Der junge Herr war noch da. Langsam vergingen die Sekunden, während er das Haus betrachtete. Dann kratzte er sich am Kinn, presste seine Fersen in die Flanken des Pferds und trabte in Richtung Ely davon.

Er war ein verwirrender Fall! Kitty gestand nur sich selbst ein, dass sie den jungen Mann weit weniger verwirrend gefunden hätte, wenn seine Züge nicht zufälligerweise so attraktiv gewesen wären. Aber egal: Sie hatte sich gerade furchtbar blamiert und konnte nur beten (offen gestanden, tat sie das jedoch nur halbherzig), nie mehr das Pech zu haben, diesem fremden jungen Mann zu begegnen.

Kitty schüttelte sich. Erst dieser Mr Rigby, dann der junge Fremde. Was für ein Morgen! Wie eine Schlafwandlerin ging sie durch den Korridor und stieg die Treppe hinunter zur Küche.

»Wer war das?«, erkundigte sich Louise.

»Hm? Ach, ein Mann, der Spenden sammelt für einen guten Zweck.«

Elinor Düster band sich eine Schürze um. Sie schaute so vergnügt drein, als handelte es sich um einen Galgenstrick. »Du hast lange genug gebraucht, um ihn loszuwerden.«

Kittys Gedanken kreisen noch um die rätselhafte Bräune des jungen Mannes und seinen fremdartigen Akzent. »Hm?«

Elinor zog die Augenbrauen hoch. »Du hast lange genug gebraucht, um ihn loszuwerden«, wiederholte sie.

Kitty ging nicht auf Elinors Stichelei ein. »Ich frage mich, ob es wirklich einen Schutzheiligen der Korbflechter gibt?«

Elinor zuckte mit den Schultern. »Es gibt für alles einen Schutzheiligen.«

Alice Robust brachte eine Ladung Geschirr aus dem Esszimmer. »Ist er weg? Wir haben jede Menge Arbeit. Fangen wir an. Ich mache Feuer und dann ziehe ich mein Bett ab und auch das von Mrs Plackett.«

»Ich wische im Gesellschaftszimmer und im Salon Staub, sobald ich mein Bett abgezogen habe«, erklärte Elinor.

»Und ich kümmere mich um den Abwasch und mache die Küche sauber«, bot Roberta Liebenswert an.

»Silber und Messing übernehme ich«, verkündete Mary Jane und wedelte mit einem Poliertuch.

Louise Pockennarbig trank einen Schluck Tee. »Dann werden Martha und ich die Wäsche in Angriff nehmen.«

Kitty Schlau wurde bewusst, dass sie nicht aufgepasst hatte. Mühsam riss sie sich aus ihren Gedanken und verscheuchte das Bild des Fremden mit den dunklen Locken. Sie schnitt eine Grimasse. »Ich hätte mich früher zu Wort melden sollen«, sagte sie. »Das heißt, für mich bleibt der Ascheeimer. Die Öfen und Kamine sind schon ziemlich verstopft. Alice, lass mich den Herd sauber machen, bevor du das Feuer in der Waschküche anschürst.«

Alice griff nach einer Scheibe Toast. »Wie du möchtest, Aschenputtel.«

Die Mädchen widmeten sich ihren jeweiligen Pflichten. Kitty Schlau entfernte mit einer Schaufel die Asche aus dem Waschküchenofen. Anschließend schürte Alice ihn an, um Wasser zu erhitzen. Kitty setzte indessen ihre schmutzige Arbeit fort, Zimmer für Zimmer, Kamin für Kamin. Bei den vielen Gängen nach draußen, um den Ascheeimer zu leeren, fiel ihr Blick immer wieder auf das Kirschbäumchen. Der dürre Setzling wirkte wie ein Finger, der sich anklagend aus den Gräbern der Schulleiterin und ihres Bruders emporreckte.

»Wie viel Ärger ihr uns bereitet habt!«, sagte Kitty zu den vergrabenen Leichen. »Wir müssen uns jetzt mit jeder Menge Schwierigkeiten herumplagen, während ihr da in aller Seelenruhe liegt.« Sie überdachte kurz ihre Worte und räumte ein, dass das vielleicht nicht ganz richtig war.

Sobald sämtliche Feuerstellen im Haus gereinigt waren, füllte Kitty den Eimer an der Pumpe im Garten mit Wasser und goss das Kirschbäumchen. Der Setzling durfte nicht eingehen. Schließlich musste er ihre Verbrechen tarnen. Nein, nicht ihre – die Verbrechen eines anderen. Ein weiteres Mal füllte sie den Eimer und wässerte den Boden, während ihr das ziemlich grausige Bild durch den Kopf ging, wie Mrs Plackett und Mr Godding mit Wasser und Matsch getränkt wurden. Da tauchte unvermittelt Alice Robust auf. Sie hielt einen Brief in Händen und wirkte besorgt.

»Kitty, schau, was ich unter Mrs Placketts Kopfkissen gefunden habe, als ich das Bett abziehen wollte«, sagte sie und faltete das Papier auseinander.

Kitty wischte sich die Hände an der Schürze ab und griff danach. In das Papier waren zehn Pfund in Scheinen eingeschlagen. Sie erkannte die gleichmäßige Handschrift ihrer Schulleiterin sofort. Das kostbare Briefpapier mit den festonierten Ecken und dem geprägten Rosenornament entlang den Kanten war ihr dagegen fremd.

Mein lieber Bruder Aldous!

Meine besten Wünsche zu Deinem Geburtstag. Zu diesem Zeitpunkt sind alle Gäste meiner kleinen Überraschungsparty für Dich bereits versammelt. Ich hoffe, Du wirst dieses Fest sowie meine Beigabe zu diesem Brief als ein Friedensangebot verstehen. Ich bitte Dich, nicht weiter zu zürnen. Es ist bereits geschehen. Ich habe mit Mr Wilson gesprochen und die Angelegenheit ist besiegelt, also lass uns auf weitere Streitgespräche verzichten. Es ist zu Deinem Besten und für die Zukunft des lieben, kleinen Julius. Ich werde auch weiterhin für Dich tun, was ich kann, aber ich darf nicht zulassen, dass mein Haus oder das Erbe meines Mannes von Deinem Lotterleben aufgezehrt wird. Du hast mir Gefühllosigkeit vorgeworfen, aber wenn ich Deinen Ansprüchen gegenüber ein Herz aus Stein habe, dann nicht, weil Dein Wohlergehen mich nicht kümmert. Es ist vielmehr meine Sorge um Dich, die mich dazu treibt, meinem moralischen Anspruch treu zu bleiben und Deine Prasserei nicht zu unterstützen. Prüfe Dich, lieber Bruder, und lass mich stolz auf Dich sein, so wie ich es einst gewesen bin. Du hast die Chance, noch mehr aus Dir zu machen. Selbstbeherrschung ist der Schlüssel dazu. Denk an unseren Vater und unseren verstorbenen Bruder Geoffrey und nimm Dir an ihrer Rechtschaffenheit und ihrem maßvollen Lebensstil ein Beispiel. Bitte nimm dies kleine Geschenk an, um Dich aus Deiner gegenwärtigen Verlegenheit zu befreien.

Ich verbleibe stets Deine Schwester Constance.

Louise Pockennarbig erschien auf der Bildfläche. Sie schleppte einen Weidenkorb mit Wäsche. Der kleine Aldous folgte ihr auf den Fersen und zerrte immer wieder erbittert an ihrem Rock. Louise holte nasse Laken aus dem Korb und zwickte sie mit Wäscheklammern an die Leine. Da bemerkte sie Kitty und Alice. Die beiden zeigten ihr den Brief. Sie las ihn aufmerksam.

»Was hat das zu bedeuten?«

Kitty nahm die Pfundnoten und steckte sie in ihre Tasche. »Das Geld kommt gelegen«, erklärte sie. »Wir müssen Doktor Snellings Rechnung bezahlen. Mr Godding hat ohnehin nichts mehr von seinem Geburtstagsgeschenk.«

Alice Robust überflog ein weiteres Mal die Zeilen der Schulleiterin. »Was will sie damit sagen: ›Es ist bereits geschehen ... die Angelegenheit ist besiegelt.‹ Welche Angelegenheit? Was ist besiegelt?«

»Das werden wir vermutlich nie erfahren.« Kitty bürstete sich die Asche vom Rock. »Es muss um irgendeine private Familienangelegenheit gehen, die hoffentlich mit ihnen gestorben ist.«

Louise Pockennarbig nahm Alice den Brief wieder aus der Hand. »Du überraschst mich, Kitty«, sagte sie. »Wo bleibt deine Neugier? Das ist sicher wichtig. Mrs Plackett und Mr Godding haben eine Meinungsverschiedenheit. Mrs Plackett tut irgendetwas und ... einen Tag später sind beide tot. Es muss da eine Verbindung geben. Das ist eine Spur!«

Alice Robust nickte. »Louise hat recht. Sie erwähnt Mr Wilkins, den Rechtsanwalt, in dem Brief. Am Montagmorgen brachte Mr Murphy, sein Anwaltsgehilfe, eine frisch unterzeichnete Ausfertigung von Mrs Placketts Testament. Das, was Mrs Plackett getan hat, dürfte mit ihrem Testament zusammenhängen.«

Louise riss die Augen auf. »Sie muss es geändert haben. Und die Änderung muss Mr Godding betroffen haben.«

Die beiden wandten sich an Kitty. »Hat sie in ihrem Testament Mr Godding Geld vermacht?«, fragte Alice. »Und wenn ja, wie viel?«

Kitty runzelte die Stirn. Sie war etwas angesäuert wegen Louises Vorwurf und ärgerte sich, dass Alice zuerst aufgefallen war, dass der Brief auf das Testament Bezug nahm. Diese mühselige Beschäftigung mit den lebensnotwendigen Alltagsdingen brachte ihren sonst so scharfen Verstand ganz durcheinander. Wenn sich alles ständig um die Einsparung von Haushaltsausgaben, um Einkaufen, Lebensmittel und Wäschewaschen drehte, wer sollte da die Einzelheiten irgendeines undurchsichtigen Testaments im Kopf behalten?

Aber Kitty hatte nicht die Absicht, ihre Rolle als Chefproblemlöserin des Pensionats Saint Etheldreda aufzugeben. »Holen wir das Testament und sehen nach«, sagte sie.

Louise ließ die nasse Wäsche im Stich, und die Mädchen eilten ins Haus, wo Kitty sich die rußigen Hände wusch. Dann marschierten sie schnurstracks zu Mrs Placketts Sekretär in ihrem Schlafzimmer. Kitty bewahrte dort auch weiterhin das Haushaltsbuch auf sowie die Aufstellungen der Rechnungen, die den Eltern der Mädchen zugingen.

Das Testament war nicht da.

»Bist du sicher, dass du es hiergelassen hast?«, fragte Louise Pockennarbig.

Kitty Schlau spürte, wie ihr Puls raste. »Ganz sicher«, sagte sie. »Wenn es um Papiere geht, weiß ich immer, was ich damit gemacht habe.« Sie blätterte hastig durch die Unterlagen im Sekretär, jeder Zettel, jeder Umschlag wurde überprüft.

»Wie steht es mit dir, Alice?«, fragte Louise. »Hast du etwas mit dem Testament gemacht? Du warst diejenige, die es von Mr Wilkins' Gehilfen in Empfang genommen hat.«

Alice Robust krabbelte auf dem Fußboden herum und durchwühlte die abgezogenen Kissen und Decken, den Nachttisch, ja, sogar unter der Sprungfedermatratze schaute sie nach. »Rein gar nichts. Ich habe dafür gesorgt, dass Kitty es bekommt.«

»Das Testament ist nicht das Einzige, was verschwunden ist«, erklärte Kitty Schlau. »In der Schublade waren acht Pfund, eine halbe Krone, zwei Schilling und ein Sixpencestück – das Geld ist weg.«

»Mädchen!«, brüllte Louise durch den Korridor. »Krisensitzung!«

»Kommt runter in die Waschküche!«, schrie Martha zurück. »Wir stecken mitten in der Wäsche.«

Und so versammelten sich alle mitsamt Schürzen und Staubwedeln in der dampfenden Waschküche. Martha Einfältig legte Kohlen nach und schloss scheppernd die Ofentür. Dann hievte sie einen weiteren Eimer Wasser in die Höhe und entleerte ihn in den Kupferkessel, der auf dem Ofen stand. Das Haar klebte ihr in nassen Strähnen an der Stirn.

Sie und die übrigen Mädchen setzten sich auf die überquellenden Wäschekörbe, während Louise Pockennarbig sie rasch über die Lage informierte. »Weiß eine von euch, wo das Testament sein könnte?«, fragte sie schließlich. »Seid ihr beim Abstauben und Saubermachen auf irgendwelche Dokumente gestoßen?«

Alle schüttelten die Köpfe.

»Ich habe das gesamte Gesellschaftszimmer sauber gemacht, unter jedes Sofa und jedes Kissen gesehen. Dort war nichts«, sagte Elinor Düster. »Und der Salon ist ebenfalls blitzsauber und es lagen keine Papiere herum.«

Roberta Liebenswert nickte. »Auch in der Küche nicht«, erklärte sie, »aber ich kann gern noch einmal nachsehen.«

»Wenn es sein muss, können wir uns alle auf die Suche machen«, stimmte Mary Jane Ungeniert zu. »Aber lasst uns zunächst einmal nachdenken. Wenn Kitty überzeugt ist, dass sie das Testament und das Geld im Sekretär gelassen hat, dann war das auch so. Wenn die Sachen jetzt weg sind, hat sie jemand gestohlen.«

»Aha!« Louise zog Notizbuch und Bleistift aus der Tasche und fing an zu schreiben. »Unser Mörder schlägt wieder zu!«

Martha Einfältig blinzelte. »Ist noch jemand gestorben?«

»Nein«, entgegnete Louise, »aber es liegt nahe, dass die Person, die Mrs Plackett und Mr Godding ermordet hat, dieselbe Person ist, die das Testament und das Geld gestohlen hat. Das ist ein Indiz. Ein zweites Verbrechen. Das hilft mir vielleicht, potenzielle Verdächtige auszuschließen.« Stirnrunzelnd starrte sie auf ihre Notizen.

»Sag mal, wer steht eigentlich auf deiner Liste der Verdächtigen? Nur so aus reiner Neugier?« Mary Jane spähte über ihre Schulter. Dann brach sie in Gelächter aus. »Admiral Lockwood? Reverend

Rumsey? *Letitia Fringle*? Du machst Witze! Sogar Amanda Barnes?« Ihr Lachen erstarb. »Wie bitte? Du kleine Schlange! Alle *unsere* Namen stehen auf der Liste!«

Kitty Schlau riss Louise das Büchlein aus der Hand und sah rasch die Notizen durch.

»Alle unsere Namen bis auf ihren eigenen«, stellte sie fest.

Louises Gesicht wurde feuerrot. Sie schnappte sich das Notizbuch und schloss es. »Warum um alles in der Welt sollte ich meinen Namen auf die Liste setzen?«, fragte sie. »Ich *weiß*, dass ich die beiden nicht ermordet habe.«

Alice Robust verschränkte die Arme vor der Brust. »Aber du hältst es für möglich, dass wir anderen es waren?«

Louise Pockennarbig presste das Buch an sich. Die anklagenden Blicke ihrer Freundinnen schienen sie zu umzingeln. Es gab keine Fluchtmöglichkeit.

»Ihr habt mich mit den Nachforschungen betraut«, verteidigte sich Louise hitzig. »Ich kann die Möglichkeit nicht ausschließen, dass eine der Schülerinnen die Täterin war. Das bedeutet aber nicht, dass ich *glaube*, dass es eine von euch war.«

Sie schlug das Notizbuch wieder auf und fuchtelte damit vor ihren Gesichtern herum. »Seht ihr? Ich habe euch ganz unten auf die Liste gesetzt. Das bedeutet, ihr seid alle höchst unwahrscheinliche Tatverdächtige. Aber nichtsdestotrotz Verdächtige.«

Es folgte ein furchtbarer Moment, in dem sie sich gegenseitig anstarrten. Doch wie so oft ruinierte Mary Jane die Dramatik des Augenblicks, indem sie in schallendes Lachen ausbrach. Sie verstrubbelte Louises Zöpfe. »Das ist halb so wild, Herzchen. Du hattest recht, uns alle auf die Liste zu setzen«, sagte sie. »Mich stört das nicht. Ich fühle mich geschmeichelt, dass du mich für hinreichend verdächtig hältst, um in deine Liste aufgenommen zu werden.«

»Ich fühle mich nicht geschmeichelt«, protestierte Alice Robust. »Wenn ich geahnt hätte, dass ich bis in alle Ewigkeit die Rolle von Mrs Plackett spielen muss, hätte ich den Giftmörder vergiftet, bevor er sie vergiften konnte.«

Elinor Düster grinste.

Martha Einfältig hatte Mühe zu folgen: »Den Giftmörder vergiftet, der ... – wie war das gleich?«

Louise Pockennarbig schlug das Notizbuch wieder zu und steckte den Bleistift in die Tasche. »Es hat keinen Zweck, Ermittlungen anzustellen, wenn man dabei nicht methodisch vorgeht.«

»Da hast du recht«, stimmte Kitty zu und lächelte Louise an. »Es tut uns leid, dass wir so verärgert reagiert haben. Du kannst uns alle befragen, falls du das möchtest, und wir sind kooperativ.«

»*Ich* will nicht befragt werden«, wehrte sich Martha Einfältig. »Ich habe die beiden nicht umgebracht und ich finde diese ständigen Unterhaltungen über Gift und Mörder furchtbar verstörend.«

»Nichts für ungut, Martha«, warf Elinor Düster ein, »aber du bist einfach nicht interessant genug, um die beiden ermordet zu haben.«

Martha lugte über den Saum ihrer Schürze, in die sie ihr Gesicht vergraben hatte. »Danke, Elinor, ich nehme das als Kompliment.« Sie schaute die anderen Mädchen an. »Ihr könnt meine Sachen nach dem Geld und dem Testament durchsuchen«, erklärte sie tapfer. »Ihr könnt sogar *mich* durchsuchen.«

»Himmel, nein!« Kitty Schlau fand es entschieden an der Zeit, dass eine vernünftige Person das Zepter wieder in die Hand nahm. »Ich glaube kaum, dass eine Leibesvisitation notwendig ist, Martha, Liebes. Wir alle glauben dir. Und du musst uns glauben, wenn wir dir das sagen.«

Martha Einfältig nickte reumütig.

»Na also. Das ist somit erledigt.« Kitty Schlau bedachte ihre Freundinnen mit einem strengen Blick, als fürchtete sie, dass gleich die Nächste einen hysterischen Anfall bekommen würde. »Wir müssen uns jetzt wieder der ursprünglichen Frage zuwenden. Durchsuchen wir das Haus. Aber selbst falls wir das Testament irgendwo verloren haben sollten, das Geld kann ich unmöglich verlegt haben. Ich bewahre es ausschließlich in der Schublade des Sekretärs auf. Das deutet massiv auf einen Dieb hin. Also lasst uns nachdenken: Wer könnte der Dieb sein? Und warum sollte ein Einbrecher das Testament und das Geld stehlen, aber sonst nichts? Es fehlt doch nichts vom Silber oder Porzellan?«

Mary Jane Ungeniert schüttelte den Kopf. »Ich habe gerade erst alles abgestaubt und poliert.«

»Was ist mit dem Edelstein-Elefanten?«, fragte Alice Robust. »Er steht genau dort, wo Kitty ihn hingestellt hat: in der Kuriositäten-Vitrine«, erwiderte Mary Jane. »Alle Wertgegenstände im Haus sind an ihrem Platz bis auf das Geld. Das ergibt keinen Sinn.«

»Doch«, widersprach Louise, die in der Waschküche auf und ab ging und sich an die Stirn klopfte. »Nämlich dann, wenn es der Dieb nur auf das Testament abgesehen hatte und das Geld lediglich nebenbei mitnahm, weil er es zufällig in der Schublade entdeckte.«

»Aber das wirft die entscheidende Frage auf: Warum sollte jemand Mrs Placketts Testament stehlen?«, sagte Alice Robust. »Wer wusste überhaupt, dass es sich im Haus befand?«

»Dieser widerliche Anwaltsgehilfe wusste es«, erwiderte Mary Jane Ungeniert.

Louise zog die Augenbrauen hoch und griff nach ihrem Notizbuch.

Alice Robust drehte ihr den Rücken zu. »Du bist furchtbar prätentiös, Mary Jane«, sagte sie. »Offenbar können vor deinen Augen nur hochgewachsene Constables bestehen. Mr Murphy ist nicht widerlich und, Louise, es ist nicht nötig, ihn auf deine Liste zu setzen. Warum um alles in der Welt sollte er das Testament stehlen?«

»Warum sollte das überhaupt jemand tun?«

Roberta Liebenswert räusperte sich schüchtern. »Ähm, es würde jemand stehlen, der ein Interesse daran hat, dass es nie gefunden wird. Zum Beispiel, weil das vorherige Testament für ihn vorteilhafter war. Mein Onkel hat von solchen Fällen erzählt.«

Alice, Mary Jane, Louise und Kitty starrten Roberta Liebenswert an, worauf sie mit dem Oberkörper zurückwich, als würde sie von der Wucht der Blicke geschubst. Kitty staunte ein weiteres Mal darüber, wie viel mehr Klugheit Robertas Bemerkungen enthielten, als sie dem lieben, so harmlos wirkenden Mädchen zugetraut hätte.

Louise Pockennarbig griff den Gedanken auf: »Du meinst, jemand würde das überarbeitete Testament stehlen, weil die alte Fassung für ihn günstiger war. Und der Brief, den Alice gefunden hat, scheint nahezulegen, dass Mrs Plackett ihr Testament nur einmal geändert hat. Dann stellt sich die Frage: Wer geht nach der neuen Fassung leer aus?«

»Alle«, sagte Roberta Liebenswert und machte eine ratlose Miene. »Wisst ihr nicht mehr? Sie hat ihr gesamtes Vermögen dem lieben, kleinen Julius vermacht.«

Kitty Schlau nickte. »Du hast ein hervorragendes Gedächtnis, Roberta. Eines Tages solltest du selbst Anwältin werden.«

Roberta Liebenswert lachte. »Unmöglich.«

»Dann heirate einen Anwalt«, schlug Mary Jane vor.

Martha reichte Louise eine Art hölzernes Paddel, über dem ein tropfendes Laken hing. Louise versenkte das Laken in der Wäschepresse und bediente dann die Kurbel. »Das gestohlene Testament ändert alles«, sagte sie mit Nachdruck, als wollte sie wilde Schlussfolgerungen zügeln. »Bislang haben wir nach einer Person gesucht, die von dem neuen Testament am meisten profitiert. Und jetzt«, sie bot alle Kraft auf, um die Kurbel zu drehen, »suchen wir nach demjenigen, der am meisten davon benachteiligt wird.«

Kitty Schlau rückte einem schmutzigen Kittel aus einem der Waschbottiche mit einem Stück Seife zu Leibe.

»Das wäre eindeutig Mr Godding«, überlegte sie. »Aus Mrs Placketts Brief kann man ableiten, dass sie das Testament in einer Weise geändert hat, die Mr Godding verärgern würde. Aber er ist gemeinsam mit ihr gestorben. Also kann er nicht unser Mörder sein. Es muss noch jemand anderen geben, der in dem vorherigen Testament begünstigt wurde.«

Louise zerrte das ausgewundene Laken aus der Presse und warf es in einen Korb. »Das bedeutet, unser Mörder wusste, dass Mrs Plackett im Begriff war, ihren letzten Willen zu ändern. Er – oder vielleicht auch sie – hat versucht, sie daran zu hindern, indem er sie umbrachte. Oh!« Ihre Augen leuchteten auf. »Vielleicht hat der Mörder Mr Godding ebenfalls getötet, damit er das Erbe nicht mit ihm teilen muss. Dann hat er erfahren, dass das Testament bereits überarbeitet wurde, und ist hier eingebrochen, um es zu stehlen.«

Elinor Düster rührte mit einem langen Paddel die Kleider im

Waschbottich um. »Eine allzu banale Geschichte«, sagte sie unheilvoll.

»Ach, wirklich?« Mary Jane Ungeniert lachte. »Das will ich nicht hoffen. Vielleicht gilt das für die russischen Schauerromane, die du immer liest.«

Elinor ging nicht darauf ein. »Das könnte bedeuten, dass der *liebe kleine* Julius in Gefahr ist«, fuhr sie fort. »Wenn der Mörder das Erbe mit niemandem teilen will, müsste er jetzt Julius im Visier haben. Und auch Mr Wilkins, falls der eine Kopie des Testaments in seiner Kanzlei aufbewahrt. Ob das der Fall ist? Der Mörder will jedenfalls sicher keinen Penny mit einem kleinen Jungen teilen.«

»Gütiger Himmel!«, rief Roberta. »Wir müssen die beiden warnen!«

Kitty Schlau holte tief Luft und überlegte, wie sie es diplomatisch ausdrücken sollte. »Das können wir nicht, Liebes«, sagte sie. »Dann müssten wir alles preisgeben. Das ist noch reine Spekulation. Und Mr Wilkins verwahrt die Testamente von Hunderten von Klienten. Er hat gewiss Vorkehrungen für seine eigene Sicherheit getroffen. Und was Julius betrifft: Das Kind ist weit weg. Wir unternehmen am besten gar nichts, sondern bleiben einfach wachsam und versuchen, den Mord selbst aufzuklären.« Sie lächelte. »Wenn das einer gelingt, dann unserer Louise.«

Mary Jane Ungeniert warf ein Paar schmutziger Strümpfe in den Waschbottich. »Ich habe Hunger«, verkündete sie. »Und wir müssen noch baden und uns für das Erdbeerfest zurechtmachen. Für mein Haar brauche ich Stunden. Ich habe da eine besondere Frisur gesehen, die ich ausprobieren möchte. Freddie Quill sagte, er würde auch kommen ...«

»Freddie! Pff!«, schnaubte Louise Pockennarbig. »Deine Frisur ist doch jetzt egal. Wir müssen herausfinden, wer sonst noch Nachteile dadurch hat, dass Mrs Plackett ihren letzten Willen änderte.«

»Und das werden wir auch, Louise«, sagte Kitty. »Wir nehmen Mrs Placketts Papiere unter die Lupe und suchen nach Anhaltspunkten. Es muss welche geben. Aber nicht jetzt. In wenigen Stunden beginnt das Fest und wir alle – selbst du, Liebes – müssen uns für den Anlass herausputzen.«

Kapitel 16

Martha Einfältig ging langsam die Prickwillow Road entlang zum Hof der Butts. Sie hatte nur einen kleinen Auftrag und sollte wirklich schnell nach Hause zurückkehren, um sich für das Erdbeerfest zu waschen und anzukleiden. Aber es war so ein schöner Mai-Nachmittag und sie konnte sich einfach nicht zur Eile antreiben. In Mrs Butts' Beeten blühten Zwiebelpflanzen und im Straßengraben leuchteten Wildblumen. Unter den Brombeerranken des Vorjahres entrollten Farne ihre zarten grünen Wedel und Bienen summten eifrig von Blüte zu Blüte. Ein so herrlicher Tag konnte nur in ein herrliches abendliches Erdbeerfest münden.

Martha Einfältig hatte den Auftrag nachzufragen, ob Henry Butts später das Pony des Internats vor seinen glänzenden Wagen spannen und sie zum Gemeindefest fahren würde. Martha konnte es nicht fassen, dass sie sich durchgesetzt hatte und diesen Botengang allein erledigen durfte. Es handelte sich um die Sorte Auftrag, den normalerweise Mary Jane Ungeniert an sich reißen würde. Und es war nahezu unmöglich, Mary Jane von etwas abzubringen, was sie gern tun wollte. Ihr überhebliches Gerede über Henry Butts und seine Bauernstiefel hin oder her, Mary Jane suchte die Gesellschaft junger Männer – egal welcher junger Männer – und Henry Butts war jung, männlich und in Reichweite. Es gefiel ihr, die Wirkung ihres Charmes zu beobachten; wer die Opfer waren, kümmerte sie herzlich wenig. Martha fragte sich, ob es böse von ihr war, so über Mary Jane zu denken. Insgeheim erfüllte sie eine freudige Erregung, dass Mary Janes Aufmerksamkeit derzeit so von Constable Quill in Beschlag genommen wurde. Henry Butts war der erste freundliche

Junge, den Martha Einfältig je getroffen hatte, und heimlich hoffte sie, ihn besser kennenzulernen.

Sie erreichte die Gärten, die das Haus umgaben. Das Geschick der Bauersfrau war allgegenwärtig, von den hübschen roten Geranien, die in glänzenden weißen Töpfen blühten, über die wohlgenährten gescheckten Hühner, die überall herumpickten, die ordentlichen weißen Kieseinfassungen der Wege, die zu der grünen Haustür führten, bis zum Duft von Rhabarberkuchen, der aus den offenen Küchenfenstern wehte. In Martha flackerte ein Gefühl von Furcht und Unzulänglichkeit auf. Bei dem Gedanken daran, sich dem Haus zu nähern, oder gar dem Sohn der Familie zu begegnen, verließ sie der Mut. Wer war sie denn, Martha, genannt Einfältig, noch so jung und keinen Deut hübscher als die Brille, die schwer auf ihrer Nase saß, zu glauben, sie könne mit Henry Freundschaft schließen? Sie wandte ihre Schritte in Richtung der Stallungen und überlegte, ob sie nicht einfach vorgeben könnte, dass sie nur Merry, dem Pony des Internats, einen Besuch abstatten wolle.

Sie fand das freundliche Tier in seiner Box vor, wo es offensichtlich in eine Unterhaltung mit zwei benachbarten Schafen vertieft war, die sich bei Marthas Auftauchen in die hintere Ecke ihres Pferchs verzogen. Merry war ein zutrauliches Pony und bei Marthas Anblick wieherte es. Sie streichelte seinen langen Kopf und nahm ihn zwischen ihre Hände. Das Pony schnüffelte vielsagend an dem Wildblumenstrauß, der in ihrer Schürzentasche steckte.

»Die sind zu schön zum Fressen, alter Freund«, sagte sie. »Ich schmücke dir stattdessen damit die Mähne.« Sie griff zu Bürste und Kamm, die an einem Nagel hingen, dann machte sie sich daran, Merrys Mähne zu kämmen und zarte Blumenranken in das dichte, dunkle Mähnenhaar zu flechten.

»Sie haben Geschick im Umgang mit dem Pony.«

Martha war so in ihre Arbeit vertieft gewesen, dass sie vor Schreck zusammenzuckte, als plötzlich die Stimme ertönte.

»Das tut mir leid. Ich habe Sie erschreckt.«

Sie wandte sich um und da stand Henry Butts im Türrahmen. Mit den Händen hielt er die Griffe einer Schubkarre voll Stroh umfasst.

Martha machte sich ganz klein hinter Merry und vergrub die Finger tief in die Mähne des Ponys. Wie reagierte man eigentlich auf Komplimente von Jungen? In Mrs Placketts Benimm-Unterricht war davon nie die Rede gewesen. Und Martha passierte das zum ersten Mal. Es war ein schönes Gefühl, aber sie wusste jetzt nicht so recht, wohin mit sich selbst.

»Verzeihung, dass ich hier bin, ohne zu fragen«, sagte sie schließlich.

Henry setzte die Schubkarre ab und kam zu ihr und dem Pony. Er ließ die Finger über den geflochtenen Teil der Mähne gleiten. »Merry gehört dem Pensionat«, entgegnete er. »Sie können ihn besuchen, wann immer Sie wollen. Er würde sich über mehr Gesellschaft freuen, nicht wahr, du alter Charmeur?«

Bei dem Wort »Charmeur« musste Martha Einfältig an Mary Janes Charme, an ihre eigene Unscheinbarkeit und an ihre Brille denken und daran, dass sie immer das Falsche sagte oder den entscheidenden Punkt in wichtigen Gesprächen nicht mitbekam. Und dabei war sie doch gerade noch so glücklich gewesen!

»Sind Sie gekommen, um mit Mutter zu sprechen?«, fragte Henry. »Schickt Mrs Plackett Sie mit einer Nachricht wegen der Milch?«

Schon bei dem Gedanken an eine Unterredung mit Mrs Butts verzagte Martha Einfältig. Das Temperament der Bauersfrau war so berühmt wie ihr Hüttenkäse. »Nein«, antwortete sie. »Ich komme nicht wegen der Milch.«

»Umso besser«, sagte Henry. »Mutter meint, für sie *und* Mrs Plackett sei Ely, und erst recht die Prickwillow Road, zu klein. Jedes Mal, wenn sich Ihre Schulleiterin über die Milch beschwert, poltert Mutter tagelang mit den Pfannen herum und schwört blutige Rache.«

Marthas Finger erstarrten. »Blu-blutige Rache, sagen Sie?«

Henry nickte. »Und die Milch ist nur das eine. Sie streiten sich seit mindestens fünf Jahren wegen des Zauns, der das Anwesen des Internats und unser Land trennt.«

»Du meine Güte.« Martha Einfältig bemühte sich, ihre durcheinanderwirbelnden Gedanken zu ordnen. »Das habe ich nicht gewusst.«

War es möglich? Sollte sie Louise davon erzählen? Konnte irgendjemand sich auch nur vorstellen, dass Mrs Butts, die ungeheuer tüchtige und tatkräftige Bauersfrau, an einem Sonntagabend ebenso tatkräftig die Witwe von nebenan und deren unverheirateten Bruder vergiftete?

Henrys Stimme riss Martha abermals aus ihren Gedanken. »Die Mähne haben Sie hübsch geschmückt, Miss Martha.«

Er erinnerte sich an ihren Namen! So viele Mädchen und er erinnerte sich daran. Sie spürte wie ihr Gesicht heiß wurde, und begriff, dass sie errötete. Das ging nicht an. Am besten brachte sie ihren Auftrag hinter sich und rannte schnell nach Hause. Ach warum, warum hatte sie bloß diesen Botengang nicht Mary Jane oder einem der anderen Mädchen überlassen?

»Henry, fahren Sie mit mir zum Erdbeerfest?«

Henry Butts öffnete leicht den Mund, was an einen Karpfen erinnerte. Er wirkte wie ein Schuljunge, der keine Antwort auf die Frage des Lehrers weiß und schon den Rohrstock sieht.

Da man ihm offensichtlich auf die Sprünge helfen musste, fuhr Martha fort: »In Ihrem Wagen? Mit Merry?«

Das Warten auf seine Antwort bereitete ihr Qualen. Würde er die Mädchen hinbringen oder nicht?

Doch plötzlich begriff sie, dass irgendetwas schiefgelaufen war. Das Gefühl kannte Martha gut – eine Art Summen in den Ohren, das ihr signalisierte, dass ihr einfältiges Hirn und ihre unberechenbare Zunge sie wieder einmal das denkbar Schlimmste hatten sagen lassen. Verzweifelt suchte sie in ihrem Gedächtnis nach den Worten, die ihr über die Lippen gekommen waren und jetzt zwischen ihr und Henry in der Luft hingen.

Fahren Sie ... *mit mir* ...

Martha presste ruckartig beide Hände vor den Mund, drehte sich um und rannte aus dem Stall.

»Gift ist die typische Waffe einer Frau«, erklärte Louise Pockennarbig Elinor Düster. Sie saßen schon seit einer Stunde im Salon. Für das Erdbeerfest hatten sie sich gerade so hübsch gemacht, wie sie es für notwendig erachteten. Jetzt warteten sie auf die Freundinnen, die noch mit ihrer Toilette beschäftigt waren.

»Das hört sich an, als wärst du stolz darauf«, bemerkte Elinor.

»Warum auch nicht?« Louise blätterte in ihrem Notizbuch. »Nicht, dass ich Mord gutheiße, aber wenn schon getötet wird, gehen Frauen meiner Meinung nach mit sehr viel mehr Vernunft vor. Die lauten, brutalen, schmutzigen Techniken überlassen wir den Männern. Sie benehmen sich dermaßen selbstsüchtig! Es genügt ihnen nicht, ihren Feind zu vernichten. Nein. Sie müssen ihn von Angesicht zu Angesicht besiegen und ihm dabei zusehen, wie er um Gnade bettelt. Frauen hingegen beseitigen ihre Opfer schnell und in aller Stille.«

Elinor griff nach ihrem Skizzenbuch und begann zu zeichnen. »Männer würden sagen, Gift sei nicht fair.«

»Ja, aber Männer halten ja auch eine Jagdpartie mit Dutzenden von Reitern und Hunden, die einen einzelnen armen Fuchs hetzen, für fair«, schnaubte Louise. »Die Meinungen von Männern sind irrelevant.«

Elinor Düster schattierte das Papier zügig mit Kohle. »Erzähl das mal unserem Parlament.«

»Du bist in einer merkwürdigen Stimmung.«

Elinor Düster zuckte mit den Schultern. »Ich habe keine große Lust, zu dem Erdbeerfest zu gehen. Ich habe so ein komisches Gefühl. Etwas Ungutes wird passieren, wenn wir hingehen.«

Louise Pockennarbig, die nichts von komischen Gefühlen hielt, räusperte sich missbilligend. »Bist du jetzt auch noch eine Wahrsagerin?«

»Ich verfüge über Instinkte, wenn es um den Tod geht«, erwiderte Elinor unbeirrt. »Am Sonntagmorgen, bevor Mrs Plackett und Mr Godding starben, hatte ich keinen Appetit auf das Frühstück und ich konnte mich nicht auf Reverend Rumseys Predigt konzentrieren, weil ich ständig an Gräber denken musste.«

Der hohe, enge Kragen ihres Kleids scheuerte an Louises Hals. »Mir graut es auch vor dem Fest. Allerdings nur aus dem Instinkt heraus, dass ich diesem leidigen Spektakel entgehen will, das einzig den Zweck hat, uns mit jungen Herren bekannt zu machen und uns vor den älteren zur Schau zu stellen. Deine Instinkte sind blanker Unsinn. Niemand kann sich auf Reverend Rumseys Predigten konzentrieren, und du denkst nie an etwas anderes als den Tod.«

Elinor Düster legte den Kopf schief und betrachtete ihr Bild aus einem anderen Blickwinkel. »Sag, was du willst. Etwas Schlimmes wird heute Abend passieren.«

»Ja.« Louise bewegte ihre Füße. »Meine Zehen werden mir in diesen elenden Schuhen verkümmern.«

Mary Jane Ungeniert trat in den Salon. In der Hand hielt sie eine Halskette. Beim Anblick von Elinor und Louise auf dem Sofa blieb sie wie angewurzelt stehen.

»Ihr wollt doch nicht *diese* Kleider heute Abend tragen?«

Die beiden Mädchen wechselten mitleidige Blicke.

»Und warum nicht?«, fragte Louise. »Sie sind sauber.«

»Hilf mir mit dem Verschluss.« Mary Jane setzte sich auf Louises Schoß, damit sie ihr die Kette umlegen konnte. »Niemand trägt trostloses Dunkelgrau bei einem frühlingshaften Erdbeerfest.«

»Oh, du liebe Güte, wir haben vergessen, unsere roten Kleider mit den gelben Punkten und die passenden grünen Hüte anzuziehen!« Louise gelang es, die Kette zu schließen. »Dann wären *wir* die Erdbeeren auf dem Fest.«

»Rede nicht so schnippisch mit mir«, sagte Mary Jane von oben herab. »Ich versuche nur, euch zu helfen, damit ihr heute Abend möglichst vorteilhaft zur Geltung kommt.«

Louise Pockennarbig rümpfte die Nase. »Am vorteilhaftesten für mich wäre es, wenn man mich gar nicht sähe.«

»Komm schon, so darfst du nicht denken«, schimpfte Mary Jane Ungeniert. »Nur weil du Pockennarben im Gesicht hast, heißt das nicht, dass du deine Kerze unter den Scheffel stellen musst.«

Louise nahm, soweit das überhaupt möglich war, eine noch aufrechtere Haltung an. »Ich war nicht wegen meiner Pockennarben beunruhigt, danke vielmals«, entgegnete sie. »Und bitte erspare mir deine falschen Bibelzitate. ›Meine Kerze unter den Scheffel stellen‹ – ja, sicher!«

Alice Robust kam in den Salon und ließ sich auf das Sofa fallen. Sie stöhnte. »*Oooh* ... bitte erspart mir das.«

Mary Jane Ungeniert, die ihre Lockenfrisur im Spiegel über dem Kamin bewunderte und zurechtzupfte, warf ihr einen missbilligenden Blick zu. »Das ist nicht der Geist, den wir von unserer unerschütterlichen Schulleiterin erwarten.«

»Etwas Furchtbares wird passieren«, klagte Alice Robust.

»Siehst du? Was habe ich dir gesagt, Louise?« Elinor Düster wirkte außerordentlich selbstzufrieden.

»Mein Lied wird ein jämmerlicher Reinfall«, fuhr Alice fort.

Louise schaute Elinor vorwurfsvoll an. »Gütiger Himmel! Es bedarf keiner hellseherischen Fähigkeiten, um zu wissen, dass Alice' Gesangseinlage ein Fiasko wird!«

»Danke, Louise.« Alice Robust war in zu verdrießlicher Stimmung, um wirklich beleidigt zu sein. »Martha muss schrecklich laut auf dem Pianoforte spielen, während ich mein Lied herauskrächze. ›*Tis not fine feathers make fine birds*‹«, trällerte sie. Es klang grässlich. »Eine Singstimme bräuchte ich, nicht die eines Pfaus – das wird alles ruinieren. Die anderen werden meine Verkleidung durchschauen, und wir werden alle wegen Mordes festgenommen.«

»Komm, lassen wir die Schwarzmalerei.« Mary Jane widmete ihre Aufmerksamkeit jetzt Alice' Haar, das gepudert war, um Mrs Plackett ähnlich zu sehen. »Vielleicht nehmen sie nur dich wegen Mordes fest, liebe Alice. Elinor, sei so gut und hol deinen Malkasten. Du musst an Alice' Falten arbeiten. Und Alice, ich schlage vor, du trägst heute Abend einen Schleier.«

»Eine trauernde Witwe würde kaum bei einem Fest ein Pfauenlied vortragen!«

»Trotzdem«, beharrte Mary Jane. »Du musst ihn tragen. Sag einfach, heute ist der Todestag oder der Geburtstag deines geliebten Mannes oder etwas dergleichen.«

»Hat irgendjemand Martha gesehen?«, fragte Louise Pockennarbig. »Es ist schon eine ganze Weile her, dass sie zu Henry Butts aufgebrochen ist. Sie sollte ihn fragen, ob er uns mit dem Wagen zum Fest fahren kann.«

»Ich habe sie zurückkommen sehen«, sagte Elinor Düster. »Sie kam rein, aber ich weiß nicht, wo sie jetzt steckt.«

»Oh Gott, er hat doch hoffentlich nicht Nein gesagt?«, rief Mary Jane Ungeniert aus. »Dann müssen wir zu Fuß gehen und kommen völlig staubig an.« Sie lief los, um nach Martha zu rufen, suchte sie in sämtlichen Zimmern und die anderen Mädchen folgten ihr. Schließlich fanden sie Martha. Sie lag zusammengerollt in einem Sessel im Gesellschaftszimmer und umklammerte ihre Knie.

»Ich komme nicht mit zu dem Fest«, erklärte sie. »Ich bleibe mit Aldous zu Hause. Geht ohne mich.«

»Hört, hört!«, rief Louise. »Ich leiste dir Gesellschaft.«

Mary Jane kauerte sich neben Marthas Sessel und legte ihr einen Arm um den Hals. »Na, was ist denn los?«, fragte sie. »Warum willst du denn nicht mehr mitkommen?«

Martha Einfältig ließ sich von Mary Janes liebevoller Sorge beinahe umstimmen, aber dann entsann sie sich, dass Mary Jane all das darstellte, was sie selbst nicht war: selbstbewusst, elegant, faszinierend, klug ... Und sie biss sich auf die Lippe und verkroch sich noch tiefer in den Sessel.

Die Türglocke läutete. Mary Jane Ungeniert stieß einen ungehaltenen Seufzer aus. »Ich gehe«, sagte sie. »Ihr bleibt hier. Alice, dich darf man nicht zu Gesicht bekommen. Elinor hat dich noch nicht geschminkt.« Sie schlüpfte hinaus in den Korridor, wo Kitty Schlau, die ebenfalls die Glocke gehört hatte, zu ihr stieß.

Im Gesellschaftszimmer setzte sich Alice Martha Einfältig gegenüber, um den Moment der Ruhe zu nutzen. »Martha, wenn du zu Hause bleibst, kannst du mich nicht auf dem Pianoforte begleiten, was bedeutet, dass ich nicht singen muss, und nichts auf der Welt würde mich glücklicher machen. Aber ich glaube, in Wahrheit möchtest du heute Abend sehr gern auf das Fest gehen. Also, warum bist du so traurig?«

Martha seufzte. »Ich habe mich gerade vor Henry Butts fürchterlich zum Narren gemacht.«

Louise Pockennarbig lachte. »Ist das alles? Er selbst macht sich vor uns ständig zum Narren.«

Martha konnte diese Beleidigung so nicht stehen lassen. »Das tut er nicht. Und jetzt weiß er es und wird mich sicher verachten.«

Elinor Düster war mit ihrem Malkasten zurückgekommen und rollte ein Stückchen Maskenkitt zwischen den Handflächen, damit es geschmeidig wurde. »Jetzt weiß er was?«

Martha wurde noch kleiner in ihrem Sessel und verbarg das Gesicht hinter einem Samtkissen. Ihre Worte klangen merkwürdigerweise wie ein Flüstern und Aufheulen gleichermaßen: »Dass er mir *gefällt*!«

Alice Robust, die wusste, wie erbarmungslos die sachliche Louise in Herzensangelegenheiten sein konnte, warf der Zimmergenossin einen drohenden Blick zu. »Meine liebe Martha«, sagte sie dann, »Henry Butts könnte dich doch niemals verachten, auch nicht wenn er ahnte, dass er dir gefällt. Ich bin überzeugt, er würde sich sehr geschmeichelt fühlen, dass er von so einer bezaubernden jungen Dame, wie du es bist, beachtet wird.«

Martha Einfältig lugte über den Rand ihrer Brille hinweg und schaute Alice Robust hoffnungsvoll an. »Meinst du wirklich?«

»Ich bin mir sicher, Henry Butts ist zu Hause gerade dabei, sich für das Fest zu kämmen und in Schale zu werfen, in der Hoffnung, dass er dort Gelegenheit hat, mit dir zu plaudern.« Alice lächelte und schluckte den Leland-Murphy-großen Kloß hinunter, der ihr im Hals saß.

»Hat Henry zugesagt, dass er uns fährt?«, erkundigte sich Elinor Düster.

Martha Einfältig zögerte. »Ich weiß es nicht. Ich bin davongelaufen, ohne seine Antwort abzuwarten.«

Alice Robust fegte die Sorge beiseite. »Natürlich fährt er uns. Wie ein Hündchen wird er hier überpünktlich vor der Tür stehen. Also beeilst du dich besser mit meiner Schminke, Elinor.«

»Apropos Hündchen«, mischte sich Louise Pockennarbig ein. »Hat eine von euch Aldous gesehen? Er hat vorhin auf Kittys Schuh herumgekaut, und sie ist jetzt furchtbar wütend auf mich. Als ob ich ihren Schuh angenagt hätte!«

Louises Frage wurde postwendend von einem Knurren und Kläffen auf dem Korridor beantwortet, gefolgt von dem Poltern einer Holzkiste oder Ähnlichem und einer männlichen Stimme, die einen Schwall an Flüchen hervorstieß, der gänzlich ungeeignet für die Ohren junger Damen war. Louise und Elinor eilten hinaus, um nachzuschauen. Alice, die man ja nicht sehen durfte, blieb mit Martha zurück.

Auf dem Korridor bot sich Louise und Elinor ein konfuses Bild. Eine korpulente Frau mit gelblich grauem Haar und einem unseligen Strohhut, der mit wächsernen Trauben dekoriert war, rüffelte einen Mann in Arbeiterkleidung. Aldous hatte seine Zähne in das Hosenbein des Arbeiters vergraben und drohte, ein Stück Stoff herauszureißen. Der Mann, der augenscheinlich die Holzkiste fallen gelassen hatte, trat nach Aldous und überschüttete den erbitterten kleinen Kerl lautstark mit einer Tirade schillernder Kraftausdrücke, während er versuchte, seine Hose aus dem Maul des Hundes zu befreien. Kitty Schlau machte eine verdutzte Miene und Mary Jane beobachtete das Spektakel mit Belustigung.

»Mach den kleinen Hund nich' tot, Jock«, zeterte die Frau. »Egal wie er dich ärgert.«

»Das ist ein verfluchter Teufelsbraten!«, schimpfte der Arbeiter, der offensichtlich Jock hieß. »Ein Drecksköter, den man mit 'nem Stein am Hals in den Teich werfen sollte.«

Louise Pockennarbig eilte herbei und hob Aldous hastig hoch.

»Verzeihung«, sagte Kitty Schlau kühl. »Der Hund erfüllt nur seine Pflicht und schützt uns vor Fremden.«

»Ich bin kein Fremder, ich arbeite seit elf Jahren für Mrs Lally.«

Die Frau mit dem Traubenhut, bei ihr musste es sich wohl um Mrs Lally handeln, sah keinen Grund, Jocks gesellschaftliche Umgangsformen zu rügen, und ergriff jetzt das Wort: »Meine Damen«, sagte sie mit einem Knicks, »sind Sie sicher, dass Ihre Schulleiterin nicht zu sprechen ist? Es ist mir unangenehm, die persönliche Habe ihres Bruders hier zurückzulassen, ohne wenigstens ein Wort mit ihr gewechselt zu haben.«

Kitty Schlau schüttelte den Kopf. »Es tut mir leid, aber Mrs Plackett ist heute Nachmittag ausgegangen.«

Mrs Lallys Trauben bebten. »Nun, das kommt sehr ungelegen. Nicht, dass irgendwen je *meine* Ungelegenheiten kümmern würden. Nur aus Christenpflicht habe ich mir die Mühe gemacht, die Dinge vorbeizubringen, statt sie zu einem guten Preis zu verkaufen und damit die Schulden zu begleichen, die ihr Bruder bei mir hat.« Die Vermieterin schaute sich um, als rechnete sie mit einem ungebetenen Lauscher. »Das würden andere Vermieter nämlich ohne viel Federlesen tun, und die Herren Richter hätten da auch keine Einwände. Drei Monate war er mit der Miete im Rückstand! Und gerade erst am letzten Abend, als ich ihn gesehen habe, hat er mir versichert, dass seine Schwester in Ely ihm aus der Klemme helfen würde. Und dann ist er auf und davon, verschwindet einfach, ohne ein Wort, ohne mir auch nur einen Penny zu hinterlassen!«

Der kleine Aldous bleckte die Zähne und knurrte Mrs Lally von dem sicheren Platz auf Louises Arm aus an. Deren Verstand kombinierte blitzschnell. Und Kitty Schlau schien, nach ihrem Gesichtsausdruck zu urteilen, zu demselben Schluss zu kommen: Diese Mrs Lally rechnete ganz klar damit, dass Mrs Plackett für den Mietrückstand ihres Bruders aufkam, und sei es nur, um den Ruf der Familie zu schützen. Doch die Mädchen konnten eine solche Summe nicht erübrigen.

»Ich bin wohlgemerkt nicht die Einzige, der er Geld schuldet«, fuhr Mrs Lally fort. »Gewisse Männer tauchen schon seit Wochen in meinem Haus auf und setzen dem Gentleman wegen seiner Schulden zu.« Sie beugte sich vor und flüsterte, als würde sie nicht trotzdem jeder verstehen. »Er *spielt*!«

Diese Enthüllung erzeugte nicht die bestürzte Reaktion, die sich Mrs Lally offensichtlich erhofft hatte. Aber sie hatte noch schwerere Geschütze in petto.

»Ich für meinen Teil bin mir nicht so sicher, dass er nach Indien gereist ist, um irgendeinem heiß geliebten Neffen beizustehen.«

Ruhe bewahren, ermahnte sich Kitty innerlich. »Und warum nicht?«

Mrs Lally bekam nun endlich ein wenig von der Genugtuung, die sie sich von dem Besuch versprochen hatte, wenn auch keine

Entschädigung der monetären Art.«»Ich glaube, er ist vor den Geldeintreibern und Buchmachern geflüchtet.«

Elinor Düster und Louise Pockennarbig sahen einander ratlos an.

»Verzeihen Sie«, sagte Kitty Schlau schließlich, »was bitte ist ein Buchmacher?«

Mrs Lally spitzte die Lippen. Sie genoss es sichtlich, dass sie über ein weltmännisches Wissen verfügte, das diesen hochwohlgeborenen, gebildeteren jungen Damen fremd war. »Buchmacher, die Kerle, die Wetten anbieten. Bei Pferderennen. Beim Roulette. Beim Brag-Spiel. In Gentlemen's Clubs.«

Kitty Schlau verspürte einen leichten Schwindel.

»Erst tun sie ganz freundlich mit ihren modischen Handschuhen und eleganten Schnurrbärten«, fuhr Mrs Lally fort, »aber wenn du deine Wettschulden nicht zahlst, zeigen sie schnell ein ganz anderes Gesicht.«

Endlich war klar, worum es ging. »Und Sie meinen, Mr Godding ist vor diesen … Buchmachern geflüchtet?«, fragte Kitty Schlau. »Um seine Spielschulden nicht bezahlen zu müssen?«

Die Vermieterin zuckte mit den Schultern. »Scheint mir eher in seiner Natur zu liegen, als einem kranken Neffen zu helfen. Was denken Sie?«

Kitty Schlau verlor rasant schnell die Geduld mit dieser Frau. »Ich weiß nur, was meine Schulleiterin uns erzählt hat, und ich habe keinen Grund, an ihren Worten zu zweifeln.«

Louise stützte den kleinen Aldous auf einer Hüfte ab und kramte in der Tasche nach Notizbuch und Bleistift. Es war gar nicht so einfach, mit einem Hund im Arm zu schreiben, aber es gelang ihr, »Buchmacher« auf die Liste der Verdächtigen zu kritzeln. Wenn sie nur die Namen der Männer wüsste!

Kitty beschloss indes, das Thema zu wechseln. Geld hatte sie den ungebetenen Gästen nicht zu bieten, aber die Regeln der Gastlichkeit mussten respektiert werden.

»Kann ich Ihnen etwas zu essen oder zu trinken anbieten, Mrs Lally? Mr, äh, Jock?«

»Was haben Sie?« Jock leckte sich die Lippen.

Mrs Lally duldete jedoch keine Ablenkungsmanöver. »Und wissen Sie, was er noch tut, Miss?«

Kitty bemühte sich, so frostig und uninteressiert zu klingen wie nur möglich. »Wir kannten – *kennen* – den Bruder unserer Schulleiterin kaum, geschweige denn die Dinge, mit denen er sich die Zeit vertreibt.«

Mrs Lally redete unverdrossen weiter. »Er verkehrt mit Frauen!« Ihr Blick fiel auf Mary Jane Ungeniert. »Ich frage Sie, kann man so ein Benehmen billigen, Miss?«

Mary Jane Ungeniert musste sich ein Lachen verkneifen. »Ich bin schockiert, in der Tat«, antwortete die junge Dame. »Ich würde jede Frau missbilligen, die sich herablässt, mit ihm Umgang zu pflegen.«

Mrs Lally hatte eifrig genickt in Erwartung dessen, was Mary Jane sagen würde. Aber als sie die Keckheit der Antwort erfasste, verengten sich ihre Augen.

»Und wieso, wenn ich fragen darf, Miss?«, entgegnete sie steif.

»Seine Gewohnheiten mögen verbesserungsbedürftig sein, aber er ist ein angenehmer Gentleman und er macht eine recht schneidige Figur.«

Kitty Schlau dämmerte, warum Mrs Lally es Mr Godding hatte durchgehen lassen, dass er ihr drei Monatsmieten schuldig blieb. Wegen seines Charmes! Wie abstoßend! »Mr Goddings Erscheinungsbild ist Geschmackssache«, erklärte Kitty, als wollte sie Mary Jane tadeln und für die Vermieterin Partei ergreifen.

Mrs Lallys Wangen verfärbten sich rosa. »Ich bin eine achtbare Frau und führe ein anständiges Haus. Ein Gentleman oder nicht, für dergleichen habe ich nichts übrig. Falls Ihre Schulleiterin einen gewissen Anstand besitzt, sollte sie mit ihrem Bruder ein ernstes Wort über seinen Lebenswandel sprechen.«

Enttäuschte Verflossene, notierte Louise in ihr Notizbuch. *Hoffnungsvolle Verehrer bzw. Verehrerinnen der beiden Verstorbenen.*

Kitty Schlau machte einen Schritt in Richtung Tür, was Mrs Lally keine andere Wahl ließ, als ebenfalls einen Schritt zurückzuweichen. »Ich bin mir sicher, das wird das Erste sein, worüber Mrs Plackett mit ihrem Bruder spricht, wenn sie sich das nächste Mal sehen«, sagte Kitty. Einen Augenblick lang malte sie sich dieses freudige Aufeinandertreffen der Geschwister vor Petrus an der Himmelspforte aus. »Im Namen von Mrs Plackett danken wir Ihnen, dass Sie Mr Goddings Sachen gebracht haben.«

Mrs Lally hatte zweifellos noch lange nicht alles gesagt, aber das Geräusch von Wagenrädern und Hufen auf dem Kiesweg vor dem Haus ließ sie innehalten. Es war nur Henry Butts in seiner frisch polierten Kutsche, vor die er Merry gespannt hatte, aber die Frau schien sich trotzdem wie ertappt zu fühlen durch sein unerwartetes Auftauchen.

»Komm, Jock!« Sie zog den Mann an seinem Ärmel. »Wir haben unseren Teil gesagt. Die Hausherrin ist nich' da. Es hat keinen Sinn zu warten.« Und mit diesen Worten drehte sie sich um und marschierte zur Tür. Nach einem letzten bösen Blick in Richtung Aldous stapfte Jock hinterher. Die Trauben auf Mrs Lallys Hut wippten auf und ab, als sie steifbeinig in ihre Kutsche kletterte.

»Ein Versuch, Geld abzugreifen, wie er im Buche steht«, stellte Louise fest und kraulte Aldous zwischen den Ohren. »Was bist du für ein guter kleiner Wachhund! Sie dachte, sie könnte Geld für die Miete aus Mrs Plackett herauspressen, was, Kitty?«

Kitty Schlau sah dem davonfahrenden Wagen nach. »Oh, das Geld steht ihr zu, davon bin ich überzeugt. Aber sie wird es nicht bekommen. Mr Godding hat seine Schulden mitgenommen ins ... nun, wo immer er hin ist.« Sie lächelte verschmitzt. »Wahrscheinlich nicht in den Himmel, falls die Berichte seiner Vermieterin stimmen.«

Mary Jane Ungeniert hatte Mrs Lally schon wieder vergessen. »Seht euch den trotteligen Henry Butts an«, sagte sie. »Er ist rot wie ein Apfel, weil er uns alle zum Fest geleiten darf. Und schaut nur! Er hat dem Pony Blumen in die Mähne geflochten! Falls er glaubt, er könne *mir* eine Blume ins Haar stecken, ist er auf dem Holzweg.«

Louise Pockennarbig und Elinor Düster wechselten einen Blick.

»Geh zum Wagen und danke Henry dafür, dass er uns fährt«, forderte Kitty Mary Jane auf. »Aber versuche, ihm dabei nicht das Herz zu brechen. Und sag ihm, dass er sich noch ein Weilchen gedulden muss. Wir sind nicht annähernd bereit, um aufzubrechen.«

Kapitel 17

Das sanfte Licht der Abenddämmerung lag über dem Städtchen Ely und Kerzen funkelten den jungen Damen des Mädchenpensionats Saint Etheldreda aus den Schlafzimmerfenstern der Häuser entgegen, als sie neunzig Minuten später im holpernden Wagen zum Gemeindesaal der Kirche Saint Mary unterwegs waren. Die Kirchenglocken stimmten das Acht-Uhr-Läuten an, und die schwereren Glocken der Kathedrale hielten wetteifernd mit einem dunklen *Bong, Bong, Bong* dagegen.

Alice Robust war mithilfe von Kitt, Schminke, Kleid und Schleier in die Rolle der Mrs Plackett geschlüpft und saß schwankend neben Henry Butts vorne auf dem Wagen, so wie ihre Schulleiterin es getan hätte. Die Nacht war kühl, doch Alice spürte, wie Schweiß ihre Unterwäsche durchnässte und sich in ihren Schuhen sammelte. Nur eine weitere Misere, die sie an diesem furchtbaren Abend ertragen musste. Schweißausbrüche waren ihr leider ein vertrautes Übel, das, wie ihre Großmutter oft betonte, auf allzu üppige Mahlzeiten und Übergewicht zurückzuführen sei. Doch an diesem Abend war ihr vor Lampenfieber schon ganz schlecht, und es bestand keine Gefahr, dass Alice auch nur einen Krümel Erdbeerkuchen zu sich nehmen würde. An Essen konnte sie nicht einmal denken. Nicht, bevor sie wieder nach Hause durfte, sich dieser grauenhaften Kleider entledigen und den grässlichen Kitt aus dem Gesicht kratzen konnte.

So elend sie sich auch fühlte, Alice musste zugeben, dass Elinor Düster mit ihren neuen Schminkutensilien wahre Wunder vollbracht hatte, um sie in Mrs Plackett zu verwandeln. Mit Kitt hatte sie Alice außerdem detailgenau die markante Nase der Schulleiterin ins

Gesicht gezaubert. Elinor besaß wirklich ein unfehlbares Auge und geschickte Finger. Mary Jane Ungeniert erklärte die Verwandlung für so täuschend echt, dass Alice auf den Schleier verzichten könne, zumindest für die Zeit ihres Auftritts. Alice wollte sich trotzdem lieber dahinter verbergen, doch die übrigen Mädchen überredeten sie, ihn während der Gesangseinlage zu lüften.

Alice Robust war froh, dass Henry Butts während der Fahrt in die Stadt wortkarg blieb. Es wäre auch verwunderlich gewesen, wenn Henry mit der Witwe Plackett eine Unterhaltung geführt hätte. Doch Alice vermutete, sein Schweigen war weniger seiner Angst vor der launischen Schulleiterin geschuldet, sondern vielmehr dem einschüchternden Umstand, sechs hübsche junge Damen zum Fest zu begleiten. Die Mädchen sahen an diesem Abend aber auch besonders rosig aus. Selbst Elinor Düster und Louise Pockennarbig hatten sich schließlich widerstrebend Mary Jane Ungeniert beugen müssen, die einige – wie sie es nannte – unabdingbare Änderungen an ihren Frisuren vornahm und mit dem Inhalt ihrer eigenen Schmuckschatulle die tristen Kleider der beiden etwas festlicher ausstaffierte. Roberta Liebenswert, Martha Einfältig und Kitty Schlau waren eine Augenweide und ihre Hauben hatten sie mit entzückenden rosafarbenen und roten Bändern verziert. Niemand hatte es allerdings für nötig befunden, Henry Butts zu erklären, dass sie selbst, Alice, mit Kopfschmerzen das Bett hütete. Ihre Anwesenheit wurde nicht vermisst, was Alice' trübselige Stimmung noch verstärkte.

Sie fuhren vor dem Gemeindesaal vor. Licht strömte aus den hohen Fenstern und erhellte den Weg vor dem Gebäude, wo Diakone der Kirche alten Damen aus ihren Kutschen halfen und sie in den Saal geleiteten. Henry Butts brachte den Wagen zum Stehen und sprang vom Kutschbock, um den Mädchen nacheinander beim Absteigen zu helfen.

»Oh, bemühen Sie sich nicht, Henry.« Mary Jane Ungeniert hob ihr Kleid an, sodass ihr hübscher Knöchel unter dem Saum zum Vorschein kam, als sie Anstalten machte, auszusteigen.

»Wenn Sie das sagen«, erwiderte Henry und reichte seine Hand stattdessen der errötenden Martha.

Mary Jane, die offensichtlich nicht damit gerechnet hatte, dass er sie beim Wort nehmen würde, runzelte die Stirn. Aber ihre Miene hellte sich rasch wieder auf. »Schaut, da ist Constable Quill. Er ist noch in Uniform!«

Roberta Liebenswert saß kerzengerade im Wagen und hielt auf den Knien das kostbare bestickte Tischtuch, das sorgfältig in Seidenpapier eingeschlagen war. Nur widerstrebend vertraute sie es Elinor Düster an, während sie selbst ausstieg.

Nach dem Halbdunkel draußen blendete das Licht im Gemeindesaal die Mädchen im ersten Moment. Auf sämtlichen Tischen brannten Lampen und Kerzen. Die glatten weißen Tischtücher waren mit Papier-Erdbeeren und kleinen Sträußchen aus Gänseblümchen und Rosen geschmückt. Auf dem Buffet wartete ein aufgetürmter Berg frischer Erdbeeren nebst Platten mit den unterschiedlichsten Leckereien und einer enormen Glasschüssel mit schimmernder weinroter Bowle. Die angerichteten Speisen wirkten zu makellos und die Gesellschaft war noch zu spärlich, als dass jemand es gewagt hätte, mit dem Essen zu beginnen. Die wenigen Anwesenden scharten sich in den Ecken des Saals zusammen, von wo aus sie das Essen und die Garderobe der eintreffenden Gäste beäugten.

»So, da wären wir also«, flüsterte Kitty Schlau. »Guter Gott, beten wir, dass der Abend ohne böse Zwischenfälle verläuft.«

»Du hast leicht reden.« Alice Robust klopfte Kitty mit ihrem chinesischen Fächer auf den Arm – genau in der Manier, wie Mrs Plackett es getan hätte. »Du musst ja weder eine alte Dame spielen noch vor den versammelten Gästen eine schmachvolle Gesangseinlage zum Besten geben.«

»Sei vorsichtig mit deinen Anklagen«, entgegnete Kitty Schlau. »Du hast es dir selbst zuzuschreiben, dass wir hier sind. Hoffentlich ist zumindest das Essen gut.«

Just in diesem Moment sah Alice Mr Leland Murphy scheu den Raum betreten. Er hatte sich so gründlich gewaschen, dass sein Gesicht glänzte, und kleine Schnittwunden am Kinn verrieten, dass er sich ebenso sorgfältig rasiert hatte. Seine Blicke wanderten sofort zu der Gesellschaft des Mädchenpensionats Saint Etheldreda. Er schaute zu der falschen Mrs Plackett hinüber, dann wieder weg, und wieder hin. Zwischen seinen Augenbrauen bildete sich eine Falte. Jemand fehlte. Alice wusste nicht, ob ihr zum Singen oder Weinen zumute war.

Sie wurde von Martha aus ihren Gedanken geholt. »Gib auf dich acht, damit du heute Abend nicht ermordet wirst, Alice«, flüsterte Martha Einfältig in liebevoller Sorge. »Ich wäre sonst auf immer untröstlich.«

Kitty Schlau juckte es in den Fingern, Martha Einfältig den Mund zuzuhalten. »Bitte, hör auf, so einen Unsinn zu reden«, zischte sie. »Und außerdem vermeiden wir heute Abend den Namen *Alice* um jeden Preis!«

»Das ist kein Unsinn«, widersprach Elinor Düster und schaute sich finster im Saal um. »Wer auch immer Mrs Plackett auf dem Gewissen hat, ist höchstwahrscheinlich heute Abend hier.«

»Pst!«

Louise Pockennarbig nickte Elinor vielsagend zu. »Wir halten die Augen offen.«

Mrs Rumsey, die Frau des Pfarrers, tauchte auf, um die Gruppe zu begrüßen. Sie war eine Dame von gedrungener Statur, geradliniger, nüchterner Haltung und strenger Miene. Ihren Anstrengungen war die zauberhafte Verwandlung des Gemeindesaals zu verdanken, doch es fiel schwer, ihr sprödes Auftreten mit der farbenfrohen, fröhlichen Dekoration in Einklang zu bringen.

»Constance!« Mrs Rumsey nickte Alice Robust zu, die kurz vergessen hatte, dass sie ja auf diesen Namen reagieren musste. Mit Entsetzen wurde ihr bewusst, dass sie Mrs Rumseys Vornamen nicht kannte, aber kennen sollte. Sie nickte zurück und überlegte krampfhaft, was sie sagen sollte.

Roberta Liebenswert rettete sie. »Wir haben das Tischtuch bestickt, Mrs Rumsey.« Sie übergab das wohlbehütete Päckchen. »Ich hoffe, es gefällt Ihnen.«

Mrs Rumsey entfernte das Seidenpapier und begutachtete die Stickarbeit. »Die Tischdecken sollten bereits vor einer halben Stunde abgegeben werden«, sagte sie. »Jetzt muss ich einen der Tische noch einmal abräumen. Aber es bleibt mir wohl kaum etwas anderes übrig, damit Ihre Arbeit nicht umsonst war. Vergessen Sie nicht, einen Blick auf das Tischtuch zu werfen, dass die jungen Damen aus Mrs Ushers Pensionat angefertigt haben. Es ist über und über mit Erdbeeren bestickt und gleicht einem prachtvollen Gobelin.« Sie eilte in Richtung Buffet davon und winkte eine andere Frau des Damenkomitees heran, damit diese ihr zur Hand ging. Gemeinsam räumten sie Lampe und Blumenschmuck von einer der Tafeln und ersetzten die schlichte weiße Decke durch das bestickte Tischtuch.

»Die Pest soll diese Usher-Mädchen holen«, murmelte Mary Jane Ungeniert. »Bei so einer Frau ist es kein Wunder, dass Reverend Rumsey trinkt.«

»Er tut *was*?« Martha Einfältig war entsetzt.

»Nichts.«

Reverend Rumsey eilte nun ebenfalls zu ihrer Begrüßung herbei. Seine Wangen und die Nase leuchteten rot wie Erdbeeren und er strahlte in die Runde.

»Liebe Mrs Plackett, wie schön, dass Sie uns auf dem Fest mit Ihrer Anwesenheit beehren.« Er schüttelte kräftig Alice' Hand. »Und wie hübsch Ihre Schülerinnen heute Abend aussehen, so frühlingshaft!« Sein Blick glitt rasch über die tristen grauen Kleider von Louise und Elinor hinweg. »Ist es nicht wundervoll, wie die jungen Leute hier zu der erbaulichen Geselligkeit zusammenkommen, die wir für sie vorbereitet haben?«

»Danke, Reverend«, erwiderte Alice Robust, ganz in ihrer Rolle. »Ich freue mich, Sie zu sehen. Was für ein herrliches Fest Sie für uns organisiert haben!«

»Oh nein, nicht ich, nicht ich.« Reverend Rumsey schüttelte feierlich den Kopf. »Patricia hat sich um alles gekümmert.« Alice machte sich im Geiste eine Notiz: *Patricia*. »Sie ist so wunderbar patent. Eine außergewöhnliche Frau. Ich könnte mir keine tüchtigere Gehilfin und Gefährtin wünschen.«

Mary Jane Ungeniert bekam einen Hustenanfall. Kitty Schlau schob den Fuß vor, um sie unbemerkt zu treten.

Aus dem Augenwinkel sah Alice Miss Fringle in den Saal humpeln. »In der Tat«, sagte sie, »Patricias Fähigkeiten sind legendär.« Mary Jane fand diese Konversation sterbenslangweilig. Sie suchte mit den Augen nach Constable Quill, doch er war noch nicht nach drinnen gekommen. Wahrscheinlich unterhielt er sich noch mit den Männern, die draußen herumstanden, um zu rauchen. Der einzige Mann, der jetzt den Saal betrat, war Dr. Snelling, *puh.*

»Mrs Plackett, ob ich wohl Ihre Freundlichkeit missbrauchen darf?« Auf Reverend Rumseys ängstlichem Gesicht zeigen sich Schweißperlen. »Als Teil des Programms möchte ich Gemeindemitgliedern, die so wie Sie die Gemeinde Saint Mary in ihren Testamenten bedacht haben, für ihre Großzügigkeit danken.«

Der Satz durchzuckte Kitty wie ein Blitz. Die Kirche! Warum war keiner von ihnen die Kirche in den Sinn gekommen? Sie warf den anderen Mädchen einen raschen Blick zu. Louise Pockennarbig wusste genau, was Kitty dachte. Sie wollte nach ihrem Notizbuch greifen, das sie in der Handtasche bei sich trug, aber Kitty riss entsetzt die Augen auf und schüttelte den Kopf. *Nicht hier!*

Da trat Mrs Rumsey neben ihren Gatten. »Ihr Tisch ist bereit«, verkündete sie, an die falsche Mrs Plackett und die Mädchen gewandt.

Reverend Rumsey ließ nicht locker. »Darf ich Sie also erwähnen, Mrs Plackett? Ich möchte gern Ihrer Großzügigkeit Anerkennung zollen. Dies könnte auch andere zu Freigiebigkeit ermuntern.«

Ein großer, älterer Gentleman betrat, gestützt von seinem Diener, den Saal. Er winkte Alice zu. Sie erkannte Admiral Paris Lockwood und musste schlucken. Mit einem Ruck wandte sie sich wieder der Reverend Rumseys erwartungsvollem Gesicht zu.

»Ich ... ich ziehe es vor, nicht herausgestellt zu werden«, antwortete sie. »Es erscheint mir ... in gewisser Weise überheblich.« Sie suchte nach einem überzeugenderen Argument und fand es im Katechismus. »Sagte nicht schon Jesus: ›Wenn du Almosen gibst, soll deine linke Hand nicht wissen, was deine rechte tut‹?«

Mrs Rumseys Mund wurde zu einer harten Linie. Niemand, schien diese Reaktion zu bedeuten, durfte es wagen, gegenüber ihrem Gatten, dem Pfarrer, aus der Bibel zu zitieren.

Kitty Schlau musste sich den Mund zuhalten, um nicht laut herauszulachen.

Doch Reverend Rumsey ergriff die Gelegenheit beim Schopfe, um seinen Standpunkt ebenfalls mit einem Verweis auf die Bibel zu unterfüttern. »Ihre Bescheidenheit macht Ihnen alle Ehre. Doch vergessen Sie nicht Jesus' Worte über die Witwe, die ihre zwei Scherflein in den Opferkasten warf! Öffentlich rühmte er die Witwen, die all ihren Besitz der Kirche gaben. Bitte bedenken Sie das. Der Abend heute ist unser wichtigstes Gemeindefest bis zur Adventszeit.«

»Entschuldigen Sie mich«, sagte Mrs Rumsey mit einem Ausdruck von Widerwillen. »Ich muss die anderen Gäste begrüßen.«

»Und ich ebenso.« Der Reverend küsste Alice die Hand. »Wir setzen unsere Unterhaltung im Laufe des Abends fort.«

Alice Robust musste sich zusammenreißen, um ihre Hand nicht an ihrem Rock abzuwischen. Die Mädchen nahmen gemeinsam an ihrem Tisch Platz, und sie atmete langsam aus. »Dieser Abend kann für mich gar nicht schnell genug vorübergehen.«

»Aber wir haben etwas Wichtiges erfahren«, sagte Louise. »Die Kirche wurde in Ihrem früheren Testament begünstigt, verehrte Schulleiterin.«

»Igitt, nenn mich nicht so.«

»Du willst doch wohl nicht andeuten, dass die Rumseys ...«, Roberta Liebenswert senkte die Stimme, »Verdächtige sind?«

»Falls sie es wären«, wisperte Kitty, »würden sie kaum das Testament ansprechen.«

»›Die all ihren Besitz der Kirche gaben‹?«, wiederholte Louise Pockennarbig die Worte des Reverend. »Das können wir nicht außer Acht lassen.«

»Nicht der Pfarrer!«, stieß Roberta hervor.

Der Saal füllte sich mittlerweile zügig. Auf der Bühne spielte eine Frau Geige, was als Hintergrundmusik gedacht war und noch nicht als Teil des Abendprogramms.

»Da kommen die Mädchen der Queen's School«, stellte Louise Pockennarbig fest. »Wie ich es hasse, dass sie so hochnäsig auf uns herabsehen. Als wären sie etwas Besseres, nur weil ihre Schule größer ist und in der Stadt liegt. Und weil sie Bibliotheken, Labore und richtige Lateinlehrer haben ...«

»Und weil sie einen reichen Papa haben, der das teure Schulgeld zahlen kann und ihnen jeden Monat neue Kleider schickt«, fügte Alice Robust hinzu.

Kitty Schlau musterte die Garderobe der neu eingetroffenen Mädchen. Es handelte sich ohne Frage um ungemein hübsche Kleider.

»Warum sind die Jungs von der Schule nicht mitgekommen?«

»Rugby«, erklärte Louise Pockennarbig. »Wie jeden Mittwochabend. Ich glaube, das ist ein Sport, der mir gefallen könnte.«

Martha Einfältig japste. »So ein rohes, schmutziges Spiel, Louise! Ich werde dich nie verstehen.«

Miss Fringle humpelte an ihren Tisch. Sie war von jeher auf einen Stock angewiesen, aber Kitty hatte das untrügliche Gefühl, dass die alte Frau ihr Hinken übertrieb, seit sie die Mädchen von Saint Etheldreda entdeckt hatte.

»Nun, Constance«, grüßte sie Alice Robust. »Es wundert mich schon, dass ich Sie die letzten Tage nicht zu Gesicht bekommen habe. Ihren Brief habe ich erhalten, allerdings hätte ich doch erwartet, dass Sie mir einen persönlichen Besuch abstatten, nachdem eine Ihrer Schülerinnen daran schuld ist, dass ich mir den Knöchel verstaucht habe.«

Alice schaute Kitty Hilfe suchend an. Was konnte sie darauf erwidern?

»Vermutlich darf ich Ihnen keinen Vorwurf machen. Schließlich mussten Sie diese Woche selbst Leidvolles erdulden. Ich bin, offen gestanden, überrascht, Sie hier auf dem Fest zu treffen. Gibt es Nachricht von Aldous? Ist er mittlerweile in Indien bei Julius eingetroffen?«

Alice schaute abermals Kitty an, die leicht den Kopf schüttelte.

»Nein«, antwortete Alice. »Ich habe noch keine Nachricht. Wahrscheinlich ... ist er nach wie vor auf hoher See.«

»Falls sein Schiff nicht gesunken ist«, sagte Miss Fringle.

Diese Vorstellung gefiel Alice ungemein gut – ein Schiffsunglück würde schon einmal eine ihrer beiden Leichen sauber beseitigen –, aber Mary Jane Ungeniert entschied, dass es an der Zeit war, das Thema zu wechseln. »Miss Fringle, wer sind all diese jungen Männer, die gerade zur Tür hereinkommen?«, erkundigte sie sich.

Die Chorleiterin schaute über den Rand ihrer Brille hinweg zu der Gruppe in schwarzen Mänteln hinüber. »Das müssen die Studenten der theologischen Hochschule sein.«

»Aha.« Mary Jane verlor das Interesse. »Zukünftige Pfaffen.«

»Hören Sie sich nur das entsetzliche Gefiedel an«, rief Miss Fringle aus. »Warum sie Beatrice Nimby erlauben, heute Abend zu spielen, ist mir ein Rätsel. Ich muss mit Patricia Rumsey ein Wörtchen darüber wechseln.« Sie schenkte Alice ein Lächeln. »Ihre Darbietung wird dagegen ein Höhepunkt des Abendprogramms sein, Constance. Ich muss mir selbst gratulieren, dass ich die perfekte Liedwahl für Ihre Stimme getroffen habe. Hell, luftig und heiter, aber mit einer bedeutungsvollen Botschaft für die Jugend.« Sie betrachtete die jungen Damen prüfend, als wollte sie herausfinden, ob etwa eine von ihnen dem Irrglauben verfallen war, dass ein schönes Federkleid das Wichtigste sei, dann humpelte sie davon.

»Puh«, seufzte Alice Robust. »Wieder jemand, der auf meine Maskerade hereingefallen ist. Nochmals Danke, Elinor.«

Elinor nickte. »Nichts zu danken.«

Martha Einfältig hatte unablässig nach Henry Butts Ausschau gehalten, seit sie am Tisch Platz genommen hatten. Ob sie das tat, um sich ihm zu nähern oder um ihm aus dem Weg zu gehen, konnte sie selbst nicht sagen. Als er schließlich den Saal betrat, löste sich all ihre Courage zu einem Kribbeln in der Magengrube auf. Sie entschied, dass es das Beste sei, Henry aus dem Weg zu gehen. Er machte einen Schritt auf den Tisch zu, an dem die Mädchen von Saint Etheldreda saßen, blieb stehen und wandte sich dann ab, hielt wieder inne und wandte sich dem Tisch erneut zu. Martha wurde ganz schwindlig bei dem Versuch, seine Manöver zu verstehen, und letztlich beschloss sie zu flüchten, sobald er ihnen das nächste Mal den Rücken zuwandte. Das tat sie auch und stieß geradewegs mit Dr. Snelling zusammen, der auf dem Weg zu der Tafel mit den Erfrischungen war.

»Na, hören Sie mal!« Der Doktor starrte sie finster an und bürstete seine Weste und die Jacke mit der Hand so energisch aus, als fürchtete er, Junge-Damen-Krümel hätten ihn beschmutzt.

»Es tut mir leid, Doktor Snelling!«, jammerte Martha. »Verzeihung. Ich bin manchmal so ungeschickt.«

Er musterte sie durch seine Brille, während Martha ihre eigene zurechtrückte. »Ich erinnere mich an Sie – Sie haben beinahe Miss Fringle zu Fall gebracht, richtig?«

Martha ließ beschämt den Kopf hängen. »Ja.«

Dr. Snelling bot dem Mädchen seinen Arm an. »Nun, dann sollte ich Sie wohl zu einem Glas Bowle einladen«, sagte er. »Letitia Fringle war seit Jahren nicht mehr so vergnügt. Sie hat mich die ganze Woche lang zweimal täglich zu sich nach Hause kommen lassen, damit ich mich um ihren Knöchel kümmere, der mittlerweile übrigens schon längst wieder in Ordnung ist.«

Zu ihrer eigenen Überraschung lächelte Martha. Dr. Snellling scherzte! Und sie, die fast alle Männer Furcht einflößend fand, insbesondere, wenn sie verärgert waren, legte ihre Hand auf den Arm des Doktors und ließ sich zu der beeindruckenden Bowleschüssel führen.

Kitty Schlau fühlte sich unruhig. Sie empfand eine merkwürdige Mischung aus gespannter Erwartung und Sorge. Unter normalen Umständen hätte sie ein Fest wie dieses als willkommene Gelegenheit gesehen, um Gleichaltrige kennenzulernen und, ehrlich gesagt auch, um einen Blick auf die jungen Gentlemen zu werfen. Aber seit dem Unglücksfall war noch zu wenig Zeit vergangen, als dass sie diesen Abend hätte entspannt genießen können. Vor allem, da Constable Quill im Saal auftauchte und jetzt zielstrebig auf ihren Tisch zusteuerte.

»Aufgepasst, Mädchen!«, raunte sie. »Da kommt Mary Janes Galan.«

»*Dz, dz*«, protestierte Mary Jane Ungeniert. »Noch nicht, das ist er noch nicht«, verbesserte sie Kitty. »Aber warte bis später nach dem Fest und die Sache ist geritzt.«

Aus dem Augenwinkel sah Kitty Amanda Barnes. Sie trug eine Schürze und stand unweit der Küchentür. Sie verspürte ein nagendes Gefühl von Mitleid und Scham in der Magengrube. Nach der unschönen Kündigung vor wenigen Tagen wollte sie Amanda Barnes heute lieber nicht in die Augen sehen müssen.

»Mrs Plackett. Die Damen. Guten Abend.« Constable Quill nahm eine stramme Haltung an, dann verbeugte er sich, sobald Alice den Gruß erwidert hatte. »Es ist mir eine Freude, Sie kennenzulernen, gnädige Frau.«

»Ganz meinerseits.« Alice traf genau den dürren Tonfall, den Mrs Plackett bei der Begegnung mit einem unwillkommenen Polizisten an den Tag gelegt hätte.

Kitty unterdrückte ein Lächeln.

»Ich gehe davon aus, dass Ihre Schülerinnen Sie von dem Grund meines Besuchs in Ihrem Haus in Kenntnis gesetzt haben?«

Alice Robust seufzte innerlich auf. Sie schwitzte schon wieder, was sollte sie tun?

»Durchaus.« Sie fixierte Constable Quill mit ihrem strengsten Plackett-mäßigen Blick. »Verzeihung, Constable, aber sind Sie heute Abend dienstlich hier, oder um sich zu vergnügen?«

Mary Jane Ungeniert erhob sich hastig. »Wer begleitet mich zum Buffet, um ein Glas Bowle zu holen?« Ihre Augen ruhten auf dem Constable und ausnahmsweise hatte Alice nichts dagegen, dass sie flirtete.

Der Polizist schenkte Mary Jane jedoch keine Beachtung – er musste offenbar ein Mann mit Nerven aus Stahl sein. Respektvoll tippte er sich an den Helm. »Ich bedaure es in der Tat, Sie zu stören, gnädige Frau. Wie Sie sagen, wir sind hier, um uns zu vergnügen. Ich möchte Ihnen nur kurz ein paar Fragen stellen, verstehen Sie, nur eine Routinesache.« Er holte seinen Notizblock und einen Bleistift aus der Tasche. »Wer von Ihnen sagte mir doch gleich, dass …?« Er ließ den Blick über die Mädchen schweifen, bis er Kitty Schlau entdeckte. »Genau, Sie sind die Schulsprecherin. Sie sagten, Mr Godding sei am Sonntagnachmittag über London nach Indien aufgebrochen, richtig?«

Mary Jane nahm Platz. Schon wieder diese leidige Angelegenheit. Einen Augenblick lang wünschte Kitty Schlau sich, dass Alice tatsächlich Mrs Plackett wäre und sie ihre Verantwortung in der ganzen Sache einfach an die zuständige Erwachsene abgeben könnte.

»Ja. Ich habe Ihnen das erzählt.«

Constable Quill zwinkerte und die Grübchen in seinen Wangen vertieften sich noch. Der Teufel sollte ihn holen! Mary Jane war kaum noch zu halten. Der Polizist wandte sich erneut an Alice.

»Und reiste Mr Godding mit der Eisenbahn nach London, gnädige Frau?«

Alice suchte bei Kitty mit einem Seitenblick nach Rat, doch die »Schulsprecherin« war selbst zu aufgeregt, um ihr zu helfen. Dann sollte es so sein. Sie würde diesem Polizisten antworten, aber er durfte von ihr nur das Mindestmaß an Höflichkeit erwarten.

»Selbstverständlich.«

Der Constable kritzelte eine Notiz in sein Buch. »Wissen Sie, welchen Zug er genommen hat?«

Im Saal um sie herum verschwammen Musik, Menschen und Erdbeerbowle zu einem funkelnden roten Wirbel, nur dieser vermaledeite Constable verharrte unerschütterlich wie der Fels von Gibraltar und unerwünscht wie die Pest.

»Ich habe nicht die Angewohnheit, Zugfahrpläne auswendig zu lernen.«

Louise Pockennarbig nickte unmerklich. *Gut gemacht, Alice.*

Constable Quill lächelte. »Selbstverständlich nicht. Ich frage nur deshalb, weil Charlie Neff, der Fahrkartenverkäufer unten am Bahnhof, ein unfehlbares Gedächtnis hat. Er ist berühmt dafür. Er erinnert sich an sämtliche Menschen, die in Ely ein- und aussteigen, wenn sie ihm bekannt sind.«

Kitty Schlau hatte das Gefühl, als würden die Mauern des Gemeindesaals vor ihren Augen in sich zusammenfallen.

Alice Robust entsann sich, dass sie darauf etwas sagen musste. »Und?«

»Er hat letzten Sonntag den ganzen Tag am Schalter gearbeitet und er ist sich völlig sicher, dass Mr Godding nicht in den Zug gestiegen ist.«

Kapitel 18

»Ihre Schulleiterin scheint heute Abend wohlauf zu sein.«

Martha Einfältig verschluckte sich beinahe an der Bowle. Die rote Flüssigkeit perlte, und jetzt prickelte und brannte es plötzlich in ihrer Nase. Dr. Snelling nahm dagegen mühelos einen großen Schluck. Männer waren solche Getränke gewohnt. Ein alarmierender Gedanke schoss Martha durch den Kopf: Konnte es sein, dass die Bowle *Alkohol* enthielt? Doch sicher nicht bei einem Fest der Kirchengemeinde. Oder?

Sie nippte ein weiteres Mal an ihrem Glas. Diesmal war sie auf das Prickeln gefasst. Es war gar nicht so unangenehm. Es brachte sie in Kicherlaune. Dr. Snelling leerte sein halbvolles Glas mit einem Zug.

»Das passiert manchmal, dass Patienten plötzlich wieder auf die Beine kommen«, erklärte er. »Unerwartete Herausforderungen verleihen ihnen ... wie soll ich es ausdrücken ...« Er half seinem Gedächtnis mit einem Schluck Bowle auf die Sprünge. »Neuen Elan. Vitalität. Frische Lebenskraft. Vielleicht ist es bei Mrs Plackett die Sache mit dem Enkel. Nein, mit ihrem Neffen, richtig?«

»Julius«, stimmte Martha zu.

Dr. Snelling ging über diese Information hinweg.

»Ich habe Patienten an der Schwelle zum Tode erlebt, die sich plötzlich wieder fingen, wenn ein Kind in der Familie eine nichtige Erkältung bekam. Das Gefühl, gebraucht zu werden, ist ein bemerkenswertes Stärkungsmittel. Natürlich gibt es noch andere machtvolle Gründe zu leben, zum Beispiel, um seine ganze Kohle zu verbraten.«

Martha Einfältig nahm einen weiteren großen Schluck aus

ihrem Glas. Kaum zu glauben, dass ihr das Getränk anfangs nicht geschmeckt hatte! Es war ein Getränk der Götter! Was für ein unchristlicher Gedanke: *Götter*. Zunächst einmal waren sie zu spärlich bekleidet. Aber wenn sie eine solche Bowle tranken, konnten sie wiederum so schlecht nicht sein ...

»Kohle?«

Dr. Snelling grinste und rückte seine goldene Uhr zurecht. »Geld«, sagte er. »Reiche Leute leben ewig – Pech, wenn man der direkte Nachkomme ist. Sie werden aus reiner Bosheit uralt, nur um auf ihrem Vermögen zu hocken.«

Eine Formulierung des Arztes kitzelte Marthas Gehirnwindungen.

»An der Schwelle zum Tode, sagen Sie?« Martha trank den letzten Schluck. »Egal, reich ist Mrs Plackett jedenfalls nicht.«

»Kommen Sie, ich schenke Ihnen noch einmal nach.« Martha reichte ihm das Glas und Dr. Snelling füllte es ein weiteres Mal und sein eigenes auch gleich. »Ah, nichts macht einen Mann durstiger, als den ganzen Tag herumzufahren und Krankenbesuche zu machen. Und wer reich ist oder nicht, das weiß man nie so genau.« Er kam ein bisschen näher. »Möchten Sie ein Geheimnis hören?«

Martha nickte. Sie wollte wissen, was er mit ›an der Schwelle zum Tode‹ gemeint hatte, aber sie konnte warten.

»Kranke Menschen riechen entsetzlich!«

Dr. Snellings Gesicht verzog sich zu einer Grimasse, so schrecklich musste er lachen. Er röchelte und gluckste und das war so ansteckend, dass Martha unfreiwillig selbst kichern musste.

»Tatsächlich?«

Der Doktor wischte sich mit dem Ärmelaufschlag seines Hemds über die Augen. »Das ist mein Berufsgeheimnis. Eines, das man nicht unbedingt im Studium lernt. Ich kann anhand des Geruchs vorhersagen, wessen Tage gezählt sind.«

Henry Butts trat auf der anderen Seite des Saals in ihr Blickfeld und Marthas Interesse an der Unterhaltung mit dem Doktor schwand.

»Ihre Schulleiterin beispielsweise. Sie hat einen galligen Geruch. Sie ist zweifellos fällig.«

Martha kicherte in sich hinein. Es stimmte: Mrs Plackett verströmte einen penetranten, säuerlichen Geruch, der sich selbst mit großen Mengen parfürmierten Puders nicht gänzlich vertuschen ließ. Martha nahm einen weiteren kräftigen Schluck von der Bowle. »Und jetzt sitzt sie da am Tisch und sieht aus wie das blühende Leben.« Dr. Snelling leckte sich die rot verfärbten Lippen und musterte Alice Robust scharf. »Aber ich sage Ihnen, dass sie nicht mehr lange auf dieser Welt weilt. Höchstens noch ein paar Monate, vielleicht auch nur Wochen. Eine neue Leber kann man nicht kaufen, leider.«

Martha verschluckte sich beinahe wieder. Die Blubberbläschen schossen ihr geradewegs in den Kopf und ihr wurde schwindelig. Sie schluckte herunter und starrte zu Alice hinüber, die sich freundlich mit dem Constable zu unterhalten schien, für den Mary Jane so schwärmte. Noch ein paar Monate? Wochen? Hatte sie da etwas missverstanden? Die arme Alice! Sie war so klug und immer so geduldig und nett. Martha suchte bei Alice Schutz, wenn ihr Mary Janes Eitelkeit oder Kittys Herrschsucht zu viel wurden. Alice zu verlieren, würde sie nicht ertragen. Martha hoffte, sie hatte etwas falsch verstanden. Ausnahmsweise wäre es eine Freude, wenn sie etwas falsch verstanden hätte.

Dr. Snelling schimpfte und murmelte vor sich hin. Er betrachtete sein leeres Glas feindselig. Schließlich nickte er Martha knapp zu. »Ich wollte Sie nicht beunruhigen. Schönen Abend noch, Miss.« Dann schritt er davon. Martha blieb mit klebrigem Mund und bangem Herzen zurück.

Und in diesem Zustand fand Henry Butts sie vor, als er neben ihr auftauchte.

»Guten Abend, Miss Martha.« Er lächelte schüchtern.

»Dieser ... Charles ... Niff oder wie immer er sich nennt, muss sich wohl getäuscht haben«, erklärte Alice Robust alias Mrs Plackett dem Constable von oben herab und winkte gleichgültig ab. »Oder womöglich bot sich meinem Bruder die Gelegenheit, mit einem Bekannten zu einem anderen Bahnhof in der Nähe zu fahren. Das kann ich nicht sagen. Und nun genug, junger Mann. Sie haben ihr Versprechen nicht gehalten, sich kurz zu fassen. Falls wir diese Unterredung fortsetzen müssen, ist ein Gemeindefest nicht der geeignete Rahmen dafür.«

Der Polizist tippte sich ehrerbietig an den Helm. »Verzeihung, gnädige Frau«, sagte er und in seiner Stimme lag eine Unterwürfigkeit, die Kittys Misstrauen weckte. »Ich ging davon aus, dass Sie meine Sorge um die Sicherheit Ihres Bruders teilen.«

»Mein Bruder ist ein erwachsener Mann, der vollauf in der Lage ist, auf sich selbst aufzupassen«, erwiderte die falsche Mrs Plackett. »Guten *Abend*.«

Constable Quill verbeugte sich und ging. Kitty Schlau hatte den Eindruck, dass er mit dem Gefühl ging, einen Sieg davongetragen zu haben.

Mary Jane Ungeniert erhob sich und folgte dem Polizisten. Alice atmete abgehackt und war noch zu mitgenommen, um die Freundin aufzuhalten, dabei konnte man nie wissen, was Mary Jane ausplaudern würde, wenn sie unter dem Bann von ansehnlichen Schultern stand.

Die Mädchen, die am Tisch zurückblieben, durften in der Öffentlichkeit ihren Gefühlen keine Luft machen und mussten sich darauf beschränken, einander über die bestickte Tischdecke hinweg anzustarren.

Kitty Schlau war die Erste, die schließlich etwas sagte.

»Wir dürfen uns von dieser Entwicklung nicht aus dem Takt bringen lassen«, erklärte sie. »Das beweist und bedeutet gar nichts. Es besteht nicht der leiseste Verdacht, dass wir ein falsches Spiel spielen.«

»Pst!«, machte Alice Robust warnend. »Nicht hier.«

Der Gemeindesaal erschien den Mädchen mit einem Mal überfüllt und sie sahen sich entgeistert um: Wer spionierte ihnen wohl nach, wer plante im Geheimen ihren Untergang? Was würde noch schiefgehen nach dieser unangenehmen Unterredung mit dem Polizisten?

Alice Robust entdeckte Mary Jane auf der gegenüberliegenden Seite des Saals. Sie und der Constable standen flirtend in einer Ecke.

Zum Teil waren sie den Blicken durch die roten Samtvorhänge entzogen, die man beiseitegeschoben hatte, um den Gästen an den Tischen volle Sicht auf die Bühne mit dem Pianoforte zu gewähren.
»Wir sollten Mary Jane bremsen.« Alice schüttelte den Kopf. »Wegen ihr fallen wir noch alle unangenehm auf. Mrs Plackett würde ihr nie gestatten, sich in aller Öffentlichkeit einem Mann dermaßen an den Hals zu werfen.«
Doch die Mädchen kamen nicht dazu, Mary Jane zur Vernunft zu bringen. Wie Maulwürfe aus ihren Löchern, tauchten plötzlich zwei junge Herren an ihrem Tisch auf. Sie waren lang und dünn, ein Eindruck, der durch ihre etwas zu groß geratenen, abgewetzten schwarzen Mäntel noch verstärkt wurde. Roberta Liebenswert nahm eine aufrechtere Haltung ein und richtete mit einer kleinen Handbewegung ihre Frisur.

»Verzeihung, gnädige Frau«, sagte einer der beiden, ein junger Mann mit rotem Haar, das dank der Verwendung von Pomade platt am Kopf klebte. Er machte eine respektvolle Verbeugung vor Alice Robust. »Gehe ich recht in der Annahme, dass Sie Mrs Plackett sind, die Leiterin des Mädchenpensionats Saint Etheldreda? Gestatten Sie, dass wir uns Ihren charmanten Schülerinnen vorstellen?«

Alice Robust gab sich einen kleinen Ruck, um wieder die Rolle der Mrs Plackett auszufüllen.

»Und wie ist Ihr Name, junger Mann?«

Er verbeugte sich erneut und sagte: »»Mein Freund und ich sind Studenten des Barton Theological College. Mein Name ist Albert Bly. Ich komme aus Northumberland. Und das ist mein Freund Charles Bringhurst aus Cambridge. Wir nennen ihn auch ›Begräbnis-Charlie‹.«

»Tatsächlich?« Alice musterte den jungen Mann aus Cambridge. Er trug sein dunkles Haar ein wenig länger, als es der Mode entsprach, und hatte es in der Mitte streng gescheitelt. Er war eine kantige, knochige Erscheinung mit einer markanten Römernase und eingefallenen Wangen. »Und warum haben Sie Ihrem Freund einen solchen Beinamen gegeben?«

Mr Albert Bly, der unfähig schien, *nicht* zu lächeln, strahlte. »Seine Predigten über den Zustand der Seele nach dem Tod sind unbeschreiblich und seine Grabreden bringen selbst einen gestandenen Mann dazu, schluchzend um die Schwiegermutter zu trauern. In unseren Augen ist er dem Tod vielleicht allzu sehr zugewandt, aber er wird seinen Weg gehen.«

»Sie scherzen darüber«, sagte Elinor Düster. »Doch es scheint nur billig, dass ein zukünftiger Geistlicher eine ausgeprägte Empfindsamkeit im Hinblick auf den Tod besitzt.«

Begräbnis-Charlie schaute Elinor Düster an, dann machte er eine tiefe Verbeugung. Alice Robust lächelte hinter ihrem chinesischen Fächer und übernahm die erforderliche Vorstellung der Mädchen.

»Ich hingegen bin eher ein Mann für Hochzeiten und Taufen«, erklärte Mr Bly, an Roberta Liebenswert gewandt.

Alice Robust erwärmte sich allmählich für die Rolle der älteren Dame. »Ich würde meinen, Sie sind noch etwas jung, um frisch vermählten Paaren viel auf den Weg ins Eheleben mitgeben zu können.«

Mr Bly antwortete gut gelaunt: »Ach, aber ein gut ausgebildeter Geistlicher lässt sich trotz mangelnder Erfahrung nicht vom Predigen abhalten. Was wären sonst all unsere theologischen Studien wert?«

Die Unterhaltung plätscherte fröhlich dahin. Alice begrüßte diese harmlose Ablenkung. Der lächelnde Albert Bly war sichtlich von Roberta Liebenswert eingenommen, deren Wangen selten so rosig geschimmert hatten. Und noch nie war ihr Lächeln strahlender gewesen als hier im Lampenschein des Gemeindesaals. Mr Charles Bringhurst holte von irgendwoher einen Stuhl und setzte sich zwischen Roberta Liebenswert und Elinor Düster. Bald schon waren er und Elinor in ein Gespräch über morbide Themen vertieft, für die sie allein sich interessierten. Louise Pockennarbig verdrehte die Augen angesichts der Verwandlung, die die Gegenwart der jungen Herren bei ihren Freundinnen ausgelöst hatte. Suchend sah sie sich im Saal nach Martha Einfältig um und ihr Blick verfinsterte sich, als sie die Freundin entdeckte, die gerade schüchtern Henry Butts anlächelte.

Kitty Schlau amüsierte zwar das Schauspiel am Tisch, trotzdem konnten die beiden Theologiestudenten sie kaum von den Schwierigkeiten ablenken, in denen sie gegenwärtig steckten. Constable Quill entpuppte sich als ein ernst zu nehmendes Problem. Nicht einmal Mary Janes betörende grüne Augen konnten ihn von seiner hartnäckigen Ermittlungswut ablenken. Und dann war da Alice' Gesangseinlage: Würde sie in eine Katastrophe führen? Würde ihre Maskerade auffliegen? Irgendwo unter den freundlichen, wohlbekannten Leuten von Ely, die den Saal bevölkerten, verbarg sich womöglich ein Mörder – ein Mörder, der noch immer Mrs Plackett nach dem Leben trachtete. Und hier saß Alice in der Rolle von Mrs Plackett und unterhielt sich in ernstem Ton mit den beiden jungen Studenten. Sie schien die Lage gut im Griff zu haben, und Kitty beschloss, sie für eine kurze Auszeit sich selbst zu überlassen.

»Entschuldigen Sie mich.« Kitty Schlau schob ihren Stuhl zurück und erhob sich. »Ich muss mir ein wenig die Beine vertreten. Ich bin gleich zurück.« Und sie ging, bevor irgendjemand Fragen stellen konnte, in der Hoffnung, zielstrebig zu wirken, obwohl sie kein Ziel hatte. Vielleicht sollte sie die Toiletten aufsuchen? Oder die Küche, um zu fragen, ob sie sich nützlich machen könne? Nein, unter Umständen würde dann gerade Amanda Barnes mit einem Tablett leerer Gläser hereinkommen. Ihr Blick fiel auf Mary Jane, die dem Constable gerade etwas ins Ohr flüsterte. Was erzählte das schamlose Mädchen ihm bloß?

Durch das Stimmengewirr vernahm Kitty das Pfeifen einer Dampflok, das vom Bahnhof am Fuß des Hügels herüberdrang. Ach, dieser vermaledeite Schnüffler von einem Fahrkartenverkäufer! Eines Tages in naher Zukunft würden sie sieben Fahrkarten für die Eisenbahn kaufen und das aufdringliche, neugierige Volk von Ely hinter sich lassen, dieses Städtchen, wo jeder jeden kannte und über jedermanns Angelegenheiten Bescheid wusste. Aber wo ironischerweise ein Mörder mit seiner Tat davonkommen konnte, ein Unschuldiger hingegen nicht, der die Tat lediglich unschuldig vertuschte. Es gab keine Gerechtigkeit auf der Welt oder zumindest nicht in Ely.

Das Pfeifen der Lok trug Kitty zu fernen Orten, zu Häfen, von wo aus die Schwestern von Saint Etheldreda auf schwankenden Schiffen überallhin aufbrechen konnten – nach Paris, nach Kalkutta, ja sogar nach Amerika. Kitty schlenderte zu einem Kunstwerk, das an der Wand hing, und tat so, als würde sie es betrachten. Neben den musikalischen Darbietungen des Abends hatten Gemeindemitglieder selbst gefertigte Handarbeiten, Skizzen und Aquarelle zur kulturellen Erbauung der Einwohner von Ely beigesteuert. Für Mrs Rumsey waren Kultur und Elys Mangel daran ein Thema, bei dem sie keinen Spaß verstand. Kitty war so in Gedanken versunken, dass sie die Kohlezeichnung, vor der sie stand, kaum wahrnahm. Ihr fiel lediglich auf, dass sie Elinor Düster weitaus besser gelungen wäre. Das Bild zeigte die Ansicht der Kathedrale, wie sie sich von dem Aussichtspunkt in dem hübschen Park präsentierte, der südlich des Gotteshauses lag.

Sie schlenderte weiter zum nächsten Bild, einer anderen Darstellung der Kathedrale. Hier wirkte sie recht grob gezeichnet, dafür in morgendliches Sonnenlicht getaucht. Kitty unterdrückte ein Gähnen und wünschte, sie dürfte die Arme über den Kopf strecken. Als sie sich umdrehte, beobachtete sie, wie Roberta Liebenswert sich erhob, um in Begleitung des fröhlichen Mr Bly zum Buffet mit der Bowle zu gehen. Und nun stand doch tatsächlich auch Elinor Düster auf und schlenderte mit Begräbnis-Charlie zu den Platten mit den aufgetürmten Erdbeeren. Stocksteif und mit zorniger Miene blieb Louise Pockennarbig allein mit Alice Robust am Tisch zurück, die in ihren Fächer lachte.

Jetzt bahnte sich Admiral Lockwood mit unsicherem Gang langsam, aber zielstrebig, einen Weg durch die herumstehenden Gäste und steuerte den Tisch an, wo er Mrs Constance Plackett vermutete. Er hielt ein Glas Bowle in der Hand und Kitty rechnete damit, dass sich ein Teil des Inhalts auf Patricia Rumseys blitzsauberen Fußboden ergießen würde. Aber der Admiral erreichte den Tisch, stellte das Glas ab, verbeugte sich und setzte sich dann auf einen der leeren Stühle neben Alice.

Kitty schaute zu, wie Alice Robust ihren achtzigjährigen Verehrer begrüßte. Sie wusste, sie sollte ihr zu Hilfe eilen, aber sie fühlte sich müde. Die Last, sechs Mädchen und ein morbides Geheimnis zu hüten, fühlte sich an diesem Abend schwer wie ein Mühlstein an. Ihre Zuversicht bröckelte und löste sich langsam auf wie ein schlecht gestrickter Strumpf von Elinor.

»Schäm dich!«, schimpfte sie mit sich selbst. »Reiß dich zusammen und mach weiter oder fahr nach Hause zu Vater!«

Alice schien mit Admiral Lockwood recht gut zurechtzukommen. Der alte Herr gestikulierte mit ausladenden Handbewegungen, während er sprach. Kitty hegte den Verdacht, dass Alice den alten Seemann ins Herz geschlossen hatte. Vielleicht war sie Alice eine größere Hilfe, wenn sie hier an der Wand Posten bezog und aufpasste, ob irgendetwas ihre Sicherheit gefährdete. Doch ständig wurde Kitty die Sicht auf die Freundin von Gästen versperrt, die durch den Saal flanierten, und beunruhigt ging sie an der Wand entlang, um einen besseren Standort zu finden.

Reverend Rumsey und seine Frau betraten die Bühne und wurden von den Anwesenden mit höflichem Applaus begrüßt. »Meine Damen und Herren«, setzte der Pfarrer mit donnernder Stimme an, »liebe Jugend und Junggebliebene, wir danken Ihnen für Ihr zahlreiches Erscheinen zu unserem Fest. Wir freuen uns, gleich das musikalische Unterhaltungsprogramm zu eröffnen, das wir für Sie heute Abend bereithalten. Doch lassen Sie mich zunächst einige Worte des Dankes an jene richten, ohne die dieses Fest nicht möglich geworden wäre. Meine liebe, aufopferungsvolle Gattin, Mrs Rumsey ...«

Kitty wandte sich wieder den Bildern zu und zwang sich, das nächste Gemälde zu betrachten, auf dem sie zunächst nur verschwommene Aquarellfarben wahrnahm. Braune Säulen zeichneten sich vor einem blauen Hintergrund ab ... oh, nein, nicht schon wieder: die Kathedrale.

»Ein verblüffend originelles Konzept, nicht wahr? Gemälde der Kathedrale.«

»Oh!« Kitty fuhr beim Klang der leisen Stimme dicht neben ihr zusammen.

Es war der junge Herr aus der Drogerie. Derselbe, der am Vormittag vor dem Haus vorbeigeritten war und sie in dem abgetragenen Hauskleid gesehen hatte.

Kitty war die Erinnerung an ihr feiges Auftreten peinlich. Aber hier gab es keine Möglichkeit, sich zu verstecken.

Der junge Mann trug einen dunkelblauen Frack, dazu eine weiße Krawatte und Weste. Seine dunkelbraunen Locken glänzten im Schein der Lampen. Ein leichtes Lächeln spielte um seine Lippen, während er das zweifelhafte Kunstwerk studierte, vor dem auch Kitty stand.

Sie senkte ihre Stimme zu einem Flüstern. »Sie haben mich erschreckt, weil Sie sich so angeschlichen haben.«

Er legte einen Finger auf die Lippen und sprach so leise, dass Kitty sich vorbeugen musste, um ihn zu verstehen.

»Der gute Pfarrer hält seine Ansprache. Ich will lediglich das Meisterwerk hier betrachten.«

Der Blick des jungen Herrn ruhte andächtig auf dem Gemälde vor ihnen, doch das Blitzen in seinen Augen verriet, dass er Unsinn im Kopf hatte – da war sich Kitty sicher. Und dann doch wieder nicht. Er schien Kitty und das Bild gleichzeitig zu betrachten. Wieder fielen ihr seine Sonnenbräune auf, mit der er sich jetzt im Frühjahr von den anderen Leuten in Ely abhob, und sein Akzent, den sie nicht einordnen konnte. Jedenfalls konnte sie seine letzten Worte nicht unkommentiert stehen lassen.

»Ein Meisterwerk, aber sicher!«

»Finden Sie nicht?«

Zwei ältere Damen in der Nähe drehten sich auf ihren Stühlen um und blickten sie missbilligend an. Kitty hielt sich den Mund zu. Von der Bühne her dröhnte noch immer leiernd Reverend Rumseys Stimme. »... Und Mrs Livonia Butts für die großzügige Bereitstellung ihrer preisgekrönten Butter, die zu einer solch kunstvollen Skulptur eines herumtollenden Schwamms – Verzeihung, Lamms verarbeitet wurde ...«

Der junge Mann rückte näher an Kitty heran und flüsterte ihr zu, während er auf das Bild deutete: »Analysieren wir das Bild, um meine Theorie zu untermauern. Die Kathedrale strahlt eine luftige Leichtigkeit aus, die ihren massiven Bau Lügen straft. Der Künstler hat den überkommenen Vorstellungen von Linie und Form getrotzt und sich mit seiner gewundenen Linienführung mutig auf neues Terrain gewagt. Man könnte fast meinen, die Kathedrale sei nichts weiter als eine dunstige Erscheinung, die mit der nächsten Brise davongeweht wird.«

Kitty bemühte sich, nicht verächtlich zu schnauben. »Was für ein Nonsens! Die Kirche sieht aus, als wäre sie aus Gelatine.«

Er hob zweifelnd eine Augenbraue und betrachtete erneut prüfend das Bild. Kitty wurde unsicher. Meinte er das ernst? Seine Ausführungen zur Kunst klangen so sachkundig. Gelatine! Hatte sie sich mit ihren albernen Kommentaren als Banause gezeigt?

Und selbst wenn, warum sollte sie das kümmern?

Sie suchte ängstlich in seinem Gesicht nach einem Hinweis. Sein Blick wanderte flüchtig zu dem Schildchen, auf dem der Name des Künstlers stand: T. Richardson. Dann schaute er abermals das Gemälde an und schließlich sie.

Ein neuer, furchtbarer Gedanke schoss Kitty durch den Kopf. War *er* etwa T. Richardson? Hatte sie gerade sein Bild beleidigt? Selbst wenn es Gelatine-Murks war, würde es ihr doch im Traum nicht einfallen, das dem Künstler persönlich zu sagen. Vor allem, wenn der Künstler so eine schöne Stirn hatte. Oder vielmehr so schöne dunkle Locken. Oder war es die ansprechende Nasenlinie? Bestimmt der gedankenvolle Gesichtsausdruck. Der braune Adamsapfel lenkte vielleicht den Blick etwas ab, doch gleichzeitig betonte er das strahlende Weiß des Kragens darunter. Und *das* wiederum war schlicht von der Sorgfalt der Waschfrau abhängig.

Kitty wurde ein wenig schwindelig. Im Saal erschallte Applaus, denn offenbar hatte der Pfarrer seine Litanei an Danksagungen beendet. Auch der junge Mann klatschte und beugte sich währenddessen zu Kitty hinüber, um ihr ins Ohr zu flüstern.

»Ich muss Ihrer Beurteilung des Gemäldes widersprechen. Sie sind zu hart in Ihrem Urteil. Ich würde es eher als Schaum bezeichnen.«

Kitty war zu entsetzt, um richtig hinzuhören. »Oh, Mr Richardson, ich bitte vielmals um Verzeihung. Mein Kunstverstand ist so ...« Das plötzliche Abbrechen des Beifalls ließ sie abrupt innehalten. »... So begrenzt«, wisperte sie weiter. »Ich habe kein Recht zu urteilen.« Schlagartig begriff sie. »Moment – haben Sie gerade *Schaum* gesagt?«

Die Augen des jungen Manns funkelten. »Mr Richardson, ich? Jetzt haben Sie mich tief gekränkt!«

Ein schmächtiger Junge stieg auf das Podium und setzte zu einer verhaucht klingenden Melodie auf der Flöte an.

»Sie sind *nicht* Mr Richardson?«

Er schüttelte den Kopf. »Jedenfalls nicht heute Abend.«

Kitty begann sich zu fragen, wer sie selbst an diesem Abend war.

»Zumindest sind Sie versierter auf dem Gebiet der Kunst«, sagte sie und ihr war bewusst, wie lahm das klang.

»Im Vortäuschen von Wissen, meinen Sie«, entgegnete er. »Seit ich den Saal betreten habe, durfte ich mehr Bilder von Kathedralen betrachten, als ich in meinem ganzen Leben sehen wollte. Ich kam nur herüber, um herauszufinden, warum eine junge Dame wie Sie hier allein herumsteht, Bilder anstarrt und dabei mit sich selbst spricht.«

Kitty, die sich an diesem Abend so gar nicht schlau fühlte, hätte ihr Erbe dafür gegeben, zu wissen, was dieser Mensch genau meinte mit »eine junge Dame *wie Sie*«. Aber nicht einmal für die Kronjuwelen hätte sie es über sich gebracht zu fragen.

Kittys Aufmerksamkeit wurde von dem unerwarteten Auftauchen von Mr Leland Murphy abgelenkt, der sich vor ihr verbeugte. »Verzeihung«, flüsterte er. »Es tut mir leid, wenn ich störe. Ist Ihre Freundin, Miss Alice, heute Abend nicht hier?«

Ohne nachzudenken, deutete Kitty auf den Tisch, wo Alice Robust saß, doch gleich wurde ihr der Fehler bewusst. »Nein, leider nicht. Sie fühlte sich unwohl und ist zu Hause geblieben.« Kitty bemerkte die Enttäuschung in Leland Murphys reizlosem Gesicht und blitzartig begriff sie. Leland Murphy? War er der Grund, warum Alice sich so gesträubt hatte, als Mrs Plackett zu dem Fest zu gehen? Leland Murphy! Wie war das möglich? Mary Jane nannte ihn widerlich und obgleich Kitty nicht so vernichtend in ihrem Urteil gewesen wäre, musste auch sie zugeben, dass man bestenfalls sagen konnte, er habe bedauerlich wenig ansprechende körperliche Vorzüge mitbekommen. Aber über seine Schulter hinweg sah sie, dass Alice Robust sie vom Tisch aus beobachtete, und ihre Miene verriet alles. Alice' zweiter Verehrer, Admiral Lockwood, war sich seines jungen Rivalen indes nicht bewusst und hatte ihre Hand ergriffen, während er mit der anderen Hand versuchte, ihr das Bowle-Glas aufzudrängen.

Leland Murphy hatte seine Züge wieder unter Kontrolle und machte eine knappe Verbeugung. »Würden Sie ihr meine besten Wünsche für eine schnelle Genesung ausrichten?« Und ohne eine Antwort abzuwarten, drehte er sich um und verschwand.

»Armer Kerl«, bemerkte ihr Begleiter, der den Wortwechsel mit Interesse verfolgt hatte.

Kitty fiel erneut sein fremdartiger Akzent auf. »Sie sind nicht aus Ely, oder?«

»Ursprünglich schon«, antwortete er. »Ich wurde hier in der Kirche Saint Mary getauft. Aber ich wuchs in den Kolonien auf. Meine Mutter und ich sind nach langen Jahren erstmals wieder zu einem Besuch hier.«

Das erklärte auch seine Bräune. »Wie finden Sie England nach so langer Abwesenheit?«

Er überlegte. »Schön, aber auch rußig, grau und nass. Wir haben zwei Wochen in London verbracht, bevor wir hierherkamen. Ich denke, meine Mutter hoffte, ich wäre geblendet vom gesellschaftlichen Leben dort. Aber ich ziehe die wilde Natur zu Hause London vor.« Er lächelte Kitty an und sie empfand die Wirkung seines Lächelns als ungemein beunruhigend. »Ich habe so ein Gefühl, dass mir sowohl das Klima als auch die Gesellschaft hier in Ely mehr zusagen werden.«

Kitty spürte, wie ihr die Wärme in die Wangen stieg, und hoffte, dass man nicht sah, wie sie rot wurde. Wenn sie so braun gebrannt wäre wie er, ließen sich ihre Empfindungen besser verbergen. Sie bemerkte, dass Alice Blickkontakt mit ihr suchte und eine verblüffte Miene machte. Was musste sie bloß für ein Bild abgeben! Sie sollte rasch an den Tisch zurückkehren. Aber sie konnte sich einfach nicht losreißen.

»Außerdem«, sagte der junge Mann mit einem verschmitzten Seitenblick auf das Gemälde der Kathedrale, »können Londons Kunstgalerien einfach nicht mit Ely mithalten.«

Kitty unterdrückte ein Lachen. »Genug, Ihr Spott ist zu unbarmherzig.«

»Unbarmherzig, ich? Sie sind diejenige, die Kunstwerke mit Gelatine vergleicht.« Er führte sie einen Schritt weiter zum nächsten Bild. »Schauen Sie, apropos Gelatine: Hier sieht man einen Fischer mit einem Korb voller Aale. Lebensecht, oder? Ein Gemälde, sülzig wie Aal in Aspik. Man fühlt sich geradezu so schleimig und nass wie der dargestellte Gegenstand.«

Kitty konnte ein Kichern nicht unterdrücken. Und dass auch ihr Gegenüber lachte, machte es nicht besser. Zum Glück endete gerade die Darbietung des kleinen Flötisten und ihr Gelächter ging im allgemeinen Applaus unter. Schuldbewusst stimmten sie in den Beifall ein. Kitty erhaschte einen Blick auf Mary Jane, die am anderen Ende des Saals neben dem Bühnenvorhang neckisch so tat, als wollte sie gehen. Der Constable griff nach ihrer Hand, küsste diese eine gefühlte Ewigkeit und Mary Jane protestierte nicht, als er sie wieder an seine Seite zog. So ein Benehmen, noch dazu in aller Öffentlichkeit! Sie würde Mary Jane dafür das Fell über die Ohren ziehen! Plötzlich realisierte Kitty, dass außer ihrem Klatschen der Applaus verstummt war, und sie wurde rot, weil der fremde Gentleman sie mit amüsierter Miene beobachtete. Mary Janes Bestrafung konnte warten.

»Ich habe sie heute gesehen«, sagte der junge Mann. »Ich bin ausgeritten.«

Kitty verspürte kein Verlangen, daran erinnert zu werden, *wie* er sie gesehen hatte. »Erkunden Sie gern unsere englische Landschaft zu Pferde?«

»Ich könnte Gefallen daran finden – wenn ich in guter Begleitung bin, damit mir die Zeit nicht lang wird«, antwortete er. »Heute war ich auf der Suche nach einer bestimmten Adresse und die Wegbeschreibung, die man mir gab, hat mich zu Ihrem Haus geführt – Sie hätten einem alten Freund wenigstens zuwinken können –«

»Einem alten Freund!«, protestierte Kitty.

»Ja, einem alten Freund. Wie gesagt, man hat mir den Weg zu Ihrem Haus beschrieben, aber aus zuverlässiger Quelle erfuhr ich, dass die Adresse wohl falsch sein muss. Kann es sein, dass ich vor zwei Tagen das Vergnügen hatte, Ihre Schwester kennenzulernen?«

Kitty schüttelte den Kopf. Wen meinte er bloß? »Ich habe keine Schwester.«

Er legte den Kopf schief. »Verquer und verquerer!«

Kitty erkannte den Ausspruch aus *Alice im Wunderland*. »Sie sind ein Freund von Lewis Carrolls Büchern?« Der junge Mann lächelte. »Ich muss Sie fragen, Sir«, flüsterte Kitty, »ob es Ihre Gewohnheit ist, immer mit Karamellbonbons um sich zu werfen, wenn Sie einer jungen Dame begegnen?«

Er sah sie an und in seinen Augen lag ein Ausdruck gekränkter Überraschung. »Ganz sicher nicht«, erwiderte er. »Ich unterscheide genau und *werfe ausschließlich damit um mich*, wie Sie es so herzlos nennen, wenn ich junge Damen treffe, denen ich ansehe, dass sie Karamellbonbons favorisieren.«

»Sie werden in ganz England schwerlich mehr als ein halbes Dutzend junger Damen finden, die *keine* Karamellbonbons mögen.«

Der fremde Herr ließ sich von diesem Tadel keineswegs beirren. »Aber ich bin in der Lage, den Unterschied zwischen einer allgemeinen Vorliebe für Süßigkeiten und dem erlesenen Geschmack eines wahren Connaisseurs zu erkennen. Ich wusste auf den ersten Blick, dass Sie in Sachen Karamell dasselbe feinsinnige Urteilsvermögen an den Tag legen wie in Sachen Kathedralen-Malerei und Aal in Aspik.«

Kitty konnte nur den Kopf schütteln und bemühte sich angestrengt, nicht zu lachen. »Sie sind ganz schön dreist, Sir!«

»Und zwar so dreist«, er verbeugte sich höflich, »dass ich mir jetzt erlaube, Sie nach Ihrem Namen zu fragen.«

Es war unmöglich, diesem Menschen etwas abzuschlagen, und das wollte sie, offen gesagt, auch gar nicht. »Kitty. Katherine!« Oh, wie peinlich, dass ihr der Kosename herausgerutscht war! »Katherine Heaton.«

»Also, Kitty Katherine Heaton, es ist mir eine besondere Ehre, Sie kennenzulernen.« Er verbeugte sich ein weiteres Mal. »Ich hoffe, wir werden bei anderer Gelegenheit wieder das Vergnügen haben, über Kunst oder dies und das zu plaudern.«

»Mein Name ist Katherine«, erklärte Kitty mit Bestimmtheit. Sie gab es auf, verbergen zu wollen, welche Freude ihr seine Bekanntschaft bereitete. »Und die Wahrscheinlichkeit, dass wir bei anderer Gelegenheit über Kunst oder dies und das plaudern, ist erheblich größer, wenn auch ich Ihren Namen erfahre. ›Der junge Herr vom Gemeindefest‹ ist doch eine eher unzureichende Vorstellung.«

Während Kitty noch sprach, wurde ihre Aufmerksamkeit kurz abgelenkt, weil ein vertrauter Name im Rahmen des Unterhaltungsprogramms angekündigt wurde: »… eine Freude, Mrs Constance Plackett des Mädchenpensionats Saint Etheldreda auf der Bühne zu begrüßen, die für uns das Lied *Tis Not Fine Feathers Make Fine Birds* der Herren Carpenter und Spoble zum Besten geben wird.« Alice' Auftritt! Oh nein! Sie sollte wirklich schnell zum Tisch zurückkehren. Musste sie tatsächlich? *Viel Glück, Alice*, dachte Kitty. *Ich … ich höre dir zu und stehe dir bei. Von hier aus.*

Der junge Herr an ihrer Seite wusste nichts von der Zwickmühle, in der Kitty sich befand, doch auch er hörte Reverend Rumseys Ankündigung und schien mit einem Mal ganz aus dem Häuschen. »Endlich! Diese Darbietung muss ich mir anhören«, erklärte er. »Das hat sentimentale Gründe. Aber zunächst möchte ich mich Ihnen vorstellen: Julius Godding, gerade erst aus Bombay, Indien, eingetroffen, zu Ihren Diensten.«

Kapitel 19

Ganz sacht drangen die Worte an Kittys Ohr. So sacht wie der Faltenwurf einer schneeweißen Krawatte.

Bombay, Indien. Der liebe, kleine Julius Godding. Er war weder ein Kind noch krank und eindeutig nicht mehr in Indien. Schwärmereien, Träumereien über Anzüge und Karamellbonbons, ja, sogar Komplimente hatte sie dem Mann gemacht – und dabei hatte ihr die ganze Zeit über der liebe kleine Julius Godding gegenübergestanden.

»Entschuldigen Sie mich.« Kitty drängte sich an ihm vorbei und rannte beinahe zu ihrem Tisch zurück. Sie musste die anderen warnen. Sie würden das Fest in aller Eile verlassen und umgehend einen neuen Plan ausarbeiten. Sobald Constable Quill Wind davon bekam, wer dieser Neuankömmling war, würde er nicht ruhen, bis er Saint Etheldreda mit Lupe und Notizbuch vom Dach bis zum Keller durchkämmt hatte.

Kitty schlüpfte auf Alice' leeren Platz und tupfte sich die Stirn mit dem Taschentuch ab, während sie sich darauf konzentrierte, ihren unruhigen, rasenden Puls zu beruhigen.

Louise schaute sie an und beugte sich vor. »Was ist los, Kitty?«

Kitty fühlte sich noch nicht in der Lage zu sprechen. Ihr Mund war trocken. Sie streckte die Hand nach einem Glas aus, aber erkannte, dass es nicht ihres war. *Julius Godding ist auf dem Fest.* Hätte sie nicht die Nerven verloren, hätte sie ihm einige nützliche Fragen stellen können. Womöglich hätte sie sogar einen Weg gefunden, noch einzugreifen, die nun unvermeidliche Katastrophe abzuwenden, wenn sie nur einen klaren Kopf bewahrt hätte – ach, wenn sie nicht schon den Kopf verloren hätte, als ihr Mr Goddings indische Sonnenbräune das erste Mal unter die Augen gekommen war! Was für ein grausamer, unglücklicher Zufall, dass er ausgerechnet jetzt auftauchen und alles ruinieren musste!

Jetzt.

Ausgerechnet.

Zwei Wochen in London. Seit mindestens ein paar Tagen in Ely. Mrs Plackett vergiftet. Ihr Bruder, ein wahrscheinlicher Erbe, beseitigt. Und da taucht aus heiterem Himmel der Haupterbe auf, bereit, die Erbschaft anzutreten. Sie vertrieb diesen bittern Gedanken mit einem Kopfschütteln. Konnten diese lächelnden Augen einem *Mörder* gehören? In dem vollen Saal staute sich die Wärme, aber Kitty fröstelte.

Alice Robust stieg auf das Podium, nickte den Gastgebern zu und dann Martha, die am Pianoforte saß. Auf das Zeichen hin spielte Martha die munteren Eröffnungstakte.

»Es ist stets ein Genuss, Ihre Schulleiterin singen zu hören«, sagte Admiral Lockwood beschwingt zu Kitty. Ihr gelang nur ein mattes Lächeln als Antwort. Der Admiral erhob sein Bowleglas, als wollte er Mrs Plackett auf der Bühne zuprosten, dann trank er.

Endlich verklangen die letzten Töne der Prélude – Martha hatte sie zweimal spielen müssen – und Alice Robust holte tief Luft und begann zu singen:

> »*A peacock came, with his plumage gay,*
> *Strutting in regal pride one day,*
> *Where a small bird hung in a gilded cage,*
> *Whose song might a seraph's ear engage ...*«

Kitty bezweifelte, dass Alice' Gesang ein *seraph's ear*, das Ohr eines Seraphs, oder das irgendeines anderen himmlischen Wesens verzaubern würde. Die Miene der Freundin auf der Bühne wirkte maskenhaft, ein stoisches Bild des Jammers. Sie würde dieses Lied singen und wenn es ihr Leben kostete. Kitty ließ den Blick durch den Saal wandern, um festzustellen, ob ein menschliches Ohr eine falsche Note wahrnahm. Aber das einzige Gesicht, das ihr in der Menschenmenge auffiel, war das von Julius Godding, der dem Lied die gleiche gedankenvolle Aufmerksamkeit schenkte wie dem wertlosen Gemälde der Kathedrale. Er merkte, dass sie ihn ansah, und lächelte. Kitty schaute weg.

Sobald das Lied zu Ende war, würden sie das Fest verlassen, schwor sie sich. Sie würde Mary Jane von ihrem Polizisten losreißen, die beiden eifrigen Theologiestudenten abschütteln, und Henry Butts würde sie nach Hause fahren. Natürlich würde er ihnen zuliebe das Fest früher verlassen – für Mary Jane würde er selbst mit zwei Dutzend hungrigen Aalen ringen. Doch da entdeckte Kitty den Bauernsohn, der an der Wand des Saals lehnte und Martha am Pianoforte beobachtete. Etwas in seinen Augen machte sie stutzig. Galt Henrys Interesse womöglich einem ganz anderen Mädchen? Bei dieser Erkenntnis wirbelten ihre Gedanken wieder zu der Bildergalerie, wo Mr Godding immer noch stand. Neben ihn war eine schöne Frau mittleren Alters getreten. Das musste seine Mutter sein. *Schäm dich, Kitty! So zu gaffen!* Plötzlich wurde Kitty Miss Fringle gewahr: Das Gesicht der Chorleiterin wirkte bleich. Es war offensichtlich, dass sie sich nicht von Alice' Stimme täuschen ließ. Oh, sie mussten so schnell wie möglich weg von hier!

Admiral Lockwood bekam einen Hustenanfall. Höflich wandten Kitty und die anderen Mädchen sich ab, um ihm die Peinlichkeit zu ersparen. Sein Husten erwies sich als hartnäckig wie so oft bei alten Leuten. Kitty war dankbar, weil sein Anfall von Alice' Gesang ablenkte.

> *»But the small bird sung in his own sweet words:*
> *›Tis not fine feathers make fine birds!‹«*

Klirr.

Admiral Lockwoods Glas kippte um und scharlachrote Bowle ergoss sich über das schneeweiße Tischtuch. Der Fleck breitete sich aus, wie zu einer riesenhaften Erdbeere in der Tischmitte. Die vier Mädchen sahen den Fleck und wandten diskret den Blick ab. Roberta Liebenswert schloss gequält die Augen. Ihr herrliches Tischtuch.

Wump.

Kitty zuckte zusammen. Louise fuhr herum. Elinor riss die Augen auf.

Die Tafel erzitterte, als Admiral Lockwoods großer Schädel auf die Tischplatte knallte.

Kapitel 20

Kitty verspürte einen Anflug von Ärger. Musste er sich so unmöglich aufführen? Und ausgerechnet an ihrem Tisch? Wahrscheinlich hatte er noch zusätzlich Schnaps in seine Bowle geschüttet. Leute, die keinen Alkohol vertrugen, sollten sich in der Öffentlichkeit zurückhalten.

Da brach Roberta Liebenswert in ein Wimmern aus. Es wurde lauter und schwoll zu einem schrillen Jammern an. Marthas Finger verfehlten die richtigen Tasten. Alice Robust brach das Lied abrupt ab.

Kitty Schlau stieß den Stuhl zurück und beeilte sich, Roberta zu beruhigen. Das wäre jetzt wirklich ein großartiger Zeitpunkt für einen ihrer Ohnmachtsanfälle! Louise Pockennarbig hastete zum Admiral und rüttelte an seiner Schulter. Er zeigte keine Reaktion. Sie lauschte auf seinen Atem und suchte mit den Fingerspitzen den Puls an seinem Hals. Niemand im Saal rührte sich, mit Ausnahme von Julius Godding und seiner Mutter. Die beiden kamen durch die fassungslose Menge zu ihrem Tisch gerannt. Mrs Godding, falls das ihr Name war, erfasste die Situation mit einem Blick und trat an Louises Seite. Sie griff nach dem Handgelenk des Admirals.

»Lass mich das machen, Liebes«, sagte sie zu dem Mädchen. »Julius. Such einen Arzt, schnell!«

Julius drehte sich um und richtete das Wort an die versammelten Gäste. »Ist ein Arzt anwesend?«, rief er. »Gibt es ansonsten einen Doktor hier in der Nähe? Wenn Sie mir bitte den Weg weisen würden …«

Henry Butts stürmte aus dem Saal nach draußen. Admiral Lockwoods ältlicher Diener Jeffers näherte sich zitternd dem Tisch, doch seine Beine gaben unter ihm nach. Julius bekam ihn gerade noch zu fassen und half ihm, sich auf einen Stuhl zu setzen. Indes kehrte auch schon Henry mit Dr. Snelling zurück, der sich einigen anderen Männern mit wenig Sinn für Musik angeschlossen hatte, um an der frischen Luft eine Zigarre zu rauchen. Er eilte an den Tisch.

Constable Quill tauchte aus seiner Vorhangecke auf und drückte sich energisch den Helm auf den Kopf. »Was geht hier vor?«

Mittlerweile hatten sich überall im Saal Männer und Frauen erhoben und umringten neugierig den Tisch mit dem reglosen Körper des Admirals. Louise hatte das Gefühl, keine Luft mehr zu bekommen. Jetzt drängte sich Alice Robust mit Martha Einfältig im Schlepptau durch die Menge. »Alles in Ordnung, Mädchen?«

Dr. Snelling nahm sich des Admirals an. Er klopfte ihm auf den Rücken, lauschte auf seinen Herzschlag, fühlte den Puls. Nach einer kurzen Weile legte der Arzt die schlaffe Hand des Admirals auf den Tisch und erhob sich. Er schüttelte den Kopf.

Die versammelten Gäste nahmen die Nachricht schweigend auf. Die Stille lastete auf dem Saal, als würde man unter Schmerzen ein- und wieder ausatmen. Ein leiser Laut entfuhr Jeffers Kehle. Tröstende Hände legten sich auf seine Schultern, während Augen sich taktvoll abwandten.

Kitty schlang die Arme fest um ihren Oberkörper. Der Saal drehte sich vor ihren Augen und sie fürchtete, von dem Strudel mitgerissen zu werden. Noch ein Toter. Warum wurden sie vom Tod verfolgt? Und warum verspürte sie jetzt eine solch tiefe Traurigkeit, während sie kein Bedauern über den Tod der Schulleiterin und deren Bruder empfunden hatte? Sie erhaschte einen Blick auf Mary Jane Ungeniert, die sich diskret durch die Menge schlängelte. Ihre Wangen waren gerötet. Zweifellos hatte ihr Tête-à-Tête mit Constable Quill eine spannende Wendung genommen. Kitty empfand nicht einmal echten Zorn wegen des anstößigen Benehmens ihrer Zimmergenossin. Admiral Lockwood war neben ihr tot umgefallen. Welche Rolle spielte da schon Schicklichkeit?

Beim Anblick des Admirals blieb Mary Jane stehen. Die rosige Farbe wich aus ihren Wangen.

Robertas sanfte Stimme durchbrach die Stille. »War es Gift?«

»Gift!«, schrie eine Frau.

»Gift?«, fragte ein Mann.

»Na, na.« Dr. Snelling hob die Hände. »Der Admiral hatte ein gesegnetes Alter. Es war damit zu rechnen, dass sein müdes Herz früher oder später aufgibt.«

Elinor Düster ergriff das Wort. »Er saß schon eine ganze Weile mit uns am Tisch«, sagte sie. »Und er hat nur Bowle getrunken. Wir alle haben Bowle getrunken.«

»Ist das sein Glas?« Constable Quill deutete auf ein leeres Glas auf dem Tisch.

»Nein«, entgegnete Louise Pockennarbig. Ihr Gehirn arbeitete fieberhaft. »Das Glas, aus dem er getrunken hat, war …«

»Meines.« Alice Robust ging zu einem freien Stuhl und setzte sich.

Constable Quill und Dr. Snelling rochen an den Gläsern und musterten prüfend Gesicht und Lippen des Admirals. Es fiel kein Wort zwischen den beiden Männern.

»Es war Gift!«, verkündete Miss Fringle mit lauter Stimme. »Gift in der Bowle!«

Mrs Rumseys Tonfall klang schneidend: »Ich habe die Bowle höchstpersönlich angesetzt, Letitia.«

»Ich war am Pianoforte!«, heulte Martha auf. »Ich war überhaupt nicht in der Nähe der Bowlegläser!«

Alle drehten sich nach Martha Einfältig um und starrten sie an.

»Natürlich nicht, Liebes«, sagte Julius Goddings Mutter. Sie strahlte Ruhe und Tatkraft aus, und in ihren grauen Augen lag etwas Beruhigendes. Kitty hätte sie gern näher kennengelernt, wäre sie nicht ausgerechnet die Mutter der Person gewesen, die ihr Verderben bedeutete. Bei Marthas unüberlegtem Ausruf zuckte sie zusammen. Sie mussten nach Hause, bevor noch eine von ihnen etwas Dummes tat. Dank dem Ton, den Mrs Godding Martha gegenüber angeschlagen hatte, betrachteten auch die anderen Gäste das Mädchen mit Mitleid und hinterfragten die wunderliche Bemerkung nicht.

Mary Jane Ungeniert trat neben Alice Robust und flüsterte ihr kurz etwas ins Ohr. Ein Ausdruck von Widerwillen huschte über Alice' Gesicht, aber dann nickte sie und suchte nach ihrem Taschentuch.

»Der arme Admiral.« Alice' Stimme bebte. Sie betupfte sich die Augen und die Nase mit dem Taschentuch. »Er war stets ein so liebenswürdiger und aufmerksamer Gentleman.« Sie schniefte und deutete an, dass die Gefühle sie übermannten. Mary Jane nickte zustimmend. Wenn es um den romantischen Blickwinkel ging, war sie zuständig. Was sollten denn die Leute denken, wenn Mrs Plackett den Tod ihres Freunds ohne Gefühlsregung aufnehmen würde?

Reverend Rumsey, der die Geschehnisse aus einiger Entfernung verfolgt hatte und dem die Sorge ins lange Gesicht geschrieben stand, machte jetzt seine Autorität geltend: »Meine Damen und Herren, ich bitte Sie, geben wir uns nicht Furcht und Spekulationen hin. Wir sind alle tief getroffen vom Ableben unseres ehrenwerten Admirals im Ruhestand. Obgleich ich sagen darf, dass es zweifellos eine Gnade ist, aus dem Leben zu scheiden, während man solch, äh, herrlicher Musik lauscht. Aber ich fürchte, dieser traurige Vorfall bereitet unserem Abend ein frühes Ende.«

»Ronald«, unterbrach ihn Mrs Rumsey mit strenger Miene. »Wir haben den Erdbeer-Trifle noch nicht serviert.«

Reverend Rumsey legte eine seltene Bestimmtheit an den Tag und hob die Hand: »Bitte, lasst uns nun alle nach Hause gehen, damit man sich mit dem gebotenen Respekt um den Leichnam des Admirals kümmern kann.«

Langsam löste sich die Menge auf, die Gäste flüsterten und warfen letzte Blicke über die Schulter und Alice Robust tat ihnen den Gefallen, noch einmal tragisch zu schniefen.

Aber plötzlich ertönte aus der Küche ein Schrei. Eine der freiwilligen Servierhilfen stieß die Tür auf und stürzte in den Saal. »Noch eine!«, schrie die junge Frau. »Es war Gift! Amanda Barnes ist in der Küche tot umgefallen!«

Kapitel 21

Mrs Godding rannte zur Küche und hatte den Saal schon halb durchquert, bevor jemand anderes überhaupt reagierte. »Bleib beim Admiral, Julius!«, rief sie noch und verschwand durch die Schwingtür.

Dr. Snelling, Constable Quill sowie Reverend Rumsey nebst seiner Frau eilten ihr nach.

Alice Robust erhob sich, um ebenfalls zu folgen, aber Louise Pockennarbig hielt sie zurück. »Bitte, Mrs Plackett, setzen Sie sich nicht der Aufregung aus. Bleiben Sie hier, wo wir uns um Sie kümmern können.«

Julius tauchte an Kittys Seite auf. »Ihre Mutter verhält sich großartig«, sagte sie.

»Vor ihrer Heirat war sie Krankenschwester«, erklärte er. »Mittlerweile arbeitet sie ehrenamtlich in einem Krankenhaus und hilft den einheimischen Frauen als Hebamme.«

»Julius?« Das war Miss Fringles Stimme. »Ist Ihr Name Julius?«

Kitty sackte das Herz in die Kniekehle. Jetzt war es so weit.

»Ja«, antwortete Julius. »Weiß vielleicht jemand, wo wir ein Bettlaken herbekommen?«

Miss Fringle hatte den Mund schon geöffnet und Kitty wartete nur darauf, dass sie sich nach dem Nachnamen erkundigen würde. Doch die Chorleiterin hielt inne. »Ich frage Patricia nach einem Laken«, erklärte sie und humpelte davon, um Mrs Rumsey zu suchen.

Die Schülerinnen von Saint Etheldreda standen schweigend beisammen. Martha Einfältig und Roberta Liebenswert hielten einander fest umarmt. Louise Pockennarbig, Elinor Düster und Mary

Jane Ungeniert hatten sich schützend um Alice' Stuhl gestellt. Mr Albert Bly verharrte hilfsbereit an Robertas Seite, während Charles Bringhurst neben Jeffers Stuhl kniete. Er sprach leise zu dem alten Diener und bot ihm ein Taschentuch an. Vielleicht war der Spitzname Begräbnis-Charlie tatsächlich gut gewählt? Aber nun wurde es wirklich höchste Zeit aufzubrechen. Doch was war mit Amanda Barnes? Würden jetzt etwa alle Anwesenden der Reihe nach wie die Dominosteine umfallen?

»Gute Neuigkeiten!« Reverend Rumsey erschien in der Küchentür, dahinter folgten seine Frau, der Arzt und der Constable. »Miss Barnes geht es gut«, verkündete der Pfarrer. »Sie war nur ohnmächtig. Ein kleiner Schwächeanfall wegen des Schrecks. Also, ich denke, damit hat sich der Verdacht auf Gift erledigt.«

Dr. Snelling und Constable Quill wechselten einen Blick, doch sie schwiegen.

»Ich muss nach Miss Barnes sehen.« Alice Robust erhob sich entschlossen. »Sie stand lange Jahre in meinen Diensten. Ich muss mich persönlich davon überzeugen, dass es ihr gut geht.«

Kitty konnte Alice nicht aufhalten und so folgten die Mädchen der falschen Mrs Plackett. Von der Tür aus blickten sie in die Küche. Amanda Barnes lag auf dem Boden; man hatte ihr ein Kissen unter den Kopf geschoben. Neben ihr kniete Mrs Godding und fächelte ihr mit einem Dessertteller Luft zu. Miss Barnes war leichenblass und ihr Atem kam stockend und schwach. Beim Anblick von Alice verbarg sie das Gesicht hinter ihrer zitternden Hand.

»Na, na, alles wird gut«, beruhigte sie Mrs Godding. »Ich kümmere mich um Sie, bis es Ihnen besser geht.«

»Wird der Admiral wieder gesund?«, fragte Miss Barnes mit matter Stimme.

Mrs Godding erschrak und warf den Mädchen einen warnenden Blick zu. »Sorgen Sie sich jetzt nicht um den Admiral«, sagte sie. »Er ist ein zäher alter Knochen. Sind Sie mit ihm verwandt?«

Amanda Barnes schüttelte den Kopf. »Er tut mir nur so leid. Ich war gerade dabei, hier die Creme für das Trifle in die Gläser zu füllen, und als ich das Wort ›Gift‹ hörte, da …«

»Ja, ich verstehe.« Mrs Godding strich der Frau eine feuchte blonde Strähne aus der Stirn. »Jetzt denken Sie erst einmal nur an sich. Sie benötigen Ruhe.«

Miss Barnes holte tief Luft. »Danke für alles, gnädige Frau. Sie sind sehr freundlich.« Sie ließ die Hand sinken, die sie sich schützend vor das Gesicht gehalten hatte. »Ich glaube, ich kenne Ihren Namen gar nicht, Verzeihung.«

Mrs Godding reichte ihr geduldig ein Glas Wasser. »Dafür müssen Sie sich nicht entschuldigen. Wir sind uns noch nicht begegnet. Ich bin gerade erst aus Bombay eingetroffen. Mein Name ist Elaine Godding, die Witwe von Mr Geoffrey Godding.«

Amanda Barnes blinzelte. Sie schluckte angestrengt und wollte sich aufsetzen. Kitty spürte, wie neben ihr Louise und Alice vor Entsetzen erstarrten.

»Nein, noch nicht, meine Liebe.« Mrs Godding sorgte mit freundlichem Nachdruck dafür, dass Amanda Barnes liegen blieb. »Sie sollten nicht gleich wieder aufstehen. Warten wir, bis der Saal sich geleert hat.«

Kitty schaute weg. Sie brachte es nicht fertig, Miss Barnes oder ihre Freundinnen anzusehen. Da entdeckte sie Martha Einfältig, die ihnen von der anderen Seite des Saals zuwinkte, und gab den übrigen Mädchen ein Zeichen, ihr zu folgen.

»Henry wartet am Wagen, um uns heimzufahren«, sagte Martha.

KAPITEL 22

Schwere Wolken hatten sich vor die Sterne geschoben, sodass der Himmel schwarz wie Tinte war, als Henry Butts den Freundinnen vor dem Mädchenpensionat Saint Etheldreda aus dem Wagen half. Alice Robust dankte ihm dafür, dass er sie gefahren hatte, und anschließend bedankte sich Martha Einfältig noch ein halbes Dutzend Mal mehr, bis Louise Pockennarbig sie ins Haus zerrte.

Drinnen ließ Kitty Schal und Haube einfach auf den Fliesenboden fallen und fuchtelte mit geballten Fäusten vor ihrem Gesicht herum.

»Wie konnte das bloß passieren?«, schrie sie. »Wir hätten nie zu dem Fest gehen dürfen!«

Kittys Worte hallten durch den dunklen Korridor. Die Mädchen trotteten ins Gesellschaftszimmer und Elinor Düster entzündete mit einem Streichholz zwei Kerzen. Dieses Geräusch, dann der Geruch nach Schwefel und die flackernden Flammen rissen Kitty aus dem Schockzustand. Sie nagte an einem Fingerknöchel und bemühte sich, die Gedanken auszuschalten.

»Was willst du damit sagen, Kitty?«, fragte Elinor. »Dass Admiral Lockwood nicht gestorben wäre, wenn wir zu Hause geblieben wären?«

»Ja ... nein ... doch!«, stöhnte Kitty. »Ich meine, das liegt doch auf der Hand, oder? Der Anschlag galt Mrs Plackett und versehentlich ist *er* ihm zum Opfer gefallen.«

»Du willst aber nicht behaupten, dass *wir* ihn getötet haben?«, drang Elinor weiter in sie.

Kitty schäumte. »Sei nicht albern!«

»Versehentlich ...«, wiederholte Louise Pockennarbig.

»Ja, und?«, fuhr Mary Jane sie an, doch Louise reagierte nicht.

»Wo sind die Messingleuchter?«, fragte Elinor.

»Es zieht«, merkte Roberta Liebenswert zaghaft an. »Lasst uns ein Feuer im Kamin machen.«

»Ich meine nicht nur wegen des Admirals, wobei das am schlimmsten ist«, fuhr Kitty fort. »Er ist tot. Gott sei seiner Seele gnädig. Ich meine, wegen allem.« Sie ließ sich in einen Sessel fallen. Sie fühlte sich schlapp, völlig erschöpft. »Da war die Gesangseinlage, dann Mary Janes herumschnüffelnder Constable und der vermaledeite Fahrkartenverkäufer. Alice in Gefahr, Gott stehe uns bei, und schließlich taucht noch Julius Godding auf.«

»Ach, richtig«, sagte Mary Jane. »Der liebe *kleine* Julius.« Sie warf ihren Mantel auf einen Sessel. »Nach all den Jahren in Indien musste er ausgerechnet heute Abend auf der Bildfläche erscheinen. Würde mich bitte jemand aufklären und mir die Geschichte von Anfang an erzählen?«

»Wenn du nicht damit beschäftigt gewesen wärst, deinem Polizisten nachzustellen und wer weiß was hinter dem Vorhang zu treiben, müsstest du nicht fragen«, schimpfte Louise Pockennarbig.

»Oh, da ist aber jemand frech heute Abend«, sagte Mary Jane gleichgültig.

Diese Selbstgefälligkeit brachte Louise in Rage. »Ich bin nicht frech«, schrie sie. »Ich habe recht. Es ist mir egal, wie viel älter du bist. Im Gegensatz zu gewissen anderen habe *ich* genug Verstand, um mich nicht so schamlos aufzuführen und um zu erkennen, wann meine Freundinnen meinen Beistand und meine Hilfe brauchen!«

»Hoho!«, spottete Mary Jane Ungeniert von oben herab. »Von dir lasse ich mich nicht belehren. Kümmere dich um deine Angelegenheiten, kleines Fräulein.«

Louise öffnete den Mund, um Mary Jane eine vernichtende Antwort entgegenzuschleudern, aber ihre Augen brannten. Nichts hasste sie so sehr, wie wenn man sie »klein« nannte. Sie drehte sich rasch weg, damit Mary Jane nicht bemerkte, wie getroffen sie war.

Kitty beobachtete die Szene mit Bestürzung. Mussten die beiden nach so einem schrecklichen Abend mit diesem sinnlosen Gezanke alles noch schlimmer machen?

Ein leiser, erstickter Laut drang an Kittys Ohr. Sie schaute sich um und sah Alice Robust, die, über den Kamin gebeugt, versuchte, ein Feuer zu entfachen. Ihre Schultern zuckten.

Martha Einfältig hatte es ebenfalls bemerkt und kniete sich neben sie. »Lass mich anschüren, liebe Alice«, sagte sie. »Du hattest einen harten Abend. Aber bitte weine nicht. Dein Gesang war nicht *so* schlecht.«

»Ach!« Es klang wie eine Mischung aus einem Seufzen und einem Schluchzen. »Ich bin nicht traurig wegen des Lieds.« Alice setzte sich auf ein Sofa und wischte sich mit dem Taschentuch über die Augen.

Kitty stand auf und setzte sich neben Alice. »Nein?«, fragte sie.

»Vielleicht auch«, sagte Alice. »Es war eine Blamage. Aber das ist nicht weiter wichtig.« Alle warteten, bis sie sich die Nase geputzt hatte. »Jemand hat heute Abend versucht, mich zu töten. *Zu töten!* Und ihr zankt euch hier wie die Hühner.« Sie wischte sich nochmals die Nase ab. »Zum Glück habe ich überlebt, aber ein liebenswürdiger alter Herr ist an meiner Stelle gestorben. Und ich habe meine einzige Chance vertan, um …«

»Um was?«, erkundigte sich Mary Jane Ungeniert.

Alice kämpfte mit einem weiteren Schluchzer. »Egal.« Sie schüttelte den Kopf. »Das ist jetzt alles egal.« Sie lachte bitter auf, während ihr die Tränen über das Gesicht liefen.

Arme Alice, dachte Louise Pockennarbig. Sie hat wegen der ganzen Strapazen den Verstand verloren.

»Wollt ihr was wissen?«, fragte Alice in die Runde. »Ich habe heute Abend einen Heiratsantrag bekommen.«

»Von Leland Murphy?«, fragte Kitty, ohne nachzudenken.

Alice Robust warf ihr einen vernichtenden Blick zu. Selbst im Dämmerlicht traf er Kitty wie ein Dolchstoß. Alice deutete auf ihr grau gepudertes Haar und die Schminke und Kitty wurde ihr entsetzlicher Fehler bewusst.

»Sei nicht albern, Kitty!«, rief Mary Jane Ungeniert. »Die arme Alice hat schon genug gelitten! Da musst du sie nicht noch mit

Gedanken an diesen Leland Murphy quälen!« Sie tätschelte Alice die Schulter.

»Der Antrag kam von Admiral Lockwood«, erklärte Elinor Düster.

»Ach, du hast es mitbekommen?«, fragte Alice. »Ich dachte, du seist zu sehr in deine Unterhaltung mit Begräbnis-Charlie vertieft.«

»Begräbnis-Charlie!« Mary Jane schlug die Hände über dem Kopf zusammen. »Würde mich jetzt endlich jemand aufklären, bevor ich platze.«

»Sein Name ist Charles Bringhurst«, berichtete Roberta Liebenswert. »Er ist der beste Freund von Mr Albert Bly. Die beiden sind Studenten am Barton Theological College.«

»Ach, zum Teufel mit den Theologiestudenten!« Kitty schleuderte ihre Handschuhe auf den Tisch. »Meinetwegen können sie Kardinäle sein – Männer sind das Letzte, womit wir uns jetzt beschäftigen sollten. Begreift ihr eigentlich nicht, in was für einer misslichen Lage wir stecken?«

»Das sagst ausgerechnet du!« Alice Robust funkelte Kitty wütend an. »Du hast Ewigkeiten drüben bei den Bildern gestanden und mit deinem neuen Bekannten geplaudert.«

Kitty wurde übel. Ihr wurde schmerzhaft bewusst, wie recht Alice hatte. Sie hatte die Freundin mit der grässlichen Maskerade und dem qualvollen Auftritt allein gelassen, hatte sie Gefahren ausgesetzt, die sich jetzt erst in aller Deutlichkeit offenbarten, während sie selbst mit einem jungen Mann geflirtet – ja, geflirtet! – hatte. Im Nachhinein erschien es ihr wie die gerechte Strafe für ihre Untaten, dass dieser Mann sich als Julius Godding entpuppt hatte.

Mit Mühe schluckte Kitty, dann sagte sie: »Alice, es tut mir leid. Es tut mir leid, dass du heute Abend singen musstest. Es tut mir leid, dass du Mrs Plackett spielen musstest und nicht als du selbst zu dem Fest gehen konntest.« Ihre Blicke trafen sich und Kitty erkannte, dass Alice wusste, dass sie verstanden hatte. »Deine Freundin ... Lucy ... Lucy Morris hat sich erkundigt, wie es dir geht, und sie lässt ... Grüße und gute Besserung ausrichten.«

Alice nickte. Kitty sah, dass sie ein Stück weit besänftigt war.

»Danke, dass du mir das sagst. Das war sehr freundlich ... von ihr.« Sie seufzte.

Kitty holte tief Luft. »Und mehr als alles andere«, fuhr sie fort, »tausend Mal mehr, tut es mir leid, dass du der Gefahr von ...« Kitty dachte mit Bitterkeit an ihr leeres Versprechen zurück, dass sie alle gemeinsam Alice beschützen würden, »der Gefahr von Gift ausgesetzt warst.«

Alice erschauderte und biss sich auf die Lippe. »Das war nicht deine Schuld, Kitty. Wir hätten nie auf das Fest gehen dürfen. Ich war dumm, dass ich für uns zugesagt habe.«

Kitty umarmte Alice. »Nein, nein, sag das nicht. Niemand konnte das vorhersehen. Egal, wie wir entschieden hätten, das Unheil war ohnehin schon unterwegs.« Dann drehte sich Kitty zu Mary Jane um: »Und du solltest dich schämen, Louise so zu piesacken.« Allmählich kam sich Kitty selbst ein bisschen wie Mrs Plackett vor. »Du hast dir einen äußerst schlechten Abend für dein unpassendes Benehmen herausgesucht.«

Mary Jane Ungeniert zuckte mit den Schultern. »Woher sollte ich denn wissen, dass plötzlich alle Gift schlucken?«

Die übrigen Mädchen starrten sie eindringlich an.

»Ja, schon gut«, seufzte Mary Jane. Sie setzte ihr bestechendstes Lächeln auf und wandte sich an die Jüngste in der Runde. »Frieden, Louise?«

Louise reckte das Kinn vor. »Frieden«, stimmte sie zu, obgleich in ihrer Stimme ein verzeihlicher Hauch von Überlegenheit mitschwang. »Aber was du an dem schmierigen Constable findest, werde ich nie verstehen.«

»Warte nur ab, Herzchen«, sagte Mary Jane. Sie zog Louise an der Hand zu sich auf das Sofa und drückte ihr einen Kuss auf die Wange.

»Igitt!«, rief Louise und wischte sich über die Backe.

Martha Einfältig wollte nicht länger wegen solcher Albernheiten ihre dringliche Frage zurückhalten: »Findet es eigentlich niemand von euch merkwürdig, dass ausgerechnet heute Abend auf dem Fest ein zweiter Julius Godding auftaucht, wo sich bei uns gerade alles um den Julius in Indien dreht?«

Kitty musste sich beherrschen, um nicht laut aufzustöhnen. »Martha, du gute Seele. Das ist kein *zweiter* Julius Godding. Das ist *der* Julius Godding aus Indien. Mrs Placketts Neffe, der Ely überraschend einen Besuch abstattet.«

Roberta Liebenswert griff nach Marthas Hand. »Er ist also gar kein kleiner Junge mehr.«

»Allenfalls im Vergleich zu Miss Fringle«, warf Alice ein. »Sie war diejenige, die in uns die Vorstellung geweckt hat, Julius sei noch ein Kind.«

»Er hat mir erzählt, dass er seit Jahren nicht in Ely war«, berichtete Kitty.

Louise Pockennarbig stand auf und ging im Zimmer auf und ab. »Er ist kein kleiner Junge«, wiederholte sie. »Er ist Mrs Placketts alleiniger Erbe *und*«, ihr Tonfall wurde triumphierend, »er ist schon seit einigen Tagen hier in Ely.«

Kitty schaute Louise neugierig an. »Wie kommst du darauf, Louise?«

Das jüngere Mädchen bemerkte seinen Fehler zu spät, aber verspürte kein Verlangen, den anderen zu beichten, dass es die Begegnung mit dem jungen Mann auf der Straße verschwiegen hatte. »Na, haben wir ihn nicht gestern in der Drogerie getroffen?«

Kitty tippte sich nachdenklich ans Kinn. Julius Godding hatte erzählt, er habe vorgestern schon einen Spaziergang in der Prickwillow Road gemacht und dabei ein Mädchen getroffen? War das womöglich Louise gewesen? »Meine Schwester ...«, überlegte sie laut.

»Das stimmt, er ist der junge Herr aus der Drogerie!«, rief Mary Jane Ungeniert. »Mir kam sein Gesicht gleich so bekannt vor.« Sie schlug mit einem Sofakissen nach Kitty. »Du schamloses Ding. Ständig machst du mir Vorhaltungen und selbst verabredest du heimliche Rendezvous mit Fremden, die du beim Einkaufen kennenlernst!«

»Das tue ich nicht!«, widersprach Kitty heftig. »Unser Zusammentreffen war reiner Zufall.«

Mary Jane zwinkerte den anderen Mädchen zu. »Wenn du das sagst.«

»Das ist doch jetzt egal«, rief Louise. »Seht ihr denn nicht die Zusammenhänge? Wir wissen nicht genau, wann er in der Stadt eingetroffen ist, aber mit ziemlicher Sicherheit«, sie schluckte, »war es nicht gestern.«

»Und? Das heißt?«, hakte Alice nach.

Louise wedelte triumphierend mit ihrem Notizbuch. »Solange nicht bewiesen ist, dass er am Sonntag nicht in Ely war, stellt Julius Godding unseren Hauptverdächtigen dar.«

»Oh!«, entfuhr es Roberta Liebenswert. »Er ist doch so jung. Und so gut gekleidet ist er auch.«

Kitty spürte Übelkeit in sich aufsteigen. Louise hatte recht, das wusste sie. Aber in diesem Augenblick hasste sie sie dafür, die Wahrheit ausgesprochen zu haben.

»Was denkst du, Kitty?«, fragte Mary Jane. »Du hast dich mit ihm unterhalten. Wirkte er wie ein Mörder?«

»Wie genau wirkt ein Mörder?« Kitty machte sich an den Ebenholzknöpfen ihres Kragens zu schaffen. »Ich habe keine Axt hinter seinem Rücken gesehen, wenn du das meinst. Aber versteht ihr denn nicht? Ob er ein Mörder ist oder nicht: Er ist hier in Ely mit seiner Mutter. Selbst wenn er eine Seele von Mensch ist – er ist hier. Damit entlarvt er uns als Lügnerinnen, und das ruiniert alles. Das ist das denkbar Schlimmste, was heute Abend passieren konnte.«

Elinor Düster schüttelte den Kopf. »Nein, nicht das Schlimmste. Das Schlimmste ist uns erspart geblieben.«

Roberta Liebenswert lehnte ihren Kopf an Alice' Schulter. »Admiral Lockwood hat nicht so viel Glück gehabt.«

Alice fand es allmählich gar nicht mehr schwierig, alt und müde wie Mrs Plackett auszusehen. Sie wandte sich an Louise Pockennarbig. »Es war Gift, oder, Louise? Und es war nur in meinem Bowleglas?«

Marthas Unterlippe zitterte. Kitty warf ihr einen strengen Blick zu, damit sie nicht wieder hysterisch wurde.

Louise öffnete ihre Handtasche und holte eine Serviette heraus. Sie faltete sie auseinander und ein großer roter Bowlefleck wurde sichtbar. »Ich weiß nicht, ob die Menge für einen Test ausreicht, aber ich werde es versuchen.«

Kitty legte der jüngeren Schülerin den Arm um die Schulter. »Gut gemacht, Louise«, lobte sie. »Du hattest in jedem Fall eine schnellere Auffassungsgabe als irgendwelche Polizisten oder Ärzte.«

»Oh, da bin ich mir nicht so sicher«, entgegnete Louise. »Ich hatte den Eindruck, dass Dr. Snelling es auch weiß. Er erkennt vermutlich die Symptome. Admiral Lockwood hatte auch so rote Flecken im Gesicht wie Mrs Plackett und Mr Godding. Und das umgekippte Bowleglas roch nach Mandeln, was auf Zyanid hindeutet.«

Kitty Schlau unterdrückte ein Zittern, das ihr in die Glieder fuhr. »Beinahe hätte ich aus dem Glas getrunken«, sagte sie. »Als ich mich auf deinen freien Platz gesetzt habe, Alice.«

Alice Robust betastete mit spitzen Fingern die Schminke in ihrem Gesicht. »Admiral Lockwood hat darauf gedrängt, dass ich die Bowle trinke«, berichtete sie. »Nachdem ich seinen Heiratsantrag angenommen hatte.«

»Was für ein Glück, dass du nichts davon getrunken hast«, sagte Mary Jane Ungeniert. »Moment! Du hast den Heiratsantrag *angenommen*?«

Alice schaute überrascht auf. »Selbstverständlich. Er ist ein wohlhabender Mann. Es wäre töricht gewesen abzulehnen.«

Louise wirkte sichtlich verletzt. »Hast du es so eilig, uns zu verlassen?«

Kitty Schlau war nicht weniger verblüfft. »Was ist mit, ähm, Lucy Morris?«

Martha Einfältig richtete sich auf. »Wie? Ist sie auch mit Admiral Lockwood verlobt?«

Alice musste lachen. »Ihr Gänse. *Ich* habe doch den Heiratsantrag nicht angenommen, das war Mrs Plackett. Sie hätte angenommen. Versteht ihr nicht? Natürlich hätte sie das. Sie hätte sich sein Geld unter den Nagel gerissen und uns alle schnurstracks zurück zu unseren Familien geschickt. Also musste ich Ja sagen.«

»Wenigstens ist er glücklich gestorben«, bemerkte Roberta Liebenswert.

Alice Robust lächelte leicht. »Mehr als glücklich. Ich erzähle euch nicht, was er mir sagte, nachdem ich eingewilligt habe. Es ist zu unanständig, um es zu wiederholen. Der durchtriebene alte Seebär.«

Mary Jane Ungeniert kicherte. »Du erzählst es mir später, ja, Liebes?«

Die Mädchen saßen im Dämmerlicht und jede hing ihren eigenen Gedanken nach. Auf ihren Gesichtern tanzten Schatten und der rötliche, flackernde Schimmer der Flammen. Obwohl das Feuer kräftiger wurde, kam ihnen das Zimmer feucht und kalt vor.

Roberta Liebenswert fröstelte. »Brr! Stochere mal in der Glut, Elinor, bitte. Mir wird einfach nicht warm.«

Schlagartig richtete Louise sich auf. »Wo ist Aldous?«

Die Mädchen schauten einander entsetzt an. Warum war ihnen das gar nicht aufgefallen? Normalerweise begrüßte der kleine Frechdachs sie bereits kläffend an der Tür, wenn sie nach Hause kamen. Louise fing an, nach dem Hund zu rufen, und alle schwärmten aus, um in den übrigen Zimmern nach ihm zu suchen.

Jedes Knarren der Dielenbretter klang in Robertas Ohren gespenstisch. Sie tastete sich Schutz suchend an der Holzvertäfelung des Korridors entlang in Richtung Klassenzimmer. Dort hatten sie die Kisten mit Mr Goddings Sachen abgestellt. Aber jetzt waren die Kisten aufgerissen und seine Habseligkeiten lagen überall im Zimmer verstreut.

»Kitty?« Robertas Stimme zitterte. Sie wünschte, sie wären in Zweiergruppen losgegangen. »Hast du Mr Goddings Kisten geöffnet?«

Sie wich aus dem Zimmer zurück und schlich zum Esszimmer. Dort empfingen sie die leeren Fächer des Geschirrschranks. Die Türen standen sperrangelweit offen.

»Mary Jane?«, rief sie. »Hast du beim Abstauben das Porzellan aus dem Schrank geräumt?«

Aber ihre Fragen verhallten unerwidert. Sie wurden von Louises lauten Rufen nach Aldous übertönt. Plötzlich hörte Roberta Liebenswert, wie eines der Mädchen – sie konnte nicht sagen, wer es war – einen erschrockenen Schrei ausstieß.

Hastig rannte sie zurück ins Gesellschaftszimmer mit dem schützenden Feuer. Aber die Freundinnen waren nicht da. Roberta wagte sich vorsichtig ein weiteres Mal auf den Korridor hinaus und fand sie in Mrs Placketts Schlafzimmer.

Das Fenster zum Garten war eingeschlagen. Ein kalter Luftzug drang ins Zimmer, der die zarten Vorhänge wie Seegras zum Tanzen brachte. Im Schein der Kerzen glitzerten die Glasscherben auf dem Boden wie frisch gefallener Schnee.

Und da auf dem Boden am Fußende des Bettes lag reglos der kleine Aldous.

KApiTEL 23

Louise Pockennarbig fiel auf die Knie und streckte die Hand nach dem Hündchen aus. Ihre Hände zitterten.

Elinor Düster kauerte sich neben sie und schlang ihre Arme um sie. Im Licht der kleinen Kerze sahen die übrigen Mädchen, wie Louise eine Träne auf den Schoß tropfte.

Alice Robust nahm einen Kopfkissenbezug von Mrs Placketts Bett und wickelte Aldous darin ein, dann hob sie ihn sanft hoch und legte ihn auf das Bett. Sie presste ihre Handflächen auf seine Flanke und runzelte die Stirn.

»Louise«, sagte sie. »Ich glaube, er lebt.«

Louise wischte sich energisch über die Augen und trat hastig neben sie. Die anderen Mädchen versammelten sich ebenfalls um das Bett.

»Was ist mit ihm passiert?« Marthas Stimme bebte. »Wer kann das getan haben?«

Eine kühle Brise wehte durch das eingeschlagene Fenster herein.

Die Wissenschaftlerin in Louise gewann die Oberhand über ihre Gefühle. »Es ist kein Blut zu sehen«, stellte sie fest. Sie tastete den Kopf und die Flanken des Hundes ab. »Keine Anzeichen von Gewalteinwirkung ...« Sie blickte die Freundinnen an. »Vielleicht wurde er betäubt.«

Kitty beobachtete Louise bei der Untersuchung des kleinen Hunds. Sie nahm die flatternden Vorhänge und Glasscherben wahr. Sie betrachtete der Reihe nach die mitgenommenen Gesichter der Mädchen, auf denen das flackernde Licht der Kerze spielte. Wie lieb sie alle hatte! Wie herrlich wäre es gewesen, wenn sie einfach für immer hätten zusammenbleiben können! Aber da waren Julius Godding, Admiral Lockwood, Miss Fringle ... Ihre Träume lagen in Scherben wie die Glasscheibe. Der Einbrecher hatte all ihre Hoffnungen zerschlagen, nicht, weil er ihnen Porzellan und Kerzenhalter gestohlen hatte. Er hatte ihnen die Sicherheit genommen. Es schien so grausam, so willkürlich, dass Habgier eine solche Macht haben konnte – alles nur für einen Sack mit Silberzeug und Porzellan.

Aber war es tatsächlich der Einbrecher, der ihnen die Sicherheit genommen hatte? Oder der Mörder?

Was, wenn es sich um ein und dieselbe Person handelte?

Was sollte sie tun? Was würde Tante Katherine tun?

In den Geschichtsbüchern steht das zwar nie, aber manchmal ist die heldenhafteste Entscheidung, die, sich zu ergeben, dachte Kitty.

»Martha, Mary Jane: Lauft schnell zum Haus der Butts«, sagte sie. »Erzählt ihnen, dass wir einen Einbrecher hatten, und er unseren Hund verletzt hat. Bittet Henry, in die Stadt zu fahren und die Polizei zu informieren. Und er soll auch versuchen, Dr. Snelling zu finden, und ihm ausrichten, er möge vorbeikommen.«

Mary Jane nickte. »Seid ihr hier sicher?«, fragte sie.

Alice Robust griff nach dem Schürhaken neben Mrs Placketts Kamin und Elinor Düster bewaffnete sich zur Verblüffung der Freundinnen mit der Kohlenschaufel. Sie nickten grimmig. Martha und Mary Jane verschwanden im Korridor. Sekunden später hörte man die Haustür ins Schloss fallen.

»Bringen wir den Kleinen zum Feuer ins Gesellschaftszimmer.« Alice nahm Aldous auf den Arm und trug ihn hinaus.

»Roberta, Liebes, hilf mir, eine Decke vor das Fenster zu hängen«, bat Kitty. »Und wenn wir schon dabei sind, können wir auch gleich die Scherben zusammenfegen.«

Elinor schaufelte Kohlen auf das Kaminfeuer im Gesellschaftszimmer, holte dann einen Teekessel aus der Küche und hängte ihn über die Flammen. Das Wasser würde sich nur langsam erhitzen, aber sie hatten viel Zeit. Alice entzündete die Lampen und einige zusätzliche Kerzen, die sie in einer Schublade fand, und sogleich strahlte der Raum mehr Behaglichkeit und Sicherheit aus.

Als Kitty und Roberta hereinkamen, saß Louise vor dem Kamin mit Aldous auf dem Schoß und streichelte ihn.

»Komm schon, Kleiner«, flüsterte sie. »Wach auf und erzähl uns, wer das getan hat. Komm schon, Aldy. Wenn du es uns erzählst, darfst du dem Kerl auch in die Waden beißen.«

Die Mädchen warteten und hofften, bemüht, nichts zu erhoffen.

»Was war das?«, rief Roberta Liebenswert plötzlich. Sie richtete sich kerzengerade auf und ihre Nase zuckte, als wollte sie eine Witterung aufnehmen. »Habt ihr das nicht gehört, draußen im Garten?«

Alice Robust und Kitty Schlau schauten einander an. Nicht schon wieder ein hysterischer Anfall. Nicht jetzt.

»Das war sicher nur ein Tier, Roberta«, beruhigte sie Louise. »Oder vielleicht der Wind in den Bäumen.«

»Alice, komm mit«, bat Kitty. »Lass uns eine Liste erstellen von allen Dingen, die fehlen.«

»Gern, so vergeht die Zeit schneller«, stimmte Alice zu.

Die Mädchen machten die Ausmaße der Verwüstung fassungslos. Beinahe aus allen Zimmern waren die Kerzenleuchter aus Messing gestohlen worden und im Unterrichtszimmer lagen überall Mr Goddings Habseligkeiten herum, aber sie konnten unmöglich wissen, was fehlte. Das Porzellan und Silber im Esszimmer war verschwunden. Sie betraten den Salon. Die Glasscheiben der Kuriositäten-Vitrine waren eingeschlagen worden. Der Dieb hatte sie ausgeplündert, und der Ebenholz-Elefant sowie sämtliche anderen wertvollen Objekte fehlten.

Alice schrieb »Elefant« auf die Liste der gestohlenen Dinge.

»Das ist kolossal anständig von dir, dass du mir jetzt nicht vorhältst: ›Ich habe es dir ja gesagt ...‹«, dankte Kitty. »Du hast mich davor gewarnt, den Elefanten so offen zur Schau zu stellen.«

»Das spielt keine Rolle«, entgegnete Alice. »Unser Dieb ist mit großer Gründlichkeit vorgegangen. Wahrscheinlich hätte er den Elefanten auch gefunden, wenn du ihn woanders hingestellt hättest.«

Mary Jane Ungeniert und Martha Einfältig kehrten fröstelnd aus der kalten Nacht zurück und gingen gleich in das warme Gesellschaftszimmer, und auch Kitty und Alice kamen dazu.

»Henry und sein Vater sind in die Stadt geritten«, berichtete Martha. »Sie werden bald mit der Polizei zurück sein. Und mit Dr. Snelling, falls sie ihn finden.«

»Mrs Butts hat angeboten herüberzukommen und mit uns auf die Polizei zu warten«, fügte Mary Jane hinzu, »aber ich habe ihr gesagt, dass wir bei Mrs Plackett gut aufgehoben sind.«

»Ich habe alles im Griff«, sagte Alice Robust trocken. »Sorgt euch nicht um unsere Sicherheit, *Mrs Plackett* ist hier, um uns alle zu beschützen.«

Louise Pockennarbig reckte trotzig ihr Kinn vor. »Ich habe keine Angst«, erklärte sie. »Aber wer auch immer das Aldous angetan hat, sollte besser Angst vor mir haben.«

»Hört, hört!«, rief Mary Jane Ungeniert. »Das ist der richtige Kampfgeist!«

»Und vor mir auch«, sagte Alice mit Mrs Placketts Stimme. »Wer meinen Mädchen zu nahe tritt, bekommt eine Tracht Prügel, die er so schnell nicht vergisst!«

»Ein Toast!«, rief Kitty. »Wartet!« Sie rannte in die Küche und kehrte mit einem Tablett zurück. Darauf standen Gläser und frisch geöffnete Flaschen mit schäumendem Ingwerbier. Sie goss ein und reichte Mary Jane ein Glas. »Auf die Mädchen von Saint Etheldreda! Schwestern für immer, egal, was heute Nacht kommen mag!«

»Oder morgen.« Mary Jane leckte sich die Lippen, ohne sich um den Schnurrbart aus Schaum zu kümmern, den das Ingwerbier in ihrem Gesicht hinterlassen hatte. »Oder wann immer Julius Godding vor der Tür steht, um seine Tante zu besuchen oder sein Erbe einzufordern. Sagt mal! Angenommen, ich heirate ihn, dann könnt ihr alle bleiben, sozusagen als meine angeheirateten Schülerinnen. Er sieht ziemlich gut aus, dieser Julius, findest du nicht, Kitty?«

»Keine Ahnung«, blaffte Kitty. »Ich hatte keine Gelegenheit, seine Schultern zu messen.«

Roberta Liebenswert nippte vorsichtig an ihrem Glas. »Würdest du tatsächlich jemandem eine Tracht Prügel verpassen, Alice?«

Alice lachte. »Man weiß nie, welche Courage man in Ausnahmesituationen aufbringt, liebe Roberta.«

Louise Pockennarbig schüttelte den Kopf, als Kitty ihr ein Glas anbot, und so streichelte Kitty ihr lediglich den Rücken und schaute ihr über die Schulter. »Wie geht es unserem Kleinen?«

»Vielleicht täusche ich mich, aber ich glaube, sein Herzschlag wird etwas kräftiger«, antwortete Louise.

Kitty war überrascht, wie sehr das ihre Stimmung hob. »Guter Junge, Aldous.«

Aneinandergelehnt saßen die Mädchen in den Sesseln vor dem Kamin und beobachteten Louise, die den Hund kraulte. Beim kleinsten Laut draußen – und es gab unerträglich viele Geräusche – rannte Martha zur Haustür, um aus dem kleinen Fenster zu spähen, doch jedes Mal kehrte sie ohne Neuigkeiten zurück. Dann endlich ertönte das unverwechselbare Geklapper von Hufen und das Knirschen von Wagenrädern auf dem Kiesweg.

Kitty sauste los, um die Ankömmlinge hereinzulassen. Ausnahmsweise freute sie sich, Constable Quill vor der Tür zu sehen. Er kam in Begleitung von zwei weiteren Polizisten. Es waren kräftige Kerle, deren verbissenen Mienen vermuten ließen, dass sie lange, eintönige Jahre auf der Polizeiwache von Ely gewartet hatten, bis endlich einmal ein echtes Verbrechen passierte. Außerdem waren da Henry Butts, dessen Vater und glücklicherweise auch Dr. Snelling.

Als weniger glücklich empfand es Kitty, dass auch Reverend Rumsey sowie Julius und Mrs Godding aus dem Polizeiwagen stiegen. Kitty gelang es nicht, ihre Verblüffung angesichts dieses überraschenden, weniger willkommenen Besuchs zu verbergen.

»Mutter und ich waren gerade auf der Polizeiwache«, erklärte Julius zur Begrüßung. »Wir mussten unsere Aussagen für den Bericht des Gerichtsmediziners machen. Es sieht ganz so aus, als wird es eine Untersuchung zur Todesursache des Admirals geben.«

Kitty nickte bloß. Sie war noch immer sprachlos vor Schreck.

»Als wir mitbekamen, dass in das Haus meiner Schwägerin eingebrochen und ihr Hund verletzt wurde, wollten wir natürlich all unsere Unterstützung anbieten«, fügte Mrs Godding hinzu. »Ich hatte heute Abend bei dem Fest gar keine Gelegenheit, Constance angemessen zu begrüßen und so sind wir gleich mitgekommen.«

»Und ich bin hier, um in dieser schweren Stunde, so gut ich es vermag, geistlichen Beistand zu leisten. Auch ich befand mich gerade auf der Polizeiwache, als die Nachricht eintraf.«

»Natürlich. Wie freundlich von Ihnen.« Kitty hoffte, dass sie ihre Haltung wiedergewonnen hatte. »Bitte treten Sie doch ein.«

Gemeinsam gingen sie zum Gesellschaftszimmer.

»Constance!«, rief Mrs Elaine Godding aus. »Wie freue ich mich, dich nach so vielen Jahren wiederzusehen – aber unter welch traurigen Umständen!«

Alice Robust erwiderte die Umarmung, ohne zu zögern. *Weiß sie überhaupt, wie Julius' Mutter heißt?*, schoss es Kitty panisch durch den Kopf. Fieberhaft überlegte sie, wie sie Alice die Information zukommen lassen könnte, bevor eine Katastrophe eintrat, aber Alice bewies, was in ihr steckte.

Sie ergriff Mrs Goddings Hände und schaute ihr bedeutungsvoll in die Augen. »Elaine, es ist gut, dass du gekommen bist. Ich weiß gar nicht, wie ich dir danken soll.«

Kitty entspannte sich erleichtert.

»Doktor Snelling«, rief Martha Einfältig. »Würden Sie bitte nach unserem Hund sehen! Wir haben ihn in diesem Zustand neben dem eingeschlagenen Fenster in Mrs Placketts Schlafzimmer gefunden.«

»Kommt, Jungs, beginnen wir dort mit unseren Untersuchungen«, sagte Constable Quill zu seinen Kollegen. »Mrs Plackett, Verzeihung, aber würden Sie uns bitte zeigen, welches Ihr Zimmer ist?«

Alice Robust nickte. »Folgen Sie mir.« Sie verließ den Raum mit den Polizisten, während sich Dr. Snelling etwas schwerfällig neben Louise auf den Boden kniete.

»Niemand hat mir gesagt, dass es sich bei dem Patienten um einen Hund handelt«, grummelte er.

Der Arzt öffnete seine schwarze Tasche und holte ein Stethoskop heraus. Kitty musste daran denken, welche Sorge ihr diese Gerätschaft erst vor wenigen Tagen bereitet hatte. Jetzt hielt sie gespannt den Atem an, während Dr. Snelling den Kopf des Stethoskops über Aldous' Rippen gleiten ließ, um die geeignete Stelle zum Abhören zu finden. Elinor Düster lehnte neben ihm an der Kamineinfassung und wachte über Aldous. Ihre dunklen Augen wirkten an diesem Abend noch größer und schwärzer als sonst. *Als würde sie darauf warten, dass Aldous' Seele davonfliegt*, dachte Kitty.

»Wir vermuten, dass der Dieb ihn betäubt hat«, berichtete Louise dem Doktor.

»Was für ein Unmensch!«, rief Mrs Godding aus.

»Ich kann mir nicht vorstellen, dass irgendjemand aus Ely zu solch einer niederen Tat fähig wäre«, erklärte Reverend Rumsey entrüstet. »Der Schurke stammt sicher nicht aus dem Ort.«

Henry Butts saß auf einem Stuhl neben der Tür und hielt seinen Hut auf dem Schoß umklammert. Er wirkte knochig und unbeholfen. Martha bemerkte, dass er in der Hast aufzubrechen, nur rasch ein Paar Hosen über sein Nachthemd gezogen und dieses in den Bund gestopft hatte, was nicht eben sonderlich adrett wirkte. Trotzdem war Martha froh, dass Henry hier war. Sein Vater stand hinter ihm und hielt ebenfalls den Hut in der Hand.

»Komm, Sohn«, sagte Mr Butts schließlich. »Helfen wir den Polizisten dabei, Spuren zu suchen.«

Kitty zog sich aus dem Zentrum des Geschehens vor dem Kamin zurück und lehnte sich an die Wand. Die papierene Oberfläche fühlte sich kühl an ihrer heißen Wange an. Sie schloss die Augen. Es blieb nichts zu tun, außer zu warten. Einfach abzuwarten. Was Dr. Snellings Stethoskop wohl offenbaren würde, wenn es ihren eigenen rasenden Herzschlag hörbar machte?

»Miss Heaton?« Eine leise Stimme neben ihr ließ Kitty zusammenzucken. Sie öffnete die Augen und vor ihr stand Julius Godding. Er trat einen Schritt zurück. »Ich wollte Sie nicht erschrecken.«

»Das haben Sie nicht.« Kitty versuchte zu lächeln.

»Miss Heaton, wie kann ich mich nützlich machen? Nach alldem, was Sie heute Abend durchgemacht haben, gibt es irgendetwas, was ich tun kann?«

Kitty wünschte einen Augenblick lang, dass Julius Godding nicht ihr Feind sein müsste. Aber die Dinge standen nicht mehr in ihrer Macht.

»Ich weiß es nicht«, erwiderte sie. »Es sei denn, Sie können einen betäubten Hund wiederbeleben. Ansonsten fällt mir nichts ein. Trotzdem danke.«

Julius nickte und wandte sich ab, um den Arzt zu beobachten, aber er blieb neben Kitty stehen.

»Ich probiere mal etwas aus«, erklärte Dr. Snelling Louise. »Ich kann nicht sagen, welche Wirkung es bei einem Hund erzielt, aber ein Versuch schadet nicht.« Er wühlte in seiner Tasche. Schließlich zog er ein kleines rundes Gläschen heraus und schraubte den Deckel auf.

»Kampfer?«, erkundigte sich Louise.

Der Doktor nickte. Er hielt Aldous das offene Gefäß dicht unter die Nase.

Nichts geschah. Doch dann schnaubte der Hund, nieste und machte eine kurze scharrende Bewegung mit der Vorderpfote.

Louise Pockennarbig lachte laut auf und drückte Aldous an sich.

»Ho, warte!«, sagte Dr. Snelling. »Er hat noch einen weiten Weg vor sich, bis er sich ganz ausgeschlafen hat. Ich vermute, man hat ihm Laudanum verabreicht, und das dauert seine Zeit. Der Hund hat Glück, dass er noch lebt, und nach meiner fachlichen Einschätzung ist es noch zu früh, seine Genesung zu feiern.«

»Was ist das?«, fragte Louise und zupfte etwas von ihrem Rock. »Ein nasses Stückchen Stoff.«

»Das hatte er zwischen den Zähnen«, sagte der Arzt. Er nahm sein Taschentuch und griff damit nach dem Fetzchen. Dann wickelte er es ein und steckte es in die Tasche. »Welpen nagen gern an etwas herum.«

Alice Robust kehrte ins Gesellschaftszimmer zurück und trat neben Kitty im hinteren Teil des Raums. »Mein lieber Julius, es ist wunderbar, dich und deine Mutter zu sehen«, sagte sie und Kitty staunte abermals über die Geistesgegenwart, die Alice als Schauspielerin bewies. »Ich wünschte nur, unser Wiedersehen würde unter erfreulicheren Umständen stattfinden. Aber wie gut ihr beide ausseht!«

»Danke, Tante Constance«, erwiderte Julius und küsste ihr die Wange. Alice errötete. Sie wandte sich an Kitty. »Katherine, die

Polizisten suchen das Anwesen draußen mit Lampen nach Fußabdrücken und Spuren ab. Ich dachte, das wüssten Sie gern, da Sie die ganze Angelegenheit so mitnimmt.«

Kitty machte einen Knicks. »Danke, Mrs Plackett«, sagte sie. »Das ist beruhigend.« Es war alles andere als *beruhigend*! Sie suchten das Anwesen ab ... Kitty betete, dass in der Dunkelheit ihr vergrabenes, verbrecherisches Geheimnis nicht ans Licht kam.

Drüben vor dem Kamin packte Dr. Snelling seine Utensilien zurück in die Tasche, dann verlagerte er umständlich sein Gewicht und stand mühsam auf.

Erst jetzt begann das Wasser im Kessel über dem Feuer zu dampfen und Kitty besann sich auf ihre Gastgeberpflichten. Sie trat neben Mary Jane Ungeniert an den Kamin.

»Doktor Snelling, Mrs Godding, darf ich Ihnen eine Tasse Tee anbieten?«, fragte sie. »Und für Sie vielleicht ein Ingwerbier statt des Tees, Reverend?«

»Ähem.« Reverend Rumsey hüstelte kurz. »Ist noch etwas von dem Portwein da? Falls, äh, Sie nur Ingwerbier im Haus haben, ist das gewiss auch erfrischend.«

»Ach, deshalb ist er mitgekommen«, murmelte Mary Jane Ungeniert, so leise, dass nur Kitty sie hören konnte.

»Pst!«

»Ich begleite Sie, Katherine«, erklärte die falsche Mrs Plackett und gemeinsam machten sie sich auf den Weg in die Küche.

Doch ein Schrei von draußen ließ sie erstarren. Männerstimmen riefen durcheinander und von allen Seiten hörte man Leute um das Haus herum in den Vorgarten rennen.

Die Mädchen schauten einander an.

»Wir haben ihn!«

Sie vernahmen einen schrillen Schrei. Dann schwang die Haustür auf und laute polternde Schritte hallten durch den Korridor.

»Wir haben unseren Dieb gefasst«, verkündete Constable Quill.

Hinter ihm tauchten seine beiden Kollegen auf. Jeder hatte einen Arm des Übeltäters gepackt. Es war Amanda Barnes.

Kapitel 24

Kitty hatte das Gefühl, dass sie sich setzen musste.

»Miss Barnes!«, rief Mrs Godding aus.

Amanda Barnes wehrte sich gegen den eisernen Griff der beiden Polizisten. Aber war *das* tatsächlich Amanda Barnes: zerzauste Haare, ein verschmutzter Rock, Hände und Gesicht lehmverschmiert?

»Behandelt man so eine Frau? Grobiane!«, kreischte sie. »Ich habe nichts Verbotenes getan! Lassen Sie mich los!«

»Oh, Miss Barnes!«, sagte Alice Robust. »Was hat das zu bedeuten?«

Kittys Gedanken rasten. *Sie kann es nicht getan haben. Hier liegt ein Irrtum vor.*

»Amanda Barnes«, blaffte Constable Quill. »Ich beschuldige Sie hiermit des Einbruchs, des schweren Diebstahls …«

»Doktor Snelling?«, setzte Elinor Düster an.

Roberta Liebenswert schniefte in ihr Taschentuch. »Das ist nicht möglich!«

»Nun, meine Damen, bitte beruhigen Sie sich«, sagte einer der Polizisten.

»Lassen Sie mich *los*!«

»Was sie sagen will«, erklärte Mary Jane Ungeniert scharf, »ist, dass es gar nicht sein *kann*! Was haben Sie mit Miss Barnes gemacht?«

Mrs Godding erhob sich. »Haben Sie bei ihr Diebesgut gefunden? Welchen Beweis haben Sie für Ihre Beschuldigungen?«

»Doktor Snelling?«, versuchte Elinor Düster es abermals.

Reverend Rumsey hob beide Hände. »Wenn jetzt bitte *alle* kurz zur Ruhe …«

»Schauen Sie doch!«, rief Mrs Godding. »Die arme Frau sieht so aus, als ob sie gleich in Ohnmacht fiele. Wenn Sie nur einen Funken Anstand besitzen, bringen Sie sie hier herüber zum Sofa, damit sie sich hinlegen kann!«

»Miss Barnes kann sich später ausruhen«, erklärte Constable Quill. »Ich habe ihr einige Fragen zu stellen.«

»Danke, gnädige Frau«, sagte Amanda Barnes zu Mrs Godding. »Sie sind die Einzige hier, die mich anständig behandelt.« Sie warf Alice Robust einen giftigen Blick zu. »Und *Sie* zähle ich auch zu all den anderen, *Mrs* Plackett!«

Es wurde schlagartig still.

Alice reagierte heldenhaft auf diese verbale Attacke. »Schon gut, Miss Barnes. Ich verstehe, warum Sie auf mich zornig sind.«

»Nein, das tun Sie nicht. Nicht im Geringsten.« Amanda Barnes versuchte erneut, sich aus dem Griff der Polizisten zu befreien. »Wenn Sie schon dabei sind, alle möglichen Leute zu verhaften, dann sollten Sie *die da* verhaften!«, kreischte sie und deutete mit einer erbitterten Kinnbewegung auf die falsche Mrs Plackett.

Alice wich einen Schritt zurück.

»Und aus welchem Grund?«, fragte einer der Polizisten und packte ihren Arm fester. »Weil Mrs Plackett Sie entlassen hat? Davon haben wir gehört. Sie wollten sich rächen, darum geht es bei der ganzen Sache.«

Miss Barnes achtete gar nicht auf den Einwurf. »Ihrem eigen Fleisch und Blut haben Sie gedroht! Sie haben auf Ihrem Geld gesessen, statt Ihr Brot mit einem Bruder in der Stunde der Not zu teilen!«

Sie schleuderte Alice die Vorwürfe wie Dolche entgegen. Alice drehte sich nach Kitty um und flehte sie stumm um Beistand an.

»Miss Barnes!«, rief Kitty. »Was wollen Sie bloß damit sagen!«

»Sich eine Geschichte ausdenken, von wegen der Bruder sei nach Indien gereist. Dabei weiß ich sicher, dass er am Dienstag hier war. Ich habe gehört, wie sie ihn angeschrien hat! Gedroht hat sie, ihn zu bestrafen und aus dem Haus zu werfen! Oh, und das hat sie getan!«

Die Mädchen schauten einander verdutzt an. Halluzinierte die arme Frau?

»Am Dienstag?«, fragte Martha Einfältig freundlich nach. »Sie meinen vor einer Woche am Dienstag?«

Plötzlich kam Kitty die Erleuchtung und sie stöhnte auf. Die Sache war einfach zu absurd! »Constables, Miss Barnes hat etwas missverstanden«, erklärte sie. »Mr Godding war am Dienstag schon längst nicht mehr hier. Aber der kleine Hund da, auf dem Schoß meiner Freundin, heißt ebenfalls Aldous. Wir haben ihn aus einer Laune heraus so genannt. Darauf muss sich Miss Barnes wohl beziehen. Am Dienstag haben wir mit dem Hund geschimpft, weil er die Sofakissen angeknabbert hatte, und wir drohten, ihn dafür zur Strafe hinaus in den Garten zu werfen.« Sie hielt inne. »Was hatten Sie hier am Dienstag eigentlich zu suchen, Miss Barnes? Spionieren Sie uns nach?«

»Sie lügt!«, schrie Amanda Barnes. »Mr Godding hat England nie verlassen!« Sie starrte Alice Robust finster an. »Oh, und Sie haben ihn kurz darauf auch in den Garten geworfen, nicht wahr! Ein für alle Mal, Sie *Hexe*!«

»Miss Barnes, bitte«, beschwor sie Mrs Godding. »So beruhigen Sie sich doch, ich flehe Sie an.«

»Gelassenheit«, mischte Reverend Rumsey sich ein, »diese höchste Tugend, verlangt, dass wir unsere ungebärdige Zunge im Zaum halten und unser Ohr schulen ...«

»Doktor Snelling«, meldete sich Elinor Düster wieder zu Wort.

Alice Robust holte tief Luft. »Ich sagte es Ihnen bereits, Constable Quill. Mein Bruder ist unterwegs nach Indien.«

»Indien!«, rief Mrs Godding aus. »Warum sollte Aldous nach Indien reisen?«

»Was ich nicht verstehe«, unterbrach Alice verzweifelt, »ist, warum Miss Barnes sich derart für die Angelegenheiten meines Bruders interessiert. Sie kannten einander doch kaum.«

In Amanda Barnes' Augen lag glühender Hass. »Die Polizisten wissen ebenso gut wie ich, dass Mr Godding nie in diesen Zug gestiegen ist. Das stimmt doch, Constable Quill?«

Der Polizist zog die Brauen zusammen und schaute Amanda Barnes aufmerksam an. »Und wie kommen Sie darauf?«

Ein triumphierendes Funkeln trat in Miss Barnes' Augen. »Weil es wahr ist«, erklärte sie. »Charlie Neff hat es mir erzählt und er hat es Ihnen erzählt. Außerdem wurde hier am Sonntag gar kein Telegramm zugestellt. Ich habe mit dem Burschen aus dem Telegrafenbüro gesprochen. Und noch etwas ist wahr: Aldous Godding ist weder an Bord eines Zugs noch an Bord eines Schiffs. Sie hat ihn in den Garten geworfen, ganz recht. Er ist tot und sie hat ihn dort vergraben.«

Kapitel 25

Amanda Barnes ließ den Blick über die Gesichter im Raum schweifen wie ein Spieler, der seinen Gewinn einkassiert. Ihre Augen glänzten unnatürlich und ihr Gesicht war gerötet. Sie atmete schwer.

Kitty betrachtete die Haushälterin, aber ihre Gedanken trugen sie seltsamerweise an einen ganz anderen Ort. Sie sah sich zu Hause mit ihrem Vater beim morgendlichen Frühstück in dem herrschaftlichen Esszimmer sitzen, ihre einzige Freude die Aussicht, seinen Toast zu buttern und zu schweigen, bis sie etwas gefragt wurde. Das Leben war langweilig, sterbenslangweilig, aber ach, so viel einfacher.

»Onkel Aldous?«, fragte Julius Godding. »Im Garten begraben?«

Amanda Barnes reckte den Kopf hoch. »Ich habe es mit eigenen Augen gesehen.«

»Das ist eine Mord-Anschuldigung.« Constable Quill wandte sich an Henrys Vater. »Mr Butts, würden Sie Constable Tweedy hier ablösen und die Festgenommene bewachen, damit er in den Garten gehen und diese haarsträubende Geschichte überprüfen kann?«

Bauer Butts schluckte trocken und wich in kleinen Bewegungen zur Tür zurück.

»Tut mir leid, Constable«, brachte er schließlich hervor, »aber lieber nicht, wenn es nichts ausmacht.« Er schüttelte sich, als hätte er eine bittere Medizin geschluckt. »Es ist schließlich eine Frau.«

»Tweedy! In den Garten«, sagte Constable Quill zu einem der Polizisten und machte eine auffordernde Handbewegung. »Nimm eine Laterne mit, such dir eine Schaufel und mach dich auf die Suche nach einem Grab. Bauer Butts hilft dir dabei. Du hältst Miss Barnes auch allein in Schach, oder, Harbottle?«

Constable Harbottle bejahte das mit einem Grunzen und Constable Tweedy machte sich mit Farmer Butts auf den Weg nach draußen.

»Ich komme mit«, erklärte Julius Godding. »Ich muss mich selbst davon überzeugen.«

Tu das nicht, dachte Kitty. Beinahe hätte sie es laut ausgesprochen. Sollten die Polizisten finden, was sie suchten, und die Konsequenzen folgen, aber ihr graute vor dem Augenblick, da Julius begriff, was geschehen war. Kitty schämte sich jetzt für ihre Ich-Bezogenheit und Feigheit. Dieser junge Mann, den sie ihren Feind nannte, ja sogar als Verdächtigen bezeichnete, war in erster Linie der Neffe der beiden Toten. Was würde er für einen schmerzhaften Schock erleiden ... es sei denn, er *war* der Mörder.

Die Tür fiel mit einem dumpfen Schlag hinter ihm ins Schloss.

Und das ist das Ende, dachte Alice Robust. *Ich kann mir ebenso gut die Schminke aus dem Gesicht wischen.* Mit einem Mal fühlte sie sich alt und müde. Mrs Placketts zweiundsechzig Jahre, die sie wie eine Verkleidung getragen hatte, waren jetzt ihre.

Mary Jane Ungeniert flüsterte Kitty ins Ohr: »Soll ich etwas unternehmen, um sie aufzuhalten?«

»Nein, Liebes, mach dir keine Mühe«, erwiderte Kitty. »Dafür sind wir schon viel zu weit gegangen.«

Mary Jane nickte trotzig. »Dann soll es so sein.«

Plötzlich nieste Aldous vor dem Kamin und öffnete die Augen. Louise hielt den Spaniel hoch, damit die anderen Mädchen ihn bestaunen konnten.

Alice lachte laut auf und wischte sich die Augen, bevor ihre Freude sich in Tränen verwandeln konnte.

»Du bist ein tapferer Junge, Aldous!«, rief Mary Jane Ungeniert.

»Doktor Snelling«, versuchte Elinor Düster es erneut.

In Mrs Goddings grauen Augen lag ein sorgenvoller Ausdruck. Sie trat an Amanda Barnes heran und schaute ihr aufmerksam ins Gesicht. »Warum, Miss Barnes?«, flüsterte sie. »Können Sie mir sagen, was Sie zu derartigen Anschuldigungen verleitet? Wie kommen Sie darauf, Mrs Plackett so etwas zuzutrauen?«

Amanda Barnes erwiderte Mrs Goddings Blick vertrauensvoll. »Es ging um das Geld, gnädige Frau. Das Geld.«

Reverend Rumsey richtete sich kerzengerade in seinem Sessel auf. »Um *wie viel* Geld?«

Die anderen im Zimmer drehten sich nach ihm um und starrten ihn an.

»Ähm ...« Er hüstelte. »Ich meine, ungefähr?«

Mrs Godding schenkte dem Pfarrer überhaupt keine Beachtung. »Welches Geld, Miss Barnes?«

Die ehemalige Haushälterin stierte Alice Robust böse an. »*Ihr* Geld, das sie mit dem eigenen Bruder nicht teilen wollte, als der sie um Hilfe gebeten hat. Darum hat Mrs Plackett ihn umgebracht.«

Louise Pockennarbig nahm den kleinen Aldous von ihrem Schoß. »Woher wollen Sie das alles wissen, Miss Barnes?«, fragte sie. »Und warum sollte es Sie kümmern, was zwischen Mrs Plackett und ihrem Bruder vor sich geht?«

»Ich arbeite hier nicht mehr, Miss Naseweiß«, keifte Amanda Barnes Louise an. »Ich muss Ihnen nicht antworten oder mir Ihr überhebliches Getue gefallen lassen.«

»Aber Miss Barnes«, hakte Mrs Godding nach, »wollen Sie tatsächlich behaupten, meine Schwägerin habe ihren Bruder wegen *ihres eigenen* Geldes umgebracht?«

Miss Barnes' Antwort kam gepresst. »Wie erklären Sie es sich sonst, dass er erst verschwindet und dann in einem Grab in ihrem Garten wieder auftaucht?«

Die Schülerinnen von Saint Etheldreda blickten einander an.

»Sie hat ihn gehasst!«, fuhr die Frau mit einem giftigen Seitenblick zu Alice fort. »Oder etwa nicht? Leugnen Sie es, wenn Sie können! Sie knausrige alte Krähe! Immer waren Sie überheblich zu mir und grob zu ihm – zu allen, die nicht Ihre Stiefel geleckt haben!« Sie versetzte Constable Harbottle, der sie noch immer am Arm festhielt, einen Stoß mit dem Ellbogen. »Sie müssen mir nicht glauben. Wenn die anderen aus dem Garten zurückkommen, verhaften Sie die Krähe sowieso und lassen mich frei.«

Louises Verstand arbeitete fieberhaft. Sie war hin- und hergerissen zwischen dem Bemühen, dem Gespräch zu folgen und dem Versuch nachzudenken. Wie kochende Blasen in einem Becherglas ihres Chemiekastens zu Hause sprudelten eigensinnige Gedanken an die Oberfläche. *Aus Versehen.* Der Admiral starb aus Versehen. Das Gift, das für Alice – für Mrs Plackett – bestimmt war, hat ihn getötet. Was hatte das alles zu bedeuten? Ein betäubter Hund, ein toter Admiral, ein Ebenholz-Elefant, das *Guh-Guuh* aus dem Garten. Ein gestohlenes Testament, vergiftetes Fleisch, ein Erbe taucht aus dem Nichts auf, der Botenjunge des Lebensmittelhändlers, spanische Münzen, eine zusätzliche Bratpfanne ...

Roberta Liebenswert fing an zu weinen. Sie fasste Alice Robust am Arm. »Sie dürfen sie nicht verhaften! Sie dürfen das einfach nicht!«

Mrs Godding betrachtete Alice mit einem nachdenklichen Blick. »Ich bin mir ganz sicher, dass *sie* Mr Godding nicht getötet hat«, erklärte sie. »Das ist nicht Constance Plackett.«

Amanda Barnes' Miene gefror. »Was sagen Sie da?«

Constable Quill riss vor Verblüffung den Mund auf. Er schloss ihn abrupt, öffnete dann sein Notizbuch und blätterte darin.

»Das stimmt!« Martha Einfältig weinte beinahe vor Erleichterung. »Das ist sie nicht! Also können Sie sie auch nicht festnehmen. Und Miss Barnes, Sie sollten aufhören, solch abscheulichen Dinge über sie zu sagen. Ich finde das grässlich von Ihnen. Mrs Plackett – die echte Mrs Plackett – liegt auch im Gemüsegarten begraben. Sie und ihr Bruder sind beide gestorben, weil sie vergiftetes Kalbfleisch gegessen haben. Aber ich habe es nicht vergiftet. Kein bisschen.«

»Martha!«, stieß Mary Jane hervor. Sie lächelte mit zusammengebissenen Zähnen. »*Sei still!*«

Mrs Godding drehte sich langsam um. Sie musterte Mary Jane aufmerksam, dann Kitty, die dem Blick nicht standhalten konnte und wegschaute.

Als Mrs Godding wieder das Wort ergriff, war ihre Stimme kaum zu hören. »Meine Schwägerin ist tot?«

Kitty hatte einen bitteren Geschmack im Mund. Sie nickte.

Mrs Godding wandte sich ab.

Amanda Barnes starrte Alice Robust an. Entsetzen packte sie. »Was sagt sie da?«, wisperte Miss Barnes. »Was meint Miss Martha?« Mrs Godding richtete das Wort an Reverend Rumsey und Dr. Snelling. »Ist es denn möglich, dass keiner von Ihnen bemerkt hat, dass dies nicht meine Schwägerin ist?« Sie bedachte die verlegenen Männer mit einem empörten Blick, dann drehte sie sich um und musterte Alice Robust genauer. »Ich habe meine Schwägerin seit elf Jahren nicht gesehen, aber eine Hochstaplerin erkenne ich sofort. Haben Sie denn alle keine Augen im Kopf?«

Ihre Entrüstung richtete sich jetzt gegen Constable Quill, der die Hände hob, um seine Ahnungslosigkeit zu beteuern. »Ich bin der Witwe Plackett diese Woche zum ersten Mal begegnet«, verteidigte er sich.

Reverend Rumsey schrumpfte zu einem stammelnden Häufchen. »Ich ... Sie ... Wie sollte ich ...«

»Was ist mit Ihnen, Doktor?«, rief Mrs Godding. »Können Sie den Unterschied zwischen einer alten Frau und einem jungen Mädchen nicht erkennen?«

»Ich konzentriere mich auf Symptome«, erklärte Dr. Snelling mit geschwellter Brust. »Ich ... schaue Frauen nicht in die Augen oder sonst wo hin. Es sei denn sie leiden am grünen Star.« Mit einem Ruck zog er seine Weste glatt. »Und selbst dann ist es nur ein kurzer Blick und ich überweise sie an einen Spezialisten.«

»Miss Alice?« Amanda Barnes beäugte die vermeintliche Mrs Plackett. »Sind Sie das?«

Alice erhob sich und beendete die Scharade, indem sie Haltung annahm. »Ja, das bin ich.«

»Aber wie? Wer?« Miss Barnes schluckte. »Miss Martha.« Amanda Barnes' Stimme klang demütig, schwach, flehend. »Was haben Sie da über das Kalbfleisch gesagt? Erklären Sie es mir langsam, wenn Sie nur einen Funken Barmherzigkeit in sich haben.«

Martha Einfältig, die seit ihrer unglücklichen Enthüllung der Wahrheit an den Nägeln gekaut hatte, sah sich Hilfe suchend nach Kitty um.

Kitty hörte die Stimmen der Männer draußen. Sie konnte Martha nicht länger böse sein. Es war nur noch eine Frage von Minuten. Das Unheil hatte schon seinen Lauf genommen, bevor das arme Mädchen auch nur ein Wort gesagt hatte.

»Es ist gut, Martha«, sagte sie. »Hab keine Angst.«

Martha Einfältig wurde bewusst, dass alle im Zimmer sie anstarrten, und sie wich erschrocken an die Wand zurück. Roberta Liebenswert streckte den Arm aus und griff nach ihrer Hand.

»Ich habe das Kalbfleisch zubereitet.« Martha sprach langsam und überlegt, Wort für Wort. »Mrs Plackett und Mr Godding haben das Fleisch gegessen. Dann sind sie gestorben. Erst Mrs Plackett, dann Mr Godding.«

Amanda Barnes taumelte. Sie hielt sich eine zitternde Hand vor den Mund. Eine Träne lief ihr über die Wange.

Der Gram der Zugehfrau ging Alice ans Herz. Und die Reue saß ihr wie ein Kloß im Hals. »Ach, Miss Barnes«, sagte sie. »Es tut mir so leid.« Als sie keine Reaktion erhielt, fuhr Alice fort. »Ich weiß, Mrs Plackett ist oft barsch mit Ihnen umgegangen und vielleicht war sie etwas herzlos, aber einer treuen Bediensteten wie Ihnen geht natürlich ihr Ableben sehr nahe.«

Amanda Barnes' Knie gaben unter ihr nach. Sie stürzte zu Boden und hätte beinahe auch Constable Harbottle zu Fall gebracht. Die beiden Polizisten hoben die schlaffe Gestalt auf und trugen sie zum Sofa.

»Haben Sie Riechsalz dabei, Doktor?«, fragte Mrs Godding. »Diese gefühllosen Constables haben über das Leid der armen Frau hinweggesehen, bis es zu spät war.«

Dr. Snelling kniete sich neben dem Sofa auf den Boden und öffnete seine Tasche, um nach dem Riechsalz zu suchen. Nachdem er das Fläschchen gefunden hatte, schraubte er es unter Miss Barnes' Nase auf. Sie erwachte mit einem Keuchen.

Da ertönte ein ohrenbetäubender Knall. Elinor Düster hatte einen Stapel staubiger Bücher auf den Boden fallen lassen. »*Doktor Snelling!*«

Der Arzt fuhr zusammen. »Himmel noch mal! Was ist los mit Ihnen, junge Dame? Warum sagen Sie immerzu meinen Namen!«

Mrs Godding fasste sich mit einer Hand ans Herz. »Wollen Sie die Toten wiederwecken, gutes Kind?«

»Nein!« Elinor riss ihre dunklen Augen so weit auf, ihr Blick war so durchdringend, dass Alice eine Gänsehaut bekam. »Ich versuche eine Frage zu stellen. Ich möchte wissen …« Sie griff blitzschnell in Dr. Snellings Tasche und zog einen Gegenstand heraus, den sie hoch in die Luft hielt. »Ich möchte wissen, wie Doktor Snelling in den Besitz von Mrs Placketts gestohlenem Ebenholz-Elefanten kommt.«

KAPITEL 26

»Ein Elefant?«, wiederholte ein verdutzter Constable Quill.

»Ein Elefant«, bekräftigte Elinor Düster.

»Doktor Snelling, wie konnten Sie bloß?«, fauchte Mary Jane Ungeniert. »Es ist eine Schande!«

»Er ist der Dieb!«, rief Alice Robust. »Nehmen Sie *ihn* fest!«

Constable Harbottle kratzte sich unter seinem Helm am Kopf. »Haben wir nicht gerade von Mord gesprochen? Ist mir da was entgangen? Bei der Geschichte mit dem Kalbfleisch bin ich durcheinandergekommen.«

Kitty sprang von ihrem Sessel auf. »Constable Quill, heute Abend wurde in dieses Haus eingebrochen, alles durchwühlt und geplündert. Sie haben es ja mit eigenen Augen gesehen. Der Dieb hat die Scheiben eingeschlagen, das Porzellan, das Messing und Silber gestohlen. Unser kleiner Hund wurde betäubt und wäre beinahe gestorben. Und von einem Gegenstand wissen wir ganz sicher, dass er entwendet wurde, und das ist Mrs Placketts mit Edelsteinen verzierter Ebenholz-Elefant. Der, den Miss Elinor Siever gerade aus Dr. Snellings Tasche gezogen hat. Er ist der Dieb.«

»Nun, Doktor?«, fragte Constable Quill. »Was sagen Sie dazu?«

Dr. Snelling erhob sich. »Constable, Sie wissen genau, wo ich heute Abend war: Ich habe während des Fests vor dem Gemeindesaal Zigarre geraucht, ein halbes Dutzend Herren kann das bezeugen«, erklärte er. »Anschließend bin ich Ihnen auf die Polizeiwache gefolgt. Würden Sie mir nun bitte sagen, welcher Tat genau Sie mich beschuldigen?«

»Doktor Snelling«, mischte sich jetzt Louise Pockennarbig ein. Sie wiegte noch immer den kleinen Aldous im Arm und sprach unverblümt: »Sie haben vorhin einen kleinen Stofffetzen in die Tasche gesteckt. Kann ich ihn bitte sehen?«

Dr. Snelling bückte sich, um seine Arzttasche zu schließen. »Ich weiß nicht, wovon du sprichst. Welchen Stofffetzen?«

Louise schaute ihm herausfordernd in die Augen. »Das Stückchen Stoff, das der Hund ausgespuckt hat, als er wieder aufwachte. Wollen Sie es uns nicht zeigen?«

Er griff nach seiner Tasche und machte Anstalten zu gehen, als ein bedeutungsvolles Hüsteln von Constable Quill ertönte. Dr. Snelling hielt inne, machte eine Miene, die deutlich zeigte, dass er diese Aufforderung als Zumutung empfand, und drehte dann die Taschen seiner Weste und seiner Jacke nach außen. »Sehen Sie? Kein Stofffetzen. Das musst du geträumt haben. Zweifellos ist das einem überreizten Zustand deiner Nerven geschuldet.«

»Sie haben es in Ihre rechte Hosentasche gesteckt«, entgegnete Louise unerbittlich. »Sie haben das Fetzchen in Ihr Taschentuch gewickelt und es tief in die Tasche geschoben. Es war feucht, weil der Hund es im Maul hatte.«

Dr. Snellings Oberlippe zuckte, als müsste er sich angestrengt gewisse Worte verkneifen, die man in der Gegenwart von Damen nicht gebrauchte. Er kramte in der Hosentasche und zog den kleinen Fetzen eines schwarz-weiß karierten Stoffs hervor. Der Anblick machte Kitty Schlau stutzig.

»Das Mädchen hat recht«, räumte er ein. »Ich hatte das ganz vergessen. Ich wollte nur die Hände frei haben. Ständig stecke ich Sachen in meine Taschen, neulich habe ich meine Pinzette mit mir herumgetragen. Und dann konnte ich sie nicht finden, als –«

»Die Hose!«, schrie Kitty. Die Erkenntnis durchzuckte sie wie ein Blitz.

Constable Harbottle kratzte sich wieder am Kopf. »Wie jetzt?«

»Noch eine hysterische junge Dame«, diagnostizierte Dr. Snelling.

Kitty nickte heftig, jetzt wurde ihr alles klar. »Die Hose von Gideon Rigby!«

Constable Quill horchte auf. »Wessen Hose?«

»Von Gideon Rigby«, wiederholte Kitty. »Er war hier, um Spenden für alte Korbflechter zu sammeln. Er führt eine Antiquitätenhandlung.«

»Aber nicht in Ely, nein«, sagte Constable Harbottle.

Constable Quill blätterte so hastig in seinem Notizbuch, dass man hätte meinen können, die Seiten müssten Feuer fangen. »Gideon Rigby«, las er schließlich vor, »oder auch Gainsford Roper. Ein Wundarzt aus Haddenham in der Nähe von Witchford und einer von Dr. Snellings Studienfreunden, wenn ich nicht irre.«

»Sie reden ja dummes Zeug«, sagte Dr. Snelling. »Sie stehen wohl unter dem Einfluss von Laudanum wie der Hund. Ich habe also einen Freund in Haddenham, der Hosen trägt. Was werfen Sie mir vor? Mord?« Er griff erneut nach seiner schwarzen Tasche. »Ein Arzt wird nicht lange praktizieren, wenn er seine Patienten umbringt.«

»Vorerst beschuldige ich Sie lediglich, ein illegales Wettbüro zu führen«, erklärte Constable Quill. »Und dafür nehme ich Sie auch fest.«

Dr. Snelling lachte laut auf. »Ein Wettbüro? Sie sind wohl nicht ganz bei Trost. Ich bin ein Mann der Medizin.«

»Und ein reicher Mann«, stellte Louise Pockennarbig fest. »Obwohl Sie selbst gesagt haben, dass man es als Landarzt nie zu Wohlstand bringt.«

Constable Quill nahm Elinor den Elefanten aus der Hand und betrachtete ihn genauer. »Es hat den Anschein, als griffen Sie und Ihr Freund Roper zu ziemlich extremen Mitteln, um ausstehende Spielschulden einzutreiben. Einbruch, schwerer Diebstahl ... und das ist wohl erst der Anfang.«

»Auf welche Beweise stützen Sie sich?«, fragte Dr. Snelling. »Woher wollen Sie wissen, dass ich nicht auf völlig korrektem Wege in den Besitz dieses ... Rhinozerosses gekommen bin? Es in einem Laden erworben habe?«

»Elefant«, verbesserte ihn Elinor Düster.

»Aldous hat den Beweis geradewegs aus der grauenhaften Hose Ihres Freunds gerissen«, fauchte Kitty Schlau. »Und Ihr Freund hat ihn dafür beinahe mit einem Betäubungsmittel umgebracht.«

Constable Quill wollte das Wort ergreifen, aber Louise Pockennarbig kam ihm zuvor: »Sie haben selbst gesagt, dass Sie keine Zeit hatten, den Einbruch zu begehen. Und Sie hatten auch keine Zeit, den Elefanten in irgendeinem Laden zu kaufen. Die Skulptur war noch hier, als wir zum Fest aufgebrochen sind. Der Dieb muss anschließend eingebrochen sein. Er hat den Elefanten gestohlen und ihn Ihnen wahrscheinlich während des Erdbeerfests zugesteckt, vielleicht während Sie draußen Zigarre rauchten. Ich wüsste zu gern, was sich noch alles in Ihrer Arzttasche befindet.«

»Und was das Wettbüro angeht«, fuhr jetzt Constable Quill fort, »so trägt die Polizei bereits seit geraumer Zeit Beweismaterial gegen Sie zusammen. Mrs Lally aus Witchford war überaus hilfreich. Einer ihrer Mieter zählt zu Ihren besten Kunden. Sein Verschwinden machte ihr Sorgen und sie wandte sich an uns, weil sie fürchtete, es könnte da eine Verbindung geben. Mrs Lally hat mehr als einmal mitbekommen, wie Mr Roper auftauchte, um Geld einzutreiben, und sie hat sogar *Sie* gemeinsam mit Ihrem Freund gesehen. Deshalb sind wir Mr Goddings Verschwinden so gründlich nachgegangen.« Der Constable drückte die Brust noch selbstbewusster heraus als sonst. »Dieser Einbruch und der ... Elefant liefern uns die Beweise, die wir noch benötigen.«

»Mumpitz!«, rief Dr. Snelling. »Ich gehe jetzt nach Hause. Ich muss mir derartige Verleumdungen nicht gefallen lassen.«

»Harbottle, nehmen Sie ihn in Gewahrsam«, befahl Constable Quill.

Dr. Snelling machte Anstalten, sich zu widersetzen, aber Harbottle bewegte sich mit einer Flinkheit, die man einem Mann seines Körperumfangs nicht zugetraut hätte, und legte dem älteren Arzt die Handschellen an.

Während dieses Heldenstücks polizeilicher Arbeit blätterte Louise fieberhaft in ihrem Notizbuch. Sie strich Namen aus und kritzelte Stichworte hinein. Die Antwort war da. Alle Indizien lagen vor ihr, davon war sie überzeugt. Wenn es ihr nur gelänge, das Puzzle zusammenzufügen!

»Constable, ich bin verwirrt«, sagte Mrs Godding. »Wollen Sie behaupten, meine Schwägerin Constance Plackett war eine Spielerin? Dass sie diesem Mann Geld schuldete? Das ist völlig absurd.«

Constable Quill schüttelte den Kopf. »Nein. Ihr Bruder war Spieler. Aldous Godding.«

Mrs Godding öffnete schon den Mund, um etwas zu entgegnen, dann ließ sie es bleiben. Durch den Korridor drang das Geräusch von Schritten auf der Eingangstreppe und dann hörte man, wie die Haustür geöffnet und wieder geschlossen wurde. Louise Pockennarbig brütete immer noch über den Informationen, die sie aufmerksam während all der Gespräche gesammelt hatte. Sie kniete sich auf den Boden und legte den kleinen Aldous behutsam auf den Teppich. Dann begann sie, eifrig ihre Beobachtungen aufzuschreiben, ohne den Stift auch nur einmal abzusetzen.

Amanda Barnes lag seit ihrer Ohnmacht benommen auf dem Sofa. Jetzt hob sie matt den Kopf. »Er hat nur versucht, in der Welt voranzukommen. Etwas aus sich zu machen.«

Mrs Godding runzelte die Stirn. »Glücksspiel ist ein Übel. Das ist der falsche Weg, um das zu erreichen.«

Alice Robust drehte sich zu der Haushälterin auf dem Sofa um. »Ich begreife immer noch nicht, warum es Sie kümmern sollte, was Mr Godding tut oder versucht zu tun. Warum beschäftigt Sie das? Warum sind Sie so bemüht, ihn zu verteidigen?«

Louise Pockennarbig klappte ihr Notizbuch zu. »Ich vermute, die beiden waren ein Paar«, verkündete sie. »Das ist der einzig denkbare Grund, warum sie für ihn Mrs Plackett ermordet hat.«

KApiTEL 27

»Das nehmen Sie zurück, Fräulein Pocken!«, kreischte Amanda Barnes. »Sie lügt! Ich lass mich nicht von einem kleinen Mädchen wie dem da so unverschämt behandeln.«

Die Tür ging auf und Constable Tweedy, Bauer Butts, Henry und Julius betraten das Gesellschaftszimmer. Julius ging zu seiner Mutter und nahm ihre Hand. Der Schock hatte selbst aus seinem sonnengebräunten Gesicht die Farbe weichen lassen und er wirkte abgespannt. Kitty Schlau ertrug es nicht, Julius' niedergeschlagene Miene zu sehen, doch sie konnte den Blick auch nicht von ihm lösen.

Constable Tweedy schaute sich um und bemerkte, dass Dr. Snelling Handschellen trug. »Ho!«, rief er und eilte an Constable Harbottles Seite. Beim Anblick von Amanda Barnes auf dem Sofa runzelte er die Stirn. »Was ist mit … haben wir nicht …« Constable Quill bedeutete ihm mit einer Kopfbewegung zu schweigen.

»Es stimmt«, verkündete Henry Butts. Er schien so fassungslos über die Entdeckung, die sie gemacht hatten, dass er seine Hemmungen völlig vergaß, und erzählte: »Die Leichen waren eingewickelt und liegen jetzt auf Vaters Wagen. Sie waren im Garten vergraben. Genau dort, wo die jungen Damen den Kirschbaum gepflanzt haben.«

Martha Einfältig verbarg ihr Gesicht in den Händen und fing an zu weinen.

Die Erwachsenen im Raum bedachten die Internatsschülerinnen mit vorwurfsvollen Blicken.

»Das ist nicht die richtige Jahreszeit, um Bäume zu pflanzen«, fügte Bauer Butts hinzu, als wäre damit alles zu der Angelegenheit gesagt.

Dr. Snelling grinste die Mädchen höhnisch an. »Sieht so aus, als hätten Sie Ihre Mörder gefunden, Constable«, sagte er. »Diese kleinen Hexen! Haben Sie genügend Handschellen dabei? Sie können gern meine nehmen. Ich habe keine Verwendung dafür.«

Amanda Barnes lag reglos auf dem Sofa und starrte an die Decke. Den Wortwechsel nahm sie gar nicht richtig wahr, sie sprach wie im Traum. »Ich habe Ihnen ja gesagt, er liegt dort«, sagte sie. »Ich habe ihn heute Abend dort gefunden. Gestern nach der Teestunde habe ich das Grab entdeckt. Zuvor hatte ich mitbekommen, wie sie ihm gedroht hat. Also dachte ich, sie hat es getan. Vorhin, nach dem Erdbeerfest, habe ich ihn ausgegraben.« Ihre Stimme wurde weich, als ihr die Tränen kamen. »Ich wusste, er würde nicht einfach nach Indien abreisen, ohne mir Bescheid zu geben.«

»Und ob er das tun würde«, spottete Dr. Snelling. »Ohne zu zögern, wenn es zu seinem Nutzen wäre. Godding war ein Halunke und ein Taugenichts. Sie sind nicht die erste Frau, die ...«

»*Sch!*«, zischte Mrs Godding. »Besitzen Sie denn überhaupt kein Mitgefühl?« Sie wandte sich an Miss Barnes. »Sie waren also ein Paar?«, erkundigte sie sich mit leiser Stimme.

»Wir wollten heiraten«, antwortete Miss Barnes wie aus weiter Ferne. »In einer Kirche. Meine Mutter sollte dabei sein. Sobald Mrs Plackett ... sobald Mrs Plackett uns ihren Segen gegeben hätte.«

Louise kniete neben Aldous und streichelte ihn. »Sie meinen, dass Sie und Mr Godding heiraten wollten, sobald Mrs Plackett aus dem Weg war«, stellte sie richtig.

Constable Quill musterte Louise Pockennarbig eingehend. »Wie alt bist du eigentlich?«

Louise ging darauf gar nicht ein. »Es ist ganz einfach«, erklärte sie. »Martha, beschreibe uns, wie du das Kalbfleisch zubereitet hast und warum so und nicht anders.«

»Ich habe das Fleisch in zwei kleinen Pfannen gebraten«, erklärte Martha mit dünner Stimme. »Aber zunächst habe ich beide Koteletts zusammen mit ein bisschen Wasser im Ofen schmoren lassen. Die Köchin daheim hat mir den Trick beigebracht, damit die

Schweinekoteletts immer gut durch sind und Papa nicht mehr krank davon wird.«

»Ich sehe nicht, was halbgares Kalbfleisch mit Mord zu tun hat, es sei denn, Sie denken, die Verstorbenen hatten eine Lebensmittelvergiftung«, warf Constable Quill stirnrunzelnd ein.

»Es ist schwierig herauszufinden, ob Fleisch gar ist oder nicht!«, ereiferte sich Martha und ihre Stimme wurde laut. »Wenn man es vorher anschmort, ist man auf der sicheren Seite. Papa ist einmal so furchtbar krank geworden, und den Fehler will ich nie mehr machen!«

»Und jetzt erzähl uns, wer dir das Rezept für das Kalbfleisch gab, Martha«, sagte Louise mit beschwichtigendem Tonfall.

Martha machte große Augen. »Miss Barnes natürlich. Sie hinterlässt uns immer Anweisungen für das Kochen des Sonntagsessens.«

Louise nickte. »Und wie solltest du das Kalbfleisch demnach zubereiten?«

»Ich sollte es panieren und dann braten«, antwortete Martha gehorsam. »Allerdings war da eine Sache richtig merkwürdig: Eigentlich haben wir mindestens drei Pfannen, die groß genug sind, um mehrere Koteletts darin zu braten. Aber die waren einfach alle weg. Ich konnte nur zwei winzige Pfännchen finden, solche, in denen man ein einzelnes Spiegelei brät. Ich habe mit Mühe in jede ein Kotelett legen können. Das eine Pfännchen gehört uns, aber das andere hatte ich noch nie gesehen. Das hat Miss Barnes am Montagabend dann abgeholt.«

»Begreifen Sie denn nicht, Freddie!«, rief Mary Jane. »Miss Barnes hat das Rezept besorgt, sie hat die großen Pfannen verschwinden lassen und die kleine dagelassen. Sie wollte, dass wir die Fleischstücke getrennt braten, weil sie eines davon vergiftet hatte.«

»Ja, begreifen Sie denn nicht, *Freddie*?«, äffte sie Dr. Snelling nach, worauf Constable Quill puterrot anlief.

»Aber soweit ich weiß, hat Miss Barnes nur bis Samstagnachmittag gearbeitet? Ist das richtig?«, fragte er.

»Das stimmt«, erwiderte Kitty. »Und die Lebensmittel sind erst später geliefert worden, Louise.«

Louise lächelte. »Das spielt keine Rolle. Die Lebensmittel werden uns von Miss Barnes' Neffen gebracht. Das hat uns dessen kleiner Bruder neulich erzählt und auch, dass er immer erst seiner Tante die Waren zur Begutachtung vorbeibringen muss, bevor er sie uns liefert. Sie hatte also Gelegenheit, eines der Kalbskoteletts bei sich zu Hause zu vergiften und es separat einzuwickeln.«

»Woher hatte sie das Gift?«, wollte der sonst so schweigsame Constable Harbottle wissen.

»Simpel«, erklärte Louise. »Ein Insektenvernichtungsmittel mit Zyanid. Als wir in der Drogerie waren, hat sich doch der Ladenbesitzer erkundigt, ob Miss Barnes die Teppichkäfer erfolgreich losgeworden ist. Unseres Wissens gab es allerdings nie ein Problem mit Ungeziefer hier im Haus.«

»Zyanid!«, spottete Constable Quill. »Jetzt erfindest du eine versponnene Geschichte, die du aus irgendeinem Kriminalroman kennst. Du kannst schließlich unmöglich wissen, dass es sich um Zyanid handelte.«

»Ach, nein?«, rief Mary Jane Ungeniert. »Freddie, Sie benehmen sich wie ein Scheusal und dumm noch dazu. Unsere Louise ist die beste Wissenschaftlerin von ganz Cambridgeshire, da wette ich darauf! Gehen Sie rüber ins Klassenzimmer und schauen Sie sich selbst das Labor an, das sie dort aufgebaut hat, mit … Säuren und Chemikalien und allem möglichen anderen Zeug. Sie konnte nachweisen, dass es Zyanid war.«

Constable Quill gab seinem Kollegen Tweedy mit einer Kopfbewegung zur Tür die Anweisung nachzusehen. Der Polizist stapfte aus dem Zimmer, um das Labor zu suchen.

»Ich konnte das Zyanid freisetzen, indem ich Pottasche, Eisensulfat und Vitriolöl gemischt habe«, erklärte Louise schlicht. Constable Quill warf Dr. Snelling einen fragenden Blick zu und der nickte nach kurzem Zögern. »Aber Sie müssen sich nicht auf mein Wort verlassen«, fuhr Louise fort. »Dr. Snelling, Sie wissen, dass es Zyanid war, das den Admiral auf dem Fest vergiftet hat, nicht wahr?«

Dr. Snelling, nach wie vor in Handschellen, schob die Unterlippe vor. »Ich hebe mir meine fachlichen Einschätzungen für die gerichtliche Untersuchung auf.«

»Sie haben doch auch den Mandelgeruch wahrgenommen, oder, Constable?«, fragte Louise.

Constable Freddie Quill schien heftig mit sich zu ringen. »Aber das ergibt überhaupt keinen Sinn«, stieß er dann hervor. »So ein irres, leichtsinniges Spiel ist mir noch nie untergekommen: Das eine Stück Fleisch zu vergiften und nicht das andere und dann darauf zu vertrauen, dass das richtige Stück von der richtigen Person gegessen wird ... das ist ein ungeheuerliches Hasardspiel!«

»Sie sagten doch, dass Aldous Godding ein Spieler war«, merkte Alice Robust an.

Der Bleistift des Constable flog regelrecht über die Seiten seines Notizbuchs. Miss Barnes setzte sich mühsam auf dem Sofa auf. Sie blickte über die Lehne, was an eine Leiche erinnerte, die sich aus einem Sarg erhob. Mrs Godding und Julius standen dicht beieinander und lauschten stumm der Fülle neuer Erkenntnisse.

»Mr Godding und Miss Barnes müssen auf irgendeinem Wege miteinander kommuniziert haben, damit er wusste, welches Kotelett er nehmen durfte«, überlegte Kitty laut. »Es ist nicht weiter wichtig, wie sie das im Einzelnen gemacht haben.«

Louise schnippte mit den Fingern. »Ach, aber auch das wissen wir! Roberta: Könntest du mir bitte die kleine Schale bringen, die auf der Anrichte im Esszimmer steht?«

Roberta Liebenswert huschte scheu durch das Zimmer. Sie schien in dem Bewusstsein, dass alle Augen ihr folgten, zu schrumpfen. Einen Augenblick später kehrte sie mit der Schale aus grobem Steingut zurück und reichte sie Louise.

»In die Schale haben wir alles gelegt, was wir in den Taschen von Mr Godding und Mrs Plackett fanden, nachdem sie gestorben waren«, erklärte Louise. Sie fischte einen kleinen Zettel heraus und hielt ihn ins Lampenlicht. »Hier. Wir dachten, es handele sich um eine bloße Kritzelei oder einen Tintenfleck. Aber das war Ihre Zeichnung, richtig, Miss Barnes?« Sie hielt der ehemaligen Haushälterin den Zettel vor die Nase. Die Frau presste die Lippen fest aufeinander. »Die dreieckige Form. Das soll das eine der beiden Kalbskoteletts darstellen. Das Kotelett, das Mr Godding wählen sollte, weil kein Gift darin war.«

»Mr Godding hat das größere Stück genommen, so wie immer«, bemerkte Alice Robust und fügte dann noch hinzu. »Diese Gier ist mir jedes Mal aufgefallen, das war so typisch für ihn.«

»Aber diesmal«, sagte Louise, »war es keine Gier – oder, besser gesagt, es war Gier in einem sehr viel größeren Maßstab, die seine Wahl bestimmt hat. Er hielt sich an Miss Barnes' Skizze und wusste so, dass es sich bei dem Kotelett mit dieser Form hier«, sie deutete auf den Zettel, den Constable Quill ihr aus der Hand genommen hatte, »um das Stück handelte, das nicht vergiftet war.«

»Falsch.« Amanda Barnes spie das Wort beinahe aus.

Constable Harbottle drehte sich zu ihr um: »Wie war es dann?«

In diesem Augenblick kehrte sein Kollege zurück. »Im Klassenzimmer wurde eine Art Labor eingerichtet, das ist richtig. Ich habe allerdings keinen blassen Schimmer, wozu es dient.«

»Schon in Ordnung, Tweedy. Bitte fahren Sie fort, Miss Barnes. Sie wollten Miss Dudley gerade erklären, warum sie falschliegt. Was sollte die Zeichnung auf dem Zettel denn darstellen, wenn nicht das unvergiftete Fleischstück?«

»Nichts.« Amanda Barnes sackte wieder in sich zusammen. »Ich weiß gar nichts von diesem Zettel.«

Louise Pockennarbig lachte auf. »Ach, ich verstehe«, rief sie, »das Bild zeigt das *vergiftete* Stück Fleisch, wenn wir schon Haarspaltereien betreiben müssen.«

Miss Barnes funkelte sie finster an, aber schwieg.

»Hm.« Constable Quill lief ernsthaft Gefahr, dass ihm die Seiten in seinem Notizbuch ausgingen. »Miss Dudley: Wenn nur ein Stück Fleisch vergiftet war, warum sind dann beide gestorben?«

Mary Jane Ungeniert, die sich seit ihrem Kochexperiment mit dem verbrannten Mansfield Pudding als Expertin für kulinarische Belange fühlte, kam Louise mit der Antwort zuvor: »Martha hat bereits die Erklärung dafür geliefert. Sie hat beide Koteletts in *einem* Bräter mit etwas Wasser im Ofen schmoren lassen und erst dann in den Pfannen gebraten. So muss sich das Zyanid über das Wasser und den Bratensaft verteilt haben.«

»Dummes Mädchen«, schimpfte Miss Barnes.

Robertas Miene erhellte sich. »Und erinnerst du dich, Louise, dass ich dich fragte, warum sich die Testflüssigkeit in dem einen Gefäß mit der Fleischprobe blauer verfärbt hat als in dem anderen?«

Louise grinste. »Stimmt, Roberta. Die beiden Stücke enthielten nicht dieselbe Menge Gift. Mrs Placketts Kotelett enthielt die volle Dosis, und davon ist nur eine kleine Menge in das andere Stück gesickert.«

»Blau?« Constable Tweedy war verwirrt.

Dr. Snelling seufzte. »Preußisch Blau«, erklärte er. »Zyanid.«

Kitty Schlau dachte laut nach: »Vielleicht dauerte es deshalb länger, bis Mr Godding starb.«

Mary Jane Ungeniert wollte von dieser Theorie nichts wissen. »Vielleicht lag es daran, dass er so eine üble Ratte war, der seine liebesblinde Komplizin überredet hat, seine Schwester zu vergiften, um ihr Vermögen zu erben. Und um welches Vermögen geht es überhaupt? Abgesehen von dem Haus, dem Elefanten und dem bisschen Porzellan und Nippes, ist hier herzlich wenig zu holen.« Sie warf ihren hübschen Kopf zurück und Kitty bemerkte, dass Constable Quill einen Augenblick lang sein Notizbuch zu vergessen schien. »Sie sind eine Närrin, Miss Barnes, wenn Sie glauben, er hätte Sie tatsächlich geheiratet. Sie wären wahrscheinlich die Nächste gewesen, der man ein Stück Kalbfleisch der besonderen Art aufgetischt hätte.«

Amanda Barnes schwang ihre Beine vom Sofa und erhob sich leicht schwankend. »Das nehmen Sie zurück, Miss Mary Jane!«, rief sie und deutete mit dem Finger auf die junge Dame. »Ich lasse mir diese Frechheiten von Ihnen und Ihren feinen Freundinnen nicht mehr bieten! Sie nehmen zurück, was Sie über Aldy Godding gesagt haben, und über mich!«

Mary Jane funkelte sie an. »Das werde ich nicht tun! Sie sind eine Närrin, wenn Sie diesem Mann vertraut haben. Und er ist dumm genug, an seinem eigenen Gift zu sterben. Dieser Schuft hat es nicht verdient zu leben. Die göttliche Gerechtigkeit siegt über Teufel wie ihn.« Sie klatschte in die Hände. »Ach, und jetzt verstehe ich. Mädchen, erinnert ihr euch an das Gurren, das wir immer wieder nachts im Garten hinter dem Haus gehört haben?«

Constable Quill steckte sich den Finger ins Ohr, weil er glaubte, sich verhört zu haben. »Haben Sie gesagt ›gurren‹?«

»Ja, Freddie! *Guh-Guuh!* So klang das.«

»*Guh-Guuh* …« Constable Quill verzog das Gesicht, als bereute er für einen Augenblick seine Berufswahl, aber dann fuhr er fort. »Und Sie sagen, dass Sonntagnacht jemand im Garten hinter dem Haus gegurrt hat?«

»Genau. Das war Miss Barnes, die hoffte, ihr geliebter Mr Godding würde aus dem Haus kommen, um ihr zu sagen, dass alles klar sei. Dass Mrs Plackett tot sei und wir Mädchen schon unsere Koffer packten.« Mary Jane verschränkte die Arme triumphierend vor der Brust. »Und wenn ich daran denke, dass ich glaubte, das seien *Sie*, Henry, der mich mit dem *Guh-Guuh* in den Garten locken wollte.«

Zwischen den Augenbrauen des Bauern Butts bildete sich eine Falte. »Was soll das wieder bedeuten? Henry? Stellst du den Mädchen nach? Hast du mir etwas zu sagen?«

Henry zuckte vor Peinlichkeit zusammen. »Nein, Vater.« Er warf einen mitleiderregenden Seitenblick in Marthas Richtung.

»Er hätte mich geheiratet!«, schrie Amanda Barnes. »Er hat es mir gesagt. Genau hier, in diesem Zimmer, hat er es mir versprochen. Mein Herz weiß, dass er es ernst meinte. Ich wäre eine Lady geworden mit einem Sonnenschirm und Ansehen und ich hätte meine eigenen Dienstboten herumkommandiert! Ich hätte vernünftig für meine Mutter sorgen können. Aldy wollte mir einen Ring kaufen, einen goldenen Ring mit einem Rubin, sobald er …«

»Sobald er die stattliche Summe abbezahlt hätte, die er mir schuldet?«, höhnte Dr. Snelling.

»Ganz offensichtlich, sobald er Mrs Placketts Vermögen in die Hände bekommen hätte«, sagte Constable Quill.

Jetzt sprang Reverend Rumsey eifrig auf und mischte sich ein. »Welches nun, da Mr Godding tot ist, zu einem Großteil der Kirche Saint Mary zufällt, Mrs Placketts zweitem Erben.«

»Das ist nicht ganz richtig«, widersprach Alice Robust. »Nicht wahr, Miss Barnes?«

Die ehemalige Haushälterin zitterte vor Wut. Sie deutete auf Alice, als würde sie das Mädchen noch immer für Mrs Plackett halten. »Sie hat gedroht, Aldys Namen aus ihrem Testament zu streichen, als sie Streit hatten«, kreischte die Frau. »Wer konnte ahnen, dass die Hexe das noch vor dem Wochenende tun würde!«

Constable Quill seufzte. Im Schein der Lampen wirkte er mit einem Mal wie ein alter, erschöpfter Mann. »Testament? Was für ein Testament?«

Amanda Barnes ließ den Kopf hängen und sank zurück auf das Sofa. »Sie hat ihr gesamtes Vermögen Julius vermacht. Sie hat ihren Rechtsanwalt aufgesucht, bevor wir es verhindern konnten.«

Julius Godding machte große Augen, aber er sagte nichts. Reverend Rumsey ließ sich fassungslos in den Sessel plumpsen.

Alice Robust nickte. »Das kann Miss Barnes nur wissen, weil sie die neue Ausfertigung des Testaments gestohlen hat, die der Anwaltsgehilfe aus Mr Wilsons Kanzlei am Montagmorgen hier vorbeibrachte. Sie hat heute Nacht nicht zum ersten Mal im Haus herumspioniert, wahrscheinlich war sie auf der Suche nach Mr Godding.«

»Oder nach dem Geld«, warf Dr. Snelling ein.

»Das ist genau der Punkt, den ich nach wie vor nicht begreife«, rief Kitty. »Welches Geld? Doktor Snelling war überzeugt, hier im Haus ein Vermögen zu finden, sonst hätten er und Mr Rigby keinen Einbruch geplant. Miss Barnes und Mr Godding hielten das Vermögen sogar für so riesig, dass sie bereit waren, einen Mord dafür zu begehen. Aber ich schwöre, ich habe jeden Ordner, jede Kladde, jede Schublade, jeden Fetzen Papier in diesem Haus durchgesehen und bei Mrs Plackett gab es keinen Penny zu holen.«

Constable Quill klappte sein Notizbuch zu. »Das macht die ganze Angelegenheit völlig paradox, oder? Ein Mord für nichts?« Er gab Constable Tweedy mit einer Kinnbewegung ein Zeichen und der nahm die Handschellen von seinem Gürtel und schloss sie um Amanda Barnes' Handgelenke.

Die Haushälterin ergab sich mit tränenüberströmtem Gesicht

in ihr Schicksal. »Ach, Aldy, Aldy ...«, wisperte sie. »Wir waren so dicht dran.«

Louise Pockennarbig und Kitty Schlau wechselten heimlich einen Blick. Sie hatte ihn also tatsächlich geliebt? Es war ihnen unvorstellbar, dass es eine Frau geben sollte, deren Herz für Mrs Placketts schmierigen, abstoßenden, niederträchtigen jüngeren Bruder schlug. Sie würde den Rest ihres Lebens mit dem Wissen leben müssen, dass sie das Essen vergiftet hatte, das ihren Geliebten tötete – auch wenn, wie beide Mädchen ahnten, Mr Godding den ganzen schändlichen Plan ausgeheckt hatte.

»Was ich nicht begreife, Miss Barnes«, meldete sich Mrs Godding zu Wort, »ist, warum Sie heute Abend Admiral Lockwood mit einer vergifteten Bowle getötet haben?«

Die Haushälterin blinzelte und starrte Mrs Godding entsetzt an. »Sie haben gesagt, er sei in Ordnung! Dass ich mir keine Sorgen machen soll. Er sei *ein zäher alter Knochen*, das haben Sie gesagt!«

»Admiral Lockwood ist an Gift gestorben«, stellte Constable Quill knapp klar.

Der Ausdruck in Miss Barnes' Augen zeigte, dass sie sich zutiefst verraten fühlte.

»Sie standen unter Schock«, erklärte Julius' Mutter. »Ich wollte Ihnen zusätzliches Leid ersparen.«

»Die Sorge hätten sie sich sparen können«, sagte Constable Quill. »Es sieht ganz so aus, als hätte Miss Barnes heute Abend freiwillig in der Küche mitgeholfen, um die Bowle vergiften zu können. Ist das richtig?«

Miss Barnes schob den Unterkiefer vor.

Doch dann wich aller Widerstand aus der Festgenommenen. Sie nickte in Richtung Alice. »Sie hat meinen Aldous getötet. Sie hat ihm gedroht, ihn rauszuwerfen, und dann tauchte das Grab im Garten auf.« Leise begann Amanda Barnes zu weinen. »Der dumme alte Admiral hat aus *ihrem* Glas getrunken. Das Gift war für sie bestimmt.«

KAPITEL 28

Das verloren wirkende Grüppchen der Schülerinnen beobachtete, wie man Dr. Snelling Fußfesseln anlegte und ihn zum Polizeiwagen brachte. Die Maschinerie der Staatsgewalt war angelaufen, und die Mädchen blieben mit dem Gefühl zurück, Zuschauer im eigenen Zuhause zu sein. Wobei es nicht mehr lange ihr Zuhause sein würde, dachte Kitty Schlau verbittert.

Ihr Blick fiel auf die traurige Gestalt von Amanda Barnes, die klein und mit Handschellen auf dem Sofa saß. Wut und Mitleid, Entsetzen und Reue erfüllten ihr Herz. Die Haushälterin hatte ihnen die Frühstückseier zubereitet, ihre Betten bezogen, ihre Schreibtische abgestaubt und ihre Schuhe geputzt. Sie hatte so unverrückbar zu ihrem Alltag gehört wie der Toast zum Nachmittagstee.

Und jetzt das.

Kitty fragte sich, ob irgendetwas Amanda Barnes vor ihrem Schicksal hätte bewahren können. Sie erinnerte sich an unzählige Gelegenheiten, da sie und ihre Freundinnen die Dienste der Zugehfrau für selbstverständlich erachtet hatten. Sie waren ihr gegenüber nicht sonderlich unhöflich oder gemein gewesen, aber bisweilen hatten die Mädchen sie so behandelt, als wäre sie Luft. Letztendlich war sie ihre Bedienstete.

Hätte mehr Freundlichkeit dieses Unglück verhindern können?

Weder ein Gericht noch ein vernünftig denkender Mensch könnte je behaupten, dass mangelnde Freundlichkeit diese Katastrophe verursacht hatte. Aber niemand würde je wissen, ob das Verhalten der Mädchen den Lauf der Dinge verändert hätte.

Kitty dachte an Mrs Plackett in ihrem verlassenen Grab. Sie war froh, dass ihre Tat rückgängig gemacht wurde. Sie hatten solche Anstrengungen unternommen, um das Begräbnis im Garten zu vertuschen, aber jetzt war Kitty erleichtert, dass Mrs Plackett in einem richtigen Sarg und mit einem Trauergottesdienst die letzte Ruhe finden würde. Sie verdiente sehr viel mehr als das. Kitty hatte nie Wärme für die Schulleiterin empfunden, doch der Tod ließ sie Mrs Plackett mit anderen Augen sehen.

Auch Louise war in Gedanken versunken. Die heimliche Begeisterung über ihren Triumph ließ ihr Herz schneller schlagen. Sie hatte es geschafft! Sie, die Jüngste von allen, hatte das Rätsel gelöst. Sie bezweifelte, dass Mary Jane Ungeniert ernsthaft geglaubt hatte, dass ihr das gelingen würde, als sie sie zu ihrem – wie war der Name doch gleich? Spurlock Jones? – ernannt hatte. Aber Louise musste feststellen, dass es ein bittersüßer Triumph war. Ja, sie hatte die Freundinnen von dem schwebenden Verdacht befreit, und der Gerechtigkeit würde nun Genüge getan werden. Aber ihre gemeinsame Zeit ging zu Ende, davon war sie überzeugt. Und so fühlte sich der Triumph schal an. Der Gedanke, die Freundinnen zu verlieren, brach ihr das Herz.

»Wie geht es jetzt weiter, Kitty?«, flüsterte Martha Einfältig.

»Ich weiß es nicht, Liebes«, antwortete Kitty. »Die Welt steht Kopf.« Sie nahm Martha in die Arme und küsste sie auf die Stirn. Die anderen rückten ebenfalls näher zusammen, schmiegten sich aneinander und hakten einander unter. Selbst Elinor Düster legte einen Arm um Louise Pockennarbig, in deren geröteten Augen Tränen glänzten.

»Bedeutet das das Ende unserer Schwesternschaft?«, wisperte Louise.

»Das darf nicht sein«, widersprach Martha Einfältig. »Wir dürfen das nicht zulassen.«

Kitty Schlau presste die Lippen aufeinander, dann sagte sie: »Ich weiß nicht, ob es in unserer Macht steht, das zu ändern.«

»Die arme Miss Barnes«, flüsterte Alice.

»Die arme Mrs Plackett«, sagte Roberta Liebenswert.

»Louise, ich werde dich nie mehr im Leben wegen deiner tristen Kleider piesacken. Du warst großartig heute Abend. Die jüngste und klügste Detektivin von ganz Cambridgeshire!«, bekräftigte Mary Jane Ungeniert.

Louise versuchte, ein Lächeln zu unterdrücken, aber ihre zuckenden Mundwinkel verrieten sie.

Die Polizisten kehrten ins Haus zurück, um nach Dr. Snelling die zweite Festgenommene zum Wagen zu bringen.

»Moment.«

Es war Mrs Godding, die das Wort ergriff, und Amanda Barnes schaute überrascht auf.

Mrs Godding holte tief Luft. »Miss Barnes, ich glaube, Sie wurden in hohem Maße von meinem Schwager manipuliert. Ich werde zu Ihren Gunsten vor dem Richter aussagen und ihm meinen Eindruck mitteilen.« Sie hielt inne und schüttelte den Kopf. »Gleichwohl, Ihre Dienstherrin zu töten … Ist sie unfreundlich mit Ihnen umgegangen?«

Amanda Barnes konnte Mrs Godding nicht in die Augen sehen. »Ja, gnädige Frau, aber … das heißt, so wie jede Dienstherrin manchmal.«

»Und der arme Admiral. Miss Barnes, ich weiß nicht, was ich für Sie oder Ihre unsterbliche Seele hoffen soll. Aber ich sage offen, was ich denke, und ich werde für Sie beten.«

»Kommen Sie, Miss Barnes!«, befahl Constable Tweedy. »Zeit, zu gehen.«

Die Tür schloss sich hinter ihnen und wenig später hörte man die knirschenden Räder auf dem Kies. Mrs Godding sank in einen Sessel und vergrub ihr Gesicht in den Händen. Julius stand dicht neben seiner Mutter und strich ihr über die Schulter.

Währenddessen suchte er mit den Augen nach Kitty Schlau.

Wie er mich hassen muss, dachte sie. *Was habe ich dir Schreckliches angetan. Ich habe an allem Schuld. Diese ganze Scharade war meine Idee.*

Sie versuchte, sich zu trösten. Letztlich hatte sie Julius erst an diesem Abend offiziell kennengelernt und würde ihn sicher nie mehr wiedersehen, sobald diese Angelegenheit abgeschlossen war. Also, was spielte es schon für eine Rolle?

Constable Quill trat wieder ins Zimmer.

»Freddie, Sie haben sich heute Abend hervorragend geschlagen. Ich wette, bald haben Sie ein paar neue Streifen an der Uniform. An nur einem Abend konnten Sie einen Einbrecher, einen Buchmacher und eine Mörderin festnehmen. Bald wird Scotland Yard bei Ihnen anklopfen und Sie befördern.«

Constable Quill schenkte Mary Jane keine Beachtung.

»Mrs Godding, Mr Godding, wir können aufbrechen. Der Pfarrer begleitet uns in die Stadt. Sind Sie so weit?«

»Ich übernachte hier«, erklärte Mrs Godding. »Julius kann unter den gegebenen Umständen kaum im Haus bleiben, also fährt er mit Ihnen und verbringt die Nacht im Lamb Hotel, wo wir Quartier genommen haben. Morgen früh kann er mir meine Sachen bringen.«

Der Constable nickte. »Das hatte ich gehofft«, sagte er. »Darf ich die jungen Damen dann unter Ihrer Aufsicht zurücklassen?«

Ein empörter Ruck ging durch die versammelten Schülerinnen. »Aufsicht?«, rief Mary Jane Ungeniert. »Wie meinen Sie das, Freddie?«

Der Constable sprach weiter, als wären die Mädchen gar nicht anwesend. »Vergrabene Leichen im Garten, betrügerisches Auftreten in der Rolle einer Toten, das Tätigen von Rechtsgeschäften im Namen dieser Toten ... das sind ernste Anklagepunkte. Ich habe diesen jungen Damen eine Reihe von Fragen zu stellen. Aber zunächst muss ich mich um die noch gravierenderen Fälle der beiden Festgenommenen kümmern. Ich komme morgen früh wieder.«

»*Diesen* jungen Damen!«, schäumte Mary Jane. »Na, das gefällt mir vielleicht! Plötzlich werden wir behandelt wie Luft. Und noch vor ein paar Stunden ...«

Ein ängstlicher Schatten huschte über das Gesicht des Constable. »Gute Nacht, gnädige Frau«, verabschiedete er sich hastig. »Bis morgen früh.« Er machte auf dem Absatz kehrt und floh.

Julius Godding küsste seine Mutter und folgte dem Polizisten, ohne sich noch einmal umzudrehen. Kitty sah ihm nach und musste schlucken.

»Kommt, Mädchen«, sagte sie. »Gehen wir schlafen.«

KAPITEL 29

Kitty Schlau saß auf der Bettkante und knöpfte ihr Kleid zu. Es war fünf Uhr morgens und sie war seit drei Uhr wach. An die Zeit zwischen dem Zubettgehen und drei Uhr morgens konnte sie sich nicht recht erinnern, vielleicht war sie in einen unruhigen Schlaf gefallen.

Am Abend zuvor hatten sich die Mädchen alle in dem Zimmer, das sich Kitty mit Mary Jane teilte, versammelt und flüsternd absurde Pläne geschmiedet, wie sie fliehen und der Strafverfolgung entkommen wollten; keiner davon hatte Hand und Fuß. Schließlich steckte Mrs Godding ihren Kopf durch die Tür und bedeutete ihnen wortlos, ihre eigenen Betten aufzusuchen und Ruhe zu geben.

Kitty fühlte sich krank. Es war reichlich spät, um wegen Entscheidungen, die sie getroffen hatte, in Reue zu zerfließen. *Ich habe niemanden umgebracht*, sagte sie sich erbittert. *Ich habe die ganze Sache nicht angefangen. Alles, was wir wollten, war, zusammenzubleiben. Alles, was ich wollte ...*, dachte sie und da trat die selbstsüchtige Wahrheit schmerzhaft zutage, *war, nicht nach Hause zurückkehren zu müssen*. Jetzt schien eine Rückkehr nach Hause das Beste, worauf sie hoffen konnte. Selbst die kalte Gleichgültigkeit ihres Vaters war sehr viel besser als das Gefängnis.

Sie bürstete sich das Haar und schlang es zu einem Knoten, den sie mit Nadeln feststeckte. Dann knöpfte sie die Strümpfe an die Strumpfhalter, zog ihre Stiefel an und schnürte sie zu. Was würde der Tag bringen, fragte sie sich flüchtig. Sollte sie ihre Sachen packen?

Es schien egal zu sein, was sie tat, und so verwarf sie die Idee wieder. Ihr Blick fiel auf die Schulbücher, die auf dem Fensterbrett aufgereiht standen, und sie verspürte Wehmut bei der Erinnerung an die Zeiten, als sie sich tatsächlich Tag für Tag in Mrs Placketts eintönigem, langweiligem Unterricht ihren Studien gewidmet hatten.

Sie lauschte an der Tür, aber das Haus schien noch in Schlaf versunken. Also wagte sie sich leise aus dem Zimmer. Ihre Schritte führten sie die Treppe hinunter und durch den langen Korridor zur Haustür.

Sie öffnete die Tür und verharrte auf der Schwelle. Mit tiefen Atemzügen sog sie die Morgenluft ein.

In der Ferne, hinter dem Weg, der nach Ely führte, erhoben sich die Türme der Kathedrale glänzend im Morgenlicht. Nebelschwaden hingen tief über den Wiesen und wichen nur zögernd den tastenden Sonnenstrahlen. Die Natur war ahnungslos und gleichgültig gegenüber den Ereignissen der letzten Nacht.

»Guten Morgen, Miss Heaton«, hörte sie eine Stimme hinter sich.

Als sie sich umdrehte, stand Mrs Godding vor ihr, in jeder Hand einen Becher mit Tee.

»Ich wusste nicht, dass Sie meinen Namen kennen«, sagte Kitty.

Mrs Godding hielt ihr einen Becher hin. »Jemand hat ihn mir gegenüber erwähnt. Es scheint ein prächtiger Morgen zu werden. Wollen Sie mich in den Garten begleiten?«

Kitty folgte ihr durch das taufeuchte Gras hinter das Haus zu zwei Stühlen, die abgewandt von der Grube standen, die ein Grab gewesen war. Aldous sprang neben ihnen her und jagte Grashüpfer.

»Es sieht so aus, als hat er keinen Schaden davongetragen«, stellte Mrs Godding fest und setzte sich. »Also schön. Erzählen Sie mir etwas über sich, Katherine, oder soll ich Sie Kitty nennen?«

Kitty nahm vorsichtig auf dem Gartenstuhl Platz. »Katherine, bitte«, sagte sie und fügte dann spontan hinzu: »Sie dürfen aber auch Kitty sagen, wenn Sie möchten.«

Die ältere Frau nippte an ihrem Tee. »Nun?«

Kitty zögerte. Sie fand, es gab nur wenig über sie zu erzählen, und sie wusste nicht, wo sie anfangen sollte. »Ich bin Einzelkind«, sagte sie schließlich. »Meine Mutter starb vor vielen Jahren. Ich erinnere mich kaum.«

Mrs Godding betrachtete Kitty aufmerksam. »Das tut mir leid. Ich habe selbst meine Mutter als junge Braut verloren. Ich denke oft an sie.«

Kitty dachte darüber nach. »Ich wünschte, ich würde öfter an meine Mutter denken«, sagte sie. »Es gibt allerdings nicht viel, woran ich mich erinnere.«

Mrs Godding nickte und ihr Blick ruhte nachdenklich auf dem Mädchen. »Was geht in Ihrem Kopf vor?«

Kitty verbarg ihre Verwirrung, indem sie einen Schluck Tee nahm. »Ich weiß nicht, was ich auf diese Frage antworten soll.«

Mrs Godding blickte über die Felder des Bauern Butts. »Was geht in einem Kopf vor, der beschließt, meine Schwägerin und meinen Schwager heimlich im Garten zu begraben. Es muss sich um einen herzlosen oder einen verkommenen Geist handeln, dem es an Respekt für andere mangelt, oder … es steckt etwas anderes dahinter. Aber ich weiß nicht, was.«

Vor ihrem inneren Auge sah Kitty ihren Vater, wie er von seinem Schreibtisch aus Bürodienern, Sekretärinnen und jüngeren Mitarbeitern seiner Firma Anweisungen erteilte. Wie tüchtig er war. Wie erfolgreich. Und wie kalt.

Wie viel von ihrem Vater steckte in ihr?

»Mr Godding war ein unangenehmer Mann«, berichtete Kitty. »Er war grob und vulgär. Nie hat er uns Mädchen höflich behandelt. Ich glaube, wir erahnten den Bruch zwischen ihm und seiner Schwester, wobei wohl keine von uns die Gründe dafür kannte. Aber trotzdem hielt ihn das nicht davon ab, ständig hier aufzutauchen und ihre Speisekammer und den Weinkeller zu leeren.«

Mrs Godding nickte wissend. »Manche Menschen ändern sich nie. Als mein Mann und ich damals nach Indien umsiedelten, habe ich mich gefragt, ob wohl der halbe Erdball als Distanz zwischen uns und dem jüngeren Bruder meines Mannes genügen würde.«

»Mrs Plackett war eine achtbare Frau, aber es gab nie ein Gefühl von Wärme zwischen ihr und uns Mädchen«, fuhr Kitty fort. »Meist war sie barsch und mürrisch und hatte andere Dinge im Kopf. Ich glaube nicht, dass es ihr jemals Freude bereitet hat, ein Mädcheninternat zu führen.« Kitty umschlang den Becher mit den Fingern und genoss die Wärme. »Das Merkwürdige ist, dass ich das Gefühl habe, wir haben sie besser kennengelernt – zumindest ihre freundlichere Seite – jetzt, da sie tot ist.«

»Sie hatte also eine freundlichere Seite?«

Kitty schaute Mrs Godding verdutzt an. »Etwa nicht?«

Mrs Godding lachte kurz auf. »Ich hatte oft den Eindruck, dass der einzige Wesenszug, der meine Schwägerin menschlich machte, ihre unerklärliche Zuneigung zu Seefahrern war. Sie hatte eine ziemlich abweisende Art, auch damals schon, als ich sie kennenlernte.«

Kitty lächelte und versuchte, sich Mrs Plackett vor zwanzig oder mehr Jahren vorzustellen, als Mrs Godding ihre Bekanntschaft machte.

»Ich glaube, sie wollte ihrem Bruder helfen, obwohl sie wusste, dass ihm nicht mehr zu helfen war.«

Mrs Godding nickte. »So ist es oft in Familien.«

»Ich sage das alles nicht, um mich zu rechtfertigen«, erklärte Kitty, »aber vielleicht kann das verdeutlichen, warum wir nach ihrem Tod nicht das Gefühl hatten, den beiden eine besondere Wertschätzung zu schulden. Die Art und Weise, wie sie ums Leben kamen, war entsetzlich, das wissen Sie ja. So plötzlich und schockierend. Aber wir haben uns nicht einen Deut aus den beiden gemacht. Und dann wurde uns klar, dass man uns nach Hause schicken würde, und den Gedanken habe ich nicht ertragen, genauso wenig wie die Vorstellung, meine Freundinnen zu verlassen.«

Mrs Godding wartete, bis Kitty bereit war, weiterzusprechen. Mr Shambles stolzierte im hohen Gras vorüber und machte leise gluckende Geräusche, bis Aldous ihn entdeckte und kläffend auf ihn zustürmte.

»Ich habe Mrs Plackett nur als das wahrgenommen, was sie für mich bedeutete«, fuhr Kitty fort. »Mit anderen Worten: als eine Plage. Und dann wurden wir plötzlich von dieser Plage befreit, aber falls wir irgendjemandem davon erzählten, würde man uns nach Hause schicken. Wenn ich zu meinem Vater zurückkehren müsste, würde er mich nur auf irgendeinem anderen furchtbaren Internat anmelden. Oder schlimmer noch, er würde mich zu Hause behalten. Ich könnte es nicht ertragen, dort gefangen zu sein.«

Kitty wunderte sich selbst, wie viel sie dieser Frau, die sie erst am Vorabend kennengelernt hatte, anvertraute.

Mrs Godding setzte sich leicht schräg, um Kitty ansehen zu können. »Das kann ich verstehen. Manche Frauen sind für mehr Unabhängigkeit geschaffen, als die Gesellschaft ihnen zugesteht. Vielleicht sogar wir alle, aber manche sind noch nicht in der Lage, das zu erkennen.« Ihr Blick schweifte in die Ferne. »Vor meiner Heirat war ich Krankenschwester, Kitty. Vier herrliche Jahre habe ich in Krankenhäusern gearbeitet. Übrigens war mein späterer Ehemann einer meiner Patienten.« Sie lächelte.

»Ja, ich habe gehört, dass Sie Krankenschwester waren«, sagte Kitty. »Das finde ich großartig. Julius hat es mir …« Ihre Stimme versiegte und sie spürte, wie ihr die Hitze in die Wangen stieg.

»Ach, er hat es erzählt?« Mrs Godding wirkte gleichermaßen überrascht und erfreut. »Das ist ja schön.«

»Ich weiß nicht, was jetzt aus den anderen Mädchen wird.« Kitty fürchtete eine Schrecksekunde lang, sie würde vor Julius' Mutter in Tränen ausbrechen. »Sie wären allesamt so viel besser dran, wenn sie nicht bei meinem skandalösen, unverzeihlichen Plan mitgemacht hätten.«

Aus dem Haus hinter ihnen waren erste Geräusche zu hören, die verrieten, dass auch die anderen erwacht waren, und auf dem Kies der Prickwillow Road knirschten Wagenräder. Nicht einmal vergrabene Leichen konnten Henry Butts davon abhalten, die morgendliche Milch vorbeizubringen.

»Ich finde, Sie nehmen sich selbst ziemlich wichtig, Kitty«, tadelte Mrs Godding sanft. »Wenn man Ihnen zuhört, könnte man meinen, Ihnen allein gebühre der Verdienst für diesen Plan, und als besondere Belohnung dürfen Sie alle Schuld auf sich nehmen.«

Kitty starrte sie verblüfft an. Was für eine rätselhafte Bemerkung!

Mrs Godding betrachtete Kitty nachdenklich, dann erhob sie

sich. »Unsere Unterhaltung hat mich gefreut, Kitty. Sie haben mir alles gesagt, was ich wissen muss.«

Kitty folgte ihr zurück ins Haus, und während sie noch an ihrem Tee nippte, grübelte sie, was um alles in der Welt das zu bedeuten hatte.

Kapitel 30

Eine Stunde später saßen die Mädchen am Esszimmertisch und starrten in stiller Reue auf ihre Teller. Mrs Godding trug Toast, Eier, gebratene Pilze, Speck und Porridge auf. Alice Robust lief bei dem Anblick das Wasser im Mund zusammen und Roberta Liebenswert fand, der Duft des gebratenen Specks allein sei Grund genug, um vor Glück ohnmächtig zu werden. Wenn nur nicht sonst alles so schrecklich wäre! Mary Jane Ungeniert räumte bereitwillig ein, dass es ein Gewinn war, wenn jemand anderes an ihrer Stelle das Zepter in der Küche übernahm.

Mrs Godding setzte sich ans obere Ende der Tafel und breitete ihre Arme aus. »Sprechen wir das Tischgebet, Mädchen«, sagte sie. Sie fassten einander an den Händen, senkten die Köpfe und jede für sich hielt eine stille, schuldbewusste Andacht. Dann häufte Mrs Godding einen großzügigen Löffel braunen Zucker auf ihr Porridge und träufelte Sahne darüber.

»Es geht doch nichts über das Frühstück, um die Vorfreude auf das Mittagessen zu wecken«, verkündete sie.

An jedem anderen Tag hätte Kitty Schlau jetzt lächeln müssen.

Die Türglocke ertönte.

Mrs Godding schob ihren Stuhl zurück. »Das wird Julius sein«, sagte sie. »Ich gehe.« Sie schloss die Esszimmertür hinter sich.

Die Mädchen sahen ihr nach und schauten dann einander an.

»Verrenk dir nicht das Ohr beim Horchen, ob er es ist, Kitty«, spottete Mary Jane Ungeniert.

Kitty Schlau teilte wütend ihre Toastscheibe. »Ich dachte, *du* suchst bereits die Spitze für deinen Brautschleier aus, Mary Jane.«

»Das ist nicht Julius«, stellte Louise Pockennarbig fest. »Das hört sich an, als wären zwei Männer gekommen.«

»Die Polizei«, quiekte Martha Einfältig.

Kitty stand auf und öffnete die Tür. »Himmel noch mal, finden wir heraus, was los ist.« Mrs Godding lotste tatsächlich zwei Männer ins Haus, die auf Traghölzern eine große Holzkiste anlieferten. Aldous sprang wild kläffend um ihre Stiefel herum.

»Noch mehr von Mr Goddings Sachen?«, rätselte Alice.

»Ein Geschenk«, stieß einer der Träger gepresst hervor. »Für Mrs Plackett.«

Es hatte sich noch nicht herumgesprochen, dass Mrs Plackett nicht mehr in der Prickwillow Road oder, besser gesagt, überhaupt in keiner Straße mehr weilte, stellte Kitty Schlau fest.

»Laden Sie die Kiste bitte hier ab, meine Herren, im Salon«, wies Mrs Godding sie an. »Vielen Dank.«

Die beiden Männer machten sich daran, den Holzdeckel aufzuhebeln. Die Mädchen umringten sie neugierig. Sie nahmen den Deckel ab, entfernten Unmengen von Lumpen und zum Vorschein kam ...

»Was ist das?«, fragte Roberta Liebenswert.

Sie starrten das Ding an.

»Also, das war's«, sagte einer der Männer. »Hier ist ein Brief für Sie. Wir gehen dann mal.«

Und mit diesen Worten reichte er Mrs Godding ein Schreiben, das er aus der Tasche gezogen hatte, sammelte mit seinem Kollegen die Holzlatten der Kiste ein und die beiden gingen.

»Aber was ist das?«, fragte Roberta ein zweites Mal eindringlich.

Louise Pockennarbig inspizierte das Ding von allen Seiten. »Es ist ... aus Holz.«

Das stimmte, in der Tat. Es war ein schwerer, massiver Gegenstand aus bernsteinfarbenem Holz mit kunstvollen Schnitzereien. Er hatte in etwa die Länge und Breite einer Ottomane, war doppelt so hoch und stand auf vier hölzernen Füßen.

»Ist das ein Möbelstück?«, rätselte Martha Einfältig.

»Darauf sitzen möchte ich nicht. Es ist zu spitz oben.« Louise Pockennarbig hatte sich hingekniet, um das Objekt genauer von allen Seiten zu studieren. Sie betastete mit den Fingern die Einkerbungen und Vorsprünge und ließ den Blick über die verschnörkelte geschnitzte Silhouette gleiten.

»Was denken Sie, Mrs Godding?«, erkundigte sich Kitty Schlau.

Julius' Mutter verschränkte die Arme und betrachtete das Geschenk stirnrunzelnd. »Das ist fremdländisches Kunsthandwerk, so viel steht fest«, sagte sie. »Ich wage die Vermutung, dass es aus Afrika stammt. Mal sehen, was in dem Brief steht.«

»Es ist ein Palast«, verkündete Louise Pockennarbig. »Hier, das sind Säulen und das da Fenster und darüber ist das Dach.«

Mrs Godding faltete den Briefbogen auseinander. »*Verehrte Mrs Plackett*«, las sie vor, »*dies ist ein Geschenk, das der Admiral eigens für Sie vorbereitet hatte. Es waren bereits Vorkehrungen getroffen, um es Ihnen heute liefern zu lassen, und ich sah keine Veranlassung, seine Pläne zu ändern. Ich bin sicher, Sie sind ebenso untröstlich wie ich über den Verlust des Admirals. Ich hoffe, dieses Geschenk wird Sie an ihn erinnern.*«

Sie faltete das Papier wieder zusammen und steckte es in die Tasche. »So, so. Meine Schwägerin war also dem Admiral zugetan. Ich hatte schon so eine Ahnung, als ich ihn neben ihr sitzen sah. Oder vielmehr neben Ihnen, Miss Brooks.«

Alice Robust machte einen Knicks. »Bitte nennen Sie mich Alice.«

Louise Pockennarbig studierte noch immer den hölzernen Palast. »Jetzt hab ich den Fehler«, rief sie aus. »Er steht verkehrt herum. Die Vorderseite zeigt zur Wand. Hilf mir, ihn umzudrehen, Kitty.«

Der Gegenstand war verblüffend schwer und mehrere Mädchen mussten mit anpacken. Gemeinsam schoben und zerrten sie, bis er richtig herum stand. Jetzt sah man, dass es sich unverkennbar um einen Palast handelte. Louise beugte sich vor, um die Tore genauer zu betrachten. Aldous leckte ihr hilfsbereit das Gesicht ab.

»Die Tore sind verschlossen«, stellte sie fest. »Da ist ein Schlüsselloch, aber wir haben keinen Schlüssel dazu.« Sie suchte vergeblich die gesamte Oberfläche des Palasts nach einem möglichen Versteck für einen Schlüssel ab, dann studierte sie nochmals die Pforte genauer.

»Das ist nicht so dringlich, als dass es nicht bis nach dem Frühstück warten kann«, verkündete Mrs Godding. »Wenn es etwas gibt, was ich verabscheue, dann kaltes, klebriges Porridge. Kommt, Mädchen!«

Etwas in ihrem Auftreten machte es schwer, sich ihren Anweisungen zu widersetzen. Doch Louise ließ sich nicht beirren.

»Elefanten«, flüsterte sie und deutete auf die kleinen Schnitzereien neben dem Portal.

Alice Robust schüttelte den Kopf. »Was ist damit, Louise?«

»Elinor, bring mir den Elefanten!«, rief Louise eindringlich.

Elinor Düster glitt lautlos wie ein Geist aus dem Raum. Wenig später kehrte sie aus dem Nebenzimmer mit der Ebenholzskulptur zurück. Louise führte das Messingende des Elefantenrüssels in das Schlüsselloch ein, das die Form einer Acht hatte.

»Die Zacken im Schlüsselloch passen in die Nasenlöcher!«, rief sie.

»Ekelhaft«, sagte Mary Jane.

Louise drehte die Elefantenskulptur langsam und damit den Rüssel und das Klicken der Verriegelung war zu hören. Sie öffnete das Tor. Eine Kaskade goldener Münzen ergoss sich auf den Boden wie Maiskörner aus einem geöffneten Silo.

Aldous fing in dem allgemeinen Tumult vor Aufregung an zu kläffen, und jagte sein Stummelschwänzchen. Klirrende Münzen purzelten über Louises Schoß und rollten in alle Richtungen, unter die Möbel und hinaus in den Korridor.

»Gute Güte!«, schrie Mrs Godding. »Holt einen Korb! Irgendeinen Behälter, schnell!«

Die Mädchen krabbelten auf allen vieren herum und sammelten Münzen in ihren Schürzen ein.

»Das sind Dublonen«, flüsterte Kitty staunend. »Genau wie die beiden Münzen, die wir in Mrs Placketts und Mr Goddings Taschen gefunden haben.«

»Jede davon ist zwanzig Pfund oder mehr wert«, sagte Louise Pockennarbig. »Schaut! Hier ist noch ein Brief.«

Louise fischte einen zusammengefalteten Zettel aus der geöffneten Palasttür und reichte ihn Kitty Schlau, die auf den ersten Blick die Handschrift des Admirals erkannte. Mrs Godding war damit beschäftigt, Münzen aus ihrem gerafften Rock in eine leere Vase zu schaufeln.

»*Liebe Connie*«, las Kitty vor, »*ich sagte Ihnen ja, dass ich eine großartige Möglichkeit gefunden habe, um das Gold Ihres Mannes aufzubewahren. Ihr Vermögen und Ihre Geheimnisse sind bei mir sicher. Ihr P. L.*«

Mary Jane Ungeniert betupfte sich die Augenwinkel mit einem Taschentuch. »Er war schon so ein Romeo, nicht wahr?«, schniefte sie. »Auch wenn er furchtbar alt war. Ich wünschte, er wäre nicht gestorben. Ich hätte den alten Knaben vom Fleck weg geheiratet.«

»Hm.« Mrs Godding zog bei diesen Worten die Augenbrauen hoch. »Ich dachte, Sie hätten jemand anderen im Visier.«

Mary Jane zuckte mit den Schultern. »Ach, ich bin da flexibel.«

Mrs Godding biss sich auf die Lippe. Kitty hätte schwören können, dass sie sich ein Lachen verkneifen musste. »So, das war der Rest. Schließen Sie das Türchen wieder, Miss Dudley. Und ich bestehe darauf, dass wir jetzt zu unserem Frühstück zurückkehren.« Sie wischte sich die Hände, die nach den Münzen rochen, an ihrem Rock ab. »Also besaß Constance tatsächlich ein Vermögen.«

»Ein Glück für Julius, dass sie es im Haus des Admirals gehortet hat«, stellte Mary Jane fest.

Mrs Goddings selbstsicherer Gang geriet ein wenig aus dem Takt. Dieser Gedanke schien ihr noch gar nicht in den Sinn gekommen zu sein. »Ja«, sagte sie langsam, »ein Glück für Julius. Constance schrieb mir, dass ein Geschäftspartner ihres verstorbenen Mannes ihr kürzlich einige ›Wertsachen‹ geschickt habe, die ihm gehörten. Sie bot an, sich damit an den Kosten für Julius' Studium zu beteiligen. Und sie drängte darauf, dass wir für die Aufnahmeprüfungen der Universität nach England kommen sollten. Alles Weitere wollten wir hier besprechen. Deshalb sind wir aus Indien angereist.« Sie nahm wieder ihren Platz am oberen Ende der Tafel ein. »Ich gestehe, dass ich mir nicht hätte träumen lassen, dass es um ›Wertsachen‹ in diesem Umfang gehen würde.«

»Und vergessen Sie nicht den Elefanten selbst«, sagte Elinor Düster.

Sie stocherten alle auf ihren Tellern herum. Die Butter auf dem Toast war erstarrt, die Eier waren zu Gummi und Wasser geworden und das Fett des Frühstücksspecks sah unappetitlich aus, aber niemand verlor darüber ein Wort. Sie achteten kaum auf das Essen.

»Jetzt fügt sich alles zusammen«, rief Louise Pockennarbig aufgeregt. »Mrs Plackett erhält ein Vermögen bestehend aus spanischen Goldmünzen. Sie schreibt Ihnen und Julius in dieser Angelegenheit. Und sie vertraut Admiral Lockwood das Gold zur Aufbewahrung an.«

»Außerdem bittet sie ihn herauszufinden, was die Dublonen auf dem Devisenmarkt wert sind«, fügte Kitty hinzu, die sich an den Brief des Admirals mit der Zwanzig-Pfund-Note erinnerte.

»Aber eine der Münzen behält sie in ihrer Tasche«, fuhr Louise fort. »Und aus einem Grund, den wir nie erfahren werden – vielleicht aus einer Laune oder einem Anflug von Großzügigkeit heraus – gibt sie auch ihrem Bruder Aldous eine Münze.«

»So wittert er, dass seine Schwester zu Geld gekommen ist«, sagte Alice Robust.

»Er bittet sie um eine größere Summe«, setzte Kitty Schlau die Überlegungen fort. »Wahrscheinlich um seine Spielschulden zu bezahlen.«

Robertas Augen wurden groß. »Aber sie sagt Nein.«

»Und da wurde Mr Godding sicher zornig, so wie wir ihn kennen«, mutmaßte Martha Einfältig.

»Sie streiten sich und Mrs Plackett droht, ihn aus ihrem Testament zu streichen«, sagte Louise Pockennarbig. »Weißt du noch Alice? Da war doch der Brief, den du unter Mrs Placketts Kopfkissen gefunden hast.«

»Und das war der Zeitpunkt, als Mr Godding seiner Komplizin – oder vielmehr seiner Marionette – vorgaukelte, er wolle sie heiraten, wenn sie ihm helfen würde, seinen tödlichen Plan umzusetzen, bevor Mrs Plackett ihr Testament ändern könnte«, erklärte Mary Jane Ungeniert.

»Das vorherige Testament muss Mr Godding begünstigt haben«, vermutete Louise. »Womöglich wurde es aufgesetzt, als der liebe kleine Julius noch nicht einmal geboren war.«

Mrs Godding stutzte. Sie hatte den plötzlichen lebhaften Austausch wie eine Zuschauerin beim Tennis in Wimbledon verfolgt. »Als *welcher* Julius noch nicht einmal geboren war?«

Kitty Schlau erstarrte. Sie wurde rot wie eine Tomate.

Mary Jane Ungeniert kicherte. »Ach, das ist nur Kittys Kosename für Ihren hübschen Sohn.«

Kitty versetzte ihr unter dem Tisch einen Tritt. Die übrigen Mädchen hielten sich die Servietten vor den Mund.

Die stets taktvolle Alice versuchte, der Freundin zu Hilfe zu kommen. »Reichst du mir bitte die Marmelade, Kitty?«

»Die Eier sehen köstlich aus«, fügte Roberta Liebenswert tapfer hinzu. Das war eine glatte Lüge. Es war Ausdruck ihrer Loyalität, dass sie aus Freundlichkeit die Wahrheit hintanstellte. Die letzten Tage hatten Roberta auf eine harte Probe gestellt und ihr vor Augen geführt, wie finster die Wahrheit sein konnte.

Die Mädchen lauschten auf das gedämpfte Ticken der Kaminuhr unter dem Glassturz und betrachteten die Esszimmer-Vorhänge, die sich in der Morgenbrise bauschten. Vor dem Fenster, jenseits des Wegs, lag der Hof der Butts mit seinen weitläufigen Schafweiden in Sonnenlicht getaucht.

»Ich frage mich, ob ich wohl ein Internat leiten könnte«, überlegte Mrs Godding.

Kitty warf Mary Jane, dann Alice und Elinor einen raschen Blick zu.

Da läutete die Türglocke abermals. Mrs Godding erhob sich, um zu öffnen. Die Mädchen vernahmen die Stimme von Constable Quill.

»Dein Galan ist hier«, ächzte Louise. »Erspart mir weitere Herrenbesuche! Ich gehe nach oben und lese ein Buch.«

»Er ist nicht *mein* Galan!« Mary Janes Antwort klang beinahe wie ein Knurren.

»Geh nicht, Louise«, bat Kitty. »Uns bleibt womöglich nicht mehr viel gemeinsame Zeit. Bleibt alle hier.«

Der Constable betrat das Esszimmer. Mrs Godding bot ihm einen Stuhl an, den er annahm, und eine Tasse Tee, die er ablehnte.

»Er ist nicht vergiftet.« Mary Janes dunkle Augen blitzten ihn vernichtend an.

Der Constable wich ihrem Blick aus.

»Mrs Godding, ich habe mit dem Sergeant den Fall dieser jungen Damen durchgesprochen und wir sind beide der Meinung, dass angesichts der Schwere ihrer Taten ...«

»Constable Quill!«

Der Polizist schloss den Mund und wartete darauf, was Mrs Godding zu sagen hatte.

»Ich habe mich mit den Mädchen unterhalten«, sagte sie, »und ich glaube, das Einzige, was man ihnen vorwerfen kann, sind Übermut und ein Mangel an Urteilskraft.«

Martha Einfältig wirkte verwirrt. »Unterhaltung? Welche Unterhaltung?«, murmelte sie, was der Constable glücklicherweise nicht hörte.

Kitty Schlau legte warnend einen Finger an den Mund.

Constable Quill zog sein Notizbuch aus der Tasche. »Aber laut Gesetz ...«, hob er an. »Täuschung eines Ordnungshüters, betrügerisches Auftreten in der Rolle einer Toten, sittenwidrige Bestattung – das sind gravierende Vergehen.«

Mrs Godding biss nachdenklich in ihren Toast. »Allerdings, das ist richtig. Nun, was das Pensionat angeht, es gehört jetzt meinem Sohn. Wenn er einverstanden ist, werde ich hierbleiben und es weiterführen. Er beginnt im Herbst sein Studium an der Universität Oxford, deshalb möchte ich lieber in England bleiben, statt allein nach Indien zurückzukehren.«

Constable Quill kratzte sich am Kopf. »Das ist sicher sehr nett von Ihnen, aber ich verstehe nicht ...«

»Essen Sie eine Kleinigkeit.« Mrs Godding verteilte Marmelade auf einer weiteren Scheibe Toast und reichte sie ihm, bevor er ablehnen konnte. Ohne nachzudenken, biss er davon ab, hielt inne und erschrak, so als wäre er gerade aus einem Traum erwacht.

»Also, schauen Sie«, sagte er mit lauter Stimme, »diese jungen

Damen können nicht einfach davonkommen! Ihre Taten müssen eine Strafe nach sich ziehen.«

Mrs Godding blickte Constable Quill mit der unverändert gelassenen Miene an, die sie seit seiner Ankunft an den Tag legte.

»Sie müssen in jedem Fall eine Strafe nach sich ziehen«, stimmte sie ihm zu. »Ich bin eine überzeugte Verfechterin des Prinzips, dass man Verantwortung für seine Taten übernehmen muss. Nur so erlangt man Reife.«

»Ich muss zumindest ihren Eltern schreiben.«

»Wenn es Ihnen recht ist, so lassen Sie mich das tun«, bat Mrs Godding.

Constable Quill war damit noch nicht zufriedengestellt. »Es kümmert mich nicht, aus welch guten Familien die jungen Damen stammen. Sie haben einen Gesetzeshüter ... *mich* belogen! Und sie haben versucht, uns alle zu täuschen und uns glauben zu machen, ihre Schulleiterin sei gar nicht tot. Wenn es nach mir geht und der Richter den Fall ähnlich beurteilt, werden sie für ihre Taten eine ganze Weile in einer Besserungsanstalt sitzen.«

»Möchten Sie auch eine Orangenscheibe, Constable?«, fragte Mrs Godding.

»Nein, das will ich nicht.«

Mrs Godding machte sich daran, eine Orange zu schälen. »Wenn die jungen Damen eine Strafe in einer Haftanstalt absitzen, wird das allerdings den Plänen für Ihre bevorstehende Hochzeit einen Dämpfer verpassen.«

Notizbuch und Bleistift des Polizisten fielen klappernd auf den Tisch. »Meine was?«

»Ihre Hochzeit.« Sie beglückwünschte ihn mit einem strahlenden Lächeln. »Also, Constable, ich konnte es schließlich gestern mit eigenen Augen sehen. Für einen Menschen von Anstand ließ Ihr Verhalten keinen anderen Schluss zu, als dass Sie beide verlobt sind oder es zumindest in Kürze sein werden.«

Der Polizist stieß seinen Stuhl zurück. »Jetzt, Moment mal!«

»Selbstverständlich kannte ich Sie beide noch nicht, aber wer hätte ein solch außerordentlich attraktives – und junges – Paar übersehen können? Wie Sie da in der Ecke geturtelt haben ... Ich erinnere mich, dass ich zu meinem Sohn Julius sagte: ›Ach, junge Liebe! Die beiden müssen verlobt sein. Sieh nur, wie hingebungsvoll er ihr die Wange küsst!‹«

Die Wange! Das hatte Kitty nicht mitbekommen. *Mary Jane, du Flittchen!*

Constable Quill sah sich verzweifelt im Zimmer um, wie ein Ertrinkender auf der Suche nach einem Rettungsboot. Die Lücke zwischen seinen Schneidezähnen war mit einem Mal gar nicht mehr so anbetungswürdig. Sein Mund stand offen und auf seiner Stirn glänzte ein dünner Schweißfilm.

Mrs Godding beobachtete ihn mit ruhiger, ausdrucksloser Gelassenheit. »Sehen Sie, Constable, Sie sind nicht mehr in London. Wenn ein Mann sich hier mit einer jungen Frau vertraulich gibt, darf sie sein Verhalten als ein Eheversprechen werten, und bei Gericht wird diese Einschätzung von den Richtern mit großer Regelmäßigkeit in ihren Urteilen geteilt. Erst gestern las ich in der Zeitung über den traurigen Bruch eines Eheversprechens in Cambridge. In welchem Maße der befleckte Leumund des Mannes seiner zukünftigen beruflichen Laufbahn schadet, kann ich mir lediglich ansatzweise ausmalen.«

Constable Quill zerrte mit einem Finger an der Innenseite seines Kragens. Mary Jane Ungeniert hielt sich königlich. Es gelang ihr, gleichzeitig das Bild wütender Schönheit und verletzter Unschuld darzustellen. Kitty musste sich das Lächeln verkneifen.

»Denken Sie nicht, Constable Quill, dass es für alle das Beste wäre, wenn Sie die Erziehung und Disziplinierung dieser jungen Damen mir überließen?«

Der Polizist steckte das Notizbuch in die Tasche und erhob sich. »Wie Sie bereits sagten, gnädige Frau, die Vergehen können gewiss als, äh, Übermut und ein Mangel an Urteilskraft eingeordnet werden. Und die jungen Damen sind bei Ihnen ganz offensichtlich in den besten Händen. Ich wette, unter Ihrer Aufsicht werden sich derartige Eskapaden unmöglich wiederholen.«

»Das wette ich ebenfalls«, erklärte Mrs Godding fröhlich.

»Obgleich wir ja wissen, in welche Schwierigkeiten man mit Wetten gerät.«

»Durchaus, allerdings.« Er wischte sich die Stirn mit seinem Taschentuch ab. »Auf der Wache haben wir sicher noch eine Weile alle Hände voll zu tun mit der Anklage gegen Doktor Snelling und Doktor Roper, ganz zu schweigen von der gegen Amanda Barnes«, fügte Constable Quill hinzu, während er den Helm vor der Runde läuterungsbereiter junger Damen zog und sich anschickte, zu gehen.

»Die arme Miss Barnes«, seufzte Mrs Godding. »Constable, Ihr Besuch war mir ein Vergnügen. Schauen Sie gern wieder vorbei, wenn Ihnen der Sinn danach steht.«

»Ja, wir können alle zusammen Tee trinken«, sagte Mary Jane grimmig.

Constable Quill verbeugte sich und ergriff die Flucht. Die Tür fiel knallend hinter ihm ins Schloss.

Mrs Godding stand händereibend auf. Dann griff sie nach ihrem Teller. »Das ist einfach ungenießbar. Ich wärme mein Essen noch einmal im Ofen auf. Es ist Platz genug, falls eine von Ihnen dasselbe tun möchte. Und Miss Mary Jane, lassen Sie sich gesagt sein, dies war das erste, letzte und einzige Mal, dass ich Ihr ungebührliches Benehmen im Umgang mit jungen Herren geduldet habe. Sollte so etwas erneut vorkommen, werde ich Ihren Eltern einen Brief schicken und keine Einzelheit auslassen.«

Mary Jane erhob sich achselzuckend mit ihrem kalt gewordenen Frühstück. »Darin kann nichts stehen, was meine Eltern nicht schon wüssten.«

»Ach, und ich verdonnere Sie dazu, einige Wochen den Schweinestall auf dem Hof der Butts auszumisten.«

Mary Jane hielt inne. »Ich ... ich denke, mein Frühstück ist gar nicht so kalt. Danke, Mrs Godding.«

Epilog

Auf den Mai folgte ein herrlich sonniger Juni. Die Felder des Bauern Butts zierten hübsche Reihen elfenzarter grüner Gemüsepflanzen und am Mädchenpensionat Saint Etheldreda, das mittlerweile von Mrs Godding in Prickwillow-Pensionat umgetauft worden war, standen die alljährlichen Abschlussprüfungen bevor. Den Mädchen, bis auf Louise Pockennarbig und Elinor Düster, waren die Prüfungen zuwider. Alice Robust und Kitty Schlau störten sich zwar nicht an den Studien, aber viel lieber hätten sie draußen die Sonne genossen. Obwohl es Mrs Godding an Erfahrung fehlte, erwies sie sich als engagierte Lehrerin. Die medizinbegeisterte Louise sog gebannt alles in sich auf, was die neue Schulleiterin sie über Anatomie und Krankheiten lehrte. Roberta Liebenswert und Martha Einfältig dankten täglich dafür, weder in einer Besserungsanstalt noch in Schwierigkeiten mit ihren Eltern zu stecken, und waren bemüht, sich mit dem strengen Lehrprogramm zu arrangieren.

Mary Jane Ungeniert dagegen war in grüblerischer Stimmung. Der Umstand, dass Freddie Quill sie fallen gelassen hatte, nagte noch immer an ihr. Zurückweisung war sie nicht gewohnt und ganz gewiss nicht, dass jemand sie fallen ließ, den sie ins Visier genommen *und* mit dem sie hinter dem Vorhang eines Festsaals geturtelt hatte. Vergeblich versuchte Kitty, sie zur Vernunft zu bringen und ihr vor Augen zu führen, dass der Verlust von Freddie zu vernachlässigen sei im Vergleich zu einer Gefängnisstrafe.

Julius sahen die Mädchen selten. Für gewöhnlich kam er am Sonntag zum Mittagessen. Er hatte sich im Ort ein Zimmer genommen und bereitete sich dort mit einem Privatlehrer auf das Studium in Oxford vor.

Fleisch zu den Mahlzeiten stand mittlerweile als fester Posten im Haushaltsplan des Internats und dafür musste nicht einmal auf die Golddublonen zurückgegriffen werden, die nun wieder sicher in dem geschnitzten Holzpalast verwahrt wurden. Da die neue Schulleiterin nicht regelmäßig einem Bruder mit ausschweifendem Lebensstil zu Hilfe kommen musste, deckte das Pensionsgeld der Mädchen mühelos die Ausgaben.

Julius' Mutter ließ eine Woche nach dem Erdbeerfest einen Gedenkgottesdienst für Mrs Plackett und Mr Godding abhalten. Es war ein stiller, dunkler Tag für die jungen Damen. Die beiden Toten lagen nun weit voneinander entfernt auf dem Friedhof von Saint Mary begraben. Darauf hatte Mrs Godding bestanden: »Der Mörder soll nicht das Andenken an sein Opfer verunglimpfen, indem er bis zum Jüngsten Tag neben ihm liegt.« Elinor Düster hatte das Ausheben der Gräber überwacht und für ordnungsgemäß erklärt.

An einem Sonntagnachmittag, nach einem köstlichen Mittagessen, das Martha Einfältig zubereitet hatte, schlug Mrs Godding vor, den Nachtisch, Erdbeeren mit Sahne, bei einem Picknick im Garten zu genießen. Die Mädchen breiteten alte Decken im Gras aus, machten es sich bequem und sahen Aldous dabei zu, wie er die Hühner jagte. Ihr kleiner Kirschbaum, den die Polizisten herausgerissen hatten, um die Leichen auszugraben, war auf Vorschlag von Mrs Godding wieder eingepflanzt worden und dank guter Pflege noch nicht eingegangen.

»Wie kommen Sie mit Ihren Studien voran, Mr Godding?«, erkundigte sich Louise Pockennarbig bei Julius.

Julius lehnte sich, auf die Arme gestützt, zurück, um noch mehr Sonne abzubekommen. »Sehr gut, danke, Miss Dudley«, sagte er. »Wissen Sie, dass ich mich entschlossen habe, in die Fußstapfen meiner Mutter zu treten und Medizin zu studieren?«

»Großartig!« Louise war begeistert. »Irgendwie werde ich einen Weg finden, das auch zu tun. Ich habe gehört die Universität von Cambridge lässt einige Frauen zum Studium zu.«

»In Ely ist eine Stelle als Arzt frei geworden«, warf Alice Robust ein. »Ich schlage vor, Sie beeilen sich ein wenig mit Ihrem Studium.«

Mary Jane Ungeniert zupfte die Blütenblätter von einem Stiefmütterchen. »Hast du heute beim Kirchgang die Neuigkeit mitbekommen, Alice? Dein widerlicher Anwaltsgehilfe Leland Murphy wurde von Mr Wilkins befördert.«

»Ich finde, er sah bemerkenswert adrett in seinem neuen Anzug aus«, fügte Kitty Schlau hinzu.

»Ich habe die Neuigkeit gehört«, sagte Alice und bemühte sich vergeblich, ein Lächeln zu unterdrücken.

»Apropos neue Kleider«, mischte sich Mrs Godding ein. »Denjenigen unter euch, die den Sommer über hierbleiben möchten, würde ich gern Nähunterricht geben. Eine moderne Frau sollte nie völlig von einer Schneiderin abhängig sein. Wenn man in der Lage ist, seine eigenen Kleider anzufertigen, kann man ihnen den passenden modischen Schick verleihen.«

Martha spitzte erschrocken die Ohren. »Unterricht im Sommer?«

Mrs Godding biss in eine dicke Erdbeere, auf die sie Sahne gehäuft hatte. »Kein Lateinunterricht, Martha, das verspreche ich.« Sie wedelte mit dem Erdbeerstrunk in Alice' Richtung. »Und in Ihrem Fall, Alice, brenne ich darauf, ein Kleid für Sie zu schneidern. Sie haben eine reizende Figur und Sie sollten aufhören, sich wie eine sechzigjährige Witwe zu kleiden.«

Alice wurde puterrot. »Das tu ich gar nicht!«

Julius lachte. »Mutter, du schaffst es immer wieder, deine Schülerinnen in Verlegenheit zu bringen.«

»Ich bin nicht verlegen«, widersprach Alice. »Ich denke nur ... ich gehe nach drinnen und hole eine Karaffe Wasser und Gläser.«

»Ich komme mit, Alice«, sagte Mary Jane.

Martha Einfältig und Roberta Liebenswert überredeten Louise Pockennarbig und Mrs Godding zu einer Partie Krocket und zur allgemeinen Verblüffung schloss sich auch Elinor Düster an.

Kitty und Julius blieben schweigend allein zurück und beobachteten, wie Aldous jedes Mal den kleinen Ball klaute und damit durchbrannte, sobald jemand einen Schlag ausführte.

»Wir sollten uns wohl besser dem Spiel anschließen«, meinte Kitty.

»Oder auch nicht«, entgegnete Julius.

Kitty hatte das Gefühl, als nähme sie sämtliche Details in der Umgebung mit übergroßer Schärfe war, so, als ob sie die Welt durch ein Vergrößerungsglas betrachtete und das Vogelgezwitscher durch einen Schalltrichter hörte. Seit jener schrecklichen Nacht, als die Leichen entdeckt wurden, hatte sie keine Gelegenheit mehr gehabt, mit Julius unter vier Augen zu sprechen. Bei dem Gedanken, was er von ihr halten musste, schüttelte es sie. Und gleichzeitig hasste sie es, dass ihr diese Sorge so viel Kopfzerbrechen bereitete.

»Wie kommen *Sie* mit Ihren Studien voran, Miss Heaton?«, fragte Julius.

»Hm?« Kitty schaute auf. »Studien? Oh. Sehr gut.« Sie lächelte. »Ihre Mutter ist eine hervorragende Lehrerin.«

»Das überrascht mich nicht«, erwiderte Julius. »Aber ich denke, *sie* war überrascht, wie viel Freude ihr das Unterrichten bereitet. Das Pensionat weiterzuführen, war gut für sie. In Indien hat sie sich, von ihrer ehrenamtlichen Arbeit im Krankenhaus einmal abgesehen, ziemlich gelangweilt.«

Kitty aß eine Erdbeere. »Es muss Ihnen fehlen, Ihre Mutter nicht mehr so oft zu sehen.«

»Man kann sagen, ich wurde ersetzt!« Er lachte. »Sieben Töchter für einen Sohn ist doch ein mehr als lohnender Tausch.«

Töchter. Kitty blieb an dem Wort hängen und dachte darüber nach. Töchter. Schwestern. Der Gedanke gefiel ihr.

»Planen Sie, den Sommer über hierzubleiben?«, erkundigte sich Julius.

»Ja«, sagte Kitty. »Vater wird nichts dagegen einzuwenden haben.«

Julius blickte Kitty jetzt direkt an. »Und wie lange, glauben Sie, bleiben Sie noch hier im Internat?«

Kitty zwang sich, nicht auf seine dunklen Locken zu starren oder auf seine Sonnenbräune, die ihm erstaunlicherweise auch in England nicht abhandengekommen war. »Solange Vater es mir gestattet«, antwortete sie. »Wenn ich zu alt bin, um als Schülerin zu bleiben, lässt mich Ihre Mutter vielleicht unterrichten. Sie meinte, dass sie plane, irgendwann jüngere Schülerinnen aufzunehmen.«

Julius lächelte. »Die Vorstellung gefällt mir.«

»Welche? Dass ich unterrichte?«

Er schüttelte den Kopf. »Dass Sie hier am Pensionat bleiben. Mutter hat Sie sehr gern.«

Kitty wandte sich nach Mrs Godding um, die gerade einen Krocketball sauber über den Rasen schlug. Aldous sprang hinterher und sie versuchte verzweifelt, ihn zurückzurufen.

»Ich mag sie auch.«

Es lag nur noch eine Erdbeere in der Schüssel. Julius tauchte sie in die Schlagsahne und reichte sie Kitty. »Und so weiß ich immer, wo ich Sie finde.«

Kitty hätte beinahe die Erdbeere fallen gelassen. Sie stopfte sie sich mitsamt dem Strunk in den Mund.

Mary Jane und Alice kamen mit der Karaffe und Gläsern um die Hausecke geschlendert. Als sie sahen, dass Kitty und Julius allein zurückgeblieben waren, steuerten sie stattdessen die Wiese mit den Krocketspielerinnen an und bekamen nicht mit, wie Kitty errötete.

Sobald die beiden Mädchen sicher außer Hörweite waren, holte Kitty tief Luft. »Mr Godding.«

Er machte eine gequälte Miene. »Julius. Bitte.«

»Mr Godding«, wiederholte sie mit Nachdruck. »Ich muss Ihnen diese Frage stellen: Können Sie mir je verzeihen, was ich Ihrer Tante und Ihrem Onkel angetan habe? Und meine Unverfrorenheit und Selbstsucht?«

Er nahm seinen Hut ab und legte ihn auf sein Knie. »Sie waren nicht allein, soweit ich weiß. Falls überhaupt Vorwürfe im Raum stehen, müssten sie dann nicht durch sieben geteilt werden?«

Kitty schüttelte den Kopf. »Der Plan stammte von mir und ich habe den anderen eingeredet, dass es eine gute Idee sei. Ich war die Anführerin.«

»Das wundert mich nicht.«

Kitty versuchte, seinen Gesichtsausdruck zu deuten, aber es gelang ihr nicht. Sie bemerkte, dass Mrs Godding und die übrigen Mädchen hinter der Fliederhecke verschwunden und außer Sicht waren.

»Ich leugne nicht, dass der Anblick der beiden mir für einige Zeit den Appetit verdorben hat«, sagte Julius mit einem Augenzwinkern. »Aber wenn ich die Sache aus Ihrem Blickwinkel betrachte, beneide ich Sie um Ihren Wagemut.«

»Ein dummer Wagemut.«

»Rückblickend betrachtet vielleicht«, stimmte er zu. »Alles, worum ich Sie bitte, ist, dass Sie direkt den Leichenbestatter holen, falls Sie mich je an einem Stück Dorsch oder einem Hühnerbein erstickt vorfinden. Versprochen?«

Er streckte ihr die Hand hin. Lächelnd schlug sie ein. Sie besiegelten das Versprechen, aber Julius ließ ihre Hand nicht los.

»Freunde?«, fragte er.

Kitty lächelte. »Das hoffe ich.«

Julius schaute sich um. Sie waren noch immer allein, niemand war zu sehen. Er hob ihre Hand an seinen Mund und küsste sie. »Gut«, sagte er. »Ich bestehe darauf.«

Anmerkungen der Autorin

Ich wählte für meine Mord-im-Internat-Geschichte Ely als Schauplatz, weil die Kathedrale des englischen Städtchens Etheldreda, der jungfräulichen Heiligen, geweiht ist. Ich wollte über eine Gruppe kluger, skandalöser Freundinnen schreiben, die gemeinsam durch dick und dünn gehen, und deshalb schien Etheldreda die geeignete Schutzpatronin für mein Vorhaben.

Als sich die Möglichkeit zu einer Reise nach Europa ergab, nutzte ich die Gelegenheit, um Ely einen Besuch abzustatten, und habe mich rettungslos in das Städtchen verliebt. Ich war mit drei Freundinnen unterwegs – wir bildeten sozusagen ebenfalls eine skandalöse Schwesternschaft. Wir besichtigten die majestätische Kathedrale, gingen am Ufer des Flusses Great Ouse spazieren und wanderten die echte Prickwillow Road entlang. Das Fünf-Sterne-Frühstück, das uns Mrs Smith in ihrem herrlichen Bed & Breakfast in Ely auftischte, brutzelt noch immer in meiner Erinnerung. (Ich bat Mrs Godding in Kapitel 30, es für die Mädchen zuzubereiten, und den Wunsch hat sie mir gern erfüllt.)

Die Reise nach Ely und die gemeinsame Zeit mit Kitty Schlau, Mary Jane Ungeniert, Alice Robust, Louise Pockennarbig, Elinor Düster, Martha Einfältig und Roberta Liebenswert machten mein Buchprojekt zu einem großen Vergnügen. Ein weiterer Reiz lag in den Recherchen zur Viktorianischen Zeit, um herauszufinden, wie die Menschen in dieser faszinierenden Epoche lebten, aßen, arbeiteten und einkauften, wie sie studierten, heirateten, spielten und wie sie sich kleideten, wie Festnahmen und Haftstrafen abliefen, wie sie starben und begraben wurden. Sämtliche skurrilen Details von Herrn Nestlés Schweizer Schokolade über Elinors Rückenstütze bis zur Vaseline, dem neuen amerikanischen Wundermittel auf dem Kosmetikmarkt, stammen aus Texten, Büchern und Zeitschriften, die im ausgehenden 19. Jahrhundert veröffentlicht wurden.

Giftmord hatte sich im späten Viktorianischen Zeitalter zu einem ernsten Problem ausgewachsen, was teilweise darin begründet lag, dass Lebensversicherungen immer weitere Verbreitung fanden: So kamen leider manch verzweifelte Menschen auf den Gedanken, dass der eine oder andere unliebsame Verwandte, der im Besitz einer Lebensversicherung war, tot mehr wert sei als lebendig. Ein Giftmord konnte schwer bewiesen werden und so kamen viele Täter mit ihrem Verbrechen davon. Damals waren die Methoden zum Nachweis von Gift noch nicht so ausgereift wie heute, aber Wissenschaftler und Kriminalbeamte machten große Fortschritte, wenn es darum ging, Zyanid und andere Giftstoffe zu identifizieren. Louises Experiment, mit dem sie das Zyanid im Kalbfleisch nachweist, stammt aus einem Buch aus dem Jahr 1849, das als Leitfaden für Ärzte gedacht war, die in Strafverfahren Beweise liefern und als Zeugen aussagen mussten.

Abgesehen von vergifteten Mahlzeiten, hielt die Viktorianische Zeit eine schillernde Vielfalt an Gerichten bereit, von denen uns manche köstlich, andere fade und einige ekelerregend anmuten. Ein berühmter Küchenprofi der damaligen Zeit war eine Dame namens Elizabeth E. Lea, deren Buch *Kochen am heimischen Herd – nützliche Rezepte und Tipps für angehende Hausfrauen* eine wahre Fundgrube ist und bis heute in den Vereinigten Staaten verkauft wird. Darin finden sich hilfreiche Anleitungen für das Backen von Brot, das Kochen von Austern oder das Einlegen von Essiggurken, aber auch zum Umgang mit faulen Dienstboten, zur Herstellung von Salben für Ballenzehen oder zum Braten eines Kalbskopfs für das Abendessen – wobei sich das gestampfte Hirn mit Semmelbröseln zu delikaten »Hirn-Küchlein« verarbeiten lässt. Läuft euch schon das Wasser im Mund zusammen?

Eltern der Mittel- und Oberschicht in der Viktorianischen Zeit waren sehr darauf bedacht, ihren Töchtern die richtige Erziehung zukommen zu lassen, um ihre Chancen auf eine vielversprechende Heirat zu erhöhen. Für junge Damen entstanden Lehranstalten jeder Art, öffentliche wie private. Dort erhielten sie neben Unterricht in wissenschaftlichen Fächern eine Unterweisung in gutem Benehmen, Etikette, gesellschaftlichen Umgangsformen sowie damenhaften Künsten (Malerei, Gesang, Handarbeit und Musik). Während viele Erzieherinnen ihren Beruf zweifellos mit Warmherzigkeit und Begeisterung ausübten, gab es, wie uns Beispiele aus Charles Dickens' Romanen zeigen, auch viele herz- und gefühllose Vertreter dieser Zunft. Die Schulzeit konnte eine Qual sein. Man schien die Auffassung zu vertreten, dass junge Menschen am besten mit harter Disziplin und spartanischen Lebensbedingungen geformt würden und man sie so vor den Lastern des Müßiggangs und der Verschwendung bewahren könne. Daran gemessen, erging es unseren Schülerinnen am Mädchenpensionat Saint Etheldreda mit seiner griesgrämigen, geizigen Mrs Plackett sicher besser als vielen ihrer Altersgenossinnen.

Es war eine Epoche, in der man geradezu zwanghaft, der Jugend und insbesondere jungen Frauen die richtigen Moralvorstellungen anerziehen wollte. Sogar in den Texten leichter Unterhaltungsmusik wurden die sittlichen Ideale untermauert. Das Lied, das Alice Robust beim Erdbeerfest vorträgt, stammt aus einer Liedersammlung von 1858 mit dem Titel *The Book of Popular Songs*, herausgegeben von J. E. Carpenter, der selbst einige der Texte verfasst hat. Es ist gut möglich, dass dieses Lied in jenen Tagen vor Erfindung des Radios so etwas wie ein Top-40-Hit war. In *Tis Not Fine Feathers Make Fine Birds* werden junge Damen, die auf Schönheit und modische Kleidung fixiert sind, mit eitlen Pfauen verglichen, schlichtere, bescheidene und tugendhafte Mädchen dagegen mit kleinen Vögeln, die unscheinbar sind, aber herrlich singen. Der Pfau mag sich für wunderschön halten, warnt der Verfasser des Textes, aber sein Gesang ist nur ein grässliches Krächzen. Deshalb sei es besser, sich schlicht zu kleiden, bescheiden zu leben und entzückend zu singen. Unsere skandalösen Schwestern, namentlich Mary Jane, haben diesen oberflächlichen, allzu simplen Unsinn gleich durchschaut. Vielleicht ist Mr Carpenter, dem Verfasser des Lieds, entgangen, dass die Pfauen, die mit ihrem prunkvollen Federkleid herumstolzieren, die *jungen Männer* sind.

An dieser Stelle füge ich euch den gesamten Liedtext bei, zu dem es leider keine deutsche Übersetzung gibt:

Tis Not Fine Feathers Make Fine Birds
Von J. E. Carpenter, Melodie von N. J. S. Spoble

A peacock came, with his plumage gay,
Strutting in regal pride one day,
Where a small bird hung in a gilded cage,
Whose song might a seraph's ear engage;
The bird sang on while the peacock stood,
Vaunting his plumes to the neighbourhood;
And the radiant sun seem'd not more bright
Than the bird that bask'd in his golden light;
But the small bird sung in his own sweet words:
»Tis not fine feathers make fine birds!«

The peacock strutted, – a bird so fair
Never before had ventured there,
While the small bird hung at a cottage door, –
And what could a peacock wish for more?
Alas! The bird of the rainbow wing
He wasn't contented – he tried to sing!
And they who gazed on his beauty bright,
Scared by his screaming, soon took flight;
While the small bird sung in his own sweet words:
»Tis not fine feathers make fine birds!«

Then prithee take warning, maidens fair,
And still of the peacock's fate beware.
Beauty and wealth won't win your way,
Though they're attired in plumage gay;
Sometimes to charm you all must know,
Apart from fine features and outward show –
A talent, a grace, a gift of mind,
Or else poor beauty is left behind!
While the small birds sing in their own true words:
»Tis not fine feathers make fine birds!«

Ob nun schöne Federn einen schönen Vogel ausmachen, sei dahingestellt, aber Leser zählen in jedem Fall zu den schönen Vögeln und ich denke, in diesem Punkt könnten mir sogar Elinor Düster und Mary Jane Ungeniert zustimmen. Danke, meine lieben schönen Vögel, dass ihr mich auf meiner Geschichte begleitet habt.

Mit skandalösen Grüßen
Eure Julie Berry

Danksagung

Shawn Cannon, Leiter des Cannon Theatre in Littleton, Massachusetts, inszenierte eine britische Posse nach der anderen auf seiner Bühne, bis ich schließlich ausrief: »Genug! Ich muss selbst eine schreiben!« Danke, Shawn, dass du die Kunst in meiner Familie und Gemeinde lebendig hältst!

Professor John Sutherland, Autor und emeritierter Professor des Lord-Northcliffe-Lehrstuhls für moderne englische Literatur am University College, London, veröffentlichte bei The Great Courses eine Reihe von Vorlesungen mit dem Titel *Klassiker der britischen Literatur*, die ich viele Male verschlungen habe. In seiner Vorlesung zu *Stolz und Vorurteil* fiel am Rande ein Begriff, der mich aufhorchen ließ: »Ein Regiment junger Frauen.« Oh, dachte ich, also das ist etwas, worüber ich ein Buch schreiben will.

Jamie Larsen, Julia Bringhurst Blake und Heather Marx reisten mit mir nach Ely, sind Teil meines Lebens und in meinem Herzen. Ohne solch liebe Freundinnen wäre ich auf einer Europareise und auch sonst verloren.

Deirdre Langeland und Katherine Jacobs vom Verlag Roaring Brook Press besaßen den nötigen Sinn für Humor, um diese Geschichte zu lieben und dabei zu helfen, sie zu dem spritzigen Lesevergnügen zu machen, das mir vorschwebte. Es war eine wahre Freude, mit ihnen an dem Buch zu arbeiten. Auch andere im Verlag unterstützten mit sagenhaftem Talent und enormer Tatkraft mein Projekt, darunter Jill Freshney, Elizabeth Clark und Simon Boughton. Alyssa Henkin, meine Agentin verfügt über die unerschöpfliche Flexibilität, meine Ideen so zu nehmen, wie sie kommen, und sie zu fördern. Dafür gilt ihr mein Dank.

Unendlich dankbar bin ich schließlich auch meinem Mann Phil, der mehr Charme besitzt als Constable Quill und Julius Godding zusammen: Er hat den Mut, mir zu sagen, ob ihm ein Text gefällt oder nicht.

Hochspannung in Serie!

Alice Gabathuler
Lost Souls Ltd.
Blue Blue Eyes
Band 1 · 288 Seiten
ISBN 978-3-522-20204-6
Auch als E-Book erhältlich

Lost Souls Ltd. – So nennt sich die Untergrundorganisation um den jungen Fotografen Ayden, den kaputten Rockstar Nathan und den charmanten Verwandlungskünstler Raix.
Ihre neuste Mission: Kata Benning. 18 Jahre alt. Augen so blau wie das Meer. Tief in sich ein Geheimnis, das sie vor sich weggeschlossen hat. Ein Bombenanschlag auf ihre Adoptiveltern zerstört ihre Zukunft, stellt ihre Gegenwart infrage und führt sie in eine Vergangenheit, in der nichts war, wie es schien. Sie gerät mitten in einen schmutzigen Krieg um gestohlene Daten. Ihr Leben wird zum Pfand mächtiger und gefährlicher Feinde. Doch sie hat starke Verbündete an ihrer Seite: Lost Souls Ltd. ...

www.thienemann.de